诗词名家讲

叶嘉莹 主编

陈斐 执行主编

明诗三百首

羊春秋

选注

中国出版集团
東方出版中心

图书在版编目（CIP）数据

明诗三百首 / 羊春秋注释. —上海：东方出版中心，2020.8

ISBN 978-7-5473-1638-2

Ⅰ. ①明… Ⅱ. ①羊… Ⅲ. ①古典诗歌－诗集－中国－明代 Ⅳ. ①I222.748

中国版本图书馆CIP数据核字（2020）第066985号

丛书主编 叶嘉莹
执行主编 陈 斐
出版统筹 梁 惠
责任编辑 王 婷
封面设计 今亮后声 HOPESOUND pankouyugu@163.com

明诗三百首

羊春秋 选注

出版发行 东方出版中心
地 址 上海市仙霞路345号
邮政编码 200336
电 话 021-62417400
印 刷 者 上海中华商务联合印刷有限公司

开 本 890mm×1240mm 1/32
印 张 15.125
字 数 302千字
版 次 2020年8月第1版
印 次 2020年8月第1次印刷
定 价 68.00元

“诗词名家讲”丛书总序

叶嘉莹

中国是一个诗的国度。孔子说:“不学诗,无以言。”读诗不仅可以雅化言辞,而且能够美化心灵。我之喜爱和研读古典诗词,本不出于追求学问、知识的用心,而是出于古典诗词中所蕴涵的一种感发生命对我的感召和召唤。在我看来,兴发感动的力量与作用,正是中国古典诗歌所具含的一种极可宝贵的质素。中国传统诗论早就对此做过深入阐发。《诗大序》述及诗歌创作时,即曾提出“诗者,志之所之也”及“情动于中而形于言”的说法,可见内心情志之有所兴起感发的活动,实在乃是诗歌创作的一种基本动力。真正伟大的诗人,不仅用生命来写作诗篇,而且用生活来实践诗篇。优秀的诗篇,往往蓄积了古代伟大之诗人的所有心灵、智慧、品格、襟抱和修养。所以,中国有着源远流长的“诗教”传统,非常重视读者读诗时兴发感动、变化气质的作用。孔门说诗,就一直重视诗之“兴”的作用,既说“兴于诗”,又说“诗可以兴”。在中国文化之传统中,诗歌最可宝贵的价值和意义,就正在于它可以从作者到读者之间,不断传达出一种生生不已的感发的生命,让人葆有一颗关怀宇宙万物与社会人生的不死的心灵。

而我们讲诗的人所要做的，就正是要引导读者体认诗歌中兴发感动的作用，使诗人的心魂得到又一次再生的机会。不过诗人的品质各不相同，写作能力也高下各异，因而一个优秀的说诗人，就不仅应具有能体认诗歌中之兴发感动之生命的能力而已，还需要有一种能分辨出其作品中之感发生命之品质与其写作艺术之高下的修养，并且能加以传述、说明，使聆讲者也能有此种感发与分辨，如此才可以说完成了一种对诗歌中感发生命之传承的责任与使命。

现在喜欢诗词的朋友越来越多，但市面上真正能够引导人领会诗篇所蕴涵的感发之生命的读物却极为罕见。有鉴于此，我们经过详细调查、反复斟酌，编选了这套“诗词名家讲”丛书，按专题分辑推出。所选书籍，大都是夏承焘、程千帆、钱仲联、霍松林等 20 世纪国学根底深厚、研究和创作兼擅的名家泰斗为大众撰写的诗词普及读物。这些读物，往往言简意赅，深入浅出，既能传达古典诗词的神髓，又可切合现代读者的需求。而且，它们已经经过时间的检验和淘洗，具备了和中华优秀诗词一样的“经典”属性。通过阅读它们，读者朋友们不仅可以了解关于诗词的基本知识，领略鉴赏和创作诗词的主要法门，而且可以“尚友古人”，与千百年来的诗人做朋友，感受那一颗颗关怀宇宙万物与社会人生的不死的心灵，让自己的心灵也得到陶冶、净化。

读诗的好处，就在于可以培养我们拥有一颗美好的活泼不死的心灵。我们作为一个现代人，虽然不一定要再学习写作旧诗，但是如果能学会欣赏诗歌，则对于提升我们的性情品质，实在可以起到相当的作用。孔子与他的学生子夏讨论“巧笑倩兮，美目盼兮，素以为绚兮”的诗句，可以使子夏联系到“礼后乎”的修养。王国维也从晏殊、欧阳修等人的相思怨别之词，联想到“古今之成大事业、大学问者”的三种境界。凡此种种都说明，在中国的诗词中，确实存在有一条绵延不已的、感发之生命的长流。希望这套“诗词名家讲”丛书，能够引领广大的读者朋友们，不仅可以体认到这条生命的长流，在兴发感动中获得生命的享受与快乐，而且可以汇入到这条绵延数千年的生命长流中来，为之推波助澜，使之永不枯竭！

前　言

纵观有明垂三百年的诗史，诗杰迭出，流派踵兴，各有其面貌，各有其精神，各有其艺术上的戛戛独造。特别是它那探索诗美的执着精神，贴近生活的现实题材，开拓有清一代诗风的光辉业绩，足以陵宋跞元而驾清，绝不是“复古”、“模拟”一类的贬语所能抹煞得了的。明诗声誉的江河日下，并非历代的论者万喙一声，同然一辞，主要是贵耳贱目、贵远贱近的世俗偏见所造成的。如明代的王世贞、顾起纶对高启的声调才情，李何的气象词彩，就给予了很高的评价。王之言曰：“迨于明兴，虞氏多助，大约立赤帜者二家而已。才情之美，无过季迪；声气之雄，次及伯温（刘基）。”（《艺苑卮言》卷五）顾之言曰：“高侍郎季迪，始变元季之体，首倡明初之音，发端沉郁，入趣幽远，得风人激刺微旨。”甚而说：“元和以还，千百年之中，仅见高侍郎一家，何其寥寥也！”（《国雅品·士品一》）至于对李何的评论，更是笔端充满感情，舌底洋溢赞誉。王说：“何仲默（景明）如朝霞点水，芙蕖试风；又如西施王嫱，毋论才艺，却扇一顾，粉黛无色。李献吉（梦阳）如金鳷擘天，神龙戏海；又如韩信用兵，众寡如意，排荡莫测。”顾之言曰：“李献吉、何仲默二学宪，气象弘阔，词彩精确，力挽颓风，复臻古雅，遡材两汉，嗣响三唐。如航琛越海，辇赆逾峤，琳阙珠房，辉灿朗映，各成一家之言。”这是明代诗论家对明诗主要作者的评价，或者有偏爱之嫌，那么清代的一些诗论家对明诗采取什么态度呢？

潘德舆《养一斋诗话》卷三说：

明诗不可以轻心抑之也。明开基诗，吾深畏一人焉，曰刘诚意（基）；明遗民诗，吾深畏一人焉，曰顾亭林（炎武）。诚意之诗苍深，亭林之诗坚实，皆非以诗为诗者，而其诗境直黄河、太华之高阔也。首尾两家，谁与抗手？抑明诗者，盍亦较其所作乎？

此就明诗之首尾两家而言，而且是对“抑明诗”者的批评，足以立其说而不足概明诗之全。

陈田《明诗纪事·丁签》云：

明中叶有李何，犹唐有李杜，宋有苏黄。空同（李梦阳）诗如巨灵赑屃，凿石开山；大复（何景明）诗如美女婵娟，倾城绝代，皆一代作者也。

此就被诋毁为“牵率模拟剽贼于声句字之间”（钱谦益《列朝诗集·丙集》）的李何而作的评论，尚非就有明一代之诗作出的公允评价。

吴仰贤《小匏庵诗话》卷一说：

夫聚一代之才，成一代之诗，体制何所不备，乃加以一字之贬，尽行抹煞，讵为定评？

此就沈德潜在《明诗别裁集序》所提出的“宋诗近腐，元诗近纤，明诗其复古也”的论断而提出的反批评。着眼点已非个别杰出的诗人，而是“一代之才”，“一代之诗”。这是“扬明诗”者的议论，然多是站在被动挨打的地位，进行防卫式的反批评，故其声不洪，气不充，不足撞击人们的心扉，引起强烈的共鸣。而“抑明诗”者的议论，却声洪而气昂，位高而言重，清自钱谦益以下无论矣，即明之诗人，亦多妄自菲薄，以为明诗无可传者，如卓人月云："我明诗让唐，词让宋，曲让元，庶几《吴歌》、《挂枝儿》、《罗江怨》、《打枣竿》、《银绞丝》之类，为我明一绝耳。"（见陈鸿绪《寒夜录》引文）屠隆亦说："至我明之诗，则不患其不雅，而患其太袭；不患其无辞采，而患其鲜自得也。夫鲜自得，则不至也。"（《鸿苞论诗文》）袁宏道说得更明白："故吾谓今之诗文不传矣。其万一传者，或今闾阎妇人孺子所唱《擘破玉》、《打草竿》之类。犹是无闻无识真人所作，故多真声；不效颦于汉魏，不学步于盛唐……是可喜也。"（《小修诗叙》）这些议论说明什么呢？一是明代除"真人所作"的民歌是"一绝"外，诗文无可传者；二是明诗文之所以无可传者，是因为它"太袭"、"鲜自得"、"效颦于汉魏"、"学步于盛唐"，一句话，就是没有自己的面貌和精神，没有自己的艺术风格和艺术独创。果真如此么？曰：否！我认为：

第一，明诗探索诗美的执着精神，只有三唐可以与之先后相辉映。众所周知，近体诗是唐人的革新和独创，是唐诗的真正代表。绝句导源于南北朝，经过声律化的过程，到了唐代才正式定型，并且出现了像李白、王昌龄那样的"七绝圣手"。律诗亦滥觞于南北朝，而定型于唐初的"四杰"和沈、宋，经过杜甫、刘长卿、李商隐的不断完善，七律"始尽其变"，人们始"尽其才于五十六字中"。在定型和完善的漫长过程中，唐人曾经不断地探索，不断地创新，不断地改变其形式，才达到"止于至善"的艺术境界。如绝句有古绝、律绝、散体绝句、偶体绝句、拗体绝句、折腰绝句等不同的形式；律诗有散体律诗、俪体律诗、仄韵律诗、转韵律诗、拗体律诗、三韵律诗、五七言排律等不同的体制；还有"吴体"（七律全首不入律，其诀在每对句第五字以平声救转，故虽拗而音节仍谐）、"变体"（八句中，奇句押同一仄韵，偶句押同一平韵）、“俳谐体”、“尊题格”（咏柳而贬松，咏美人而贬花柳之类）、“进退体”（即相邻两韵、隔句递换来押韵）、“辘轳体”（即八句中头两个韵脚押一个韵，后两个韵脚用与之相邻的韵）、“葫芦体”（即凡两韵相通者，前二韵押甲，后四韵押乙，前小后大，形如葫芦）、“连章体”（即一题数咏，分之可以独立成章，合之则成一个有机的统一体）、“半格诗”（即一首诗中前半幅为古诗，后半幅为格律诗）、“偷春体”（律诗中首联相对而次联不对者）、“五平体”（全篇每句皆平声字）、“五平五仄体”（五言诗中，上句全平，下句全仄）等，这些不同形式的尝试中，倾注了唐代许多著名诗人的心血。像陈子昂、王之涣、孟浩然、王维、李白、杜甫、高适、苏涣、刘长卿、白居易、韩愈、李益、储光羲、李商隐、赵嘏、许浑、郑谷、齐己、章碣、皮日休、陆龟蒙等都在上述的某些体制和形式上，作了有益的探索和尝试，其中诗圣杜甫更是在不断尝试、不断创新中，建立起“不废江河万古流”的崇高地位的。他创建了“排律”、“吴体”、“连章体”等近体诗的诸多体制，率先尝试“散体绝句”、“偶体绝句”、“散体律诗”、“俪体律诗”、“拗体律诗”以及“偷春体”、“俳谐体”等诸多形式，为后世诗人树立了不断探索、不断创新的光辉榜样。这种精神被明代诗人继承了下来，在有明二百七十多年的诗歌发展史上，从来没有中断过诗歌理论上的探索和诗歌创新上的尝试，而且较之唐代有三个显著的特点：

一是变个人探索为群体探索，变个人尝试为群体尝试。除了明初的“高杨张徐”尚未形成流派外，到了永乐、成化之间，以“三杨”为代表的“台阁体”，便以“春容和雅”为其风格，以“歌咏太平”为其内容，其弊在于“形模徒具，兴象不存”，流于“冗沓肤廓”，毫无骨力。（《明诗综》提要）这种诗风，原是明太祖“刀砧之余”、明成祖“升平之世”的必然产物，清陈田所谓“永宣以还，沐浴膏泽，和平啴缓之音作，而三杨台阁之体兴”（《明诗纪事·乙签》）。他们以阁臣之尊，登高一呼，天下靡然从风，遂使这种诗歌创作的尝试，形成一种群体的活动。到了成弘年间，茶陵崛起，蔚为雅宗，主张“古则魏晋，律必盛唐”（《明诗纪事·丙签》）。以救“三杨”肤廓浅俗之病，他的门生挚友数十辈为之羽翼，相与鼓吹，天下翕然从风，上以命令当世，下以启迪李何，形成一种更大的群体活动，所以王世贞说：“长沙（李东阳）之于李何也，犹陈涉之启汉高乎？”（《艺苑卮言》卷六）洎乎明代中叶，以李梦阳、何景明为代表的“前七子”，掀起一场声势浩大的复古运动，对李东阳的诗歌主张，既有否定，又有继承。他们倡言“文必秦汉，诗必盛唐，非是者弗道”（《明史·李梦阳传》），此其与李东阳同。但李梦阳的“铸形宿模，独守尺寸”又与李东阳“极论剽窃摹拟之非”异。他们的诗歌主张和创作实绩，在当时的诗坛上造成极大的影响，以致“天下语诗文，必并称何李”（《明史·何景明传》）。尽管李何之间也有争论，但却是复古主义大旗下的细节问题。嘉靖、隆庆间，以李攀龙、王世贞为代表的“后七子”出，继续煽起复古主义的大潮，主张“文自西京，诗自天宝而下，俱无足观”（《明史·李攀龙传》）。与“前七子”所持的论点并无明显的区别，但他们标榜之风更甚，门户之见更深，他们将异己者“诋为宋学”，甚至不能容忍“后七子”的中坚人物谢榛的不同意见，而削其籍于“后七子”之列。因为他主张学李杜要“会神气”、“求声调”、“裒精华”，“不必塑谪仙而画少陵”（《明史·谢榛传》）。他反对“处富有而言穷愁，遇承平而言干戈”的“无病呻吟”之作。（《四溟诗话》）与李王论诗之旨相径庭。但王李的“声华意气，笼盖海内，一时士大夫及山人词客、衲子羽流，莫不奔走门下”（《明史·王世贞传》），形成空前未有的群体活动。

到了晚明，以袁宏道为盟主的“公安派”，继承其师李贽的“童心说”，认为天下有价值的诗歌，在于有真情实感，那些句摹字拟的东西，只是一些假古董，因而主张“抒写性灵”，反对“抄袭模拟”，倡言“秦汉而学《六经》，岂复有秦汉之文？盛唐而学汉魏，岂复有盛唐之诗？唯夫代有升降，而法不相沿，各极其变，各穷其趣，所以可贵，原不可以优劣论也”（《小修诗叙》）。又说：“至于扫时诗之陋习，为末季之先驱，辨欧韩之极冤，捣钝贼之巢穴，自我而前，未见有先发者。”（《答李元善》）还说：“文章新奇，无定格式，只要发人所不能发，句法、字法、调法，一一从自己胸中流出，此真新奇也。”（《答李元善》）此论一出，“学者多舍王李而从之，目为公安体”（《明史·袁中道传》）。这对前后“七子”的诗歌主张，是投枪，是匕首，是切中要害的攻击，在当时是有积极意义的。到了天启、崇祯间，以钟惺、谭元春为代表的“竟陵派”，在批判继承“公安派”的基础上，想以“幽深孤峭”救其“肤浅俚俗”的流弊，于是选编《古诗归》、《唐诗归》，示学者以诗歌创作的门径，提出“势有穷而必变，物有孤而为奇”（《向山亭诗序》）。又说：“真诗者，精神所为也。察其幽情单绪，孤行静寄于喧杂之中；而乃以其虚怀定力，独往冥游于寥廓之外。”（《诗归序》）这对于“公安派”的轻率俚俗，不能不说是一服清凉剂，正如《明史·钟惺传》所说的：“自宏道矫王李诗之弊，倡以清真，惺复矫其弊，变而为幽深孤峭。”而不自知其取径益狭，流弊滋多，诚如陈田说的：“万历中叶，王李之焰渐熸，公安、竟陵狙起而击。然公安之失曰轻曰俳，竟陵之失曰纤曰僻。其始作之俑者，中郎（袁宏道）俊脱，尚有才颖可喜；伯敬（钟惺）幽秀，尚有思致可赏。极其放失，轻佻变为俚音，纤僻流为鬼趣，亡国之音，有识所叹。”（《明诗纪事·庚签》）这些流派的主张有是非，成就有高低，影响有深浅，已如略论，然其群体探索和尝试的精神，足以陵宋跞元而驾清，则是有目共睹的。

二是各流派主盟诗坛之际，往往有一支反对派的力量，与之争鸣，与之争雄，与之展开和平竞赛，使明代的诗歌在批评中不断完善，在竞赛中不断发展。当以“三杨”为代表的“台阁体”风靡一时的时候，有一些不树旗帜、不立门户的作家，出来冲击，以至破坏他们所提倡的冲融和平的诗风，如于谦、郭登的爱国诗，沈周的题画诗，张弼的讽刺诗，就一空依傍，自写胸中一段光景，与“台阁体”的诗风相对立。当李东阳以深厚雄浑之体，涤荡啴缓冗沓的“台阁体”诗风时，就有生活在当时艺术中心的苏州，号称“吴中三才子”的祝允明、唐寅、文徵明，或效法六朝，或取径苏陆，或不拘成法，不避口语，自抒其情，自明其志。还有“藻艳撷乎齐梁，简质得自魏晋，冲淡趋于陶韦，沉雅参之杜韩”(《明诗纪事·戊签》)的杨慎，他兼收并容，转益多师，声称“汉代之音可以则，魏代之音可以诵，江左之音可以观”，不应“尊唐而卑六代”(《选诗拾遗序》)，以与李东阳“古则魏晋，律必盛唐”的主张相抗衡。迨前后“七子”相继崛起，复古之风笼罩全国，就有以唐顺之、王慎中、归有光、茅坤为代表的“唐宋派”出来与之较长量力，力矫模拟复古之风，正如陈田所说的：“暨前后七子出，趋尘蹑景，万喙一声，其间独照之匠，若荆川(唐顺之)、遵岩(王慎中)、震川(归有光)，变秦汉为欧曾，易诘屈聱牙为字顺文从。”(《明诗纪事·戊签》)正因为有自己的对立面，有异己者的批评，自信自负如李梦阳、王世贞，也认识了自己的缺点，作出了自我批评。李在《弘德集自序》中说：“予之诗非真也。王子(王叔武)所谓文人学子韵言耳，出之情寡而工之词多者也。”王在曾经尖锐地批评他为“庸妄巨子”的归有光像赞中说：“千载有公，继韩欧阳。余岂异趋，久而自伤。”说明互相竞赛、互相批评，对于诗歌的发展与完善，是十分有益的。到了“公安派”掀起反复古主义的文学浪潮时，则有“区海目（大相）之清音亮节，归季思（子慕）之淡思逸韵，谢君采之声情激越，高孩之之骨采骞腾，并足以方轨前哲，媲美昔贤”（《明诗纪事·庚签》）。即使诗歌主张与创作风格跟“公安派”比较接近的汤显祖、屠隆，亦不肯依傍其门户，附庸其风雅。当“竟陵派”继“公安派”而兴的时候，以陈子龙、夏允彝为代表的“几社”文人，对之持反对的态度，他们编《明诗选》，推崇“七子”，被人说成是为“七子”翻案。他们眷恋故国，关心黎元，富有民族精神和爱国思想，远非“竟陵派”所能达到的思想水平和艺术境界。

三是各流派不仅提出了自己的诗歌主张，而且在挖掘诗歌创作的规律方面，作出了不可磨灭的贡献。如李东阳主持文柄，即对诗歌创作的规律，作了全面的探索。他说：“所谓法者，不过一字一句对偶雕琢之工，而天真兴致则未可与道。其高者失之捕风捉影，而卑者坐于黏皮带骨，至于江西诗派极矣。”可见在他眼里，诗法只能从粗者、浅者谈些原则，而细者、深者则不能以语人。他认为诗歌重在意而不在词，在内容而不在形式，“诗贵意，意贵远不贵近，贵淡不贵浓”。又说：“作诗不可以意徇辞，而须以辞达意。辞能达意，可歌可咏，则可以传。”他提倡创新，反对模拟，“诗贵不经人道语。自有诗以来，经几千百人，出几千万语，而不能穷，是物之理无穷，而诗之为道亦无穷也”。他认为诗要有变化，要有起伏，说“长篇中须有节奏，有操，有纵，有正，有变，若平铺稳布，虽多无益。唐诗类有委曲可喜之处，惟杜子美顿挫起伏，变化不测，可骇可愕，盖其音响与格律正相称”。（以上引文，均见《麓堂诗话》）这些都是他在诗歌创作中的独得之秘，对于提高诗歌创作的水平是有积极意义的。至于前后“七子”的诗歌创作理论，总的说来，自然是重模仿而轻创造，但有一些真知灼见，至今犹足以为诗歌创作的龟鉴。李梦阳说："故遇者物也，动者情也。情动则会，心会则契，神契则音，所谓随遇而发者也。"（《梅月先生诗序》）他把创作的灵感、契机和艺术构思的内心变化，抽象成为普遍的艺术创作的规律。他还说："夫诗，宣志而道和者也。故贵宛不贵险，贵质不贵靡，贵情不贵繁，贵融洽不贵工巧。"（《与徐氏论文书》）他提出的"四贵四不贵"，就是符合诗歌创作的艺术规律的。至于他所说的"古人之作，其法虽多端，大抵前疏者后必密，半阔者半必细，一实者必一虚，叠景者意必二，此予之所谓法，圆规而方矩者也"（《再与何氏书》），虽不免有些胶柱鼓瑟、黏皮带骨，但对于指导初学者的诗歌创作，是具体的、深细的、有价值的。若夫独操文柄二十年的王世贞，更是在诗歌创作的理论方面，作出了卓越的贡献，即以他所论的篇法、句法、字法而论，亦多前人未睹之秘。他说："篇法有起有束，有放有敛，有唤有应，大抵一开则一阖，一扬则一抑，一象则一意，无偏用者。句法有直下者，有倒插者，倒插最难，非老杜不能也。字法有虚有实，有沉有响，虚响易工，沉实难至。""篇法之妙，有不见句法者；句法之妙，有不见字法者。此是法极无迹，人能之至，境与天会，未易求也。"又说："首尾开阖，繁简奇正，各极其度，篇法也。抑扬顿挫，长短节奏，各极其致，句法也。点掇关键，金石绮彩，各极其造，字法也。篇有百尺之锦，句有千钧之弩，字有百炼之金。"（以上引文，均见《艺苑卮言》卷一）说得多么精辟、多么透彻，完全是创作实践中积累起来的经验，而又把它抽象出来上升为理论。"公安"、"竟陵"，几为众矢之的，但其在创作理论方面的建树，则是有目共睹的。袁宏道主张"独抒性灵，不拘格套"，而反对"句比字拟，务为牵合"。他认为用口头的语言去写诗，比起用"腐滥之辞"去创作要好得多，因此他对其弟中道"非从自己胸臆流出，不肯下笔”，对其挚友江进之的“信腕信口，皆成律度”，给予很高的评价。他说：“然至以剿袭为复古，句比字拟，务为牵合，弃目前之景，摭腐滥之辞。有才者诎于法，而不敢自伸其才；无之者拾一二浮泛之语，帮凑成诗，智者牵于习，而愚者乐其易。……吁，诗至此抑可羞哉！”（《雪涛阁集序》）这对于贵古贱今、蹈袭模拟的复古派，固然是切中要害的打击；对于启迪后进、指导创作来说，也是度人的金针。钟惺则提出“奇理别趣”、“朴素幽真”，作为创作的意境，反对“取古人之极肤极狭极熟，便于口手者”，作为学习古人的途径，也是很有见解的。由此可见，唐代诗人重在体制的创新、形式的完善，明代诗人重在技巧的上达、意境的提炼，其探索诗美的执着精神，是宋、元、清所不及的，是值得我们为之“发潜德之幽光”的。

第二，明诗中贴近生活的现实题材，亦只有三唐的诗歌可与媲美。我们知道，唐代的诗歌是比较贴近生活、贴近现实的。差不多所有杰出的诗人都有干预生活、反映现实、讽谕朝政、揭露阴暗面的作品。试想杜甫如果没有“三吏”、“三别”、“三叹”以及《兵车行》、《丽人行》、《悲陈陶》、《哀江头》、《自京赴奉先县咏怀五百字》、《北征》等闪耀着思想光辉的作品，能够赢得“诗圣”、“诗史”的称号么？白居易如果没有《新乐府》、《秦中吟》以及《长恨歌》、《琵琶行》那样贴近现实生活的篇什，能被人称为“广大教化主”么？明诗的可贵处也在这里，抚时感事、托物抒情、关心朝政得失、同情人民疾苦的作品，充溢在明人的别集、选集和总集中，既打上了时代的烙印，又揭示了问题的实质。同情下层人民的疾苦的，如高启的《猛虎行》、《田家行》、《筑城词》、《牧牛词》，张羽的《踏水车谣》，刘崧的《采野菜》，于谦的《田舍翁》，刘绩的《征夫词》、《征妇词》，李东阳的《马船行》，李梦阳的《豆莖行》，王九思的《卖儿行》，何景明的《岁晏行》，袁宏道的《棹歌行》，陈子龙的《小车行》等，都是用血和泪写成的人间惨象，对处于水深火热的底层人民，给予了深切的关怀和同情，对于那些骑在人民头上拉屎拉尿的统治阶级，表示极端的不满和愤怒。他们在诗歌中所反映的深度和广度，是超迈了宋元而无愧于三唐的。特别是他们敢于把讽刺的烈火，烧向炙手可热的重臣权奸，甚至当时的最高统治者。如王世贞的《钦䲹行》，借钦䲹冒充凤凰，但不能改变其“啄腐鼠”、“分遗腥”的本性，以讽刺严嵩读书钤山，攫取清誉，以蒙蔽君主，窃权罔利，执政二十年，贿赂公行，流毒天下，构思甚新，设喻甚切，不愧是思想性和艺术性结合得很好的名作。李梦阳的《内教场歌》和王廷相的《赭袍将军谣》，都是通过对权力极大、作恶多端、提督十二团营及赞画机密军务的江彬的讽刺和鞭挞，把攻击的矛头直接指向当时的最高统治者明武宗的。说明诗人刚肠嫉恶、义胆包天，不愧是中华民族的脊梁。归有光的《甲寅十月纪事》和《海上纪事》，都是反映明代中叶倭寇骚扰沿海地区的惨象，州官怯战，拿民兵去充当炮灰；官司惧责，把灾情缩小到最低限度。已经是遍地焦土，十室九空了，而官吏不恤民困，仍然到门征税，弄得鸡犬不宁。思想性很强，艺术性也很高。正如钱谦益所评价的那样：“其于诗，似无意求工，滔滔自运，要非流俗可及也。”像这样贴近生活、贴近现实的诗歌，继承了杜甫、白居易的现实主义优良传统，是可以昭日月、泣鬼神，在诗歌发展史上有着不可磨灭的地位的，难道可以用“复古”、“拟古”、“模拟”、“剿袭”一类的贬词，掩盖其经久不息的熠熠光辉么？

第三，开有清一代诗风的，是以顾炎武为代表的明代遗民诗人，而不是由明入清、领袖当时诗坛的钱谦益和吴伟业，更不是“范水模山，批风抹月”的王士祯。清诗是我国古典诗歌的光辉总结，在有清的二百六十八年间，出现了不少的杰出诗人和影响很大的诗歌流派，他们在思想性和艺术性方面，都取得了令人瞩目的成就。特别是鸦片战争以后，阶级矛盾和民族矛盾日益尖锐，帝国主义的铁蹄踏遍了黄河上下、大江南北，给中国人民造成了极大的灾难。诗人们蒿目时艰，身经世变，发而为诗，多愤世哀时之音、救亡图存之意，气贯长虹，义薄云天，慷慨多气，苍劲有力，具有崇高的民族精神、强烈的艺术感染力量，直接继承了以顾炎武为代表的明代遗民诗人的诗风，抒时代之感，写生民之苦，有益世道，影响人心，弘扬了我国诗歌的现实主义优良传统。绝不是钱谦益那种“南渡衣冠非故国，西湖烟水是清流”、“故鬼视今真恨晚，余生较死不争多”之类的诗，为自己的失节进行洗刷，甚至加以粉饰，能够开拓有清一代的诗风的。吴伟业虽然能够“扶植善类”，赡护遗民，与钱谦益迎降清兵有所不同，但那种“误尽平生是一官，弃家容易变名难”、“我本淮王旧鸡犬，不随仙去落人间”自怨自艾的没落感情，也不能承担开拓一代诗风的重任。至于“专以神韵胜，但可作绝句”（赵翼语），“酷不喜少陵”而“又薄乐天”（赵执信语）的王士祯，正是袁枚《仿元遗山论诗绝句》所说的：“一代正宗才力薄，望溪文集阮亭诗”，又怎么能充当开一代诗风的巨匠呢？林昌彝在《论诗》中说得好：“当代风骚谁领袖？开山独让顾亭林。”我认为这是一语破的的真知灼见。顾炎武是如何来开拓一代诗风的呢？一是从诗歌理论上来启迪，他的理论精髓是独辟蹊径，不依傍古人。他在《与人书》中说：“君诗之病，在于有杜，君文之病，在于有韩欧，有此蹊径于胸中，便终身不脱依傍二字，断不能登峰造极。”又说：“近代文章之病，全在摹仿，即使逼肖古人，已非极诣，况遗其神理而得其皮毛者乎？”（《日知录·文人摹仿之病》）这种求变、求新、求独创的诗歌理论，虽在批判明代前后“七子”诗歌理论之弊，同时却哺育了有清一代的诗人，使之能熔唐铸宋，转益多师，尊唐而不抑宋，宗宋而不排唐，把继承和独创较好地结合起来。二是从创作上树立楷模，他的诗取法于老杜，而植根于现实，具有丰富的历史内容和沉雄悲壮的艺术风格。诚如沈德潜所说的："宁人肆力于学……无不穷极根柢，韵语其余事也。然词必己出，事必精当，风霜之气，松柏之质，两者兼有。就诗品论，亦不肯作第二流人。"《明三十家诗选》也说："亭林诗，凭吊沧桑，语多激楚，茹芝采蕨之志，黍离麦秀之悲，渊深朴茂，直合靖节、浣花为一手。"他所创作的那些辉煌诗篇，都是有为而发，有感而作，无一不反映时代的精神，无一不体现自己的艺术风格。正如《明诗别裁集序》所说的："（其诗）皆深造浑厚，和平渊雅，合于言志永言之旨。"这些正是清代诗歌的精神和风貌。

总之，明诗是我国诗歌宝库中的一份珍贵遗产，我们应该给予正确的、科学的评价。丑诋前后"七子"，固然有失公允；鄙薄公安、竟陵，亦为偏曲。因为他们都为建立明代诗歌的艺术大厦，作出过自己应有的贡献。

羊春秋

1994 年 6 月

于湘潭大学之迎旭轩

目录

"诗词名家讲"丛书总序(叶嘉莹) / 1

前言(羊春秋) / 1

刘　基

梁甫吟 / 1

蜀国弦 / 3

题山水图 / 5

感怀(二十四首选二) / 6

旅兴 / 7

太公钓渭图 / 8

古戍 / 9

会稽 / 10

感兴 / 11

懊侬歌 / 12

长门怨 / 12

张以宁

峨眉亭 / 14

送重峰阮子敬南还 / 15

严陵钓台 / 16

有感 / 17

汪广洋

送许时用归越 / 18

登南海驿楼 / 19

宋　濂

送许时用还剡 / 20

陶　凯

长平戈头歌 / 22

张　昱

感事 / 24

宋　讷

壬子秋过故宫(十九首选一) / 26

高　启

猛虎行 / 29

田家行 / 29

筑城词 / 30

牧牛词 / 30
塞下曲 / 31
青丘子歌 / 32
明皇秉烛夜游图 / 35
登金陵雨花台望大江 / 37
张中丞庙 / 39
送谢恭 / 40
与刘将军杜文学晚登西城 / 41
送沈左司从汪参政分省陕西汪由御史中丞出 / 42
清明呈馆中诸公 / 43
吊岳王墓 / 44
凉州曲 / 45
秋柳 / 45
宫女图 / 46
仪秦 / 47

杨　基

感怀 / 48
闻邻船吹笛 / 49
登岳阳楼望君山 / 50
长江万里图 / 51
岳阳楼 / 52
天平山中 / 52

张　羽

踏水车谣 / 54
题陶处士像 / 55

徐　贲

送曾伯滋赴西河将幕 / 57
记梦 / 58

林　弼

秦皇庙 / 59

王　蒙

暮宿田家作 / 61

张　简

醉樵歌 / 63

袁　凯

白燕 / 65
客中除夕 / 66
京师得家书 / 67
题李陵泣别图 / 67
淮西夜坐 / 68

周致尧

西津夜泊 / 70

刘　崧

采野菜 / 72
玉华山 / 73

林　鸿

饮酒 / 74
巫峡啼猿歌送邱少府归四明 / 75
出塞曲 / 76
寄逸人高漫士 / 77

贝　琼

董逃行 / 79
经故内 / 80

鲁　渊

重九 / 82

李延兴

丙申岁咏怀（三首选二） / 84

读贾谊王粲传 / 85

孙　蕡

下瞿塘 / 87

湖州乐 / 89

蓝　仁

西山暮归 / 91

蓝　智

雨中同孟原佥宪登嘉鱼亭 / 93

过云洞岭 / 94

甘　瑾

何梅阁山居 / 95

寄马彦会 / 96

许　继

夜坐 / 97

浦　源

送人之荆门 / 99

高　棅

峤屿春潮 / 101

赋得罗浮霜月怀二逸人 / 102

王　恭

去妇词 / 103

闻笛歌送人之塞上 / 104

春雁 / 105

方孝孺

闲居感怀（九首选二） / 106

解　缙

送刘绣衣按交阯 / 108

交阯即事 / 109

曾　棨

维扬怀古 / 111

杨士奇

高邮 / 113

发淮安 / 114

杨　荣

江西旅怀 / 115

李昌祺

送周秀才游长沙 / 117

于　谦

田舍翁 / 119

石灰吟 / 120

上太行 / 121

施　敬

巴阳夜泊 / 122

刘　绩

题西陵送别图送姚进士 / 123

征夫词 / 124

征妇词 / 124

王　清

塞上感怀 / 126

郭　登

送岳季方还京 / 127

暮春登大同西北城楼同仰寺丞瞻

潘御史洪赋 / 129
甘州即事 / 130
保定途中偶成 / 130
沈　周
西山有虎行 / 132
从军行 / 133
写怀寄僧 / 134
陈献章
厓山大忠祠 / 135
李东阳
马船行 / 138
风雨叹 / 138
九日渡江 / 140
寄彭民望 / 141
与赵梦麟诸人游甘露寺 / 142
游岳麓寺 / 143
西湖曲 / 143
柯敬仲墨竹 / 145
杨一清
山丹题壁 / 146
马中锡
晚渡咸阳 / 148
程敏政
扬州 / 150
祝允明
山窗昼睡 / 152
唐　寅
把酒对月歌 / 153
无题 / 154
文徵明
感怀 / 156
李梦阳
豆萁行 / 159
汉京篇 / 160
去妇词 / 164
朝饮马送陈子出塞 / 166
送李帅之云中 / 167
石将军战场歌 / 167
泰山 / 170
朱仙镇庙 / 171
出塞 / 172
秋望 / 173
东庄藩司诸公见过 / 174
吹台春日古怀 / 175
塞上 / 176
汴京元夕 / 176
徐祯卿
送士选侍御 / 178
寄华玉 / 179
在武昌作 / 180
送友人还吴 / 181
古宫词 / 182

济上作 / 182

王守仁

泛海 / 184

罗旧驿 / 185

王九思

卖儿行 / 187

闻盗贼且至登寿州南城楼野望兼示避盗诸君子 / 189

十四夜月与李二献吉饮 / 190

王廷相

赭袍将军谣 / 191

秋日巴中旅行 / 192

初见白发 / 193

边　贡

运夫谣送方文玉督运 / 194

谒文山祠 / 195

西园 / 196

康　海

闻筝 / 198

四月十九日宴东侍御园亭醉中走笔 / 199

何景明

青石崖栈 / 201

秋江词 / 202

易水行 / 203

岁晏行 / 204

武关 / 205

昭烈庙 / 206

答望之 / 207

送曹端卿谪寻甸 / 208

岳阳 / 209

得献吉江西书 / 210

送韩汝庆还关中 / 211

竹枝词 / 212

顾　璘

度枫木岭 / 213

懊恼曲效齐梁体（四首选一） / 214

常　伦

过韩信岭 / 215

薛　蕙

昭王台 / 217

草堂 / 218

杨　慎

宿金沙江 / 220

三岔驿 / 221

赋得千山红树图送杨茂之 / 222

送余学官归罗江 / 223

塞垣鹧鸪词 / 224

春兴（六首选二） / 225

柳 / 227

怀归 / 228

武侯庙 / 229
寄远曲 / 230
望中条山 / 231

黄　峨

寄外 / 232

孙一元

访樵者 / 234
晚霁 / 235

金　銮

泊淮上 / 236
除夕 / 237

徐　阶

横溪为彭允祯赋 / 238

皇甫汸

舟中对月书情 / 240
九日寄子约 / 241
对月答子浚兄见怀诸弟之作 / 242

皇甫涍

折杨柳 / 243
再别兄弟作 / 244

杨继盛

送徐子与谳狱江南 / 246

徐中行

暮发滁阳 / 248
初入滇关 / 249
山陵道中风雨 / 250

归有光

甲寅十月纪事（二首选一） / 252
海上纪事（十四首选二） / 253

冯惟敏

禽言（六首选三） / 255

谢　榛

榆河晓发 / 257
大梁冬夜 / 258
秋日怀弟 / 259
送谢武选少安犒师固原因还蜀会兄葬 / 260
行路难 / 262
秋闺曲 / 262
捣衣曲 / 263
远别曲 / 264

唐顺之

复官后报京师友人 / 266
南征歌 / 268

李攀龙

又录别 / 269
岁杪放歌 / 270
广阳山道中 / 271
初春元美席上赠谢茂秦得关字 / 272

同元美子相公实分赋怀泰山得钟字 / 273
送皇甫别驾往开州 / 274
怀子相 / 275
寄元美（四首选二） / 276
春日闻明卿之京却寄 / 277
挽王中丞（八首选二） / 278
和聂仪部明妃由 / 279

王世贞

战城南 / 282
钦䲹行 / 283
过维扬有怀子相 / 285
过长平作长平行 / 286
酹孙太初墓 / 289
登太白楼 / 290
乱后初入吴舍弟小酌 / 290
寄家弟振美 / 291
九日风阻郑家口 / 292
广陵访周公瑕不遇 / 293
戚将军赠宝剑歌（十首选二） / 294

梁有誉

姑苏怀古 / 296
暮春病中述怀 / 297

吴国伦

高州杂咏 / 299
寄远曲 / 300

宗　臣

登云门诸山 / 302
寄元美 / 303

欧大任

除夕九江官舍 / 305
登宣武门楼 / 306
十月虏警书事 / 307

戚继光

韬钤深处 / 309
盘山绝顶 / 311

徐　渭

顺昌道中新晴 / 314
怀陈将军同甫 / 314

徐　熥

送人游吴楚 / 316
访梅禹金秦淮客舍 / 317
酒店逢李大 / 318
寄弟 / 319

徐　㶿

宫人斜 / 320

谢肇淛

春怨 / 322
秋怨 / 323
宿吴山寄长安旧人 / 324
雨中度北峡关 / 324

李　贽

初到石湖 / 326

屠　隆

彭城渡黄河 / 328

春日怀桃花别业 / 329

汤显祖

黄金台 / 331

七夕醉答君东 / 332

送别刘大甫 / 333

高攀龙

夏日闲居 / 335

湖上闲居季思子往适至 / 336

夜步 / 337

归子慕

对客 / 339

馆城北 / 340

归江上 / 341

张　溥

孟门行 / 343

袁宏道

棹歌行 / 345

听朱生说《水浒传》/ 346

显灵宫集诸公以城市山林为韵（四首选一）/ 348

出郭 / 349

感事 / 350

袁宗道

初晴即事 / 352

春日闲居 / 353

袁中道

郧城道中 / 355

枝江道中 / 356

江盈科

书思 / 358

读张魏公传有感曲端 / 359

钟　惺

西陵峡 / 361

夜归 / 363

舟晚 / 364

送丘长孺赴辽阳 / 365

桃源词 / 366

谭元春

过利西泰墓而吊之 / 368

丁卯仲冬夜拜伯敬墓讫过其五弟居易家 / 369

江行 / 370

得蜀中故人书 / 371

陈子龙

小车行 / 372

交河 / 373

庐居 / 374

扬州 / 375

重游弇园 / 376

晚秋杂兴 / 378

夏完淳

别云间 / 379

哭吴都督 / 380

春兴八首同钱大作（选一） / 381

忆侯几道云俱兄弟 / 383

鱼服 / 384

寒食杂作同钱二不识赋（四首选二） / 386

瞿式耜

狱中 / 388

张煌言

生还（四首选一） / 390

师次观音门 / 391

追往（八首选一） / 393

被擒时作 / 394

将入武林 / 395

黄周星

秋日与杜子过高座寺登雨花台 / 397

观凌歊台故址 / 398

方以智

看月 / 400

哭卧子 / 401

吴应箕

述怀 / 403

苏州行 / 405

吴嘉纪

挽船行 / 407

过史公墓 / 408

顾炎武

精卫 / 410

酬王处士九日见怀之作 / 411

京口即事 / 412

赠朱监纪四辅 / 413

又酬傅处士次韵 / 414

白下 / 416

赋得秋柳 / 417

与江南诸子别 / 418

旧沧州 / 419

塞下曲 / 419

黄宗羲

山居杂咏 / 421

九日出北门沿惜字庵至范文清东篱 / 422

喜邹文江至得沈眉生消息 / 423

王夫之

杂诗四首（选一） / 425

盛夏奉寄章峨山先生湘阴军中 / 427

春兴（三首选二） / 428

归　庄

落花 / 431

己丑元日 / 432

屈大均

大同感叹 / 434

鲁连台 / 436

秣陵 / 437

塞上曲 / 438

白门秋望 / 439

壬戌清明作 / 440

寒食 / 441

陈恭尹

邺中怀古 / 442

燕台 / 444

蜀中 / 445

隋宫怀古 / 447

秋日西郊宴集（时屈子归自塞上） / 448

明妃怨 / 450

读《秦纪》 / 450

刘　基

刘基（1311—1375），字伯温，处州青田（今浙江温州）人。元至顺四年进士，曾任江西高安县丞、江浙儒学副提举，不久弃官归隐，著寓言小品《郁离子》，揭露暴政、批判现实，颇具社会影响。他博闻强记，通天文，精兵法，有经天纬地之才。至正中，与宋濂同受朱元璋征聘，成为朱元璋的重要谋臣，为明朝的开国元勋之一。官至御史中丞，以佐命功，封诚意伯，后被胡惟庸构陷毒害。正德中，追谥文成，著有《诚意伯集》。

刘基的诗沉郁顿挫，读之使人偾张，与高启同为明初大家。正如王世贞在《艺苑卮言》中所说的："明兴……立赤帜者二家而已，才情之美，无过季迪（高启）；声气之雄，次及伯温。"沈德潜在《明诗别裁》中亦云："文成独标高格，时欲追逐杜、韩，故超然独胜，允为一代之冠。"

梁甫吟

谁谓秋月明，蔽之往往由纤翳[1]；谁谓江水清，淆之往往随沙泥。人情旦暮有翻覆，平地倏忽成山溪。君不见桓公相仲父，竖刁终乱齐[2]。秦穆信逢孙，遂违百里奚[3]。赤符天子明见万里外，乃以薏苡为文犀[4]。停婚仆碑何震怒，青天白日生虹蜺。明良际会有如此[5]，而况童角不辨粟与稊。外间皇父中艳妻[6]，马角突兀连牝鸡[7]。以聪为聋狂作圣，颠倒衣裳行蒺藜。屈原怀沙子胥弃[8]，魑魅叫啸风凄凄[9]。梁甫吟，悲以凄，岐山竹实日稀少[10]，凤凰憔悴将安栖？

✤ **注 释**

[1] 纤翳：小小的阴影。

[2] “桓公相仲父”二句：齐桓公重用管仲，与鲍叔、隰朋、高傒共执国政，尊为仲父，卒能九合诸侯，一匡天下，成为春秋时代的第一个霸主。后来桓公不听管仲的话，重用竖刁、易牙、开方，及桓公卒，竖刁与易牙诛杀群吏，拥立公子无诡为君，引起五公子争立，齐国大乱。见《史记·齐太公世家》。

[3] “秦穆信逢孙”二句：秦穆公与晋侯围郑，因烛之武的游说，而与郑盟，并使其大夫逢孙戍守在那里，后来逢孙反为郑国守卫，见《左传·僖公三十年》。秦穆公闻百里奚贤欲重用之，乃以五羖羊皮赎之于楚，授以国政，号曰五羖大夫。后以不听百里奚的劝阻，与晋战于殽，大败。见《史记·秦本纪》。

[4] “赤符天子”二句：赤符天子，指汉光武皇帝。光武即位前，其同学强华自关中奉《赤伏符》曰：“刘秀发兵捕不道，四夷云集龙斗野，四七之际火为主。”群臣因而进言说：“受命之符，人应为大。万里合信，不议同情，周之白鱼，曷足比焉？”于是光武乃设坛场，即帝位。见《后汉书·光武帝纪》。又伏波将军马援，征交阯时，见南方薏苡实大，服之可以轻身省欲，欲引以为种，军还，载了一车薏苡回去，见者诬为皆明珠文犀，光武闻之大怒。援死，家人不敢办理丧事，槁葬而已。见《后汉书·马援传》。

[5] 明良际会：指明君良臣，风云际会。语出《尚书·益稷》：“元首明哉，股肱良哉！”言明如齐桓、秦穆和汉光武，良如管仲、百里奚和马援，犹然如此，何况其他。

[6] 皇父：泛指宗室大臣。艳妻：泛指内宠。语出《诗·小雅·十月之交》：“艳妻煽方处。”

[7] 马角：喻不可能发生的事。典出《论衡·感虚》：“燕太子丹朝于秦，不得去，从秦王求归。秦王执留之，与之誓曰：‘使日再中，天雨粟，令乌白头，马生角，厨门木象生肉足，乃得归。’”牝鸡：喻女子掌握政权。典出《尚书·牧誓》：“牝鸡之晨，惟家之索。”

[8] 屈原怀沙：屈原，楚的左徒，甚见亲信，后来楚王听信谗言，将他流放江南。屈原忠而被谤，信而见疑，又见郢都沦陷，民生多艰，乃怀沙自沉于汨罗。见《史记·屈原贾生列传》。子胥弃：伍子胥，名员，曾与孙武共佐吴王阖闾伐楚，五战五捷，攻入郢都，使吴成为强国。后来吴王夫差大败越王勾践，勾践卑词请和，子胥谏不从，吴王听信伯嚭的谗言，迫使子胥自杀，取其尸盛以鸱夷革，弃之江中。见《史记·伍子胥列传》。

[9] 魑魅：传说中的山神鬼怪，用以比喻祸国殃民的坏蛋。

[10] 岐山竹实：相传周代兴起之初，有凤鸣于岐山。"上帝东国，集帝梧桐，食帝竹实，没身不去。"见《韩诗外传》卷八。

✤ 评析

《梁甫(父)吟》，本为乐府楚调曲名，其词慷慨悲歌，今所传据说系诸葛亮所作。诗人利用乐府旧名，赋以新的内容，从历史上明良际会的结局，如齐桓之于管仲，秦穆之于百里奚，光武之于马援；以至昏君之于忠良，如楚怀王之于屈原，吴王夫差之于伍子胥，前者仅能苟全性命，后者未能保其首领，因而咨嗟幽忧，发为感慨不平之鸣，哀时愤世之心，于此可见。沈德潜评此诗云："拉杂成文，极烦冤瞶乱之致，此《离骚》遗音也。"是颇为中肯的。

蜀国弦[1]

胡笳拍断玄冰结[2]，湘灵曲终斑竹裂[3]。
为君更奏《蜀国弦》，一弹一声飞上天。
蜀国周遭五千里，峨眉岧岧连玉垒[4]。
岷嶓出水作大江[5]，地耆天浮戒南纪[6]。
舒为五色朝霞晖，惨为虎豹嗥阴霏。
翕为千嶂云雨入，嘘为百里雷霆飞[7]。
白盐雪消春水满[8]，谷鸟相呼锦城暖[9]。
巴姬倚歌汉女和[10]，杨柳压桥花纂纂[11]。

铜梁翠气通青蛉[12],碧鸡啼落天上星[13]。
山都号风寡狐泣[14],杜鹃呜咽愁幽冥[15]。
商悲羽怒听未了[16],穷猿三声巫峡晓[17]。
瞿塘喷浪翻九渊[18],倒泻流泉喧木杪[19]。
楼头仲宣羁旅客[20],故乡渺渺音尘隔[21]。
含凄更听蜀国音,不待天明头尽白。

✤ **注释**

[1] 蜀国弦:乐府《相和歌辞·四弦曲》之一,古词已亡,梁简文帝等有拟作,亦系吟咏蜀中的故事。

[2] 胡笳拍:东汉女诗人蔡琰所作的《胡笳十八拍》,抒发其流落塞外、回归祖国的复杂心态,情词哀怨,感人至深。玄冰:厚厚的冰块。语出李陵《答苏武书》:"胡地玄冰,边土惨烈。"

[3] 湘灵:湘水之神,相传即虞舜之妃娥皇、女英。斑竹:亦名湘妃竹。相传舜死于苍梧,二妃的眼泪染竹成斑,因以得名。见旧题南朝梁任昉《述异记》。

[4] 峨眉:蜀中名山,在今四川省峨眉山市西南,峰峦挺秀,为我国旅游胜地。岧岧:形容山的高峻。玉垒:山名,在今四川省都江堰市西北,即杜甫所说的"玉垒浮云变古今"。

[5] 岷嶓:两山名。岷山在四川北部,嶓山在甘肃天水,分别为岷江以及汉水的发源地,两水皆流入长江。

[6] 地砉天浮:极言大江的水势汹涌,使蜀地分裂,天宇浮动。戒南纪:到了西南的尽头。戒,到;纪,极,尽头。

[7] "舒为"四句:形容蜀地的气象变化无穷。云气舒张则朝霞灿烂,云气暗淡则虎豹怒嗥,云气聚合则为云雨,云气吹动则为雷霆。舒,舒张;惨,暗淡;翕,合,聚;嘘,呼气。

[8] 白盐:山名,在重庆市奉节县白帝城江边,以其色白若盐而得名。

[9] 锦城:锦官城,成都的别称,以产蜀锦著称,古代在此设立锦官,因而得名。

[10] 巴姬:巴东的美女。汉女:汉水两岸的美人。

[11] 纂纂:集聚貌,形容花团锦簇、色彩绚丽。

[12] 铜梁:山名,在今重庆市合川区南,以其颜色如铜而得名。青蛉:古县

名，治所在今云南省大姚县。

[13] 碧鸡：山名，在今云南省昆明市西南，其色碧，其状如鸡，故名。昆明市东又有金马山。两山皆有祠，以祀金马、碧鸡之神。见《汉书·郊祀志》。

[14] 山都：兽名，即狒狒。其状如人，面长唇黑，身有毛，俗呼之曰山都。见《尔雅·释兽》(郭璞注)。

[15] 杜鹃呜咽：传说蜀王杜宇，教民务农，号曰望帝，会有水灾，乃禅位于其相，自已登西山而隐焉。及死，其魄化为鸟，名曰杜鹃。鸣时呜咽悲切，口中啼血。见《华阳国志·蜀志》。

[16] 商悲羽怒：商、羽为古五音(宫、商、角、徵、羽)之一。商声悲切，羽音激昂。

[17] 穷猿三声：化用《水经注·江水》所引渔歌"巴东三峡巫峡长，猿鸣三声泪沾裳"的歌谣。巫峡：长江三峡之一。在今重庆市巫山县至湖北省巴东县间。

[18] 瞿塘：瞿塘峡，长江三峡之一，高峰连天，波涛汹涌，所以有"瞿塘最险"的话。在今重庆市奉节县白帝城东。九渊：九重之渊，极言其深。

[19] 木杪：树梢。王维《送梓州李使君》有"树杪百重泉"之句。

[20] 楼头仲宣：仲宣楼，故址在荆州城东南。仲宣，为建安七子之一的王粲的字，他在流寓荆州时，曾作《登楼赋》，以抒发其思乡之情。

[21] 音尘隔：音信隔绝。

✤ 评析

洪武三年(1370)，征西将军汤和与征虏前将军傅友德分别沿三峡、出秦陇以伐蜀。四年，蜀主明昇奉玺印诣军门请降，于是西蜀荡平，天下一统。诗人既作了《平西蜀颂》，以歌颂"如雷如霆，天子之威。庙算先定，鬼神莫违"的功业；又以磅礴的气势、丰富的想象、排奡的笔致、奇特的语言，写了这篇《蜀国弦》，像李白的《蜀道难》一样，歌颂了西蜀的奇丽风光，也透露了对社会的某些忧虑与关切。

题山水图

江上何所有，高低千万峰。

结庐覆以茅，取足聊自容[1]。
绿树既蓊郁[2]，清溪亦溶溶[3]。
地僻无车马[4]，猿鸟得相从[5]。
日落沙际明，寒烟淡疏松。
苍茫云霞外，隐见青芙蓉[6]。
悠然一舸还[7]，好景时独逢。
归来山月出，古刹鸣昏钟[8]。

✤ 注释

[1]“取足”句：言取其足以容膝。《韩诗外传》：“北郭先生妻曰：‘今结驷列骑，所安不过容膝。’”容膝，指矮小的房屋。此当化用陶渊明《归去来兮辞》“审容膝之易安”的句意。

[2] 蓊郁：草木很苍翠、很茂密的样子。

[3] 溶溶：水流的样子。李商隐《裴明府居止》：“爱君茅屋下，向晚水溶溶。”

[4]“地僻”句：言地方偏僻，没有车马的喧扰。此当化用陶渊明《戊申岁六月中遇火》“草庐寄穷巷，甘以辞华轩”和《饮酒》“结庐在人境，而无车马喧”的句意。

[5]“猿鸟”句：言其愿与猿鸟为侣，以适其山林之趣。

[6] 青芙蓉：青翠的山峰。

[7] 舸：船。

[8] 古刹：古寺。昏钟：向晚的钟声。

✤ 评析

在题画面山水中，寄寓着自己的林泉之趣。格高调雅，具见诗人清风明月的胸襟。

感　怀（二十四首选二）

驱车出门去，四顾不见人。

回风卷落叶[1]，飒飒带沙尘[2]。
平原旷千里，莽莽尽荆榛[3]。
繁华能几何？憔悴及兹辰[4]。
所以芳桂枝，不争桃李春。
云林耿幽独[5]，霜雪空相亲。

结发事远游[6]，逍遥观四方。
天地一何阔[7]，山川杳茫茫。
众鸟各自飞，乔木空苍凉。
登高见万里，怀古使心伤。
伫立望浮云，安得凌风翔？

✤ 注释

[1] 回风：旋风，旋转的风。
[2] 飒飒：风声。
[3] 莽莽：广阔无际的样子。
[4] 兹辰：今朝。
[5] 耿：的确，真正。
[6] 结发：束发。指年轻的时候。
[7] 一何：多么。

✤ 评析

诗人生于元末，沉抑下僚，既不愿与桃李争春，又希望能凌风飞翔，而又满目荆榛，浮云蔽日，看不到光明和希望。悲穷叹老、哀时愤世之情，渗透在字里行间。

旅 兴

倦鸟冀安巢，风林无静柯。

路长羽翼短，日暮当如何！
登高望四方，但见山与河。
宁知天上雨，去为沧海波？
慷慨对长风，坐感玄发皤[1]。
弱水不可航[2]，层城岌嵯峨[3]。
凄凉华表鹤[4]，太息成悲歌。

✤ 注释

[1] 玄发皤：黑发变成白的了。皤：白色。

[2] 弱水：水浅不通舟楫的叫弱水。旧题东方朔《十洲记》："凤麟洲在西海之中央……洲四面有弱水绕之，鸿毛不浮，不可越也。"

[3] 层城：比喻高层的城郭。古代神话谓昆仑山有层城九重，上层叫层城，为太帝所居。见《淮南子·坠形训》。岌：高耸貌。嵯峨：山峻高貌。

[4] 华表鹤：传说汉辽东人丁令威，学道成仙，后化鹤归来，落在城门的华表上，有少年欲射之，鹤乃飞鸣作人语曰："有鸟有鸟丁令威，去家千年今始归。城郭如故人民非，何不学仙冢累累。"见《搜神后记》卷一。

✤ 评析

此诗当为诗人在元时所作。那时想有一个"安巢"、一枝"静柯"也不可得，所以有路长、羽短、日暮的感叹，有弱水难航、层城难攀的悲吟。诚如游潜在《梦蕉诗话》中所说的，"忧时痛国，每形于辞"。然而诗人胸中自有一段非常的光景，非常的抱负。"宁知天上雨，去为沧海波"，便是诗人的心声。

太公钓渭图[1]

璇室群酣夜[2]，璜溪独钓时[3]。
浮云看富贵[4]，流水淡须眉。
偶应非熊兆[5]，尊为帝者师。

轩裳如固有[6]，千载起人思。

✤ 注释

[1] 太公：吕尚。相传他曾经钓于渭水，周文王出猎相遇，与语大悦，同载而归，说："吾太公望子久矣！"因号为太公望，立为师。武王即位，尊为"师尚父"。辅佐武王灭殷，建立周朝。见《史记·齐太公世家》。

[2] 璇室：美玉装饰起来的房子。相传桀作璇室、象廊，纣为倾宫、鹿台。见《三国志·魏书·杨阜传》。此指商纣王的奢侈、荒淫。

[3] 璜溪：磻溪，在今宝鸡市渭水之滨。相传太公望垂钓于此，得璜玉，故又号璜溪。见《尚书大传》卷二。

[4] "浮云"句：比喻对富贵毫不在意。语出《论语·述而》："不义而富且贵，于我如浮云。"

[5] 非熊兆：相传周文王将出猎，使人卜之，曰："将大获，非熊非罴，天遗汝师以佐昌。"果得吕尚于渭水之阳。见《史记·齐太公世家》及《宋书·符瑞志上》。二者文字略有异同。

[6] 轩裳：卿大夫所乘的车和所着的衣。

✤ 评析

名为题画，实则咏史；明为歌颂吕尚的风云际会，实则抒发自己的远大抱负。沈德潜说此诗"通首格高，隐然有王佐气象"。有是哉！有是哉！

古　戍[1]

古戍连山火[2]，新城殷地笳[3]。
九州犹虎豹[4]，四海未桑麻。
天迥云垂草[5]，江空雪覆沙[6]。
野梅烧不尽，时见两三花。

✤ **注释**

[1] 古戍：古代军队戍守的营垒。

[2] 连山火：在高山上接连构筑的烽火台。一旦外敌入侵，即点火报警。

[3] 殷地笳：号角震地。殷，震响；笳，胡笳，古代西北少数民族在军队中所使用的管乐器。

[4] “九州”句：指元末所发生的频繁战乱。

[5] 天迥：高远的天空。云垂草：云层低垂，与草原相连。

[6] 雪：此指雪白的浪花。诗词中往往以“雪”代波浪，如苏轼《满江红》的“卷起千堆雪”。

✤ **评析**

末二句化用白居易《赋得古原草送别》的“野火烧不尽，春风吹又生”的意境，于荒凉破败中，露出无限生机，暗示自己对未来充满着希望。顾起纶《国雅品》说：“公伊吕之佐，文其绪余耳。故骏才鸿调，工为绮丽。古风如《思归引》、《思美人》，近体如《古戍》，并出《骚》、《雅》。”斯言得之。

会稽

会稽南镇夏王封[1]，蔽日腾空紫翠重[2]。
阴壑烟霞辉草木，古祠风雨出蛟龙。
玄夷此日归何处[3]？玉简他年岂再逢[4]！
安得普天休战伐[5]，不令竹箭困输供[6]。

✤ **注释**

[1] 会稽：山名，在浙江省绍兴市东南。相传大禹在此大会诸侯，计功而崩，因葬于此。见《史记・夏本纪》。至今此地有禹墓、禹庙等古迹，供人瞻仰。

[2] 紫翠重：形容紫红的山花、青翠的树木很茂密。

[3] 玄夷：一本作“玄圭”，是。《尚书・禹贡》：“禹锡玄圭，告厥成功。”又《史记・夏本纪》：“于是帝锡禹玄圭，以告成功于天下。”此正用其事。

[4] 玉简：玉制的简书。相传禹凿龙门，有一人面蛇身之神，探玉简以授禹。简长一尺二寸，以合十二时之数，使量度天地，禹即持此以平定水土。见晋王嘉《拾遗记·夏禹》。

[5]“安得”句：此化用杜甫《洗兵马》的“安得壮士挽天河，净洗甲兵长不用”与《昼梦》的“安得务农息战斗，普天无吏横索钱”的语意。

[6] 竹箭：竹制的箭杆。会稽多竹，是箭杆的供输地。《尔雅·释地》：“东南之美者，有会稽之竹箭焉。”

✤ 评析

此诗当作于洪武初年，其时东粤、南闽、西蜀，尚未统一，故诗人在游览会稽时，缅怀夏禹的功绩，寄托对和平统一的美好愿望。

感　兴

天弧不解射封狼[1]，战骨纵横满路旁。
古戍有狐鸣夜月[2]，高冈无凤集朝阳[3]。
琱戈画戟空文物，废井颓垣自雪霜。
漫说汉庭思李牧，未闻郎署遣冯唐[4]。

✤ 注释

[1] 天弧、封狼：星的名字。《晋书·天文志》：“狼一星，在东井东南。狼为野将，主侵掠……弧九星，在狼东南，天弓也，主备盗贼。”

[2]“古戍有狐”句：《史记·陈涉世家》：涉“又间令吴广之次所旁丛祠中，夜篝火，狐鸣呼曰：‘大楚兴，陈胜王。’卒皆夜惊恐，旦日，卒中往往语，皆指目陈胜”。此用其事，以指元末农民起义军蜂起云涌。

[3]“高冈无凤”句：《诗·大雅·卷阿》：“凤凰鸣矣，于彼高冈；梧桐生矣，于彼朝阳。”后因以比喻贤士得遇明主。

[4]“漫说”二句：汉代的冯唐为郎中署长，文帝辇过郎署，冯唐为言廉颇、李牧的故事。文帝叹曰：“嗟乎！吾独不得廉颇、李牧为将，岂忧匈奴哉！”冯唐说：

“陛下虽有廉颇、李牧，不能用也。”帝问其故，冯说：魏尚抵御匈奴，军功卓著，仅仅因为虚报斩获六级，便撤职查办。赏轻罚重，故虽有李牧不能用。文帝很高兴，即日遣冯唐持节赦免魏尚，复为云中守。见《汉书·冯唐传》。廉颇、李牧，皆战国时赵之良将。

✤ 评析

此诗亦当作于入明之前。其时战乱频仍，农民起义军蜂起蚁附，而不能延揽人才、任用良将，以迅速推翻蒙古贵族的统治，致使文物被毁、生灵被屠，感而有赋。

懊侬歌[1]

白鸦养雏时，夜夜啼达曙[2]。
如何羽翼成，各自东西去？

✤ 注释

[1] 懊侬歌：乐府吴声歌曲名，源于江南民歌，多抒写男女爱情受到挫折的苦恼。也作“懊依歌”、“懊恼歌”。

[2] 曙：天亮。

✤ 评析

对社会病态讽刺良深，儿女之于父母，部属之于统领，往往羽翼丰满，便视同路人。沈德潜谓刘基的诗，“乐府高于古诗，古诗高于近体”。读此信然。

长门怨[1]

白露下玉除[2]，风清月如练[3]。

坐看池上萤，飞入昭阳殿[4]。

✤ 注释

[1] 长门怨：乐府相和歌楚调曲名。《乐府解题》："《长门怨》者，为陈皇后作也。"长门，汉宫殿名。武帝陈皇后失宠，别居长门宫。

[2] 玉除：玉阶，即玉石砌成的台阶。

[3] 月如练：月色如白色的绢。

[4] 昭阳殿：汉宫殿名。系宠妃赵飞燕所居。

✤ 评析

此与王昌龄《长信秋词》的"玉颜不及寒鸦色，犹带招阳日影来"同一构思，不过一为"寒鸦"，一为"池萤"而已。明宗臣说此诗"不作怨语，怨已自深"，即所谓"怨而不怒，深得风人之旨者"。

张以宁

张以宁（1301—1370），字志道，福建古田人。因家居古田翠屏山下，自号翠屏山人，学者称翠屏先生。元泰定四年（1327）进士，官至翰林院侍读学士。明初，例徙南京，复召为侍讲学士，曾经奉使安南，还卒于道。著有《翠屏集》。

明陈廷器说他的诗“沉郁雄健者可追汉魏，清婉俊逸者足配盛唐”。徐子元说他的诗“高雅俊逸，超绝畦畛。《翠屏》千仞，可望不可跻”。可谓推崇到了极点了。其实先生不但诗的造诣很深，且精于《春秋》之学，著有《胡传辨疑》、《春王正月考》等。

峨眉亭[1]

碧酒双玉瓶，独酌峨眉亭。
不见李太白[2]，惟见三山青[3]。
秋色淮上来[4]，苍然满云汀。
安得十五弦[5]，弹与蛟龙听。

✤ 注 释

[1] 峨眉亭：在南京采石山下。

[2] 不见李太白：《明诗纪事》甲签卷三作“不见谪仙人”。

[3] 三山：在南京西南长江东岸。李白《登金陵凤凰台》“三山半落青天外”即

指此。

[4] 淮上：秦淮河之上，河在南京市。

[5] 十五弦：琴瑟的别名。宋罗泌《路史·后记十一》："拌五弦之瑟为十五弦。"

✤ 评析

沈德潜云："'秋色淮上来'二十字，何减太白。"

送重峰阮子敬南还[1]

君家重峰下，我家大溪头[2]。
君家门前水，我家门前流。
我行久别家，思忆故乡水。
况乃故乡人，相见六千里。
十年在扬州，五年在京城。
不见故乡人，见君难为情。
见君情尚尔[3]，别君奈何许！
送君遽不堪，忆君良独苦。
君归过江上，为问水中鱼。
别时鱼尾赤[4]，别后今何如？

✤ 注释

[1] 阮子敬：作者的同乡好友，福建重峰人。

[2] 大溪：福建古田城南有二流汇合，因名双溪，又叫大溪。

[3] 尚尔：尚且如此。尔，如此，这般。

[4] 鱼尾赤：比喻民生劳苦。语出《诗·国风·汝坟》："鲂鱼赪尾，王室如毁。"赪，赤的意思。

✤ 评析

此诗纯用白话，而情意缠绵。复叠回环，深得民歌的神情风味。开端四句，令人联想到李之仪《卜算子》的“我住长江头，君住长江尾。日日思君不见君，共饮长江水”。但它在当时的影响，远远超过李词。《静志居诗话》：“《重峰》送别一篇，仿太白可称合作。李方伯桢《题双燕图寄人》诗云：‘君家吟溪北，我家郡北西。君家梁间燕，我家梁间栖。’周尚书忱《送人》诗云：‘我家白沙渚，君家桐江头。我家门前水，亦向桐江流。’当皆从此出，可知是作脍炙当时。”

严陵钓台[1]

故人已乘赤龙去[2]，君独羊裘钓月明[3]。
鲁国高名悬宇宙，汉家小吏待公卿。
天回御榻星辰动[4]，人去空台山水清。
我欲长竿数千尺，坐来东海看潮生。

✤ 注释

[1] 严陵钓台：在今浙江省桐庐县之富春山。严陵，即严光，字子陵，浙江余姚人。曾与汉光武同学，及光武即位，乃变名姓，隐居不见。

[2] “故人”句：言光武已经即位称帝。故人：指汉光武。乘赤龙：比喻乘时称雄。语出《易·乾》：“时乘六龙以御天。”

[3] “君独”句：言光武使人根据严光的形貌去寻找，有人上言：“有一男子，披羊裘钓泽中。”光武疑其为光，乃备安车玄𫄸前去请他，往返三次而后肯去。见《后汉书·逸民传·严光》。

[4] “天回”句：光武接见严光，“论道旧故，相对累日”。“因共偃卧，光以足加帝腹上。明日，太史奏客星犯御坐甚急。帝笑曰：‘朕故人严子陵共卧耳。’”见《后汉书·逸民传·严光》。

✤ 评析

沈德潜评此诗云："明人咏严陵者，以此章为最。"好在用事贴切、吐辞秀雅，结句尤有新意，把诗人坐看龙虎争斗、风云变幻的心态，和盘托出。

有感

马首桓州又懿州[1]，朔风秋冷黑貂裘[2]。
可怜吹得头如雪，更上安南万里舟[3]。

✤ 注释

[1] 桓州：州名，治所在今内蒙古自治区正蓝旗西北。懿州：在今辽宁阜新。

[2] 黑貂裘：此用苏秦落魄不遇的故事。《战国策·秦策》："(苏秦)说秦王书十上，而说不行，黑貂之裘敝，黄金百斤尽。"

[3]"更上"句：诗人于洪武二年，奉命出使安南。此诗当作于出使时。安南，即越南。

✤ 评析

寥寥数语，道尽羁旅行役之苦、为国宣劳之心。诗人清廉自律，北还临终前，口占一诗有"覆身惟有黔娄被，垂橐都无陆贾金"之句，读之益见老臣为国之高尚情操。

汪广洋

汪广洋（？—1379），字朝宗，广洋是明太祖赐的名。江苏高邮人，元至正进士，流寓太平（今安徽当涂），朱元璋召为元帅府令史，累官中书右司郎中，拜江西参政。洪武三年，以开国功臣封忠勤伯，两度出任右丞相。洪武十二年，坐胡惟庸党嫌，贬海南，舟次太平，朱元璋怒其在江西庇护朱文正，在中书省没有揭发杨宪，中途赐死。著有《凤池吟稿》。

他的诗富有清刚之气，洗尽元人纤丽之态。宋濂说他的诗“从征伐则震荡超越，在廊庙则庄雅尊严”。顾起纶说他的诗“词新调闲，不失唐人大简”。俞汝成说他的诗“气骨雄浑，语意爽朗，卓然可传”。说明他在明初是一位颇受推崇的作家。

送许时用归越[1]

旧擢庚寅第[2]，新题甲子篇[3]。
老来诸事废，归去此身全。
烟树藏溪馆，霜禾被石田。
鉴湖求一曲[4]，吾计尚茫然。

✣ 注释

[1] 许时用：浙江嵊县（今绍兴嵊州）人，元末进士，与宋濂、汪广洋相唱和。

越：古国名，辖境为今浙江。

[2] 庚寅第：举元至正十年(1350)进士，岁次庚寅。此指许时用。

[3] 甲子篇：歌颂新朝的诗篇。此反用陶渊明自义熙后，所作诗文，但书甲子，而不写年号。

[4] "鉴湖"句：鉴湖，即镜湖，在今浙江省绍兴市南，以水面如镜而得名。宋以来淤塞。唐贺知章告老还乡时，曾向唐明皇乞鉴湖一曲。此处为诗人以贺知章自比。

✤ 评析

"归去此身全"，喜友人归越之词；"鉴湖求一曲"，写自己出处之矛盾心态。栗栗危惧之情，已溢于言表矣。

登南海驿楼[1]

海气空蒙日夜浮[2]，山城才雨便成秋。
冯唐头白偏多感[3]，倚遍天南百尺楼。

✤ 注释

[1] 南海：今广州市。

[2] 空蒙：混茫迷漫的样子。

[3] 冯唐：西汉安陵(今陕西咸阳东北)人。历仕文帝、景帝、武帝三朝，年已九十，尚为郎官。见《史记·张释之冯唐传》。

✤ 评析

此诗当作于洪武六年(1373)诗人贬为广东参政时。诗以冯唐自喻，表明自己直言敢谏，不知忌讳，以致年老被贬。末句流露出进退出处的矛盾心情。

宋　濂

宋濂（1310—1381），字景濂，因其先为金华潜溪人，故被称为潜溪先生。至濂，始迁居金华浦江。自幼嗜学，家贫无书，每假之于藏书家，手自笔录，天寒砚冰，指不能屈，弗敢怠。曾师事吴渊颖、黄溍、柳贯等。元末，以翰林院编修召，不就。洪武初，以文学受知，充《元史》总裁，除翰林学士，为开国文臣之首。后以长孙慎坐胡惟庸党，明太祖欲置濂于死地，得皇后、太子力救，得以安置茂州，卒于途中。正德中，追谥文宪。有《宋学士集》。宋濂以散文著称，文章雄视一代。王世贞说他“虽以文名，而诗亦严整妥切”。

送许时用还剡[1]

尊酒都门外[2]，孤帆水驿飞。
青云诸老尽，白发几人归。
风雨鱼羹饭，烟霞鹤氅衣[3]。
因君动高兴，予亦梦柴扉。

✤ 注释

[1] 剡：今浙江绍兴嵊州。亦称剡中。

[2] 都门：京城城门。此指南京。

[3] 鹤氅：鸟羽制的裘。

✤ 评析

“青云诸老尽，白发几人归”二语，无限感慨，无穷辛酸，与少陵“访旧半为鬼，惊呼热中肠”同一机杼。

陶　凯

陶凯，字中立，浙江临海人。元末领乡荐，洪武初召修《元史》，除翰林应奉，升礼部尚书。制订明代科举制度，充当第一任主考官。洪武六年，出为湖广参政，复召为国子祭酒，改晋王府左相。以自号耐久道人，引起朱元璋的不满，假以在礼部时朝使往高丽，主客曹误用符验的罪名论死。有《陶尚书集》。

长平戈头歌[1]

长平野人凿地得古戈，上有疑字岁久俱灭磨。惜不能如丰城古剑射牛斗[2]，吁嗟戈乎奈尔何！但见青铜凝寒暮烟紫，月黑山深夜飞雨。恨血千年犹未消[3]，荒郊夜夜啼冤苦。当年赵括轻秦人[4]，降卒秦坑化为土。嗟哉赵亡秦亦亡，落日长城自今古。摩挲尔戈一问之，令人为尔生愁思。何不以尔为钟镰[5]，何不以尔为鼎彝[6]，吁嗟戈乎徒尔悲！尔今还当太平世，人间销兵铸农器[7]。愿寿吾皇千万年，终古不用戈与铤[8]。

✤ 注释

[1] 长平：地名，赵国故邑，在今山西省高平市西北。周赧王五十五年，秦将白起坑赵降卒四十万人于此。

[2] 丰城古剑：传说吴未灭时，斗牛二星之间常有紫气。及吴平，紫气愈明。豫章人雷焕妙通纬象，言紫气为丰城宝剑的精气，尚书令张华即补焕为丰城令，密令寻之。焕到县，掘狱基，得双剑，一曰龙泉，一曰太阿。见《晋书·张华传》。

[3] 恨血：饮恨而死者的血。语出唐李贺《秋来》的“恨血千年土中碧”。

[4] 赵括：战国时赵将，他只会在纸上谈兵，而不能结合实际灵活处理。赵王让他代替廉颇为将，与秦将白起战于长平，秦绝其粮道，围四十六日，赵括率锐卒突围，被秦军射杀，所部四十万人投降，尽被秦军坑杀。见《史记·廉颇蔺相如列传》与《史记·白起王翦列传》。

[5] 钟鐻：放钟鼓的架子。秦始皇统一天下后，曾经“收天下之兵，聚之咸阳，销锋铸鐻，以为金人十二”。见《史记·秦始皇本纪》。

[6] 鼎彝：在上面刻铭纪功的鼎。彝，古代宗庙中的礼器。

[7] 销兵铸农器：此从杜甫《蚕谷行》“焉得铸甲作农器，一寸荒田牛得耕”的句意化用而来。

[8] 鋋：铁柄短矛。《史记·匈奴传》：“长兵则弓矢，短兵则刀鋋。”

✤ 评析

将长平戈头拟人化，既怜其恨血未销，寒夜啼冤；又恨其不为钟鐻，不为鼎彝，把时空的距离压缩在很小的画面上，是对战争的诅咒，是对历史的反思。末四句以“人间销兵铸农器”为主旨，甚得颂扬新朝之体。

张　昱

张昱，字光弼，庐陵（今江西吉安）人，移居杭州。元末，行枢密院判官。明太祖召至，深见温接，悯其老，曰可闲矣，因自号可闲老人。有《张光弼集》。其诗派出西昆，颇见秾缛。一些篇章，置之杨亿、刘筠集中，未能猝辨。杨东里说他的诗“气宇闳壮，节制老成而从容，雅则称其所传”。

感　事

雨过湖楼作晚寒，此心时暂酒边宽。
杞人惟恐青天坠[1]，精卫难期碧海干[2]。
鸿雁信从天上过，山河影在月中看。
洛阳桥上闻鹃处，谁识当时独倚阑[3]？

✤ 注释

[1]“杞人”句：相传杞国有个人，担心天要塌下来，自己无处存身，愁得觉也睡不稳，饭也吃不香。见《列子 · 天瑞》。

[2]“精卫”句：精卫，古代神话中的小鸟。相传炎帝的女儿在东海淹死后，灵魂化为精卫，经常衔着西山的木头和石块去填东海。见《山海经 · 北山经》及《述异记》。

[3]“洛阳桥”二句：洛阳桥，又名天津桥，在洛阳市西南。隋炀帝以洛水贯都，有天汉津梁的气象，因建此桥，名曰天津。此用黄巢《自题像》的“天津桥上

无人识,独倚阑干看落晖”的句意。相传黄巢败后为僧,依张全义于洛阳,曾绘像题诗如上。此当指张士诚。张曾招聘诗人为辅,昱不赴,投以诗云:“山中棋局迷樵客,溪上桃花误钓船。”暗示张的必败。

✣ 评析

此诗当作于张士诚败亡之际。诗以黄巢比张士诚,极尽揶揄讽刺之能事。相传诗人料定张氏必败,曾作诗刺之云:“一阵东风一阵寒,芭蕉长过石阑干。只消几个蕾腾醉,看得春光到牡丹。”与此对读,当能进一步了解诗意。

宋　讷

宋讷（1311—1390），字仲敏，河南滑县人。元末进士，官盐山知县。洪武六年（1373）应聘为北平考官，十三年征为国子助教，迁翰林学士，擢文渊阁大学士，改国子祭酒。卒于官。正德中，追谥文恪。有《西隐集》十卷。

李时远说："宋公师道尊严，为一代典型。诗文浑健古雅，同游诸儒皆推之。"《四库总目提要》也是这样评价的。

壬子秋过故宫[1]（十九首选一）

万年海岳作金汤[2]，一望凄然恨自长。
禾黍秋风周洛邑[3]，山河残照汉咸阳[4]。
上林春去宫花落[5]，金水霜来御柳黄[6]。
虎卫龙墀人不见[7]，戎兵骑马出萧墙[8]。

✤ 注释

[1] 此诗共十九首，此选其十三。壬子：洪武五年（1372）。故宫：元故宫。

[2] 金汤：金城汤池的缩语。喻防守坚固。金以喻坚，汤以喻沸热不可近。杜甫《有感》："莫取金汤固，长令宇宙新。"

[3] "禾黍"句：《诗·王风·黍离》序谓西周亡后，周大夫过故宗庙宫室，尽为禾黍，彷徨不忍去，乃作此诗。后因以为感慨亡国、触景生情之典。洛邑：洛阳，周都所在。

[4]“山河残照”句：此用李白《忆秦娥》“西风残照，汉家陵阙”的句意。咸阳：汉都。

[5]上林：苑名，旧址在今陕西西安。本为秦的旧苑，汉武帝扩建，周围三百里，有离宫七十所。

[6]金水：水名。在今北京市。以其入京城，历禁苑，故名金水河。金始引玉泉水东注于太液池（今中南海）、什刹海，元重修。两岸植柳，称为御柳。

[7]虎卫：勇猛的卫士。龙墀：刻有龙形的玉阶。

[8]萧墙：门屏，古代宫室用以分隔内外的当门小墙。

✤ 评析

朱彝尊谓诗人“过元宫诸诗，悲凉酸楚，虽初明（沈炯）《通天》之表、子山（庾信）《江南》之赋，无以逾之”。信然。

高 启

高启(1336—1374),字季迪,号槎轩,长洲(今江苏苏州)人。因在元末隐居吴淞青丘,故又号青丘子。洪武二年应召修《元史》,授翰林院国史编修,寻擢户部侍郎。他与杨基、徐贲、张羽,号称“吴中四杰”,而其才力成就,远在三人之上。因《宫女图》“女奴扶醉踏苍苔,明月西园侍宴回。小犬隔花空吠影,夜深宫禁有谁来”,得罪朱元璋,因不该为获罪处死的魏观写《上梁文》的借口,被腰斩于南京,年仅三十九岁。有《高青丘集》。

他的歌行沉雄奔放,近体明丽清新,无体不备,无体不工,得到当时和后代的推崇。李东阳说:“国初称高、杨、张、徐,季迪才力声调过三人远甚,百余年来,亦未见卓然有以过之者。”杨慎也说:“季迪一变元风,首开大雅。”顾玄言则说:“高侍郎始变元季之体,首倡明初之音。发端沉郁,入趣幽远,得风人激刺微旨,足以嗣响盛唐。”沈德潜在《明诗别裁》中说:“侍郎诗上自汉魏、盛唐,下至宋、元诸家,靡不出入其间,一时推大作手。”陈田在《明诗纪事》中说:“季迪诸体并工,天才绝特,允为明三百年诗人称首,不止冠绝一时也。”可见人们对他诗歌的评价是极高的。当然也有人说他“才调有余,蹊径未化”,“未能熔铸变化,自为一家”,而停留在“拟汉魏似汉魏,拟六朝似六朝,拟唐似唐,拟宋似宋”的阶段。

猛虎行

阴风吹林乌鹊悲[1]，猛虎欲出人先知。
目光燑燑当路坐[2]，将军一见弧矢堕[3]。
几家插棘高作门，未到日没收猪豚。
猛虎虽猛犹可喜，横行只在深山里。

✤ 注释

[1]“阴风”句：谓虎出必有风起，必有鹊飞悲啼，人们可以预先躲避。此从《易·乾》“云从龙，风从虎”化出。

[2] 燑燑：明亮貌。

[3] 弧矢：弓箭。

✤ 评析

末二句揭示诗的主旨，言虎只在深山横行，而“猛于虎”的“苛政”，则无往不在，无处可逃。这就是“入趣幽远”，“得风人激刺微旨”。

田家行

草茫茫，水汩汩[1]，上田芜，下田没[2]。中田有禾穗不长，狼藉只供凫雁粮[3]。雨中摘归半生湿[4]，新妇舂炊儿夜泣。

✤ 注释

[1] 汩汩：水急流之态。

[2] 没：淹没。

[3] 狼藉：散乱，此处代指散乱的禾谷。凫：水鸟，俗称野鸭。

[4] 半生：没有完全成熟。

✤ 评析

用朴质的语言、白描的手法，把一幅广大农民在饥饿线上挣扎的田家破产图，生动地描绘了出来。

筑城词[1]

去年筑城卒，霜压城下骨；
今年筑城人，汗洒城下尘。
大家举杵莫住手，城高不用官军守。

✤ 注释

[1] 筑城词：乐府杂曲歌辞名，又叫“筑城曲”。

✤ 评析

此借乐府的古调，揭露残酷的现实。据史载，元至正十六年（1356）七月张士诚攻破杭州，十九年七月，又大发浙西诸郡民众筑杭州城，民众劳累饥饿，苦不堪言。诗人用投枪匕首似的诗篇，对此进行了揭露和鞭挞。

牧牛词

尔牛角弯环，我牛尾秃速[1]。共拈短笛与长鞭，南陇东冈去相逐。日斜草远牛行迟，牛劳牛饥唯我知。牛上唱歌牛下坐，夜归还向牛边卧。长年牧牛百不忧，但恐输租卖我牛[2]。

✤ 注 释

[1] 秃速：凋零疏落的样子。

[2] 输租：缴纳赋税。

✤ 评 析

用欢乐的调子，写牧童的生活和心态。如闻其声，如见其肺肝然。“但恐输租卖我牛”一语，沉痛之至，此所谓“长歌当哭”耳。

塞下曲[1]

日落五原塞[2]，萧条亭堠空[3]。
汉家讨狂虏，籍役满山东[4]。
去年出飞狐[5]，今年出云中[6]。
得地不足耕，杀人以为功。
登高望衰草，感叹意何穷！

✤ 注 释

[1] 塞下曲：乐府篇名，用以写边塞生活。

[2] 五原塞：汉五原郡之榆柳塞，在今内蒙古自治区五原县境内。

[3] 亭堠：边境上监视敌情的岗亭土堡。

[4] 籍役：赋税和劳役。籍，税；役，劳役。山东：古代称函谷关以东的地区。

[5] 飞狐：飞狐口，古代北方的要塞，在今河北省涞源县。

[6] 云中：汉郡名，是我国防止西北少数民族入侵的亘镇。在今内蒙古自治区托克托县、山西省大同市一带。

✤ 评 析

诗中洋溢着反对扩边战争的思想。战争以籍役为代价，以杀人为功绩，使民不堪命，国以衰弱。可与李白《战城南》的“乃知兵者是凶器，圣人不得已而用之”对读。

青丘子歌

江上有青丘，予徙家其南，因自号青丘子。闲居无事，终日苦吟。闲作《青丘子歌》言其意，以解诗淫之嘲[1]。

青丘子，臞而清，本是五云阁下之仙卿[2]。何年降谪在世间，向人不道姓与名。蹑屩厌远游[3]，荷锄懒躬耕[4]。有剑任锈涩，有书任纵横。不肯折腰为五斗米[5]，不肯掉舌下七十城[6]。但好觅诗句，自吟自酬赓[7]。田间曳杖复带索[8]，旁人不识笑且轻，谓是鲁迂儒、楚狂生[9]。青丘子闻之不介意，吟声出吻不绝咿咿鸣[10]。朝吟忘其饥，暮吟散不平。当其苦吟时，兀兀如被酲[11]。头发不暇栉[12]，家事不及营。儿啼不知怜，客至不果迎。不忧回也空[13]，不慕猗氏盈[14]。不惭被宽褐[15]，不羡垂华缨[16]。不问龙虎苦战斗[17]，不管乌兔忙奔倾[18]。向水际独坐，林中独行。斫元气，搜元精，造化万物难隐情[19]。冥茫八极游心兵[20]，坐令无象作有声。微如破悬虱[21]，壮若屠长鲸[22]。清同吸沆瀣[23]，险比排峥嵘[24]。霭霭晴云披[25]，轧轧冻草萌[26]。高攀天根探月窟[27]，犀照牛渚万怪呈[28]。妙意俄同鬼神会，佳景每与江山争。星虹助光气，烟露滋华英[29]。听音谐韶乐[30]，咀味得大羹[31]。世间无物为我娱，自出金石相轰铿。江边茅屋风雨晴，闭门睡足诗初成。叩壶自高歌[32]，不顾俗耳惊。欲呼君山父老，携诸仙所弄之长笛，和我此歌吹月明[33]。但愁欻忽波浪起[34]，鸟兽骇叫山摇崩。天帝闻之怒，下遣白鹤迎，不容在世作狡狯[35]，复结飞佩还瑶京[36]。

✤ **注 释**

[1] 诗淫：过于爱好诗歌的人。淫，过于，太甚。

[2] 臞：清瘦。五云阁：五色云彩缭绕之楼阁，即仙阁。

[3] 蹑屐：穿着草鞋。言不像许询那样好游山水。见《世说新语・栖逸》。

[4] 荷锄：扛着锄头。言不像陶潜那样“带月荷锄归”。

[5] 不肯折腰为五斗米：陶渊明为彭泽令，人们告诉他立该束带去迎接上级派来的官员，陶潜叹息着说：“吾不能为五斗米折腰，拳拳事乡里小人。”便解印绶而去。见《晋书・陶潜传》。

[6] 掉舌下七十城：蒯通对韩信说，郦食其“伏轼掉三寸之舌，下齐七十余城。将军将数万众，岁余乃下赵五十余城，为将数岁，反不如一竖儒之功乎？”见《史记・淮阴侯列传》。此用其事。

[7] 酬赓：唱和。

[8] 带索：以草索为腰带。此用荣启期“鹿裘带索，鼓瑟而歌”的故事。见《孔子家语・六本》。

[9] 鲁迂儒：鲁国那些极端迂腐的儒生。汉叔孙通为刘邦制订朝仪，征召鲁诸生三十余人，共襄盛举，只有鲁两生不肯去，叔孙通笑曰：“若真鄙儒也，不知时变。”见《史记・叔孙通传》。又李白有《嘲鲁儒》云：“鲁叟谈《五经》，白发死章句。问以经济策，茫如坠烟雾。”楚狂生：指楚狂接舆之流。接舆曾经讥笑孔丘说：“凤兮凤兮，何德之衰！往者不可谏，来者犹可追。已而已而，今之从政者殆而。”见《论语・微子》。

[10] 出吻：从嘴唇边流露出来。咿咿：吟咏之声。

[11] 兀兀：昏沉的状态。白居易《对酒》诗：“所以刘阮辈，终年醉兀兀。”

[12] 栉：梳（头发）。

[13] 回也空：回也，指颜回。孔子曾经一再赞美他说：“回也，其庶乎！屡空。”（《论语・先进》）“贤哉回也！一箪食，一瓢饮，在陋巷，人不堪其忧，回也不改其乐。”（《论语・雍也》）

[14] 猗氏：指猗顿。《史记・货殖传》：“猗顿用盬盐起。”裴骃集解引《孔丛子》曰：“猗顿，鲁之穷士也。耕则常饥，桑则常寒。闻朱公富，往而问术焉。朱

公告之曰：'子欲速富，当畜五牸。'于是乃适西河，大畜牛羊于猗氏之南，十年之间，其息不可计。赀拟王公，驰名天下，以兴富于猗氏，故曰猗顿。"

[15] 宽褐：宽大的粗布衣服，贱者所着。

[16] 华缨：彩色的帽带，贵者所系。

[17] 龙虎苦战斗：喻元末义军蜂起，争城掠地，战乱频繁。

[18] 乌兔忙奔倾：喻日月代行，时光流逝。乌，古人谓日中有三足乌，因以"乌"代太阳。兔，古人谓月中有玉兔，因以"兔"代月亮。

[19] "斫元气"三句：意谓广泛地寻觅诗材，深入地探讨诗境，使宇宙万物的情态都被表现出来。元气，构成万物的基本元素；元精，万事万物的精华。

[20] 冥茫：渺茫无际。八极：八方极远之处。语出陆机《文赋》："精骛八极，心游万仞。"心兵：内心的冲动。此指外物所引发的写作灵感。语本韩愈《秋怀》的"诘屈避语阱，冥茫触心兵"。

[21] 破悬虱：相传纪昌学射，为了锻炼目力，用牛毛悬虱于窗间，看了三年，便觉得虱子大如车轮，引弓射之，贯虱之心而悬不绝。见《列子·汤问》。

[22] 屠长鲸：喻豪放壮伟的诗篇。语出杜甫《戏为六绝句》的"未掣鲸鱼碧海中"。

[23] 沆瀣：清新的露气。喻清新的诗歌。

[24] 峥嵘：高峻的山峦。喻险怪的风格。

[25] 霭霭：云气很大的状态。喻豁然开朗，诗思涌起。

[26] 轧轧：难出之状。喻诗思艰涩。词出陆机《文赋》："理翳翳而愈伏，思轧轧其若抽。"

[27] 天根：氐宿星的别名。《尔雅·释天》："天根，氐也。"月窟：月的归宿处，指西方极远之地。

[28] 犀照牛渚：晋温峤至牛渚矶，见其水深不可测，据说其下多怪物，温乃燃犀角下照，果见水族的奇形怪状。见《晋书·温峤传》。牛渚矶，即采石矶，在今安徽省马鞍山市西南长江边。

[29] 华英：各种颜色的花朵。

[30] 韶乐：高雅的音乐。韶，虞舜所奏的乐。

[31] 大羹：不调五味的肉汁，极言其纯正。语出陆机《文赋》："阙大羹之遗味。"

[32] 叩壶自高歌：《晋书·王敦传》：王敦往往在酒后打着唾壶作节拍，高歌

曹操的乐府诗“老骥伏枥，志在千里。烈士暮年，壮心不已”。唾壶边都被打缺了。此以借喻击节叹赏。

[33]“欲呼君山父老”三句：传说有一名叫吕乡筠的商人善吹笛，月夜泊舟君山，把酒吹笛，忽有一老父驾舟而来，拿出笛子来吹了三声，只见波涛汹涌，鱼鳖跳跃，吹至五六声，只见山上鸟兽叫吼，月色无光。老父饮满数杯，棹舟自去。见旧题唐谷神子还古所撰的《博异志》。

[34]欻忽：忽然，俄顷。

[35]狡狯：诡谲变化。此借喻文心的随物赋形，变化多方。

[36]瑶京：传说中天帝的居所。

✤ 评析

此诗人的自画像，他不慕荣利、不忧贫贱、不关心世事的纷纭变化，只是兀兀穷年，如醉如痴地追求诗歌的各种意境、各种风格，从而自我欣赏、自我陶醉。这里既可以看到诗人高超的情趣，又可以窥见诗人的自负不凡。

明皇秉烛夜游图[1]

花萼楼头日初堕[2]，紫衣催上宫门锁[3]。
大家今夕宴西园[4]，高爇银盘百枝火[5]。
海棠欲睡不得成[6]，红妆照见殊分明。
满庭紫烟作春雾，不知有月空中行。
新谱霓裳试初按[7]，内使频呼烧烛换[8]。
知更宫女报铜签[9]，歌舞休催夜方半。
共言醉饮终此宵，明日且免群臣朝。
只愁风露渐欲冷，妃子衣薄愁成娇。
琵琶羯鼓相追逐[10]，白日君心欢不足[11]。
此时何暇化光明，去照逃亡小家屋[12]。

姑苏台上长夜歌[13],江都宫里飞萤多[14]。
一般行乐未知极[15],烽火忽至将如何[16]!
可怜蜀道归来客[17],南内凄凉头尽白[18]。
孤灯不照返魂人[19],梧桐夜雨秋萧瑟[20]。

✤ **注释**

[1] 明皇:唐玄宗李隆基。他晚年沉迷声色,不理朝政,招致了“安史之乱”,被迫逃往西蜀。

[2] 花萼楼:楼名,全名为“花萼相辉之楼”,为唐明皇所建,在今西安市兴庆宫内,取《诗·小雅·棠棣》兄弟亲爱之意。登上此楼,可以看到宪王、薛王、申王、岐王的第宅。

[3] 紫衣:宦官。皇帝的侍从所服。

[4] 大家:宫中近臣或后妃对皇帝的尊称。西园:本为汉代上林苑的别称,此代指宫内的园囿。

[5] 银盘:银制的烛盘。

[6] 海棠欲睡:此以海棠喻杨贵妃。《太真外传》:明皇在沉香亭召见杨妃,杨妃酒醉未醒,侍女扶来,钗横鬓乱,明皇笑曰:“海棠春睡未足耶?”宋苏轼《海棠》诗:“只恐夜深花睡去,更烧高烛照红妆。”这里并用其事和其诗。

[7] 霓裳:霓裳羽衣曲,唐明皇所制。按:演奏。

[8] 内使:在宫内供使唤的人。

[9] 知更:掌管报时的内侍。铜签:铜制的更筹。

[10] 羯鼓:羯族的乐器,其音激烈高昂,唐明皇最喜欢听。当时有“羯鼓催花”的故事。

[11] 白日:此指天亮。

[12] “此时”二句:化用聂夷中《咏田家》诗:“我愿君王心,化作光明烛。不照绮罗筵,只照逃亡屋。”沈德潜云:“光明烛二语,活用聂夷中《田家》诗,意与题中秉烛相应,巧而不纤。”

[13] “姑苏台上”句:姑苏台,春秋时吴王夫差所筑。故址在今江苏苏州姑苏山上,夫差常与西施在此行乐。

[14] 江都宫:隋炀帝在江都的行宫。炀帝南游江都,曾经征集大量的萤火,

夜间放了出来，光照岩谷，见《隋书·炀帝纪》。江都：今江苏扬州。

[15] 一般：同样。此合指吴王夫差、隋炀帝和唐明皇。极：终极，完结。

[16] 烽火：古代边防报警的信号，后因以代指战争。

[17] 蜀道归来客：指唐明皇。安史之乱平定以后，他由西蜀返回长安。

[18] 南内：兴庆宫，唐明皇晚年住在这里。白居易《长恨歌》："西宫南内多秋草，落叶满阶红不扫。"

[19] 返魂人：指杨贵妃。贵妃死后，明皇思念不已，使方士"上穷碧落下黄泉"去寻找她的魂魄。

[20] 梧桐夜雨：此用白居易《长恨歌》"春风桃李花开日，秋雨梧桐叶落时"的诗意。

✤ **评析**

前幅极写唐明皇的寻欢作乐，无日无夜；后幅极写唐明皇的晚景凄凉，无势无权。是历史的反思，也是后人的洞鉴。

登金陵雨花台望大江[1]

大江来从万山中，山势尽与江流东。
钟山如龙独西上[2]，欲破巨浪乘长风。
江山相雄不相让，形胜争夸天下壮。
秦皇空此瘗黄金[3]，佳气葱葱至今王。
我怀郁塞何由开，酒酣走上城南台[4]。
坐觉苍茫万古意，远自荒烟落日之中来。
石头城下涛声怒[5]，武骑千群谁敢渡？
黄旗入洛竟何祥[6]，铁锁横江未为固[7]。
前三国，后六朝[8]，草生宫阙何萧萧。
英雄来时务割据，几度战血流寒潮。

我生幸逢圣人起南国[9]，祸乱初平事休息。
从今四海永为家[10]，不用长江限南北[11]。

✤ 注释

[1] 金陵：南京市的别名。雨花台：在今南京市雨花台区。相传梁武帝时，云光法师讲经于此，天花坠落如雨，因而得名。

[2] 钟山：紫金山，在今南京市东。相传诸葛亮至京，看到秣陵(南京)形势，因叹曰："钟山龙盘，石头虎踞，此帝王之宅。"见《太平御览》卷一五六引晋张勃《吴录》。故有"钟山如龙"之句。

[3] "秦皇"句：相传秦始皇闻金陵有天子气，因埋金玉杂宝以压之。见《丹阳记》。

[4] 城南台：雨花台。

[5] 石头城：古城名。故址在今南京市清凉山。战国时楚所筑，三国吴孙权重筑，改名石头城。《丹阳记》："石头城，吴时悉土坞，义熙中始加砖累石，因山为城，因江为池，形险固有奇势。"

[6] 黄旗入洛：三国吴主孙皓听信刁玄的鬼话："黄旗紫盖见于东南，终有天下者，荆扬之君乎?"于是带领母、妻、子女及后宫数千人北上，以顺应天命。中途遇雪，兵士嗟怨，乃狼狈而还。事见《三国志·吴书·孙皓传》裴松之注引《江表传》。

[7] 铁锁横江：晋太康元年(280)，武帝遣王濬率水师伐吴，"吴人于江险碛要害之处，并以铁锁横截之，又作铁锥长丈余，暗置江中，以逆距船"。王濬乃以大竹筏先行，烧毁铁链，顺流而东，终于灭吴。事见《晋书·王濬传》。

[8] 三国六朝：魏、蜀、吴为三国，吴、东晋及南朝的宋、齐、梁、陈为六朝。

[9] 圣人起南国：指朱元璋从南方起家。圣人是我国封建时代对皇帝的尊称。

[10] 四海永为家：言天下统一。语出《史记·高祖本纪》。

[11] 长江限南北：隋师准备渡江，群臣请设防，陈后主未决，孔范说："长江天堑，古来限隔，虏军岂能飞度?"后主笑以为然，遂不设防。事见《南史·孔范传》。此反用其意。

✤ 评析

气势雄伟，内容沉郁顿挫之至，太白而后，未易多见。结尾明为歌颂，实怀隐忧，深虑远谋，足为肉食者戒。此诗作于洪武二年诗人应征赴京与修《元史》时。

张中丞庙[1]

延秋门上乌啼霜[2]，羯儿晓登天子床[3]。
江头老臣泪暗滴[4]，万乘西去关山长[5]。
公卿相率作降虏，草间拜泣如群羊。
当时不识颜平原[6]，岂复知有张睢阳[7]？
孤城落日百战后，瘦马食尾人裹疮。
男儿竟为忠义死，碧血满地嗟谁藏。
贺兰不斩上方剑[8]，英雄有恨何时忘！
千年海上见祠庙，古苔丛木秋风荒。
摩挲画壁尘网里，勇气晔晔虬髯张[9]。
巫歌大招客酹酒[10]，忠魂或能来故乡。

✤ 注释

[1] 张中丞：指张巡，安禄山反时，死守睢阳，督战时，大呼辄眦裂血面，嚼齿皆碎。文天祥《正气歌》所谓“为张睢阳齿，为颜常山舌”也。

[2] 延秋门：唐长安禁苑西面二门，其南为延秋门。此用杜甫《哀王孙》：“长安城头头白乌，夜飞延秋门上呼”的句意。

[3] 羯儿：指安禄山。禄山本胡人。颜杲卿在粮尽援绝后被俘时，曾经瞋目骂禄山曰：“汝营州牧羊羯奴耳，窃荷恩宠，天子负汝何事，而乃反乎？”见《新唐书·忠义传·颜杲卿》。此用其事。

[4] 江头老臣：指杜甫。杜诗《哀江头》云：“少陵野老吞声哭，春日潜行曲江曲。

江头宫殿锁千门,细柳新蒲为谁绿。”此诗本以哀贵妃,特借江头行幸处以为标题。

[5] 万乘西去：语本白居易《长恨歌》“九重城阙烟尘生,千乘万骑西南行”,言唐明皇仓忙逃往西蜀。

[6] 颜平原：颜真卿,因其曾为平原太守,故称为颜平原。安禄山叛变,以真卿预储仓廪,备守具,平原得以独完。唐明皇喜曰:“朕不识真卿何如人,所为乃若此。”见《新唐书·颜真卿传》。此正用其事。

[7] 张睢阳：张巡,因其曾为睢阳太守,所以称张睢阳。

[8]“贺兰”句：安禄山围困睢阳,张巡使南霁云求救于御史大夫贺兰进明,贺兰不肯,南因抽矢回射佛寺浮图,矢着砖,曰:“吾破贼还,必灭贺兰,此矢所以志也。”见《新唐书·张巡传》。上方剑：亦作“尚方剑”。尚方：官署名,掌管供应制造帝王所用器物的一个部门。

[9] 虬髯张：张巡高七尺,须髯每怒尽张。见《新唐书·张巡传》。

[10] 大招：《楚辞》篇名,一说屈原作,所以招楚怀王之魂;一说宋玉、景差作,所以招屈原之魂。此借以招张中丞之魂。

✤ 评析

以“公卿相率作降虏,草间拜泣如群羊”作铺垫,反衬“男儿竟为忠义死,碧血满地嗟谁藏”的张睢阳,笔端流露出深厚的感情,可与韩愈《张中丞传后叙》相辉映。

送谢恭[1]

凉风起江海,万树尽秋声。
摇落岂堪别[2],踌躇空复情[3]。
帆过京口渡[4],砧响石头城[5]。
为客归宜早,高堂白发生。

✤ 注释

[1] 谢恭：字元功,江苏长洲(今苏州市)人,作者的同乡好友。

[2] 摇落：草木凋零，借指秋天。语出宋玉《九辩》："悲哉秋之为气也，萧瑟兮草木摇落而变衰。"

[3] 踌躇：徘徊，犹豫。

[4] 京口：地名，今江苏省镇江市。

[5] 石头城：今南京市。注见《登金陵雨花台望大江》注[5]。

✤ 评析

发端沉郁，入趣幽远，缘情随事，因物赋形，是一首送别的佳作。

与刘将军杜文学晚登西城

木落悲南国[1]，城高见北辰[2]。
飘零犹有客，经济岂无人[3]？
鸟过风生翼，龙归雨在鳞。
相期俱努力，天地正烽尘[4]。

✤ 注释

[1] "木落"句：言南方到了秋天万木都凋落了。木落：万木凋零。语本《九歌·湘夫人》："袅袅兮秋风，洞庭波兮木叶下。"南国：泛指南方。语本《诗·小雅·四月》："滔滔江汉，南国之纪。"

[2] 北辰：北极星。《尔雅·释天》："北极谓之北辰。"

[3] 经济：经国济世的缩语。与通行的"经济"一语，大相径庭。《晋书·殷浩传》："足下沉识淹长，思综通练，起而明之，足以经济。"

[4] 烽尘：喻战乱，此指元末义军蜂起，战火纷飞。

✤ 评析

沈德潜以"悲壮"二字评价此诗。"经济岂无人"，隐隐有谈笑净风烟之概；风生鸟翼，雨在龙鳞，俨然有际会风云、霖雨苍生的抱负；结以"俱努力”、“正烽尘”，言外乃“此正英雄用武之秋也”之意。层层入彀，语语有棱，此其所以“悲壮”也。

送沈左司从汪参政分省陕西汪由御史中丞出[1]

重臣分陕去台端[2]，宾从威仪尽汉官[3]。
四塞河山归版籍，百年父老见衣冠[4]。
函关月落听鸡度[5]，华岳云开立马看[6]。
知尔西行定回首，如今江左是长安[7]。

✤ 注释

[1] 左司：官署名。元代中书省置左右司，明初沿用其制。汪参政：汪广洋，见前作者小传。分省：中央高级官员出掌地方行政，封建社会里叫作“分省”。

[2] 重臣：要员，威权很大的官员。分陕：指中央大员出任地方长官。典出《公羊传・隐公五年》：周公、召公分陕而治，周公治陕以东，召公治陕以西。台端：御史台，汪由御史出任，故云。

[3] 威仪尽汉官：汉光武收复长安，父老们高兴地说：“不图今日复见汉官威仪。”见《后汉书・光武帝纪》。

[4] 衣冠：代指文明礼教。言陕西在元统治下近一百年，今天又见到汉族的文明礼教了。

[5] “函关”句：齐孟尝君从秦国逃至函谷关，关法鸡鸣出客，客有善鸡鸣者，鸡皆鸣，遂度关。见《史记・孟尝君列传》。此反用其事，言已推翻元代的残酷统治，可以从容度关了。函关，在今河南省灵宝市境内。

[6] “华岳”句：言已拨开云雾，见到青天。语出《后汉书・袁绍传》：“旷若开云见日，何喜如之？”又韩愈《谒衡岳庙遂宿岳寺题门楼》：“须臾静扫众峰出，仰见突兀撑青空。”此合用其事。华岳，西岳华山，在今陕西省华阴市南。

[7] “江左”句：喻明都南京。江左：江南。长安：汉唐故都，诗词中代指京城。

✤ 评析

此诗作于洪武二年。诗人以愉悦的心情、欢快的笔调、开阔的画面、雄浑的气韵，讴歌了国家的统一。沈德潜评这首诗说："音节、气味、格律、词华，无不入妙。《青丘集》中为金和玉节。"诚然！诚然！

清明呈馆中诸公[1]

新烟着柳禁垣斜[2]，杏酪分香俗共夸[3]。
白下有山皆绕郭[4]，清明无客不思家。
卞侯墓下迷芳草[5]，卢女门前映落花[6]。
喜得故人同待诏[7]，拟沽春酒醉京华[8]。

✤ 注释

[1] 馆中：国史馆。作者于洪武初应召编修《元史》，授翰林院国史编修。

[2] 新烟：清明前一日为寒食，禁用烟火，以纪念春秋时晋介之推，清明节再点烟火，称为新烟。禁垣：皇宫的围墙。

[3] 杏酪：俗于寒食三日，作醴酪，又煮粳米及麦为酪，捣杏仁作粥。见隋杜台卿《玉烛宝典·二月仲春》。

[4] 白下：南京的别称。故址在今南京市北。

[5] 卞侯：晋卞壶，济阴冤句（今山东省曹县西北）人，官至尚书令。在讨伐苏峻的叛乱中，力疾战死，葬于冶城。见《晋书·卞壶传》。

[6] 卢女：指莫愁，古代善歌的女子。古乐府《河中之水歌》："洛阳女儿名莫愁……十五嫁为卢家妇。"《江宁府志》："三山门外，昔有妓卢莫愁家此，有莫愁湖。"

[7] 待诏：明代翰林院设有待诏，主管校对章疏文史。这里指翰林院国史编修。

[8] 京华：京都。因为京都是文物、人才汇集的地方，所以叫作京华。

✤ 评析

此诗思致清远，文采缛丽。写景则因物赋形，抒感则缘情随事，用典则就地取材，属对则铢两悉称，是作者七律中的精品。“白下”对“清明”，是借“清”为“青”，是假对。自然现成，一气呵成，堪称千古名句。

吊岳王墓[1]

大树无枝向北风[2]，十年遗恨泣英雄[3]。
班师诏已来三殿[4]，射虏书犹说两宫[5]。
每忆上方谁请剑[6]，空嗟高庙自藏弓[7]。
栖霞岭上今回首[8]，不见诸陵白露中[9]。

✤ 注释

[1] 岳王：岳飞，南宋抗金名将。建炎四年，大败金兀术，收复南京。接着大破伪齐军，收复襄阳等六郡。十年大破金军于郾城，进军朱仙镇，与部下立誓要直捣黄龙，收复全部河山。不久即以“莫须有”三字被秦桧诬陷，见害于风波亭。墓在杭州栖霞岭下。孝宗时，谥武穆；宁宗时，追封鄂王。

[2] “大树”句：据说岳飞墓前的树，枝枝皆南向，人们认为是他的忠义所感。见《一统志》和《杭州府志》。

[3] “十年”句：岳飞大破金军于郾城后，宋高宗与秦桧一日降十二道金牌，促使岳飞班师，飞愤然叹曰：“十年之力，废于一旦。”见《宋史·岳飞传》。此用其事。

[4] 三殿：唐麟德殿的别名，以一殿而有三面得名。见《玉海·唐三殿》。这里借指南宋朝廷。

[5] 射虏书：射向敌方的文书。两宫：指宋徽宗和宋钦宗。靖康二年，金兵攻破汴京，徽、钦二帝被俘，随即解往五国城（今黑龙江依兰）。岳飞曾在《五岳祠盟记》中说：“迎二圣，归京阙，取故地，上版图，朝廷无虞，主上奠枕，余之愿也。”

[6] “每忆”句：没有谁请求上方宝剑，以斩佞臣之头。上方剑：皇帝的宝剑。《汉书·朱云传》：“臣愿赐尚方斩马剑，断佞臣一人以厉其余。”

[7] 空嗟：空自嗟叹宋高宗自坏良弓。高庙：借指宋高宗。藏弓：把良弓藏

起来。勾践战胜吴王夫差后,范蠡认为勾践长颈鸟喙,可与共患难,不可与共安乐,乃携西施游于五湖之上,同时派人给大夫文种送去一封信说"飞鸟尽,良弓藏;狡兔死,走狗烹",劝其赶快离开越国。文种不听,果被勾践迫使自杀。见《史记·越王勾践世家》。

[8] 栖霞岭:地名。在今杭州市西北郊。

[9] 诸陵:指南宋诸帝陵墓。元初,西僧杨琏真伽发宋诸陵,既取其殉宝,复以理宗顶骨为饮器。见周密《癸辛杂识》及贝琼《穆陵行序》。

✤ 评析

以史家妙笔,写千古史论,不深责秦桧,而严谴高宗,是"擒贼先擒王"的高招。沈德潜评此诗说:"通体责备高宗,居然史笔。"是很有识见的。

凉州曲[1]

关外垂杨早换秋,行人落日旆悠悠[2]。
陇山高处愁西望[3],只有黄河入汉流[4]。

✤ 注释

[1] 凉州曲:乐府篇名,属近代曲辞。又作"凉州词"。凉州,在今甘肃武威。

[2] 旆悠悠:旗帜在悠闲地飘荡着。语本《诗·小雅·车攻》:"萧萧马鸣,悠悠旆旌。"

[3] 陇山:在陕西省陇县西北,为六盘山的南麓。

[4] 汉流:流入汉中地区。明设汉中府,故治在今陕西省汉中市。

✤ 评析

以流利之笔致,写高浑之格调,寓厚重古雅于近体诗中,别有韵味。

秋　柳

欲挽长条已不堪,都门无复旧毵毵[1]。

此时愁杀桓司马[2]，暮雨秋风满汉南[3]。

✤ 注释

[1] 毵毵：垂拂纷披的样子。

[2] 桓司马：桓温。温自江陵北伐，行经金城（今甘肃兰州别名），见前所种柳皆已十围，慨然曰："木犹如此，人何以堪！"攀枝执条，泫然流涕。见《晋书·桓温传》。

[3] 汉南：汉中以南。此用庾信《枯树赋》"桓大司马闻而叹曰'昔年种柳，依依汉南；今看摇落，凄怆江潭'"的句意，借以慨叹景物变化，时光流逝。

✤ 评析

以景语作情语，使客观之景物，染上主观之感情，情缘景出，悲从中来，收到了一唱三叹的艺术效果。

宫女图

女奴扶醉踏苍苔，明月西园侍宴回[1]。
小犬隔花空吠影，夜深宫禁有谁来[2]！

✤ 注释

[1] 西园：泛指一般的宫苑。盖借汉之上林苑，即西园，以影射现实者。

[2] 宫禁：汉以后称皇帝居住的地方。因宫中禁卫森严，故称。

✤ 评析

钱谦益《列朝诗集》所引《吴中野史》、《明史·文苑传·高启传》及陈田《明诗纪事》均认为诗人以此诗得祸，而朱彝尊《明诗综》及汪端《明三十家诗选》则认为因诗得祸之说是"附会"，是"无稽"。我以诗人为魏守作《上梁文》，不过与魏有深厚的关系，何致遭腰斩之惨祸，则诗人以《宫女图》触怒朱元璋，因而假手于魏狱，处以酷刑，亦在理之内、情之中。况洪武间监察御史张尚礼作《宫怨》诗云：“庭院沉沉昼漏清，闭门春草共愁生。梦中正得君王宠，却被黄莺叫一声。”亦被朱元璋下蚕室死。见徐釚《本事诗》引《尧山堂外纪》。恰与诗人贾祸相同，可资佐证。

仪　秦[1]

二子全操七国权[2]，朝谈纵合暮衡连[3]。
天如早为生民计，各与城南二顷田[4]。

✤ 注 释

[1] 仪秦：指战国时纵横家张仪和苏秦。苏秦曾游说六国合纵以抗秦，得到以楚国为首的六国诸侯的认同，佩着六国的相印，身为纵约长。张仪为秦惠王相，曾游说东方诸侯连横以事秦。

[2] 二子：苏秦、张仪两人。七国：齐、楚、燕、赵、韩、魏、秦。

[3] “朝谈”句：言仪、秦并无坚定的政治主张，早上以连横之说事秦，晚上又以合纵之说去为六国诸侯出谋划策，完全是投机的政客。

[4] “天如”二句：《史记·苏秦列传》中，苏秦说：“使我有洛阳负郭田二顷，吾岂能佩六国相印乎？”此用其事。

✤ 评 析

立意新颖，出人意表，末二句，极尽调侃的能事。然清叶舒璐在《论古》一诗中，持针锋相对的意见说：“《阴符》诵熟揣摩成，十上终邀六印荣。纵使有田皆负郭，可能结舌事躬耕。”言之亦近情理。两相对读，对于诗歌创作的艺术构思，当有裨益。

杨　基

杨基（1326—1378），字孟载，号眉庵。原籍嘉州（今四川乐山），生于吴县（今江苏苏州）。曾经任过张士诚记室。洪武初，任荥阳知县。擢兵部员外郎，迁山西按察使。洪武二十二年被谗夺职，谪戍辽东。后因他曾为蓝玉题画，被杀。有《眉庵集》。

他的诗清新流丽，颇多韵致。徐子元说他“天机云锦，自然美丽，独时出纤巧，不及高（启）之冲雅”。顾玄言说他“才长逸荡，兴多隽永，方之钱（起）刘（长卿）虽未追，元（稹）白（居易）斯有余”。后者评价未免过高，但足以说明诗人在当代的影响。

感　怀

邓禹南阳来，杖策归光武[1]。
孔明卧隆中，不即事先主[2]。
英雄各有见，何必问出处。
孙曹与更始[3]，未可同日语。
向非昭烈贤，三顾犹未许[4]。
君子当识时，守身如处女。

✤ 注释

[1]“邓禹”二句：邓禹，字仲华，河南南阳新野人。少与光武同游学京师，及

光武安集河北，即杖策北渡，说光武以“延揽英雄，务悦民心”。见《后汉书·邓禹传》。光武：名刘秀，东汉开国君主。

[2]“孔明”二句：孔明，诸葛亮的字。曾经高卧隆中，躬耕陇亩，不肯轻易出仕，而好为《梁甫吟》，每自比于管仲、乐毅。见《三国志·蜀书·诸葛亮传》。先主：刘备，字玄德，涿县(今河北涿州)人。中山靖王刘胜之后。少孤，以贩履织席为业，少言语，喜怒不形于色，好交结豪侠，以讨黄巾有功，逐渐登上政治舞台。见《三国志·蜀书·先主传》。

[3]孙曹：孙权与曹操。更始：刘玄，字圣公，汉光武的族兄，王莽末，加入以陈牧为首的平林军，被推为更始将军，接着又被众推为天子，于是大赦天下，建元曰更始元年。圣公素懦弱，即位时，羞愧流汗，举手不能言。见《后汉书·刘玄刘盆子列传》。

[4]“向非”二句：如果不是先主贤明，即使三顾茅庐，孔明也未必肯答应出山。向非，如果不是；三顾，《三国志·蜀书·诸葛亮传》：“时先主屯新野，徐庶见先主，先主器之，谓先主曰：‘诸葛孔明者，卧龙也，将军岂愿见之乎？’先主曰：‘君与俱来。’庶曰：‘此人可就见，不可屈致也。将军宜枉驾顾之。’由是先主遂诣亮，凡三往，乃见。”

✤ **评析**

此诗当作于元末。当时群雄并起，未知鹿死谁手，诗人以邓禹之杖策入关、孔明之高卧隆中自比，表示要择主而事，要守身如玉，其胸襟气概，绝非常人可比。

闻邻船吹笛

江空月寒江露白，何人船头夜吹笛？
参差楚调转吴音[1]，定是江南远行客。
江南万里不归家，笛里分明说鬓华[2]。
已分折残堤上柳，莫教吹落陇头花[3]。

✤ 注 释

[1]“参差”句：言楚调错杂着吴音。参差：错杂。

[2] 鬓华：两鬓花白。

[3]“已分”二句：此合用李白《春夜洛城闻笛》“此夜曲中闻折柳，何人不起故园情”及《与史郎中钦听黄鹤楼上吹笛》“黄鹤楼中吹玉笛，江城五月落梅花”与宋之问《题大庾岭北驿》“明朝望乡处，应见陇头梅”的句意。分，料得；折残堤上柳，指《折杨柳》曲；吹落陇头花，指《落梅花》曲。两曲皆箫笛演奏的名曲。

✤ 评 析

清新的语言，绮丽的情致，借邻船的笛声，抒自己的乡思，遣词构思，均臻妙境。

登岳阳楼望君山[1]

洞庭无烟晚风定，春水平铺如练净[2]。
君山一点望中青，湘女梳头对明镜[3]。
镜里芙蓉夜不收[4]，水光山色两悠悠[5]。
直教流下春江去，消得巴陵万古愁[6]。

✤ 注 释

[1] 岳阳楼：在今湖南省岳阳市洞庭湖畔，唐始建，宋重修，新中国成立后又大修。以范仲淹所撰的《岳阳楼记》而闻名。君山：又名湘山，也叫洞庭山，在岳阳市西南的洞庭湖中。

[2] 如练净：像白色的绢子一样洁净。语本谢朓《晚登三山还望京邑》：“澄江静如练。”

[3] 湘女：指湘妃。相传舜的二妃娥皇、女英在舜崩于苍梧之后，没于湘水，成为湘水之神，诗词中常以湘灵、湘夫人称之。明镜：指水明如镜的洞庭湖。

[4] 芙蓉：双关湖中的荷花与镜中之人面。芙蓉，既是荷花的别名，又以形容美人的颜面，所谓“芙蓉如面柳如眉”也。

[5] 悠悠：无穷无尽，无边无际。

[6] 巴陵：古郡名，治所在岳阳，因以作为岳阳的别称。

✤ 评析

以白描的手法，写君山的景色，化人我于一体，熔古今于一炉，绮丽而不纤弱，通俗而又深沉。是《眉庵集》中的佳作。

长江万里图

我家岷山更西住[1]，正见岷江发源处。
三巴春霁雪初消[2]，百折千回向东去。
江水东流万里长，人今漂泊尚他乡。
烟波草色时牵恨，风雨猿声欲断肠[3]。

✤ 注释

[1] 岷山：山名。见刘基《蜀国弦》注[5]。

[2] 三巴：指巴郡、巴东、巴西。晋常璩《华阳国志》："建安六年……（刘）璋乃改永宁为巴郡，以固陵为巴东，徙（庞）羲为巴西太守，是为三巴。"霁雪：雪停转晴。

[3] 猿声欲断肠：此用《水经注》所引渔者歌云："巴东三峡巫峡长，猿鸣三声泪沾裳。"

✤ 评析

这是一首题画的诗，诗人从"江水东流万里长"，联想到自己漂泊他乡，归期难定，表达了自己对故乡的怀念，情意深厚，感喟无端，具有极大的感人力量。

岳阳楼

春色醉巴陵[1]，阑干落洞庭[2]。
水吞三楚白[3]，山接九疑青[4]。
空阔鱼龙气[5]，婵娟帝子灵[6]。
何人夜吹笛，风急雨冥冥[7]。

✣ 注 释

[1]“春色”句：此活用李白《陪侍郎叔游洞庭醉后三首》之三“巴陵无限酒，醉杀洞庭秋”的句意。巴陵：岳阳的别称。

[2]阑干：纵横散乱貌。言巴陵的春色纵横地散落洞庭湖中。

[3]三楚：秦汉时分楚国地域为东楚、西楚、南楚。此指湖北、湖南。

[4]九疑：山名，在今湖南省宁远县。其山有九峰相似，因而得名。

[5]鱼龙：泛指湖中水族。此用罗隐《西塞山》诗：“波阔鱼龙应混杂，壁危猿狖正奸顽。”

[6]婵娟：美好的样子。帝子：指尧女娥皇、女英。《九歌·湘夫人》：“帝子降兮北渚，目眇眇兮愁予。”

[7]“何人”二句：典出《博异志》，一老人袖出一笛，连吹三声，只见湖上风动，波涛沆瀁，鱼鳖跳跃。详见高启《青丘子歌》注[33]。冥冥，昏暗的样子。

✣ 评 析

此诗声色韵味，无不入妙，历来为诗家所称道。明胡应麟《诗薮》云：“岳阳一首，壮丽欲亚孟浩然。其末句‘何人夜吹笛，风急雨冥冥’，尤为脍炙。”清沈德潜《明诗别裁》云：“应推五言射雕手，起结尤入神境。”

天平山中[1]

细雨茸茸湿楝花[2]，南风树树熟枇杷。

徐行不记山深浅，一路莺啼送到家。

✤ 注 释

[1] 天平山：在今江苏省苏州市西。山多奇石，山顶正平，因而得名。

[2] 茸茸：柔细浓密的样子。楝花：落叶乔木，三四月开花，其实如铃，俗谓之金铃子。

✤ 评 析

自然清新，别有韵致。末两句，尤令人击节叹赏。

张　羽

张羽（1333—1385），字来仪，更字附凤。祖籍浔阳（今江西九江），侨居于吴兴（今浙江湖州）。工诗、擅画、能书，元末受聘为安定书院山长。洪武初，被征至京，应对不称旨，放还。再征，授太常司丞，兼翰林院同掌文渊阁事。十八年坐事贬岭南，未半道召还，羽自知不免，投龙江（今广西河池境）死。著有《静居集》。

他的诗学杜甫、韦应物。古体雄健，近体圆润，颇受当代诗人的好评。顾起纶说他的诗“体裁精密，情喻幽深，颇似钱（起）郎（士元）”。程孟阳说他的诗“学杜学韦，各有神理，非苟然者。乐府歌行，材力驰骋，音节谐畅，不袭宋元格调……七言律诗清圆浑脱，不事雕缋，全是唐音”。这些评价，不免溢美。在“吴中四子”中，自在高、杨之后。

踏水车谣

田舍生涯在田里，家家种苗始云已[1]。俄惊五月雨沉淫[2]，一夜前溪半篙水。苗头出水青幽幽[3]，只恐飘零随水流。不辞踏车朝复暮，但愿皇天雨即休。前年秋夏重漂没[4]，禾黍纷纭满阡陌[5]。倾家负债偿王租[6]，卒岁无衣更无食[7]。共君努力莫下车[8]，雨声若止车声息。君不见，东家妻，前年换米向湖西。至今破屋风兼雨，夜夜孤儿床下啼。

✤ 注释

[1] 种苗：栽禾，插秧。始云已：才插完，刚刚结束。

[2] 俄：俄顷，一会儿。沉淫：过多。

[3] 青幽幽：乌青。幽幽，深暗色。

[4] 重漂没：再次被淹。重，再。

[5] 纷纭：杂乱。阡陌：田间小道。南北曰阡，东西曰陌。

[6] 倾家：竭尽家中所有。王租：国家的赋税。

[7] "卒岁"句：语出《诗·豳风·七月》："无衣无褐，何以卒岁？"卒岁：过冬，过年。

[8] 共君：与你。

✤ 评析

借田家之口，诉说遭受水灾的农户，插秧排涝，辛苦一年，只能偿还王租，而自己只能在无衣无食的饥饿线上挣扎。一幅农村破产图，生动地展现在读者眼前。结尾五句，尤令人不忍卒读。

题陶处士像[1]

五儿长大翟卿贤[2]，彭泽归来只醉眠[3]。
篱下黄花门外柳[4]，风光不似义熙前[5]。

✤ 注释

[1] 陶处士：东晋著名诗人陶渊明。

[2] 五儿：陶渊明有五个儿子。其《责子》诗云："虽有五男儿，总不好纸笔。"翟卿：陶渊明的继室翟氏，甚贤惠。卿：对妻子的爱称。

[3] 彭泽归来：陶渊明曾为彭泽令，以不愿为五斗米折腰，挂冠回乡。醉眠：陶渊明所居栗里，有大石，渊明尝醉眠其上，因名醉石。见《庐山记》。

[4] 篱下黄花：用陶《饮酒》诗"采菊东篱下，悠然见南山"的句意。黄花，即菊花。门外柳：用陶文《五柳先生传》"先生不知何许人也，亦不详其姓字。宅边

有五柳树，因以为号焉"的句意。

[5] 义熙：东晋安帝年号。陶渊明于义熙二年辞彭泽令，赋《归去来兮辞》，从此隐居不仕。

✤ 评析

以高度的艺术概括，在极短的篇幅内，写出陶渊明的家庭、身世和心迹，把一个高士形象活脱脱地刻画了出来。

徐　贲

徐贲(1335—1393),字幼文,祖籍西蜀,徙居平江(今江苏苏州)。张士诚据吴,辟为僚佐,谢不就,避居湖州。吴平,徙谪临濠。洪武初,因荐奉使晋、冀,还授给事中,改御史,巡按广州,改刑部主事,迁广西参议,擢河南左布政使。大军征洮、岷,坐犒劳不时,下狱瘐死。著有《北郭集》。

他能诗善画。王穉登《吴郡丹青志》称其所“画山水林石,濯濯可爱”。顾起纶《国雅品》称其诗“词彩遒丽,风韵凄朗,殆如楚客丛兰,湘君芳杜,每多惆怅”。王世贞《艺苑卮言》说他的诗“体裁精密,情喻幽深,颇似钱、郎”。与高启、杨基交谊甚深。高启《送徐七往蜀山书舍》诗有“情亲岂殊意,气合真同胞”之句。杨基《梦绿轩序》云:“余与徐君幼文,同谪钟离,结屋四楹,幼文居东楹,余居西楹。文尝赋诗曰:‘梦里绿阴幽草,画中春水人家。何处江南风景,莺啼小雨飞花。’盖深有意于故园也,因题其室曰‘梦绿’。”说明他们之间的交情是很深的。

送曾伯滋赴西河将幕[1]

上将初分阃[2],儒官解习兵。
风旗春猎野,雪帐夜归营。
洮水从岷下[3],祁山入陇平[4]。
知公能载笔[5],草檄报边声[6]。

✤ **注释**

[1] 西河：地名。包括今陕西东部黄河的西岸地区。

[2] 分阃：指统兵在外。《史记·冯唐列传》："阃以内者，寡人制之；阃以外者，将军制之。"后因以将军统兵在外为"分阃"。阃，国门。

[3] 洮水：黄河上游的支流，流经甘肃西南，亦称洮河。岷：岷山。

[4] 祁山：祁连山。

[5] 载笔：携带书具。《礼记·曲礼上》："史载笔，士载言。"郑玄注："笔，谓书具之属。"《梁书·任昉传》："昉雅善属文，尤长载笔。"则载笔乃一种文体。

[6] 草檄：起草讨伐的檄文。《陈书·蔡景历传》："高祖将讨王僧辩……召令草檄，景历援笔立成。"檄：古代书写官方文书的木简，长一尺二寸。檄文多作征召、晓谕、声讨等用。边声：边境的警报和捷音。

✤ **评析**

顾起纶《国雅品》说这首诗的"中二联并佳"。好就好在上联写出将军的声威和勤劳，下联写出边地的形胜和险要。

记　梦

梦里绿阴芳草[1]，画中春水人家。
何处江南风景，莺啼小雨飞花[2]。

✤ **注释**

[1] 芳草：一作"幽草"。

[2] "何处"二句：《北郭集》作"昨夜纱窗细雨，银灯独照梨花"。此据朱彝尊《明诗综》、陈田《明诗纪事》评语。

✤ **评析**

清丽似诗，明洁似画。以景语抒幽情，用情语绘春景，不愧是大手笔。

林　弼

林弼，字元凯，改名唐臣，龙溪（今福建龙海）人，元至正戊子（1348）进士，任漳州路知事。洪武初，出使安南，还，改授丰城知县，擢登州知府。有《梅雪斋稿》。

其《使安南集》，宋濂曾为之序，称其“文词尔雅，实为闽南巨擘”。

秦皇庙[1]

蚕食雄风逐逝波[2]，荒祠寂寂寄岩阿。
三神山下仙舟远[3]，万里城边战骨多。
东鲁尚存周礼乐[4]，西秦空壮汉山河[5]。
早知二世无多祚[6]，崖石书功不用磨[7]。

✤ 注释

[1] 秦皇：秦始皇。中国封建制度的建立者。曾经蚕食诸侯，并吞六国，完成一统的大业。

[2] 蚕食：比喻逐渐侵吞。《史记·李斯传》：“昭王得范睢，废穰侯，逐华阳，强公室，杜私门，蚕食诸侯，使秦成帝业。”逝波：流逝的光阴。

[3] “三神山”句：《史记·秦始皇本纪》：“齐人徐市等上书，言海中有三神山，名曰蓬莱、方丈、瀛洲，仙人居之。请得斋戒，与童男女求之。于是遣徐市发童男女数千人，入海求仙人。”此用其事。

[4] “东鲁”句：言鲁和周虽先后被秦所灭，而周代的礼乐仍然保存在鲁国的

东部。

[5]“西秦”句：言秦虽吞并了六国，统一了天下，最后被汉所灭。

[6]“早知”句：《史记·秦始皇本纪》：“朕为始皇帝，后世以计数，二世三世，至于万世，传之无穷。”岂知二世仅享国三年，便为项羽、刘邦所推翻。

[7]“崖石”句：始皇巡视天下，到处磨石勒碑，纪秦功德。如《峄山碑》、《琅邪碑》等，皆以“化及无穷”为颂。见《史记·秦始皇本纪》。

✤ 评析

通首以讽刺的口吻，嘲笑秦始皇求神仙、纪功德，妄想二世三世，传之无穷，谁知尸骨未寒，而秦已亡。结语尤有深意。沈德潜说：“结意与李义山‘地下若逢陈后主，岂宜重问后庭花’，同是一种讽刺。”诚然。

王　蒙

王蒙（1308或1301—1385），字叔明，一字叔铭，号香光居士。浙江湖州人。赵孟頫的外甥。元末，官理问。后隐居仁和之黄鹤山，因自号黄鹤山樵。洪武初，知泰安州事，尝谒胡惟庸于私第，惟庸被诛，蒙坐胡党罪，瘐死狱中。

蒙学画于其舅赵孟頫，然能自立门户，与其舅无一笔相似。因其泛滥唐宋名家，以董源、王维为宗，故其纵逸多姿，往往出其舅规格之外。倪元镇不轻许人，独《题叔明画》云："笔精墨妙王右军，澄怀卧游宗少文。叔明绝力能扛鼎，五百年来无此君。"说明他的画在当时是有很高的声誉的。

暮宿田家作

木落天正寒，山空日将暮。
荒林倦鸟归[1]，乱水行人渡[2]。
穷年滞草莽[3]，短褐被霜露。
晚宿依田家，主人情亦故。
汲水泉满涧，烧竹烟在户。
钟残溪上村，月照阶前树。
浊酒初泼醅[4]，嘉蔬亦时具。

且慰饥渴怀，况谙村野趣。
老翁八十余，有子没征戍[5]。
粳稻岁莫收，官司日加赋。
我愿息兵戈，海宇重农务。
愧乏经济才[6]，徒然守章句[7]。

✤ **注释**

[1]“荒林”句：用陶渊明《归去来兮辞》“鸟倦飞而知还”的句意。

[2] 乱水：横渡过水。

[3] 穷年：终年。

[4] 泼醅：重酿而没有滤过的酒。李白《襄阳歌》：“遥看汉水鸭头绿，恰似葡萄初酦醅。”

[5] 没征戍：死于征战和戍守。

[6] 经济才：经国济世的才能。李白《嘲鲁儒》：“问以经济策，茫如坠烟雾。”

[7] 守章句：死守汉儒讲解的章节与句读。李白《嘲鲁儒》：“鲁叟谈《五经》，白发死章句。”

✤ **评析**

以画家之笔，抒诗人之情。前半段写景，点染之间，妙墨淋漓。如“荒林倦鸟归，乱水行人渡”，“钟残溪上村，月照阶前树”，皆诗中有画。后半段抒情，语真意挚，蔼然仁者之言。与杜老“三别”及白公《卖炭翁》、《新丰折臂翁》同一机杼。

张　简

张简，字仲简，自称云丘道人，又号白羊山樵，江苏吴县（今江苏苏州）人。生卒年均不详。初师张伯雨为道士。元季兵乱，以母老归养，遂返巾服。洪武初，召修《元史》，有《白羊山樵集》。

他工诗能画，顾仲瑛说他的诗“淡雅，有陶韦风”。王子充说他的诗“温丽清深，有类韦柳”。

醉樵歌[1]

东吴市中逢醉樵，铁冠欹侧发飘萧[2]。
两肩矻矻何所负[3]，青松一枝悬酒瓢。
自言华盖峰头住[4]，足迹踏遍人间路。
学剑学书总不成[5]，惟有饮酒得真趣。
管乐本是王霸才[6]，松乔自有烟霞具[7]。
手持昆冈白玉斧[8]，曾向月里斫桂树[9]。
月里仙人不我嗔，特令下饮洞庭春[10]。
兴来一吸海水尽，却把珊瑚樵作薪。
醒时邂逅逢王质[11]，石上看棋黄鹄立[12]。
斧柯烂尽不成仙，不如一醉三千日。
于今老去名空在，处处题诗偿酒债。

淋漓醉墨落人间，夜夜风雷起光怪。

✤ 注释

[1] 醉樵：饶介之的别号。饶守吴中时，曾邀吴中文士作歌。张简此诗擅场，居首坐，得赠黄金一饼。高启次之，得赠白金三斤。杨基又次之，得白金一镒。

[2] 欹侧：倾斜。飘萧：鬓发稀疏的样子。

[3] 矻矻：极其劳苦的样子。

[4] 华盖峰：峰名。

[5] 学剑学书：典出《史记·项羽本纪》："项籍少时，学书不成，去学剑，又不成。"

[6] 管乐：管仲、乐毅的合称。管仲，春秋时，齐之名相。乐毅，战国时，燕之名将。

[7] 松乔：赤松子与王子乔的合称，传说中的仙人。后来也用来指隐士。烟霞具：隐居山林的器宇。

[8] 昆冈：昆仑山。《尚书·胤征》："火炎昆仑，玉石俱焚。"其地产美玉。白玉斧：喻美好的才具。

[9] 桂树：神话传说中，月中有桂树，下有一人名吴刚，常斫之，树创随合。唐代以月中折桂为登科之典。李白《赠崔司户文昆季》："欲折月中桂，持为寒者薪。"下文"却把珊瑚樵作薪"，正由此化出。

[10] 洞庭春：酒名。宋苏轼《洞庭春色赋引》："安定郡王（赵世准）以黄柑酿酒，谓之洞庭春色。"唐人多称酒为春，如烧春、石冻春、土窟春等。

[11] 邂逅：不期而遇。王质：传说王质入山砍樵，见童子数人在石上弈棋，因站在旁边观看。童子与一物，大如枣核，食之不饥。不久，童子催归，质视斧柯已烂尽。既归，去家已数十年，亲故殆尽。见梁任昉《述异记》。

[12] 黄鹄立：黄鹄颈长，能远望，因以喻引颈而望之状。

✤ 评析

围绕"醉樵"二字，锻句用典，把醉樵的状貌、性格、技能生动地描绘出来，有天机之妙趣，无斧凿之痕迹，不愧擅场压卷之作。

袁凯

袁凯(1310? —1385?),字景文,号海叟,华亭(今上海松江)人。曾在杨维桢座上赋《白燕》诗,得到杨的赏识,以此得名,人呼为“袁白燕”。洪武三年(1370)荐授御史。朱元璋决囚,命太子覆审,太子多有所矜减。凯还报,朱元璋问:“朕与太子孰是?”凯顿首曰:“陛下法之正,东宫心之慈。”朱以凯圆滑,恶之。凯惧,佯狂谢病,得归故里,并以寿终。著有《海叟集》。

袁凯为明初重要诗人,陆子渊、何仲默誉其为明初诗人之冠。顾起纶说他“才情遒拔,往往有奇语,尤闲于咏物”。李献吉说他“师法子美”,何仲默谓其“歌行法杜”,王士禛说他的“古诗学魏晋,近体学杜,皆具体而微耳”。可见他的诗,在当时和后世都得到很高的评价。但他的诗秀不及高启,健不如刘基,誉为明初诗人之冠,未免溢美。

白　燕[1]

故国飘零事已非,旧时王谢见应稀[2]。
月明汉水初无影,雪满梁园尚未归[3]。
柳絮池塘香入梦,梨花庭院冷侵衣[4]。
赵家姊妹多相忌[5],莫向昭阳殿里飞[6]。

✤ **注释**

[1] 白燕：杨仪《骊珠杂录》：常熟时大本赋《白燕》诗呈杨铁崖，杨亟称其“珠帘十二中间卷，玉剪一双高下飞”一联，袁凯曰：“诗虽佳，未尽体物之妙。”杨不以为然。袁归作此诗，翌日录呈铁崖，铁崖击节叹赏，连书数纸，尽散座客，一时呼为“袁白燕”，以此得名。

[2] 王谢：王导和谢安，二人为东晋的名臣贵族，住在金陵乌衣巷，宅院十分豪华。刘禹锡《乌衣巷》诗，有“旧时王谢堂前燕，飞入寻常百姓家”之句，此两句化用其意。

[3] “月明”二句：以“月”和“雪”之白，暗喻白燕的纯洁无瑕。梁园，又叫梁苑，为梁孝王刘武宴会宾客文士之所。

[4] “柳絮”二句：以“柳絮”、“梨花”之白，衬托白燕的轻盈洁净。

[5] 赵家姊妹：指赵飞燕姊妹。《汉书·外戚传》：“孝成赵皇后，本长安宫人……学歌舞，号曰飞燕……上见飞燕而悦之，召入宫，大幸。有女弟，复召入，俱为倢伃，贵倾后宫。”

[6] 昭阳：汉宫殿名，即赵飞燕姊妹所居。这是化用王昌龄《长信秋词》的“玉颜不及寒鸦色，犹带昭阳日影来”和孟迟《长信宫》的“自恨身轻不如燕，春来还绕御帘飞”的句意而反用之，故富于创造性。

✤ **评析**

此诗全用暗喻，用衬托，把白燕的纯洁、轻盈、温馨形象地描绘了出来。用典亦贴切含蓄，隐寓感叹，颇有一唱三叹的韵致。而李梦阳说他的诗“《白燕》最下最传，诸高者顾不传”。非故作惊人之论，即英雄欺人之谈。

客中除夕

今夕为何夕[1]，他乡说故乡[2]。
看人儿女大，为客岁年长。
戎马无休歇，关山正渺茫[3]。
一杯柏叶酒[4]，未敌泪千行。

✤ 注释

[1]“今夕”句：语出《诗·唐风·绸缪》：“今夕何夕，见此良人。”

[2]“他乡”句：系从刘皂《旅次朔方》(一作贾岛《渡桑干》)的“无端更渡桑干水，却望并州是故乡”句点化出来。

[3]“关山”句：化用杜甫《登岳阳楼》“戎马关山北，凭轩涕泗流”的句意。

[4]柏叶酒：古代风俗，以柏叶后凋耐久，因取其叶浸酒，元旦共饮，以祝长寿。南朝梁宗懔《荆楚岁时记》：正月一日，“长幼悉正衣冠，以次拜贺，进椒、柏酒，饮桃汤”。南朝梁庾肩吾《岁尽应令》诗：“聊开柏叶酒，试奠五辛盘。”

✤ 评析

情真境真，语切意切，把久客他乡、佳节思亲的凄苦心情，细腻而深婉地表现了出来，有着久客思亲生活经验的人，自然而然地要引起感情上的共鸣。

京师得家书[1]

江水三千里[2]，家书十五行。
行行无别语，只道早还乡。

✤ 注释

[1]京师：京城。此指南京，明初建都于此。

[2]江水：此指长江。“三千里”极言其远，非实指。

✤ 评析

娓娓道来，绝去雕饰，而天机独妙，感人至深，此所谓天下之至情，天下之至文也。沈德潜说此诗是“天籁”，可谓知言。

题李陵泣别图[1]

上林木落雁南飞[2]，万里萧条使节归[3]。

犹有交情两行泪，西风吹上汉臣衣[4]。

✣ 注 释

[1] 李陵：字少卿，名将李广之孙。汉武帝天汉二年，率步兵五千人击匈奴，弹尽援绝，被迫投降。苏武，字子卿，天汉元年出使匈奴，被匈奴扣留，迫令到北海牧羊。李陵奉单于命，曾来劝降，遭到苏武的严词拒绝。苏武牧羊十九年，始终持着汉的节旄，吞毡饮雪，历尽艰辛，具有崇高的民族气节。昭帝始元六年，匈奴与汉和亲，方得回汉。苏武离开匈奴时，李陵置酒送行，陵悲歌起舞，泣下数行，与武握别。见《汉书·李广苏建传》。

[2]“上林”句：汉昭帝遣使者至匈奴，要求遣回苏武，匈奴诡称苏武已死。随同苏武出使匈奴的常惠夜见汉使，告知苏武的下落，并教使者对单于说：“天子射上林中，得雁，足有系帛书，言武等在某泽中。”这才使单于被迫遣归苏武。见《汉书·李广苏建传》。上林，宫苑名，为天子游猎之所。

[3] 使节：使者的信节。《周礼·地官·掌节》：“凡邦国之使节，山国用虎节，土国用人节，泽国用龙节。”郑玄注：“使节，使卿大夫聘于天子诸侯，行道所执之信也。”此指苏武。

[4] 汉臣：坚持汉节的忠臣。此指苏武。言李陵送别苏武时，泣下数行。

✣ 评 析

婉而多讽，严而不苛，而字里行间流露出对李陵的讥刺，是善于立言者。王世贞说它“颇见风雅”，李时远说它“镕辞铸意，妙绝无比”，沈德潜说它“词婉意严，李陵之罪自见，‘汉臣’二字，《春秋》之笔”。都是符合诗的实际的。

淮西夜坐[1]

萧萧风雨满关河[2]，酒尽西楼听雁过。
莫怪行人头尽白，异乡秋色不胜多。

✣ 注 释

[1] 淮西：也称淮右。习称今皖北豫东淮河北岸一带为淮西。

[2] 萧萧：风雨声。关河：泛指一般的山河。晋陶渊明《赠羊长史》："岂忘游心目，关河不可逾。"

✤ 评析

客中游子之感，尽见于字里行间。吴明卿说它"悲惋欲涕"，是深有感于此诗者。

周致尧

周致尧，字焕文，一云名棐，以字行，崇德（今浙江桐乡）人。曾任平江书院山长，有《山长集》，已佚。今所存的诗，乃《槜李英华》、《湖海耆英集》及《石仓诗选》所录者。

西津夜泊[1]

孤帆夜落石桥西，桥外青山入会稽[2]。
卧听海潮吹地转，起看江月向人低[3]。
一春衰谢怜皮骨[4]，万国艰虞厌鼓鼙[5]。
何处商船歌水调[6]，令人归思益凄迷。

✤ 注释

[1] 西津：泛指西边的渡口。

[2] 会稽：山名。在今浙江省绍兴市东南。相传禹会诸侯于此计功，因而得名。

[3] “起看”句：化用孟浩然《宿建德江》“野旷天低树，江清月近人”的句意，是脍炙人口的名句。

[4] 皮骨：皮包骨头。形容人的枯瘦。

[5] 鼓鼙：喻战争。

[6] 水调：曲调名，相传隋炀帝开汴渠成而作此调。曲凡十一叠，前五叠为歌，后六叠为入破。歌的第五叠最为怨切。唐玄宗将入蜀，闻歌《水调》“山川满目泪沾衣”，感叹不已。

✤ 评析

客愁国恨，交织互映。前半段写景，景语亦是情语；后半段抒情，情语实因景起。情景交融，故能感人至深。

刘　崧

刘崧(1321—1381),初名楚,字子高,江西泰和人。元末举于乡,洪武初,以经明行修,授兵部郎中,迁北平按察副使,坐事输作京师,寻放归。复征拜礼部侍郎,擢吏部尚书。致仕后,复征为国子司业,卒于官。有《槎翁集》。

他的诗句锼字琢,颇具炉锤之功。年愈老,思愈壮,诗愈工,得到宋濂的高度评价,说他以“天赋超逸之才,加以稽古之力,雕肝琢膂,宵吟夕咏,而又得师友之资,江山之助,五美云备,诗于是乎大昌。凌厉顿迅,鼓行无前,缓急丰约,隐显出没,皆中绳尺”。沈德潜说他的诗“辞采鲜媚,骨格未高,应是学温飞卿一派”。《静志居诗话》说他的诗“局于方程,不能展拓,于唐近大历十子,于宋类永嘉四灵,于元最肖萨天锡”。虽未尽当,亦可窥其诗于一斑。

采野菜

采野菜,行且顾[1],野田雨深泥没路。稚男小女挈筐笼,清晨各向田中去。茫茫四野烟火绝,去年秋旱今年雪。草根冻死无寸青,却揽枯荄泪流血[2]。水边蒲荇未作芽[3],甘荠出泥先放花[4]。长条大叶瘦且老,得似家园松韭好[5]。枯肠暂满终易饥,酸苦螫人还自知[6]。采野菜,行且哭,贫家食菜苦不足,寨军掠人还食肉[7]。

✤ 注释

[1] 行且顾：边走边看。

[2] 枯荄：干枯的草根。

[3] 蒲荇：蒲草与荇菜。蒲生水边，荇浮水面，结子可食。

[4] 甘荠：荠菜。春天开小白花，嫩茎新叶可供食用。

[5] 松韭：白菜和韭菜。松，通"菘"。

[6] 螫人：毒害贫苦人家。

[7] 寨军：驻军。

✤ 评析

一幅农村破产图，宛然在目。句句带泪，字字含血，具见诗人"民胞物与"之怀，亦白居易讽谕诗之流亚。

玉华山

翠巘千峰合[1]，丹崖一径通[2]。
楼台上云气，草木动天风。
野旷行人外，江平落雁中。
伤心俯城郭，烟雨正冥蒙[3]。

✤ 注释

[1] 翠巘：青翠的山峦。

[2] 丹崖：红色的悬崖。

[3] 冥蒙：幽暗不明的样子。

✤ 评析

句雕字琢，格纯调雅，将玉华山之险峻秀丽，描绘入神，是诗中有画者。与前一首的风格，迥然各异。

林　鸿

林鸿，字子羽，福建福清人。洪武初，以人才荐，授将乐县儒学训导，擢礼部员外郎。年未四十，即自请免职回乡。他是“闽中十子”之首，开闽派诗人的先河。有《鸣盛集》。

他认为“汉魏骨气虽雄，而菁华不足。晋祖玄虚，宋尚条畅，齐、梁以下但务春华，少秋实。惟唐作者，可谓大成。然贞观尚习故陋，神龙渐变常调。开元、天宝间，声律大备，学者当以是为楷式”。闽人论诗者，多依鸿说。刘子高说他的诗“已窥陈拾遗之奥，大有唐开元之风”。胡元瑞说他的诗“诸体皆工，五言律尤胜，置唐钱刘间，不复辨别”。说明他学唐是有成就的。但李东阳则批评他“专学唐人，极力摹拟，不但字面句法，并其题亦效之。开卷骤视，宛如旧本，然细味之，求其流出肺腑、卓然有力者，指不能一再屈也”。钱谦益也说他的诗“祢三唐而祧宋元，摹其色象，按其音节，庶几似之。其所以不及唐人者，正其摹仿形似，而不知由悟以入也”。

饮　酒

儒生好奇古，出口谈唐虞[1]。
倘生羲皇前[2]，所谈竟何如？
古人既已死，古道存遗书。

一语不能践，万卷徒空虚。
我愿但饮酒，不复知其余。
君看醉乡人[3]，乃在天地初。

✤ 注释

[1] 唐虞：尧舜时代。尧号陶唐氏，舜号有虞氏，合称唐虞。儒家以唐虞揖让而有天下，不是通过战争取得政权，所以把它作为政权更替的理想模式。

[2] 羲皇：伏羲时代。伏羲是我国传说中的部落酋长。相传他始画八卦，教民渔猎，以充庖厨，所以又叫庖羲氏。

[3] 醉乡：指醉中境界。唐初诗人王绩，曾著《醉乡记》，以续晋刘伶所作的《酒德颂》，见《新唐书·王绩传》。

✤ 评析

这是对腐儒颂古非今、空言欺世的深刻讽刺。可与李白《嘲鲁儒》对看。

巫峡啼猿歌送邱少府归四明[1]

巫山巫峡连三巴[2]，猿啼三声客思家[3]。
停舟听之声未了，却过青枝犹袅袅[4]。
野人乍来锦官城[5]，清秋满峡啼猿声。
黄牛滩上怨枫落[6]，白帝祠前哀月明[7]。
商声清冽羽声乱[8]，倏忽东崖复西涧。
久客闻之泪欲干，壮夫听此魂亦断。
故人归卧越山云[9]，忆得啼猿歌送君。
扁舟独宿剡溪夜[10]，叫月三声谁共闻。

✤ 注释

[1] 巫峡：长江三峡之一，在湖北省巴东县西，与重庆市巫山县接界，因巫山而得名。少府：县尉的别称。四明：山名。在浙江省宁波市西南。相传群峰之中，上有方石，四面如窗，中通日月星辰之光，因名为四明山。

[2] 巫山：山名，在重庆市巫山县东。山有十二峰，神女峰在其下。唐李端《巫山高》所谓"巫山十二峰，皆在碧虚中"，说明它的山势之高。三巴：地名，为巴郡、巴东、巴西之合称。

[3] "猿啼"句：民歌有"巴东三峡巫峡长，猿鸣三声泪沾裳"之句，见《水经注・江水》。此用其意。

[4] 袅袅：摇荡不定的样子。

[5] 锦官城：成都的别名。

[6] 黄牛滩：地名。在湖北省宜昌市西。滩的南岸，重岭叠起，高崖间有石，色如人负刀牵牛，人黑牛黄，江流迂回，虽途经三宿，犹能望见此石。故行者有谣曰："朝发黄牛，暮宿黄牛。三朝三暮，黄牛如故。"见《水经注・江水》。

[7] 白帝祠：在今重庆市奉节县东瞿塘峡口的白帝城。相传公孙述至鱼复，见白龙出井中，自以为瑞，乃改鱼复为白帝。

[8] 商声羽声：古五音之一。商声凄怆，羽声慷慨。

[9] 越山：泛指浙江境内的山。此指四明山，邱少府的故乡。

[10] 剡溪：水名。在浙江省嵊州市南。即曹娥江的上游。

✤ 评析

送人归四明，而以大量篇幅写三峡的风光，盖以己之远客，映衬友之归卧；己之离愁，映衬友之归兴。两相对比，而诗人倦游之情，跃然纸上。是善于立言、巧于构思者。

出塞曲[1]

十五蓟门行[2]，能探黠虏情[3]。
潜兵秋度碛[4]，牧马夜归营。

苦雾沉旗影，飞霜湿鼓声。
昨来承密诏[5]，东筑受降城[6]。

✤ 注释

[1] 出塞曲：乐府横吹曲名，多写边塞军旅的生活。

[2] 蓟门：古地名。在今北京市密云区、天津市蓟州区一带。此泛指边地。

[3] 黠虏：狡猾的敌人。

[4] 碛：北方称沙石为碛。此指大沙漠。

[5] 密诏：秘密的诏令，密令。

[6] 受降城：接受敌人降书时所筑的城。汉为防匈奴，唐为防突厥，分别筑有受降城。《史记·匈奴传》：武帝时，将军公孙敖筑受降城，故址在今内蒙古自治区乌拉特中旗东阴山北。《新唐书·张仁愿传》："仁愿请乘虚取漠南地，于河北筑三受降城，绝虏南寇路。"东受降城在今内蒙古自治区托克托县南，中受降城在今包头市西北，西受城在今杭锦后旗乌加河北岸。

✤ 评析

从塞上军情的部署中，写出汉家声威。目无黠虏，气吞强胡，表达出一位少年英雄建功疆场的豪情壮志，大有盛唐气象。

寄逸人高漫士

独倚城南百尺阑[1]，粤乡秋思浩漫漫[2]。
平台树色催残照，近郭砧声报早寒。
云物正当摇落后[3]，关河终念别离难。
龙门别墅今宵月[4]，谁与相同把酒看。

✤ 注释

[1] 阑：同"欄"，即阑干。

[2] 漫漫：无边无际的样子。

[3] 云物：景物。杜甫《敬赠郑谏议十韵》："思飘云物外，律中鬼神惊。"

[4] 龙门：此喻其声望甚高。《后汉书 · 李膺传》："膺独持风裁，以声名自高。士有被其容接者，名为登龙门。"

✤ 评析

中间两联，均上句写景，下句抒情。情随景迁，景含情意，极工整秀丽之致。一结，既关切题中之"寄"，又表达相思之诚，余音绕梁，韵味无穷。而朱彝尊以他的诗"循行矩步，无鹰扬虎视之姿，此犹翡翠兰苕，方塘曲渚，非不美观，未足与量江海之大"，批评未免太苛。"翡翠兰苕，方塘曲渚"之优美，与"巨刃摩天，沧海掣鲸"之壮美，各有所擅，正不当以此分优劣啊。

贝　琼

贝琼(1314—1378),字廷琚,一名阙,字廷臣,崇德(今浙江桐乡)人。元末,隐居乡间,张士诚屡辟不赴。洪武三年,征修《元史》,赐金帛遣归。六年,以荐除国子助教。九年改中都助教,教功臣子弟。十一年致仕,卒。著有《清江集》。

《四库总目》说他"学诗于杨维桢,然其论文称立言不在崭绝刻峭,而平衍为可观;不在荒唐险怪,而丰腴为可乐"。可见他虽出于杨氏之门,而不肯阿其所好,学其所短。朱彝尊《静志居诗话》说他的诗"爽豁类汪朝宗(广洋),整丽似刘伯温(基),圆秀胜林子羽(鸿),清空近袁景文(凯),风华亚高季迪(启),朗净过张来仪(羽),繁缛愈孙仲衍(蕡),足以领袖一时,此非乡曲之私,天下之公言也"。说他兼有明初诸名家之胜,未免溢美,然其诗平衍丰腴,自然高秀,足以自成一家,则是有目共睹的。

董逃行[1]

北风破肉胡兵利,汉将驱人死胡地。
丈夫四出妇女号,长安十日城门闭。
夜入南山忍冲虎,尚胜迢迢随捕虏[2]。
城中有地尽蓬蒿,城下何人种禾黍!

夜闻董逃四面歌，却思乡土泪滂沱[3]。

✤ 注释

[1] 董逃行：乐府清调曲名。董，指董卓。旧说为后汉游童所作。后人习之为歌章，以资鉴戒。

[2] 迢迢：遥远，漫长。

[3] 滂沱：形容泪流之多。《诗·陈风·泽陂》：“寤寐无为，涕泗滂沱。”

✤ 评析

这首诗借古乐府的曲调，反映元末明初社会动荡、战乱频仍、百姓隐蔽南山的惨象。平实自然，绝去铅华，忠实地实践了诗人的论诗宗旨。

经故内[1]

山中玉殿尽苍苔[2]，天子蒙尘岂复回[3]？
地脉不从沧海断，潮声犹上浙东来。
百年禁树知谁惜[4]，三月宫花尚自开[5]。
此日登临解题赋，白头庾信不胜哀[6]。

✤ 注释

[1] 故内：过去皇帝所居的宫殿。此指南宋建都临安的皇宫。

[2] 玉殿：宫殿的美称，帝王所居者。

[3] 蒙尘：过去指天子出奔在外。此指南宋恭帝、端宗、帝昺等。

[4] 禁树：宫殿内所种的树木。

[5] 宫花：御苑所种的花草。

[6] 庾信：字子山，初仕南朝梁，奉使西魏，被留不还。西魏亡，复仕北周，官至骠骑大将军，开府仪同三司，所以又被称为“庾开府”。信虽居高位，然怀念南朝，所作《哀江南赋》，抒发了他的乡土之思和故国之情。

✤ 评析

以深厚的民族感情，抒发了诗人的故国禾黍之思。末以庾信自况，自是点睛之笔。诗亦丰腴高秀，整丽爽豁。

鲁　渊

鲁渊，字道原，浙江淳安人。元至正辛卯进士，官江浙儒学提举。明初，征修礼乐书，授江西按察司佥事，以病辞。有《青溪鲁道原先生诗集》。

朱彝尊说他“尝与杨廉夫、张光弼校文贡院，其题《入贡图》诗云：‘九州文轨车书混，万里梯航玉帛齐。’《感怀诗》云：‘越裳翡翠供输少，辽海云航漕运通。’盖犹及见元盛时者”。钱谦益说他“明初应召入礼局，辞还山。王逢赠诗云：‘相期文苑传，独立义熙年。’亦犹元遗民也”。

重　九

白雁南飞天欲霜，萧萧风雨又重阳。
已知建德非吾土[1]，还忆并州是故乡[2]。
蓬鬓转添今日白，菊花犹似去年黄。
登高莫上龙山路[3]，极目中原草木荒。

✤ 注 释

[1]“已知”句：此用王粲《登楼赋》“虽信美而非吾土兮，曾何足以少留”和孟浩然《宿桐庐江寄广陵旧游》“建德非吾土，维扬忆旧游”的句意。

[2]“还忆”句：此用刘皂《旅次朔方》“无端更渡桑干水，却望并州是故乡”的

句意。

[3]“登高”句：晋征西大将军桓温九月九日游龙山，宾僚咸集，皆着戎服。有风吹落其参军孟嘉之帽，桓令孙盛作文以嘲之，嘉即时作答，四座叹服。后遂用为“登高”之典。宋辛弃疾《念奴娇·重九席上》：“龙山何处，记当年高会，重阳佳节。”

✤ 评析

乡思客愁，凝聚在字里行间，不胜田园寥落，道路流离之感。“已知建德非吾土”一联，化用前人成句，天造地设，铢两悉称，自是脍炙人口的名句。可与他的《晚宿新岑》诗“杜鹃山外家千里，姑恶声中泪两行”媲美。

李延兴

李延兴，字继本，以字行，东安（今河北省廊坊市安次区）人，后徙居北平，生卒年不详。少以诗名，登元至正十七年（1357）进士第，授太常奉礼兼翰林检讨。元末隐居不仕，河朔学者多从之。明洪武间，先后典涞水、永清邑学。不久，告归。有《一山集》。

他自甘淡薄，不慕荣利。其《自赞画像》云："虽同乎今之人，而以圣贤为矩墨；虽食夫今之禄，而视轩冕犹泥涂。"可以想见其志趣，《四库总目》说他的诗文"俊伟疏达，能不失前人规范"。《静志居诗话》说他的诗文"颇拔俗，长歌尤擅场"。

丙申岁咏怀[1]（三首选二）

辛苦怜吾弟，荒山久避兵。
素书连月断[2]，白发满头生。
雪翳窗灯影，风沉戍鼓声[3]。
寸心忧百结[4]，寂寞度残更。

妻子何时见，凄凉病转侵。
虚传千里信，已负百年心。
茅屋飞霜满，空阶落叶深。

白头吟正苦，回首泪沾襟。

✤ 注释

[1] 丙申：元至正十六年(1356)，时义军蜂起，诗人家乡亦有兵灾。

[2] 素书：书信。古辞《饮马长城窟行》："呼儿烹鲤鱼，中有尺素书。长跪读素书，书中竟何如。"后因以书信为素书。

[3] 戍鼓：边疠驻军的鼓声。戍，边防区内的营垒、城堡。

[4] 百结：形容心中的忧虑重重。唐聂夷中《饮酒乐》诗："一饮解百结，再饮破百忧。"

✤ 评析

前一首思弟，后一首思妻，均有至情至性从肺腑中流出，娓娓说来，如道家常，而情真意真，感人至深。前首之"素书连月断"，后首之"虚传千里信"两联，尤为脍炙人口。沈德潜说它"得杜诗气体，但浑厚沉郁处未到"。予谓李益之《喜见外弟又言别》、司空曙之《喜外弟卢纶见宿》两诗的真挚感人、细腻传神，不是过也。

读贾谊王粲传[1]

白发悲王粲，青春羡贾生。
万言辞慷慨[2]，一赋气峥嵘[3]。
吊屈心犹壮[4]，依刘恨未平[5]。
怀贤坐长夜[6]，耿耿若为情[7]。

✤ 注释

[1] 贾谊：西汉洛阳人，年十八，以能诵诗属书闻于郡中。文帝召为博士。是时谊年二十余，最为少，每诏令议下，诸老先生不能言，贾生尽为之对。文帝悦之，不次擢升，一岁中超迁至太中大夫。遭到绛侯、灌婴的诋毁，说他"洛阳之

人,年少初学,专欲擅权,纷乱诸事”。文帝乃以谊为长沙王太傅。见《史记·屈原贾生列传》。王粲:字仲宣,建安七子之一。博学多识,文思敏捷。汉末,避地荆州,往依刘表,后归曹魏,任丞相掾,累官至侍中。

[2]“万言”句:指贾谊上汉文帝的《治安策》,策中陈述时弊及国家长治久安的策略,以为当时的形势可为痛哭流涕长太息,而进言者以为天下已安已治,非愚则谀。见《汉书·贾谊传》。

[3]“一赋”句:指王粲的《登楼赋》。赋中抒发了他对故乡的怀念和抱负不能实现的忧愤。

[4]“吊屈”句:指贾谊被谪为长沙王太傅时,经过湘水,作了《吊屈原赋》。赋末有“彼寻常之汙渎兮,岂容吞舟之鱼?横江湖之鳣鲸兮,固将制于蝼蚁!”故云“心犹壮”。

[5]“依刘”句:王粲十七岁时,因为长安局势动乱,避地荆州,依附刘表,长达十五年。他深知刘表“外貌儒雅,而心多疑忌”(《三国志·刘表传》)。加上王粲“貌寝而体弱通侻”,所以没有受到刘表的重视。他在《登楼赋》中说:“循阶除而下降兮,气交愤于胸臆。夜参半而不寐兮,怅盘桓以反侧。”故曰“恨未平”。

[6]怀贤:怀念昔贤。此指贾谊、王粲。

[7]耿耿:烦躁不安的样子。屈原《九章·远游》:“夜耿耿而不寐兮,魂营营而至曙。”

✤ **评析**

全诗一句写贾谊,一句写王粲,抓住了两贤生平的主要事迹和独特情操,工稳贴切,高秀典雅,颇似用韵文撰写的两人合传,而骨子里却以两贤自况,抒发了蕴藏在内心深处的不平之鸣。

孙　蕡

孙蕡(1334—1389),字仲衍,广东顺德人。洪武三年举人,旋举进士,授工部织染局使,调虹县主簿,颇有政声。擢翰林典籍,与修《洪武正韵》。与王佐、赵介、李德、黄哲并称“南园五子”,才调出四人之上,是岭南明初最著名的诗人。二十六年,大将蓝玉狱具,以孙蕡曾为蓝题画,论死。《明史·文苑传》说他“临刑作诗长讴而逝”。邓球《泳化类编》说他临刑口占一绝云:“鼍鼓三声急,西山日又斜。黄泉无客店,今夜宿谁家?”既诛,朱元璋问蕡死有何言,监斩官以前诗对,朱元璋怒曰:“彼有如此好诗,汝乃不奏而遂杀之,何也?”遂亦杀监斩者。赵翼《陔余丛考》论定此诗为五代江为所作。可能蕡临刑时,诵此诗以寓哀,闻者不知,便把著作权移给了他。著有《西庵集》。

他的诗清圆流畅,豪迈逸宕,尤长于七言古体。黄才伯说他的诗“初若不经意,而气象雄浑,兴喻深致,骎骎乎魏晋之风”。叶处元说他的“五七言、古风,虽唐人不能远过”。

下瞿塘[1]

我从前月来西州[2],锦官城下十日留[3]。
回船正值九九节[4],巫山巫峡风飕飕[5]。
人言滟滪大于马,瞿塘此时不可下[6]。

公家王事有程期[7]，敢惮微躯作人鲊[8]。
人鲊瓮头翻白波[9]，怒流触石为漩涡。
柁工敲板助船客，破浪一掷如飞梭[10]。
滩声橹声历乱聒[11]，紧摇手滑橹易脱。
沿洄划转如旋风[12]，半侧船头水花没。
船头半没船尾高，水花作雨飞鬓毛。
争牵百丈上崖谷，舟子快捷如猿猱。
拢船把酒聊自劳，因笑轻生博奇好[13]。
吟诗未解追谪仙[14]，天遣经行蜀中道。
巴东东下想安流[15]，便指归州向峡州[16]。
船到岳阳应渐稳，洞庭霜降水如油。

✤ 注释

[1] 瞿塘：又名夔峡，长江三峡之一。西起重庆市奉节县白帝城，东至巫山县大宁河口。江流湍急，山势险峻。

[2] 西州：此指巴蜀地区。

[3] 锦官城：四川以产“蜀锦”著称，曾在成都设置“锦官”，因以“锦官城”作为成都的别称。

[4] 九九节：重阳节。古人以“九”为阳数，故以农历九月九日为“重阳节”。

[5] 飕飕：风声。

[6] “人言”二句：《水经注·江水》引古谚曰：“滟滪大如马，瞿唐不可下。”此用其句意。滟滪，即滟滪堆，耸立在瞿塘峡江口之巨石。新中国成立后已炸平。

[7] 王事：国事，公事。程期：一定的期限。

[8] 人鲊：人做的鱼鲊。形容溺死者之众，像腌制的鱼积聚在一起。

[9] 人鲊瓮：长江的险滩之一，在今湖北省秭归县西。苏轼《竹枝词》：“自过鬼门关外天，命同人鲊瓮头船。”

[10] “破浪”句：形容水势湍急。此从苏轼《百步洪》的“长洪斗落生跳波，轻舟南下如投梭”脱胎而来。

[11] 历乱聒：杂乱地聒到耳边。

[12] 沿洄：顺流而下为沿，逆流而上为洄。亦作“洄沿”，南朝宋谢灵运《过始宁墅》：“山行穷登顿，水涉尽洄沿。”

[13] “因笑”句：一作“因笑吾生真草草”。

[14] 谪仙：指李白。白曾被贺知章呼为“谪仙人”。因李白作有《蜀道难》、《送友人入蜀》等描写西蜀山川险峻的诗歌，故有此语。

[15] 安流：平稳的江流。

[16] 归州：今湖北省秭归县。峡州：治所在今湖北省宜昌市。

✤ 评析

写三峡的惊湍骇浪、险滩飞舟，历历如绘，使读者如历其境，感到魂悸魄动、毛骨悚然，可与李白的《蜀道难》对读。

湖州乐[1]

湖州溪水穿城郭，傍水人家起楼阁。
春风垂柳绿轩窗[2]，细雨飞花湿帘幕。
四月五月南风来，当门处处芰荷开。
吴姬画舫小于斛[3]，荡桨出城沿月回。
菰蒲浪深迷白纻[4]，有时隔花闻笑语。
鲤鱼风起燕飞斜[5]，菱歌声入鸳鸯渚[6]。

✤ 注释

[1] 湖州：今浙江吴兴，以位于太湖之滨而得名。

[2] 轩窗：有篷盖的窗户。

[3] 吴姬：吴地美女。画舫：画有各种彩色图案的小船。

[4] 菰蒲：菰和蒲。菰，俗称茭白，生于河边泽畔。叶茎可作蔬菜，其实如米，俗称雕胡米，可以做饭。蒲，香蒲，根、茎可食用；叶可编席、扇等用具。白纻：乐

府吴舞曲名,出于民间。

[5] 鲤鱼风:九月风。李贺《江楼曲》:“楼前流水江陵道,鲤鱼风起芙蓉老。”

[6] 鸳鸯渚:鸳鸯湖,在今浙江嘉兴东南。因东西两湖相接,有如鸳鸯而得名。此当泛指美丽的湖泊。

✤ 评析

描写水乡景色,宛然如画。曹洁躬说他“善言风景。……使未至其地者诵之,亦当神往”。读此诗信然。

蓝　仁

蓝仁，字静之，福建崇安人。元末与弟蓝智学文于武夷杜清碧，学诗于四明任松卿。谢绝科举，一意为诗。但两人出处不同，蓝智出仕，而蓝仁归隐。其《戏题绝句》云：“朝野文章自不同，壤歌何敢敌黄钟？山林别有钧天奏，长在松风涧水中。”可以想见其志趣。有《蓝山集》。

他的诗力追盛唐，间入中晚，颇有唐音。蒋师文说他的诗“和平雅淡，辞意融怡，语不雕锼，气无脂粉，出乎性情之正，而有太平之风”。张云松说他的诗“不蹈袭以掠美，不险怪以求奇，丽则而不苟，隽永而有余，深得诗史之遗意”。

西山暮归

凉叶堕微风，秋山正萧爽。
天寒独鸟归，日夕百虫响[1]。
偶从桂树招[2]，遂有桃源想[3]。
石磴阒无人，山猿自来往。

✤ 注释

[1] 百虫：各种虫类。

[2] 桂树招：此用《楚辞 · 招隐士》的“桂树丛生兮山之幽”与“攀援桂枝兮聊淹留”的句意。

[3] 桃源想：避世遁世的想法。晋陶渊明《桃花源记》言桃源中人“自云先世避秦时乱，率妻子邑人来此绝境，不复出焉，遂与外人间隔”。此用其事。

✤ 评析

优游冲淡，饶林泉之趣，颇似王、韦诗的风致。惜其有达士之襟怀，无骚人之哀怨，故堂庑不大，器宇不宏。

蓝　智

蓝智，字明之，蓝仁之弟。元末，弃科举，与其兄切磋琢磨，励志为诗。洪武十年，以荐授广西按察佥事。有《蓝涧集》。

他的诗清丽俊逸，雅有唐风。《四库总目》说他的作品“清新婉约，足以肩随其兄。五言结体高雅，翛然尘外。虽雄快不足，而隽逸有余。七言顿挫浏亮，亦无失唐人矩矱”。

雨中同孟原佥宪登嘉鱼亭[1]

高阁流莺外，荒城驻马前。
江寒三月雨，春老百蛮天[2]。
折柳悲横笛[3]，飞花落钓船[4]。
乾坤总羁旅，把酒意茫然。

✤ 注释

[1] 孟原佥宪：孟原，人名。与诗人唱酬较多，如《湘江晚泊简孟原佥宪》、《八月九日巴河阻风答孟原佥宪》等。佥宪，官名，即佥都御史。明代都察院设左右佥都御史。

[2] 百蛮：泛指南方的少数民族。语出《诗·大雅·韩奕》：“以先祖受命，因时百蛮。”

[3] 折柳：古乐曲名。乐府有《折杨柳》。此用李白《春夜洛城闻笛》“此夜曲中闻折柳，何人不起故园情”的句意。

[4]“飞花”句：此用杜甫《发潭州》“岸花飞送客，樯燕语留人”的句意。

✤ 评析

因景生情，融情入景。情景交融，妙合无垠。客观之景，皆含主观之情，所以是景语，亦是情语。

过云洞岭

路出千林迥，山连五岭遥[1]。
石崖悬度栈，野树卧通桥。
涧饮犹防蛊[2]，畬耕尽属瑶[3]。
夕阳驱瘦马，鬓影漫萧萧[4]。

✤ 注释

[1] 五岭：山名，一般指大庾、骑田、都庞、萌渚、越城，是湖南、江西通往广东的必经之路。

[2] 防蛊：顾野王《舆地志》：“江南数郡有畜蛊者，主人行之以杀人，行食饮中，人不觉也。”蛊，相传为一种人工培育的毒虫。

[3] 畬耕：火耕。瑶：指我国南方的瑶族。

[4] 萧萧：须发稀疏的样子。

✤ 评析

写五岭道路的险峻，写南方少数民族的风情，写个人羁旅行役的寂苦，无不历历如绘，生动逼真，自是斫轮老手。

甘　瑾

甘瑾，字彦初，江西临川人，一作余干或鄱阳人。与张翥往来甚密。明初，任严州府同知，或云官翰林院待制。是明初“临川诗派”中专学唐人的。

张翥说他的诗“如美女簪花”。徐子元说他“工于律，矛戟森然，望之可畏”。

何梅阁山居

迹不到城市，逢人无厚颜[1]。
一瓢风外树，双屐雨中山。
流水春喧碓，归云暮掩关[2]。
无心经世务[3]，为益鬓毛斑[4]。

✤ 注释

[1] 厚颜：羞怯的样子。此亦“衣敝缊袍，与衣狐貉者立，而不耻者，其由也与”之意。

[2] 掩关：闭门。

[3] 世务：时务。

[4] 益：增加。斑：花白。

✤ 评析

顾起纶《国雅品》说他“思颇清僻，如‘一瓢风外树，双屐雨中山。’……

亦是高唱”。此仅就一联而言。其实此诗通首写林泉之趣、幽居之乐,无一语不切,无一联不美。

寄马彦会

百战孤城血未干,故人书札报平安。
秋风代马思燕草[1],夜月湘歌怨澧兰[2]。
万里江湖仍旅食[3],百年天地自儒冠[4]。
山阴更有诛茅地[5],仗剑休辞行路难[6]。

✤ 注释

[1]“秋风”句:言漠北所产的骏马想念燕地的牧草。此用《古诗十九首·行行重行行》“胡马依北风,越鸟巢南枝”及刘禹锡《始闻秋风》“马思边草拳毛动”的语意。代马,古代漠北(代地)所产的骏马。

[2]“夜月”句:屈原《九歌·湘夫人》:“沅有芷兮澧有兰,思公子兮未敢言。”言故人无定处,更增思念之情。

[3]旅食:寄食,客居。南齐江孝嗣《北戍琅邪城》:“薄暮苦羁愁,终朝伤旅食。”

[4]儒冠:儒生戴的帽子。杜甫《奉赠韦左丞丈二十二韵》:“纨袴不饿死,儒冠多误身。”

[5]山阴:古县名,今浙江绍兴。此地风景优美。《世说新语·言语》:“从山阴道上行,山川自相映发,使人应接不暇。”诛茅:剪茅为屋。杜甫《柟树为风雨所拔叹》:“诛茅卜居总为此,五月仿佛闻寒蝉。”

[6]行路难:乐府杂曲歌辞篇名。《乐府解题》:“《行路难》,备言世路艰难及离别悲伤之意。”此用其字面意思。

✤ 评析

笔力雄健,气宇轩昂,寓感慨于豪放之中,托悲欢于语言之外,具有阳刚之美。“秋风代马思燕草”一联,尤为名句。

许　继

许继，字士修，浙江宁海人。洪武中，任台州儒学训导，卒时年仅三十七岁。有《观乐生诗集》。

他的五言诗步趋陶谢，颇有天趣。方孝孺评他的诗曰："温厚和平，归乎至理；清雅俊洁，出乎天趣。程、邵之所存，陶、谢之所达，沛乎其两得之。"

夜　坐

雨歇宵影澄，天清月华素[1]。
空山秋欲来，凉意先在户。
萧萧林樾风[2]，泫泫幽篁露[3]。
草虫亦何知，含凄感迟暮[4]。
神机运寒暑，物化递新故。
上下一寸心，洞视千万古。
深思无与言，美人隔江浦[5]。
迢迢银汉章，无声自西去。

✤ 注 释

[1] 月华：月亮。

[2] 林樾：林间隙地。

[3] 泫泫：露下垂的样子。幽篁：深暗的竹林。

[4] 迟暮：晚景。屈原《离骚》："惟草木之零落兮，恐美人之迟暮。"

[5] 美人：指所怀念的人。《诗·邶风·简兮》："云谁之思，西方美人。"

✤ 评析

沈德潜评此诗说："'空山'十字，前人写秋，俱未到此。"是很有眼力的。

浦　源

浦源，字长源，江苏无锡人。洪武中，为晋王府引礼舍人。工诗，善画山水竹石。尝居九龙山中，筑听松轩。舟经淮河溺死，年仅三十六岁。

顾起纶《国雅品》说他的诗"词彩秀润"。沈德潜《明诗别裁》说他的名句"诗中有画"。

送人之荆门[1]

长江风飏布帆轻[2]，西入荆门感客情。
三国已亡遗旧垒，几家犹在住荒城。
云边路绕巴山色[3]，树里河流汉水声[4]。
此去郢中应有赋，千秋白雪待君赓[5]。

✤ 注释

[1] 荆门：今湖北省荆门市。

[2] 布帆：白布做的船帆。《世说新语·排调》：殷仲堪在荆州，特以布帆借给顾恺之。至破冢，遭风大败。恺之与仲堪书曰："地名破冢，真破冢而出。行人安稳，布帆无恙。"李白《秋下荆门》："霜落荆门江树空，布帆无恙挂秋风。"

[3] 巴山：大巴山，纵贯川、鄂边境。

[4] 汉水：此指长江。

[5]"此去"二句：郢中，战国楚的都城，在今湖北荆州境内。白雪，楚国的高

雅歌曲。赓,继续(唱和)。典出宋玉《对楚王问》:“客有歌于郢中者,其始曰下里巴人,国中属而和者数千人;其为阳阿薤露,国中属而和者数百人;其为阳春白雪,国中属而和者,不过数十人……是其曲弥高,其和弥寡。”

✤ 评 析

钱谦益说:“长源闻林子羽老于诗学,欲往访之,无由。以收买书籍至闽,子羽方与其乡人郑宣、黄玄辈结社,长源谒之,众请所作,至‘云边路绕巴山色,树里河流汉水声’,惊叹曰:‘吾家诗也。’遂邀入社。”周亮工《闽小纪》所记略同。此联有声有色有动态,不愧明诗中的秀句。

高　棅

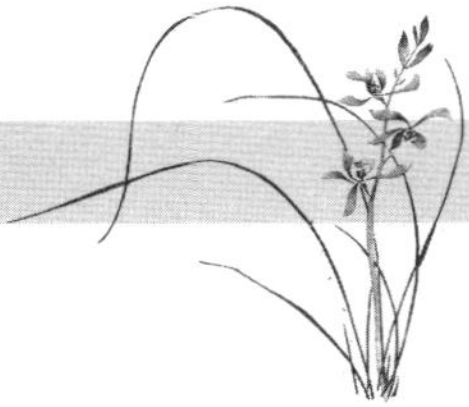

高棅(1350—1423),字彦恢,号漫士,福建长乐人。与林鸿、王恭等号“闽中十子”。永乐初,以布衣召为翰林待诏,迁典籍,卒于官。他擅诗、能书、工画,时称“三绝”。有《啸台集》。他的主要贡献在于编著《唐诗品汇》,议者服其精博。

他的诗好语如珠,音节可观,尤以五古为胜。俞汝成说他的诗“意兴俱佳,而歌行尤胜”。李时远说他“深得唐人风致”。

峤屿春潮[1]

瀛洲见海色[2],潮来如风雨。
初日照寒涛,春声在孤屿[3]。
飞帆落镜中[4],望入桃花去[5]。

✣ 注释

[1] 峤屿:泛指洲上的尖山。峤,尖峭的高山;屿,江中的小岛。
[2] 瀛洲:传说中的仙山。海色:破晓时的天色。
[3] 春声:春涛的声音。孤屿:孤立在江中的小岛。
[4] 飞帆:飞速行驶的船,快船。镜中:澄明如镜的水中。
[5] 桃花:指桃花浪。杜甫《春水》:“三月桃花浪,江流复旧痕。”

✣ 评析

不假雕饰,纯用白描,将一幅春江观潮的画卷,有声有色地描绘了出来，可谓“诗中有画”。

赋得罗浮霜月怀二逸人[1]

海国梅始白[2]，飞霜动鸣钟。
寒空一片月，挂在罗浮峰。
夜色不映水，清光与之同。
百里皆瑶华[3]，千林闷幽风[4]。
萧条岩际叶，嘹唳云边鸿[5]。
远客起遥念，沧波思千重[6]。
梦回明镜没[7]，寂历闻幽蛩[8]。

✤ 注释

[1] 罗浮：山名。在广东省的增城、博罗、河源等县市间，绵亘百余公里，峰峦四百余，风景秀丽，为粤中名山。霜月：寒月，素月。逸人：隐居不仕的人。

[2] 海国：近海的地区。

[3] 瑶华：喻指霜雪。

[4] 闷幽风：清凉的风停了。闷，止息，停歇；幽风，清凉的风。

[5] 嘹唳：声音响亮凄清。

[6] 沧波：大波，深碧的波涛。

[7] 明镜：此指月亮。李白《古朗月行》：“又疑瑶台镜，飞在青云端。”

[8] 寂历：寂静。幽蛩：昏暗中的蟋蟀。

✤ 评析

见月怀人，因物兴感，乃人之常情，故诗人以较多的篇幅，描写幽静的月色，并由此引起怀人的“遥念”。情真景真，余韵悠然，不失唐人风致。

王　恭

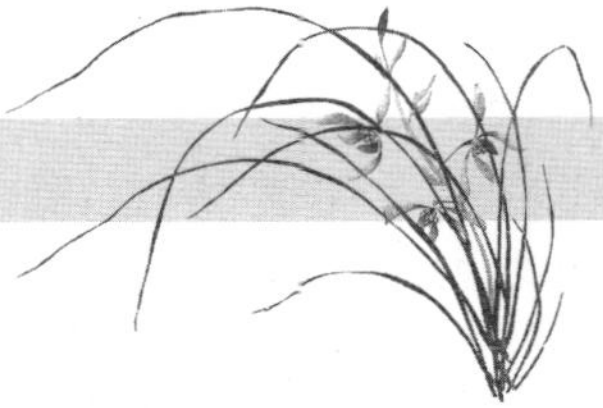

王恭，字安中，福建长乐人。寓居长乐，采樵行歌，自号皆山樵者。年六十余，与修《永乐大典》。书成，授翰林院典籍，不就，从此徜徉丘壑，不与世务。解缙说他"布衣萧然，不慕荣宠，强起决去，若朝阳孤凤"。著有《白云樵唱》、《凤台清啸》、《草泽狂歌》等。

他是"闽中十子"之一。他的诗整练不及林鸿，而风华跌宕，殆犹过之。顾起纶《国雅品》说他"思多凄怨，托喻颇深"。《四库总目》说他"吐言清拔，不染俗尘，得'大历十子'之遗意"。

去妇词[1]

刺促何刺促[2]，东家迎昏西家哭[3]。哭声休使东家闻，东家车马方如云[4]。满堂笑语看珠翠，夹道风传兰麝熏[5]。浮云上天花落树，君心一失无回悟[6]。明知遣妾何所归，饮泪行寻出门路。青铜镜面无光采，妾心尚在容华改。东家新妇倾城姿[7]，似妾从前初嫁时。

✤ 注释

[1] 去妇：被遗弃的妇女。

[2] 刺促：形容惶恐不安。

[3] 迎昏：迎亲。昏，同"婚"。

[4] 如云：像云那样相连不断，形容其多。《诗·郑风·出其东门》："有女如云。"

[5] 夹道：道路的两旁。兰麝：兰与麝香，古代妇女所佩。《晋书·石崇传》："崇尽出其婢妾数十人以示之，皆蕴兰麝，被罗縠。"

[6]"浮云"二句：此用张籍乐府诗"浮云上天雨堕地，暂时会合终离异"的句意。

[7] 倾城姿：形容女子极其美丽。《汉书·外戚传上》李延年歌曰："北方有佳人，绝世而独立。一顾倾人城，再顾倾人国。宁不知倾城与倾国，佳人难再得。"后因以"倾城"、"倾国"喻绝色。

✤ 评析

写去妇的诗很多。此诗语浅意深，以东家迎婚的热烈场面，衬托去妇的凄凉心情。对色衰爱弛的去妇，倾注了满腔的同情；对喜新厌旧的男子，给予了深深的谴责。结尾四句，极尽缠绵低回，有不尽之韵味。

闻笛歌送人之塞上

横笛对离亭，扁舟越江口[1]。月下何人最断肠，天涯怨别惊杨柳[2]。此夜愁心独对君[3]，明朝怅别又离群。单于城上吹羌管[4]，知尔相思不忍闻。

✤ 注释

[1] 越江口：经过渡口。越，经过；江口，渡口。白居易《琵琶行》："去来江口守空船，绕船月明江水寒。"

[2]"天涯"句：此化用李白《春夜洛城闻笛》："此夜曲中闻折柳，何人不起故园情"的句意。折杨柳：古乐府曲名，多怀念戍边的征人之作。

[3] 愁心：愁苦之心。李白《闻王昌龄左迁龙标，遥有此寄》："我寄愁心与明月，随风直到夜郎西。"

[4] 单于城：泛指匈奴的城镇。羌管：羌笛，羌人所吹之笛。宋范仲淹《渔家

傲》:“羌管悠悠霜满地。人不寐,将军白发征夫泪。”

✤ 评析

点化前人成句,不啻若自口出,既有因袭,又有创新,剪裁缝合,妙手天成,自是神于诗者。

春 雁

春风一夜到衡阳[1],楚水燕山万里长[2]。
莫怪春来便归去,江南虽好是他乡。

✤ 注释

[1] 衡阳:在今湖南,以在衡山之阳而得名,衡阳有回雁峰,相传大雁南飞,不逾此峰。

[2] 楚水:泛指江南的江河。燕山:泛指北方的山峦。

✤ 评析

明写春雁,实以自喻。结尾二语,尤有画龙点睛之妙。

方孝孺

方孝孺(1357—1402),字希直,一字希古,人称正学先生,浙江宁海人。宋濂弟子。洪武二十五年召至京,授汉中教授。建文时,召为翰林博士,任侍讲学士。燕兵入京,严词拒绝为成祖起草登极书,被灭十族。有《逊志斋集》。

诗非所长,然熟精选体,颇工五言。徐子元说他是"文章大家,诗亦豪壮,非所长也"。李时远说他的诗"浑朴淳正,大率如其人"。

闲居感怀(九首选二)

凤随天风下,暮息梧桐枝[1]。
群鸱得腐鼠[2],笑汝长苦饥。
举头望八荒[3],默与千秋期。
一饱亮易得,所存终不移。

池鱼不知海,越鸟不知燕[4]。
蚯蚓霸一穴,神龙行九天[5]。
小大万相殊[6],岂惟物性然[7]?
君子勿叹息,彼诚可哀怜。

✤ 注 释

[1]"凤随"二句:凤凰是传说中的瑞鸟。雄的叫凤,雌的叫凰。相传凤凰非

梧桐不栖，非竹实不食。《韩诗外传》卷八："凤乃止帝东国，集帝梧桐，食帝竹实，没身不去。"此用其事以自况。

[2]"群鸱"句：《庄子·秋水》：庄子对惠子说："南方有鸟，其名曰鹓雏，子知之乎？夫鹓雏，发于南海而飞于北海，非梧桐不止，非练实不食，非醴泉不饮。于是鸱得腐鼠，鹓雏过之，仰而视之曰：'吓！'今子欲以子之梁国而吓我邪？"吓，唯恐他人夺取其占有之物而发出的怒声。此用其事。

[3]八荒：八方极远之地。

[4]"池鱼"二句：言受到环境的限制，眼光狭小，不知道世界之大。亦犹《庄子·逍遥游》的"朝菌不知晦朔，蟪蛄不知春秋"的意思。越鸟：南方的鸟。燕，北方的广大地区。

[5]神龙：古人以龙能嘘气成云，神明变化，故称龙为神龙。九天：九重天，极言其高。

[6]"小大"句：言世界万物，小大各不相同。小的如池鱼，如越鸟，如蚯蚓；大的如神龙，相差非常之大。此亦犹《庄子·逍遥游》中的鲲鹏和斥鴳，虽大小相殊，而各尽其性，各适其适。

[7]物性：万物的本性。

✤ 评析

第一首以凤凰自况，不肯与群鸱争腐鼠，争一饱，而要保持个人的高尚情操，是诗人品德的写照。第二首以神龙自喻，与池鱼、越鸟、蚯蚓的器宇、识见，小大万殊，是诗人襟怀的写照。李时远说他的诗"浑朴淳正，大率如其人"，读此而益信。

解　缙

解缙（1369—1415），字大绅，一字缙绅，号春雨，江西吉水人。洪武二十一年进士，授中书庶吉士。因上书言政令屡改、刑罚过重而被罢官。永乐中，官翰林学士。以修《太祖实录》、《永乐大典》而受重视。不久，以“泄禁中语”出为广西布政司参议，改谪交阯。八年，入朝奏事，会永乐北征，谒见东宫而还，为高煦所谮，以“无人臣礼”治罪下狱，被醉以烧酒，埋雪中死。有《春雨斋集》。

他才气放逸，工诗，善狂草，古体入太白集中，不易辨别。惜诗无全稿，传者真伪相半，加以率意遣词，不事磨炼，若信笔游戏者然，未能尽其所至。杨士奇说他的诗“豪宕丰赡，颇似李杜”。李时远说他“天质甚美，词锋甚锐，但少温厚和平之气”。

送刘绣衣按交阯[1]

虬髯白晰绣衣郎，骢马南巡古越裳[2]。
城郭新开秦郡县[3]，山河原是汉金汤[4]。
天连铜柱蛮烟黑[5]，地接珠崖海气黄[6]。
莫说炎荒冰雪少[7]，须令六月见飞霜[8]。

✤ **注释**

[1]绣衣：朝廷直接派遣的特使，享有生杀予夺的大权，衣绣衣，故称为“绣衣

郎”。交阯：古地名，本指五岭以南一带的地方，后用以称越南。

[2] 骢马：指执法如山的御史。典出《后汉书·桓典传》：桓典为御史，常乘骢马，执法无所回避。骢马，青白色的马。越裳：古南海国名。

[3]“城郭”句：贾谊《过秦论》：始皇“南取百越之地，以为桂林、象郡”。《史记·李斯传》：“地非不广，又北逐胡貉，南定百越，以见秦之强。”说明交阯已经入了秦的版图。

[4]“山河”句：汉武帝元鼎六年冬，设置交阯、九真、日南、珠崖等九郡。见《汉书·武帝纪》。

[5] 铜柱：铜制之柱。《后汉书·马援传》：“峤南悉平。”李贤注引《广州记》云：“援到交阯，立铜柱，为汉之极界也。”

[6] 珠崖：古郡名，在今海南省海口市琼山区。

[7] 炎荒：南方边远之地。

[8] 六月飞霜：借以喻清理冤狱。相传战国时，邹衍被人陷害下狱。衍在狱中，仰天而哭，时正炎夏，天忽然降霜。见《论衡·感虚》。

✤ 评 析

才冠一时，积学尤富，故遣词如此瑰丽，用典如此贴切，关合题目如此紧凑，不愧是明代的大手笔。

交阯即事

交阯名藩百雉雄[1]，高骈塔在古城东[2]。
弓刀选士军容肃，铙角迎风奏节同[3]。
蛮女艳妆争丱发，夷人村鼓共鸣铜[4]。
可怜新息犹遗庙[5]，桐树荒凉草棘中。

✤ 注 释

[1] 百雉：高大的城墙。长三丈、高一丈为一雉。《左传·隐公元年》：“都城过百雉，国之害也。”

[2] 高骈：唐末曾任安南都护。《旧唐书》有传。

[3] 铙角：铙，铜质打击乐器；角，角质吹奏乐器。

[4] 夷人：古代对少数民族的贬称。村鼓鸣铜：言村民在各种节日聚会时，打击铜鼓边歌边舞以为笑乐。

[5] 新息：东汉名将马援，以屡立战功被封为新息侯。后人在交阯为他修建庙宇，以资纪念。

✤ 评析

中间两联，把交阯的民情土风作了生动形象的描绘；起结二联，把汉、唐的声威作了重点的渲染，并在渲染之中寓今昔之感。《明史·成祖本纪》：永乐五年五月，平定安南；六月，诏天下设置交阯布政司。与东汉马援的征伐交阯，唐末高骈的都护安南，事功相类，前后交辉。诗人在起结的感叹中，盖有深意存焉。

曾棨

曾棨(1372—1432),字子启,江西永丰人。永乐甲申进士第一,授翰林修撰,历侍讲、侍读学士、左春坊大学士。宣德初,进詹事府少詹事。卒赠礼部左侍郎,谥襄敏。有《西墅集》、《巢睫集》。

他富于才情,文思如涌,迅笔千言,不费思索,而理致文采皆有可观。在永乐中,堪称独步。杨士奇说他的诗"状写之工,极其天趣,他人不足,己尝有余"。王行俭说他的诗"雄放清丽,出入盛唐诸大家"。顾起纶说他的"七古该博逸荡,惟以健捷为工,颇以繁靡为累"。

维扬怀古[1]

广陵城里昔繁华[2],炀帝行宫接紫霞[3]。
玉树歌残犹有曲[4],锦帆归去已无家[5]。
楼台处处迷芳草,风雨年年怨落花。
最是多情汴堤柳[6],春来依旧带栖鸦[7]。

✤ 注释

[1] 维扬:今江苏扬州。《尚书·禹贡》中有"淮海维扬州"之句,因以维扬称扬州。

[2] 广陵:扬州的别称。

[3] 炀帝:杨广,隋文帝的次子,是我国历史上有名的昏君,后被禁军将领宇文化及所缢杀,葬于雷塘。行宫:供帝王出行时所住的宫殿。紫霞:紫色的云

霞。此用李商隐《隋宫》“紫泉宫殿锁烟霞，欲取芜城作帝家”的句意。

[4] 玉树：曲名，即《玉树后庭花》。《隋书·乐志》：陈后主作《玉树后庭花》等曲，“与幸臣等制其歌词，绮艳相高，极于轻薄，男女唱和，其音甚哀”。又《大业拾遗记》：杨广在江都梦与后主相遇，令后主宠妃张丽华舞《玉树后庭花》。李商隐《隋宫》：“地下若逢陈后主，岂宜重问后庭花？”许浑《金陵怀古》：“玉树歌残王气终。”此化用其意。

[5] “锦帆”句：《开河记》：“炀帝御龙舟幸江都，舳舻相继……锦帆过处，香闻十里。”锦帆，用锦制成的帆。李商隐《隋宫》：“玉玺不缘归日角，锦帆应是到天涯。”

[6] 汴堤：《大业拾遗记》：“炀帝将幸江都，命云屯将军麻祜谋浚黄河入汴堤，使胜巨舰，所谓隋堤是也。”隋炀帝开汴渠，沿河筑堤种柳，称为汴堤或隋堤。

[7] “春来”句：化用李商隐《隋宫》“于今腐草无萤火，终古垂杨有暮鸦”和韦庄《台城》“无情最是台城柳，依旧烟笼十里堤”的句意。

✤ 评析

清词丽句，文采斐然，虽多化用前人成句，而能自辟一新境，自成一新局，非挦扯活剥者所可比拟。试与刘禹锡的《台城》、许浑的《金陵怀古》、李商隐的《隋宫》、韦庄的《台城》等名作对读，当知其不失唐人风格。

杨士奇

杨士奇(1365—1444),初名寓,以字行,江西泰和人。建文初,入翰林院,与修《太祖实录》。永乐时,入直文渊阁,累官礼部侍郎兼华盖殿学士。宣德、正统年间,与杨荣、杨溥同掌国政,号称“三杨”。卒谥文贞。有《东里集》等。

他的诗多讴歌太平之作,被称为“台阁体”。徐子云说他“格调清纯,实开西涯之派”。钱谦益说他的诗“辞气安闲,首尾停稳,不尚藻辞,不矜丽句,太平宰相之风度,可以想见。以词章取之则末矣”。这些评论是符合实际的。

高　邮[1]

四顾无山色[2],苍茫极远天。
水云涵郡郭[3],秔稻被湖田。
草舍津头市[4],菱歌柳外船[5]。
羁愁念前路,非为别离牵。

✤ 注释

[1] 高邮:属江苏省。大运河纵贯境内,高邮湖濒临其西,是江南有名的水乡。

[2] 无山色:高邮境内,没有山峦。

[3] 涵郡郭：言郡城及郊区，均被水云所包盖。涵：包容。

[4] 津头市：渡口旁的市镇。

[5] 菱歌：采菱的歌。南朝梁简文帝《棹歌行》："妾家住湘川，菱歌本自便。"

✤ 评析

写水乡风光，有如天然图画，首尾停稳，声度和平，一片太平气象。这就是"台阁体"的特点。

发淮安[1]

岸蓼疏红水荇青[2]，茨菰花白小如萍[3]。
双鬟短袖惭人见[4]，背立船头自采菱。

✤ 注释

[1] 淮安：在今江苏省，东濒运河。

[2] 蓼荇：皆生长在水边的植物。

[3] 茨菰：即慈姑，秋季开小白花。

[4] 双鬟：梳着两个环形发髻的少女。

✤ 评析

写采菱少女，在长满红蓼、青荇、白菰的水乡，背立船头，独自采菱，一种少女矜持娇羞的神态，活灵活现地展示在读者的面前，所谓此中有人，呼之欲出。是发乎性情，出于天趣，故不求工巧，而能显出艺术的光彩。

杨　荣

杨荣（1371—1440），字勉仁，建安（今福建建瓯）人。建文二年进士，授翰林院编修。累官至工部尚书，进少傅、少师，与杨士奇、杨溥历事四朝，共掌国政。史称："天下清平，朝无失政，中外臣民翕然称'三杨'。"有《云山小稿》、《静轩稿》、《退思集》。

朱彝尊说他的诗"颇温丽，上拟西杨（杨士奇）不及，下视南杨（杨溥）有余"。此论颇为中肯。

江西旅怀

客梦家千里，乡心柳万条[1]。
片云遮海峤[2]，一雨送江潮。
恋阙绨袍在[3]，怀人尺素遥[4]。
春光看又晚，何处灞陵桥[5]。

✤ 注释

[1]"乡心"句：言思乡之心，像春风杨柳之依依，缠绵往复，恋恋不舍。

[2] 海峤：近海多山的地方。

[3] 绨袍：喻故旧的情谊。典出《史记·范雎列传》：须贾看到范雎穿着破烂的衣服说："范叔，一寒如此哉！"乃以绨袍一袭赠之。高适《别王八》："传君遇知己，行日有绨袍。"

[4] 尺素：书信。古人常用一尺左右的帛来写书信，后遂作为书信的代称。

[5] 灞陵桥：在长安东。又称“灞桥”。《三辅黄图》：“灞桥在长安东，跨水作桥，汉人送客至此桥，折柳赠别。”后因以代指送别之地。

✤ 评析

通首没有出现“旅怀”的字样，而羁旅之情洋溢在字里行间。“客梦”、“乡心”是游子思乡的表露，而“片云”暗故乡，“一雨”滴愁心，则是思乡之情的进一步深化。“恋阙”、“怀人”是思旧，春晚、灞桥则是分承“恋阙”和“怀人”二句，是思旧之情的进一步深化。完全从肺腑中流出，故有至情至性，有动人的真境界，有感人的真魅力。

李昌祺

李昌祺(1376—1452),原名祯,以字行,伯葵之子。庐陵(今江西吉安)人。永乐甲申进士,选庶吉士,擢礼部郎中,与修《永乐大典》,历官广西、河南左布政使。有《容膝轩草》、《运甓漫稿》和小说《剪灯余话》。

他的诗一变绮靡纤巧之习,而出之以清新自然,故多一唱三叹之音。李时勉说他的诗"有典则温厚者,有流丽痛快者,有春容浩瀚者"。陈德遵说他的诗"本之以理,克之以气,故其雅淡清丽,宏伟新奇,无所不备"。

送周秀才游长沙

迢递长沙道[1],逍遥岁晏游[2]。
乱山黄叶寺,孤棹白蘋洲。
夕鸟冲船过,寒波背郭流。
毋论卑湿地,贾傅昔淹留[3]。

✤ 注释

[1] 迢递:遥远的样子。

[2] 逍遥:安闲自得的样子。屈原《离骚》:"聊浮游以逍遥。"

[3] "毋论"二句:贾谊被谪为长沙王太傅,认为长沙卑湿,寿不得长,乃作《鹏鸟赋》以自广。见《史记·屈原贾生列传》。

✤ 评析

中间两联，写景如画，景有声色，是动态，是诗人的想象，是秀才所亲历，故能完美地融情于景。

于　谦

于谦（1398—1457），字廷益，钱塘（今浙江杭州）人。永乐十九年进士，除山西道御史，擢行在兵部左侍郎，罢为大理寺少卿。宣德初，任监察御史，巡抚河南、山西，甚有政声。擢兵部左侍郎。土木之变，英宗被瓦剌也先所俘，京师震动，于谦坚决反对南迁，拥立景帝，整饬朝政，京师赖以安定。景泰八年，徐有贞、石亨等发动夺门之变，英宗复辟，于谦以叛逆论罪，被杀。成化初，赠太傅，谥肃愍，后改谥忠肃。有《于忠肃公集》。

他的诗虽多作于车尘马迹之间，而遒劲雄健，出自肺腑，非一般作者所能及。诚如陆子渊所说："于公有社稷功，其诗亦足以冠冕时辈。"《四库总目》亦说：他的诗"风格遒上，兴象深远，虽志存开济，未尝于吟咏求工，而品格乃转出文士上"。

田舍翁

田舍翁，老更勤，种田何曾辞苦辛。鸡皮鹤发十指秃[1]，日向田间耕且劚[2]。雨旸时若得秋成[3]，敢望肥甘充口腹。但愿公家无负租[4]，免使儿孙受凌辱。吏不敲门犬不惊，老稚团圞贫亦足。可怜憔悴百年身，暮暮朝朝一盂粥。田舍翁，君莫欺，暗中朘剥民膏脂[5]，人虽不语天自知。

✤ 注释

[1] 鸡皮鹤发：皮肤起皱、头发白，指老人。鸡皮：皮肤起粟如鸡皮。鹤发：头发变白如鹤羽。庾信《竹杖赋》："噫！子老矣。鹤发鸡皮，蓬头历齿。"

[2] 耕且劚：边耕耘边开垦。劚：锄地。

[3] 雨旸时若：晴雨适时。秋成：谷物经秋而有收获。杜牧《八月十二日得替后移居霅溪馆因题长句四韵》："万家相庆喜秋成，处处楼台歌板声。"

[4] 负租：欠交国家赋税。

[5] 朘剥：剥削。

✤ 评析

写田舍翁的形象、辛勤、愿望和生活，极其生动，富于同情。夏时正说他的诗"思亲恋阙，忧人及物，眷眷不忘，溢于言表"，诚然！诚然！

石灰吟

千锤万击出深山[1]，烈火焚烧若等闲[2]。
粉骨碎身全不怕[3]，要留清白在人间。

✤ 注释

[1] 千锤万击：言开石矿。

[2] 烈火焚烧：言烧石灰。

[3] 粉骨碎身：一作"粉身碎骨"。

✤ 评析

明写石灰，实写自己。不即不离，亦物亦人。与王冕的《墨梅》"不要人夸好颜色，只留清气满乾坤"同一机杼。盖咏物诗要有寄托，徒求形似，亦末矣。此诗流传极广，然不见于《于忠肃公集》，或为诗人之少作，未曾收入集中。

上太行[1]

西风落日草斑斑[2]，云薄秋容鸟独还。
两鬓霜华千里客[3]，马蹄又上太行山。

✤ 注释

[1] 太行：山名。是绵亘于山西、河北、河南三省的大山脉。

[2] 草斑斑：斑点很多的草，或者映在草上的许多日影。

[3] 霜华：雪白的颜色。

✤ 评析

清新自然，语语皆自胸次流出。而羁旅行役之思，美人迟暮之感，洋溢于字里行间。诗人论诗有云："诗岂易言哉！发于心，形于歌咏，尽乎人情物变，非深于理而适于趣，则未易工也。"其持论如此，其诗歌创作亦忠实地实践了自己的诗论。读此诗即可见其一斑。

施　敬

施敬，字孟庄，钱塘（今浙江杭州）人。谪居云南。朱彝尊说他的诗“颇清越”，“有风致”。

巴阳夜泊[1]

独棹三巴夜[2]，秋高片月孤。
滩声将客梦[3]，万里下东吴。

✤ 注释

[1] 巴阳：巴山的南面。这里的巴山，泛指四川境内的山。

[2] 三巴：指巴郡、巴东、巴西。此亦泛指四川东部。

[3] 将：带着。

✤ 评析

语短情长，语淡情浓。“秋高片月孤”五字，写尽夜泊时的景色；“滩声将客梦”两句，写尽夜泊时的乡思。所谓“尺幅之内，有万里之势者”。

刘 绩

刘绩，字孟熙，山阴（今浙江绍兴）人。隐居不仕，人称“西江先生”。

题西陵送别图送姚进士[1]

悠悠复悠悠，风吹江上舟。
今朝天色好，送客西陵头。
西陵在何许？幂历春郊树[2]。
搔首望行人，迢迢上京路。
京路一千程，官梅照眼明[3]。
春风浓似酒，难浣别离情。
别离余几日，伫得君消息。
折取杏园花[4]，慰我长相忆。
相忆梦相仍，高楼只自登。
春潮知我意，日夜向西陵。

✤ 注释

[1] 西陵：渡口名。在浙江萧山西。宋苏轼《望海楼晚景》：“江上秋风晚来急，为传钟鼓到西兴。”西兴即西陵。

[2] 幂历：覆盖分布的状态。

[3] 官梅：官府种植的梅。杜甫《和裴迪登蜀州东亭送客逢早梅相忆见寄》：“东阁官梅动诗兴，还如何逊在扬州。”南朝梁何逊任扬州法曹，值官舍内梅花盛

开，逊尝吟咏梅下。后逊居洛，思梅不止，因求再任扬州。故诗人咏梅，多用“官梅”为典。

[4] 杏园：园名。故址在今西安市郊大雁塔南，唐时为新进士游览之地。因以“折取杏园花”，喻进士及第。

✣ 评析

此诗若不经意，而有真感情、真境界，故能动人、能感人。中间多用“顶真格”，更加显得结构紧凑，情意缠绵。如“送客西陵头”，紧接“西陵在何许”；“迢迢上京路”顶上“京路一千程”；“难浣别离情”续以“别离余几日”；“慰我长相忆”尾衔“相忆梦相仍”。上句之尾即下句之头，使人产生珠联璧合的艺术享受。

征夫词

征夫语征妇[1]，死生不可知。
欲慰泉下魂[2]，但视褓中儿[3]。

✣ 注释

[1] 征夫：出征远戍的军人。征妇：从军远戍者的妻子。

[2] 泉下魂：死者的灵魂。

[3] 褓中儿：幼儿。褓：背负或覆盖小孩的布兜或包被。

✣ 评析

字字血，声声泪，令人不忍卒读。可与杜甫的“三别”对照来看。

征妇词

征妇语征夫，有身当殉国[1]。

君为塞下土[2]，妾作山头石[3]。

✤ 注释

[1] 殉国：为国难而牺牲。

[2] 塞下土：塞外的尘土。言死在塞外。

[3] 山头石：望夫石。南朝刘义庆《幽明录》："武昌北山上有望夫石，状若人立。古传云：昔有贞妇，其夫从役，远赴国难，携弱子饯送此山，立望夫而化为立石。"

✤ 评析

语语琤琤作响，掷地有声。既有真情，复明大义。读此令人油然产生爱国之心，是进行爱国主义教育的好教材。

王　清

王清，字一宁，安徽合肥人。世袭济宁卫指挥，升广东都指挥，死于寇难。

塞上感怀

西风关外雪初晴，怀古思乡百感生。
玉帐枕戈人万里[1]，铁衣传箭夜三更[2]。
梦回绝域乌桓地[3]，战罢空山敕勒营[4]。
烽火微茫天去远[5]，月中鸿雁送秋声[6]。

✤ 注释

[1] 玉帐：行军时主将所居的营帐，取如玉之坚的意思。此借指主将。枕戈：头枕兵器，准备战斗，形容军情紧急。

[2] 铁衣：身着铠甲的战士。传箭：传达号令。军中用令箭传达命令，故曰传箭。

[3] 绝域：极远的边境。乌桓：古民族名，东胡的别支。

[4] 敕勒：古代北方民族名，其先为匈奴。

[5] 微茫：隐约不明的样子。天去远：一作“天路远”。

[6] 送秋声：一作“起秋声”。

✤ 评析

写塞上军情，营中生活，如在目前。笔亦遒劲雄健，给人一种壮美的艺术享受。

郭　登

郭登（？—1472），字元登，武定侯郭英之孙，尚宝司丞郭武之弟，濠州（今安徽凤阳）人，或云安徽定远人。正统中，擢锦衣卫指挥佥事，超拜都督佥事。景泰元年，瓦剌军入侵，登以参将守大同，以功封定襄伯。英宗复辟，谪戍甘肃。成化初复爵，卒赠侯，谥忠武，有《联珠集》。

他的诗才力深厚，感情充沛，语言亦隽永秀丽。李东阳《麓堂诗话》："国朝武臣能诗者，莫过定襄伯郭元登。"朱彝尊《静志居诗话》说他的诗"直兼张、王、韩、杜之长，岂惟武臣？一时台阁诸公，孰出其右？"可见当时及后世的诗人，都对他给予了很高的评价。

送岳季方还京[1]

登高楼，望明月，明月秋来几圆缺？多情只照绮罗筵[2]，莫照天涯远行客。天涯行客离乡久，见月思乡搔白首。年年长自送行人，折尽边城路旁柳[3]。东望秦川一雁飞[4]，可怜同住不同归。身留塞北空弹铗[5]，梦绕江南未拂衣[6]。君归复喜登台阁[7]，风裁棱棱尚如昨[8]。但令四海歌升平，我在甘州贫亦乐[9]。甘州城西黑水流[10]，甘州城北黄云愁[11]。玉关人老貂裘敝[12]，苦忆平生马少游[13]。

✤ 注释

[1] 岳季方：名正，正统十三年进士，授编修。天顺初，擢至内阁，任修撰。以得罪权幸石亨、曹吉祥，贬谪肃州（今甘肃酒泉）。成化初，诏复原官，有《类博稿》。

[2] 绮罗筵：权贵们的豪华宴席。此反用唐聂夷中《田家》“我愿君王心，化作光明烛。不照绮罗筵，只照逃亡屋”的语意。

[3] “折尽”句：古人有折柳送别的习俗，后世因以“折柳”作为送别之词。唐雍陶《题情尽桥》诗：“从来只有情难尽，何事名为情尽桥？自此改名为折柳，任他离恨一条条。”

[4] 秦川：指陕西、甘肃秦岭以北的平原地带。《读史方舆纪要》：“（雍州）谓之秦川，亦曰关中。”

[5] 弹铗：齐孟尝君的门客冯谖，因没有受到重用，曾经三次弹着他的剑柄而歌。事见《战国策·齐策》。此用以喻诗人自己远谪边陲，不被重用。

[6] “梦绕”句：言虽思念江南，并未拂衣而去。此暗用唐岑参《春梦》“枕上片时春梦中，行尽江南数千里”的句意。拂衣：指归隐。谢灵运《述祖德》诗：“高揖七州外，拂衣五湖里。”

[7] 登台阁：指岳季方还京复官修撰。

[8] 风裁：指刚正不阿的品格。棱棱：严厉而有棱角。言岳季方被谪前敢于直言，有棱有角。

[9] 甘州：故治在今甘肃省张掖市。

[10] 黑水：黑河。在甘州城西十三里，为河西走廊三大内陆河流之一。

[11] 黄云：塞外风沙极大，云层常呈黄色。一本作“胡云”。

[12] 玉关：玉门关，故址在今甘肃敦煌西。东汉班超在西域三十一年，曾上疏云：“臣不敢望到酒泉郡，但愿生入玉门关。”帝悯其老，召还京师。见《后汉书·班超传》。貂裘敝：用苏秦游说秦王，不被采纳，黄金用尽，貂裘衣敝，只得落魄归来的故事。详见张以宁《有感》诗注。

[13] 马少游：东汉名将马援的从弟。他尝劝援说：“士生一世，但取衣食裁足，乘下泽车，御款段马，为郡掾吏，守坟墓，乡里称善人，斯可矣。致求盈余，但自苦耳。”后援征交阯时，深有感慨地对他的僚属说：“卧念少游平生时语，何可得也！”见《后汉书·马援传》。

✤ 评析

沉郁顿挫，感而多讽，深得诗人之旨，而沈德潜批评他的诗"非正声"，殆以诗多哀怨，多不平之鸣欤？陈田讥沈的批评"非通论也"，是有见解的。

暮春登大同西北城楼同仰寺丞瞻潘御史洪赋[1]

满地花飞春已阑，溪风山雨更生寒。
浮云蔽日终难散[2]，腐柱擎天恐未安。
西北兵戈犹扰攘[3]，东南民庶半凋残[4]。
先朝遗老惭无补[5]，独对西风把泪弹。

✤ 注释

[1] 此诗作于景泰元年(1450)正月。诗人以参将守大同，以屡败瓦剌军，封定襄伯，与右寺丞仰瞻、御史潘洪，登上大同西北城楼时有感而作。

[2] 浮云蔽日：语出《古诗十九首·行行重行行》："浮云蔽白日，游子不顾反。"诗以"浮云"喻奸邪，"白日"喻忠良。此以"浮云"喻瓦剌，"白日"喻国君。

[3] "西北"句：指瓦剌兵尚在扰乱西北的边陲。

[4] 民庶：民众。

[5] 先朝遗老：诗人自谓。郭登历仕明仁宗、宣宗、英宗、代宗等朝，先后近三十年，故称"先朝遗老"。

✤ 评析

忧国爱民之情，溢于言表，足见老臣开济的雄心壮志。顾起纶《国雅品》说他"节概颇奇，所取不颛文辞也"。读此诗既可想见其节概，又可含咀其文辞。

甘州即事

黑河如带向西来[1]，河上边城自汉开。
山近四时常见雪，地寒终岁不闻雷。
牦牛互市番氓出[2]，宛马临关汉使回[3]。
东望玉京将万里[4]，云霄何处是蓬莱[5]？

✤ 注释

[1] 黑河：黑水。见《送岳季方还京》注。

[2] 牦牛互市：西北少数民族的市集贸易。番氓：古代对少数民族的蔑称。

[3] 宛马：汉时大宛国所产的良马。《史记 · 大宛列传》："天子好宛马，使者相望于道。"

[4] 玉京：帝都。此指明代的都城北京。

[5] 蓬莱：传说中的海上三神山之一。此指皇宫。

✤ 评析

这是诗人谪戍甘州时所作。在极短的篇幅中，将甘州的历史、气候、经济生活、交通情况以及诗人恋阙思乡的心情一一表现出来，感情充沛，笔力丰赡，可与柳宗元的《柳州峒氓》媲美。王世懋说他的诗"得之于边云塞草间，反复谪戍，老困思归，而后诗益工"，读此诗而益信其言之不诬。

保定途中偶成[1]

白璧何从摘旧瑕[2]，才开罗网向天涯[3]。
寒窗儿女灯前泪，客路风霜梦里家。
岂有鸩人羊叔子[4]，可怜忧国贾长沙[5]。

独醒空和骚人咏[6]，满耳斜阳噪晚鸦。

✤ 注释

[1] 保定：府名。今属河北。此诗当作于诗人谪戍甘州，途经保定时。

[2]“白璧”句：诗人自喻，言不必在白璧上寻找旧时的斑点。语出唐吴兢《贞观政要·论诚信》：“君子小过，盖白玉之微瑕。”

[3]“才开”句：此指英宗复辟后，郭登被劾。审后论斩，不久免死，降为都督佥事，谪戍甘州。事见《明史·郭登传》。

[4]“岂有”句：羊祜，字叔子，西晋名臣，与吴将陆抗隔江对峙。陆抗生病，祜遣人送去药物，抗的部属劝他不要服用，陆抗说：“羊祜岂鸩人者！”遂服之。事见《晋书·羊祜传》。

[5] 贾长沙：贾谊，西汉著名的政论家，因遭到老臣周勃、灌婴的排挤，被贬为长沙王太傅。他在《治安策》中，对汉代的表面安定繁荣，提出可为痛哭、流涕、长太息者九事。

[6]“独醒”句：此诗人以屈原自况。屈原在《渔父》中有“举世皆浊我独清，众人皆醉我独醒”的话，此用其意。

✤ 评析

将抑郁之感，儿女之情，慷慨之志，忧国之心，冶为一炉。中间两联，笔端尤带感情，足以激起读者的共鸣。与韩愈的《左迁至蓝关示侄孙湘》同为谪迁抒感的名作。

沈　周

沈周(1427—1509),字启南,号石田,晚号白石翁,长洲(今江苏苏州)人。明代著名画家,峰峦烟云、花卉虫鱼,莫不各尽其态,与唐寅、文徵明、仇英并称为“明四家”。景泰中,郡中以贤良荐,辞不赴。栖身丘壑,名利两忘,终身不仕。有《石田集》。

他的诗,古今诸体,各臻其妙,挥洒淋漓,自写天趣。玩之愈佳,揽之不尽。文徵明在《甫田集》中说:“先生诗初学唐人,雅意白傅。既而师眉山,为长句。已又为放翁近律。所作莫不合作。然其缘情随事,因物赋形,开阖变化,纵横百出,初不拘拘乎一体之长。”朱彝尊《静志居诗话》亦说:“石田诗不专仿一家,中晚唐、南北宋,靡所不学,每于平衍中露新警语。”总之,他的诗出入香山、眉山、剑南之间,若不经意,而意象俱新,不雕不琢,自然妙绝。

西山有虎行

西山人家傍山住,唱歌采茶山上去。
下山日落仍唱歌,路黑林深无虎虑。
今年虎多令人忧,绕山搏人茶不收[1]。
墙东小女膏血流[2],村南老翁空髑髅[3]。
官司射虎差弓手,自隐山家索鸡酒。

明朝入城去报官,虎畏相公今避走[4]。

✤ 注释

[1] 搏人:扑杀百姓。

[2] 膏血流:油脂鲜血流了出来。

[3] 髑髅:死人的头骨。

[4] 相公:古时称宰相为相公,这里泛指地方长官。

✤ 评析

揭露深刻,鞭笞有力,结尾两句,写弓箭手的蒙上欺下,声口毕肖。《礼记·檀弓》的《苛政猛于虎》、柳宗元的《捕蛇者说》,是这首诗艺术构思的先导。

从军行

马上黄沙拂面行,汉家何日不劳兵?
匈奴久自忘甥舅[1],仆射今谁托父兄[2]!
云暗旌旗婆勒渡[3],月明刁斗受降城[4]。
左贤早待长绳缚[5],莫遣论功白发生。

✤ 注释

[1]"匈奴"句:汉尝与匈奴和亲,结为婚姻。汉高祖用娄敬和亲之策,元帝遣王嫱下嫁单于。自后匈奴当势力衰弱时,每自称"汉,吾舅也;我,汉甥也"。

[2]"仆射"句:唐郭子仪曾为左仆射。杜甫《新安吏》云:"送行勿泣血,仆射如父兄。"言郭子仪爱护士兵如父兄之于子弟一样。

[3] 婆勒渡:地名,不详所在。

[4] 受降城:汉受降城,在今内蒙古自治区乌拉特旗北。

[5] 左贤:左贤王,其地位仅次于单于。

✤ 评析

气势沉雄，声调悲壮，不图立功绝域之雄心，见于栖心丘壑之逸士，殆所谓情兴偶到，天机独得者欤。难怪沈德潜评此诗云："忘世人有此悲壮之作。"

写怀寄僧

虚壁疏灯一穗红[1]，闲阶随处乱鸣虫。
明河有影微云外[2]，清露无声万木中。
泽国苍茫秋水满，居民流落野烟空。
不知谁解抛忧患，独对青山忆赞公[3]。

✤ 注释

[1] 一穗红：一朵红色的灯花。穗：灯花，烛花。唐韩偓《懒卸头》："时复见残灯，和烟坠金穗。"宋范成大《晚步宣华旧苑》："归来更了程书债，目眚昏花烛穗垂。"两"穗"字分别指灯花和烛花。

[2] 明河：银河。宋欧阳修《秋声赋》："星月皎洁，明河在天。"

[3] 赞公：唐代名僧。杜甫《宿赞公房》诗原注："赞，京师大云寺主，谪此安置。"仇注引赵汸曰："赞亦房相（琯）之客，时被谪秦州，公故与之款曲如此。"此以赞公借指所寄之僧。

✤ 评析

以画家之笔，写清夜之景，尽态极妍，形神俱肖。朱彝尊《静志居诗话》说："'明河有影微云外'……所谓诗中有画者非耶？"可谓以诗人之眼，读画家之诗，自有妙悟。

陈献章

陈献章(1428—1500),字公甫,新会(今广东省江门市新会区)人。正统十二年举人,以荐授翰林院检讨。归隐白沙讲学,学者称“白沙先生”。万历中,从祀孔庙,追谥文恭,有《白沙集》。

他的诗有声韵,有风致,冲淡恬静,脱落清洒。他尝说:“论诗当论性情,论性情先论风韵,无风韵则无诗矣。”故虽为著名理学家,其诗作并未堕入心学性理的魔道,若邵康节之《击壤集》者。林待用说他的诗“涵养粹完,脱落清洒,独超造物牢笼之外,而寓言寄兴于风烟水月之间,盖有舞雩、陋巷之风焉”。王世贞说他“诗不入法,文不入体,又皆不入题,而其妙处有超出于法与体及题之外者。余少学古,殊不相契。晚节始自会心,偶然读之,或倦而跃然以醒,不饮而陶然以醉,不知其所以然也”。说明他的诗脱落凡近,别是一家,不可用寻常的尺子来衡量。

厓山大忠祠[1]

天王舟楫浮南海[2],大将旌旗仆北风[3]。
世乱英雄终死国[4],时来胡虏亦成功[5]。
身为左衽皆刘豫[6],志复中原有谢公[7]。
人众胜天非一日,西湖云掩岳王宫[8]。

✤ 注释

[1] 厓山大忠祠：为纪念南宋将领张世杰、陆秀夫等殉国英雄而修建，在广东省江门市新会区。

[2] “天王”句：元至元十三年(1276)攻陷南宋都城临安，掳走宋恭帝。宋将张世杰、陆秀夫等拥立九岁的赵昺为帝，退守厓山，继续抗元。在元将张弘范的水军围攻下，张世杰率兵突围，陆秀夫背负帝昺投海殉国。天王：本以指周天子，以区别当时僭称王号的楚、吴、徐、越之君。后来也用来泛指封建帝王。这里是指帝昺的。

[3] “大将”句：指张世杰、陆秀夫等兵败殉国。仆，败亡。

[4] “世乱”句：指南宋亡国时，以文天祥为代表的一大批殉国的忠臣烈士。

[5] 胡虏：对蒙古贵族的蔑称。

[6] 左衽：指受外族的统治。我国古代少数民族的服装前襟向左掩，与中原人民的服装前襟向右相反。语出《论语·宪问》：“微管仲，吾其被发左衽矣。”刘豫：宋代的叛臣。建炎二年投降金国，并接受金的册封为伪齐皇帝，多次配合金兵攻宋。见《宋史·叛臣传》。

[7] 谢公：指东晋大臣谢安，他曾指挥其弟谢石、侄谢玄大破前秦苻坚的侵略军于淝水，使国家转危为安。见《晋书·谢安传》。

[8] 岳王宫：南宋抗金名将岳飞之墓，在杭州西湖北岸。

✤ 评析

李东阳《麓堂诗话》评此诗“极有声韵”，“亦有风致”，“和者皆不及”。我以为此诗气象闳阔，笔力遒劲，具有阳刚之美。

李东阳

李东阳(1447—1516),字宾之,号西涯,湖南茶陵人。天顺甲申进士,改庶吉士,授编修,累迁侍讲学士,历左庶子、太常少卿。弘治八年,以礼部右侍郎兼侍读学士,参与机务。进太子少保、礼部尚书、华盖殿大学士,加少傅,再加少师。正德十一年卒,赠太师,谥文正,有《怀麓堂集》。

东阳立朝五十年,以台阁大臣,领袖文坛,又好奖掖后进,罢朝散衙,即群集其家,讲艺谈文,日以为常。如石瑶、邵宝、罗玘、杨慎、顾清、鲁铎、陆琛、何孟春等皆出其门,形成"杂体"和"台阁体"相结合的"茶陵诗派",一时士林向风,争相归依,徐子元所谓"大韶一奏,俗乐俱废,中兴宗匠,邈焉寡俦"。即李梦阳、何景明亦及其门,所以穆敬甫说:"李公才情兼美,于何、李有倡始功,大似唐之燕(张说)、许(苏颋)。"王元美亦说:"长沙(李东阳)之于何、李也,其陈涉之启汉高乎?"迨李公弃世,前后"七子"踵起,世之论者,对他多所贬抑,影响浸微。其实他的诗格律严整,吐属典丽,长短丰约,高下疾徐,无不如意。钱谦益在《列朝诗集》中给予了极高的评价:"西涯之诗,原本少陵、随州、香山,以追宋之眉山,元之道园,兼综而互出之","以金钟玉衡之质,振朱弦清庙之音,含咀宫商,吐纳和雅,沨沨乎,洋洋乎,长离之和鸣,共命之交响也"。说明他在明代诗坛中的地位是不可动摇的。

马船行

南京马船大如屋[1],一舸能容三百斛。
高帆得势疾若风,咫尺波涛万牛足。
官家货少私货多,南来载穀北载鹾[2]。
凭官附势如火热,逻人津吏不敢诘[3]。
争狃斗捷转防欺[4],倏去忽来谁复知。
乘时射利习成俗[5],背面却笑他人痴。
他人虽痴病亦乐,明朝犯令尔辈缚。
官家号令时复传,津吏如今更索钱。

✤ 注释

[1] 马船:明代行驶在江淮之间的一种快船。

[2] 载穀:原作"载穀",校改。载鹾:载盐。

[3] 逻人:巡逻的人。津吏:船舶码头的管理人员。

[4] 争狃斗捷:比狡猾,比灵巧。

[5] 射利:追求利润。言见利则迅速攫取,如矢之发射。晋左思《吴都赋》:"乘时射利,财丰巨万。"

✤ 评析

对那些依附权势、诈唬管理人员,贩运盐谷、牟取暴利的私商,作了深刻的揭露。结尾二句,进一步对官家发令、津吏索钱的腐败现象,给予了有力的鞭笞。这与"台阁体"的粉饰太平、歌颂功德的作品,是迥异其趣的。

风雨叹[1]

壬辰七月壬子日[2],大风东来吹海溢[3]。

峥嵘巨浪高比山，水底长鲸作人立[4]。
愁云压地湿不翻，六合惨淡迷乾坤[5]。
阴阳九道错黑白[6]，乌兔不敢东西奔[7]。
里人仓皇神屡变[8]，三十年前未曾见[9]。
东村西舍喧呼遍，牒书走报州与县[10]。
山飏谷汹豺虎嗥[11]，万木尽拔乘波涛。
洲沉岛灭无所逃，顷刻性命轻鸿毛[12]。
我方停舟在江皋[13]，披衣踞床夜复昼。
忽掩青袍涕双透，举头观天恐天漏。
此时忧国况思家，不觉红颜坐凋瘦[14]。
潼关以西兵气多，胡笳吹尘尘满河，
安得一洗空干戈[15]？不然独破杜陵屋[16]，
犹能不废啸与歌。世间万事不得意，
天寒岁暮空蹉跎，呜呼奈尔苍生何[17]！

✤ 注释

[1] 风雨叹：一本后有“吴江县舟中作”。成化八年(1472)七月，江浙沿海发生特大水灾。诗人随父由祖籍茶陵扫墓返京，目睹惨象，在吴江(今江苏苏州)舟中写下了这首悲天悯人的诗。

[2] 壬辰七月壬子日：明宪宗成化八年七月十七日。

[3] 吹海溢：吹得海水漫到陆地。溢，漫出。

[4] 作人立：像人一样直立起来。形容水势极猛，连长鲸也被卷得直立起来了。

[5] 六合：天地四方。

[6] “阴阳”句：言日月运行的轨道被搞乱了。《汉书·天文志》：“日有中道，月有九行。”王先谦《汉书补注》：“日道独黄，月行青朱白黑道，各兼黄道而言，故又谓之九道也。”

[7] 乌兔：乌，金乌，即太阳；兔，玉兔，即月亮。

[8] 里人：乡里的老百姓。仓皇：惊慌失措的神态。神：神色，神态。

[9] 三十年前：原注“正统甲子年”，即 1444 年，当地也发生过大水灾。

[10] 牒书：公文。此指报告灾情的紧急公文。

[11] 山豗谷汹：大水冲击得山谷轰鸣。豗，轰响；汹，汹涌。

[12] 鸿毛：极言其轻。司马迁《报任少卿书》：“人固有一死，或重于泰山，或轻于鸿毛。”这里借用它的字面意思，指死得太轻易了。

[13] 江皋：江边高地。

[14] 红颜：红润的面庞。坐凋瘦：因此而消瘦了。坐：因此。

[15] “安得”句：此化用杜甫《洗兵马》“安得壮士挽天河，净洗甲兵长不用”的句意。

[16] “不然”句：杜甫《茅屋为秋风所破歌》：“安得广厦千万间，大庇天下寒士俱欢颜，风雨不动安如山。呜呼！何时眼前突兀见此屋，吾庐独破受冻死亦足。”杜陵屋，杜甫的房屋。因杜甫尝居杜陵，自称“杜陵布衣”、“杜陵野老”。这是诗人以杜甫自况。

[17] 苍生：百姓。

✤ 评析

此诗人二十五岁时的作品，写狂风拔木、大水襄陵的惨象，宛然在目，使人魂悸魄动，悄然变容。后幅因事兴感，一片民胞物与之怀，蔼然仁者之言。足见其天资颖异，才具宏通，非一般人所能及的。

九日渡江

秋风江口听鸣榔[1]，远客归心正渺茫。
万古乾坤此江水，百年风日几重阳[2]。
烟中树色浮瓜步[3]，城上山形绕建康[4]。
直过真州更东下[5]，夜深灯火宿维扬[6]。

✤ 注释

[1] 鸣榔：捕鱼时敲打船舷所发出的声响。

[2] 风日：风光。重阳：九月九日，九为阳数，故曰重阳。

[3] 瓜步：古镇名，在今江苏省南京市六合区东南瓜埠山下，东临长江。

[4] 建康：今南京市。傍倚钟山，地势险要。有“钟山龙蟠，石头虎踞”之称。故曰“山绕”。

[5] 真州：今江苏仪征，在长江北岸。

[6] 维扬：今江苏扬州的别称。

✤ 评析

韵圆字响，佳句迭出；意到笔随，才情兼美。“万古乾坤此江水，百年风日几重阳”一联，因景生情，寓情于景，不尽天地悠悠之感，万期须臾之悲。

寄彭民望[1]

斫地哀歌兴未阑[2]，归来长铗尚须弹[3]。
秋风布褐衣犹短，夜雨江湖梦亦寒。
木叶下时惊岁晚[4]，人情阅尽见交难。
长安旅食淹留地[5]，惭愧先生苜蓿盘[6]。

✤ 注释

[1] 彭民望：名泽，湖南攸县人。景泰七年举人，曾任应天通判，能诗，有《老葵集》。

[2] 斫地：舞剑的一种动作，表示悲愤的情绪。杜甫《短歌行赠王郎司直》：“王郎酒酣拔剑斫地歌莫哀。”斫：劈，砍。

[3] “归来”句：言彭民望没有受到重视，壮志未酬。弹铗：用齐孟尝君的门客冯谖的故事。见郭登《送岳季方还京》注[5]。

[4] 木叶下时：深秋木叶下落的时候。语出屈原《九歌・湘夫人》：“袅袅兮秋风，洞庭波兮木叶下。”

[5] 长安：汉、唐的都城。此代指明代都城北京。旅食：客居，言作客寄食于他乡。淹留：滞留，久留。

[6]“惭愧”句：言彭民望生活十分清贫。苜蓿盘，盘中的菜肴只有苜蓿。唐薛令之过着清苦的生活，尝为诗以自嘲云：“朝旭上团团，照见先生盘。盘中何所有，苜蓿长阑干。”见五代王定保《唐摭言·闽中进士》。

✤ 评析

起得有势，结得有情，铺排得有序，自是天地间一种最好的文字。《怀麓堂诗话》说：“（彭民望）失志归湘，得予所寄诗……潸然泪下，为之悲歌数十遍不休。”说明它感人至深。

与赵梦麟诸人游甘露寺[1]

涧筱岩杉处处通[2]，野寒吹雨堕空蒙[3]。
垂藤路绕千年石，老鹤巢倾半夜风。
淮浦树来江口断[4]，金陵潮落海门空[5]。
关书未报三边捷[6]，万里中原一望中。

✤ 注释

[1] 甘露寺：寺名，三国吴孙皓甘露元年所建。在今江苏镇江北固山后峰上。

[2] 涧筱岩杉：涧边的小竹，岩上的青杉。筱：小竹。

[3] 空蒙：混蒙迷茫之状，多用以形容烟岚雨雾。南齐谢朓《观朝雨》：“空蒙如薄雾，散漫似轻埃。”

[4] 淮浦：泛指淮水两岸。又古县名，治所在今江苏涟水。《水经注》：“（淮水）东过淮阴县北……又东至广陵淮浦县入于海。”大江至此，犹如北折，与运河相通，故云“江口断”。江口：渡口。

[5] 金陵：此指江苏镇江。赵璘《因话录》：“言李勉至金陵，屡赞招隐寺标致，盖时人称京口亦曰金陵。”大江至此，宽阔空蒙，犹如到了海口。故曰“海门空”。海门：海口。

[6] 关书：文书。三边：三个边防要地。汉以幽、并、凉为三边，明以延绥、宁夏、甘肃为三边。

✤ 评析

把游甘露寺所见到的近景、远景、小景、大景，有层次有远近地描绘了出来，使读者有如亲历其境，是以画家之笔，写诗人之心。一结，尤有伤时忧国的激情。

游岳麓寺[1]

危峰高瞰楚江干[2]，路在羊肠第几盘[3]。
万树松杉双径合，四山风雨一僧寒。
平沙浅草连天远，落日孤城隔水看[4]。
蓟北湘南俱入眼[5]，鹧鸪声里独凭栏[6]。

✤ 注释

[1] 岳麓寺：寺名，在长沙市岳麓山上。

[2] 危峰：高峰。楚江干：此指湘江岸边。湘、鄂皆古楚国的地域。

[3] 羊肠：弯曲的小路。

[4] 孤城：此指古长沙城，在湘江的东岸，故云“隔水看”。

[5] 蓟北：泛指蓟州以北地区。蓟：地名，故地在今北京市西南。

[6] 鹧鸪声里：鹧鸪的鸣声像“行不得也哥哥”，故诗人常借以表达思乡之情、行役之感。

✤ 评析

名句迭出，奇思屡见，如“四山风雨一僧寒”、“鹧鸪声里独凭栏”等句，皆人所不易到者。

西湖曲

湖波绿如剪[1]，美人照青眼[2]。

一夜愁正深，春风为吹浅。

不信湖中好，侬身别有家。
翻愁岁华尽[3]，不敢采莲花。

风落平沙稻，霜垂别渚莲[4]。
西湖三百亩，强半富儿田[5]。

草碧明沙际，花红试雨初。
官船荡素桨，惊散一双鱼。

莫唱西湖曲，湖边歌舞稀。
侬家年少日，游冶误芳菲[6]。

✤ 注释

[1] 绿如翦：绿得像浅黑的颜色。翦：同“翦”。《仪礼·既夕礼》：“加茵用疏布，缁翦有幅。”贾公彦疏：“翦，浅也，谓染为浅缁之色。”

[2] 青眼：喻重视。晋阮籍能为青白眼，见凡俗之士，则以白眼对之；见高雅之士，则以青眼对之。见《晋书·阮籍传》。

[3] 岁华：岁时，年光。唐孟浩然《除夜》：“那堪正漂泊，来日岁华新。”

[4] 别渚：另一个水中的小洲。渚，水中小洲。

[5] 强半：多半，大半。

[6] 游冶：出游寻乐。后世多用来指狎妓。误芳菲：耽误了青春年华。

✤ 评析

从各个不同的侧面，写出人们在游览西湖时所触发的各种思想感情。有审美的愉悦，有伤逝的情怀，有不平之鸣，有惋惜之叹，也有今昔之感。句句都似离题，句句又似扣题，不即不离，亦情亦景，出人意表，耐人寻味。

柯敬仲墨竹[1]

莫将画竹论难易，刚道繁难简更难。

君看萧萧只数叶[2]，满堂风雨不胜寒。

✤ 注释

[1] 柯敬仲：名九思，号丹丘生，元台州（今浙江临海）人。著名书画家，山水、人物、花卉，无不入妙，尤长于画竹，著有《竹谱》。

[2] 萧萧：稀稀疏疏的样子。

✤ 评析

题画诗，既要得画之形，更要得画之神。“君看萧萧只数叶，满堂风雨不胜寒”，由萧萧的几片竹叶，而联想到风声雨声；由风声雨声，而联想到凉意寒意，于是画活了，诗也活了。

杨一清

杨一清（1454—1530），字应宁，号邃庵，又号石淙，云南安宁人。成化壬辰（1472）进士，授中书舍人，出为山西提学佥事，迁陕西副使。正德间，巡抚陕西，总制延绥、宁夏、甘肃三边军务，擢右都御史。后以得罪刘瑾，逮系锦衣狱。经大学士李东阳等力救，得免。刘瑾死，擢户部尚书，加太子少保、太子太保、太傅，兼武英殿大学士，入参机务。嘉靖初，为内阁首辅，进华盖殿大学士。卒谥文襄。有《石淙类稿》。

他的诗矜持严整，俊拔典则，尤长于七言律诗。朱彝尊《静志居诗话》说他的“古诗原本韩苏，近体一以陈简斋、陆放翁为师”。

山丹题壁[1]

关山逼仄人踪少，风雨苍茫野色昏。
万里一身方独往，百年多事共谁论[2]？
东风四月初生草，落日孤城早闭门。
记取汉兵追寇地，沙场犹有未招魂。

✤ 注释

[1] 山丹：地名，在今甘肃省山丹县。明代在此置山丹卫。此诗作于诗人总制三边军务时。

[2]“百年”句：明代立国百余年，三边一直未宁。

✤ 评析

“万里”一联，见老臣谋国之忠；“记取”一结，见诗人厌战之情。

马中锡

马中锡(1446—1512),字天禄,别号东田,河北故城人。成化乙未(1475)进士,授刑科给事中,以劾万贵妃弟万通骄横,被杖,出为云南按察佥事,改陕西,入为大理右少卿,擢右副都御史,巡抚宣府。正德初,巡抚辽东,召为兵部侍郎,以得罪刘瑾,被革职罢归。刘瑾伏诛,起抚大同,旋擢右都御史,奉命讨刘六,以不习兵法,主张招抚,刘部过故城,戒无犯马都堂家,被劾,逮死狱中。有《东田漫稿》及《中山狼》杂剧。

他的诗多悯时痛俗,每以闺情宫怨自况。钱谦益说他的诗"早类许浑,晚入刘长卿、陆龟蒙之间"。陈田说他的诗"有明珠走盘、弹丸脱手之妙。是时茶陵(李东阳)执盟诗坛,东田别派孤行,可谓特立之士"。

晚渡咸阳[1]

野色苍茫接渭川[2],白鸥飞尽水连天。
僧归红叶林间寺,人唤斜阳渡口船。
表里山河犹往日[3],变迁朝市已多年[4]。
渔翁看破兴亡事,独坐秋风钓石边。

✤ **注释**

[1] 咸阳:地名,秦孝公建都于此。故址在今陕西省西安市长安区西。

[2] 渭川：渭河。黄河主要支流之一。源出甘肃省渭源县西北之鸟鼠山，东南流至清水县，入陕西境，横贯渭河平原，东流至潼关，入黄河。

[3] 表里山河：言有山河作为屏障，形势非常险要。语出《左传·僖公二十八年》："子犯曰：'战也。战而捷，必得诸侯；若其不捷，表里山河，必无害也。'"杜预注："晋国外河而内山。"后来许多人说秦国有崤函之固、河渭之险，是"表里山河"。

[4] 变迁朝市：言秦、汉、北朝、隋、唐等各个朝代，都以此为京城，而今已成历史陈迹。

✤ 评析

雄浑深沉，极尽兴亡之感。"僧归红叶林间寺，人唤斜阳渡口船。"是即目写景，更是吊古伤情。朝市变迁的慨叹，得之于讽诵之外。

程敏政

程敏政（1445—1499），字克勤，安徽休宁人。成化丙戌（1466）以第二名中进士，授编修，历左谕德、少詹事兼侍讲学士，甚受重视。以讥刘文靖（因）不能诗，酿成廷鞫之狱。有《篁墩集》。

他学问该博，为一时冠，所著《明文衡》、《新安文献志》、《宋纪受终考》、《宋遗民录》等，尤有功于文献及史学。李时远说他的诗"体格不高"，朱彝尊说他的诗"究乏警策"。其实他的诗，典雅清秀，挥洒自如，不愧一时作者。第存诗太多，枝蔓不剪，是其病耳。

扬　州

江日辉辉下广陵[1]，客边吟兴偶然增。
宋军水砦多编户[2]，隋帝离宫半属僧[3]。
鹅鸭似便春雨数，楼台争出暮云层。
往来总戴承平福，莫问从前几废兴。

✤ **注释**

[1] 广陵：扬州的别称。

[2] 宋军水砦：南宋抗击金兵，在扬州筑建的营寨。砦：同"寨"。编户：编入户籍的平民。

[3] 隋帝：指炀帝杨广。离宫：古代帝王在别的地方所筑的宫殿，以便出巡居住，叫作离宫。此指隋炀帝游幸江都时所筑的宫殿。

✤ 评析

寄慨无端,感喟遥深,宣称莫问废兴,而"宋军水砦"一联,不胜废兴之叹。继以鹅鸭喧阗,楼台峥嵘,以今日之繁荣,衬前朝之衰替,使主题更加深化。

祝允明

祝允明(1460—1526),字希哲,号枝山,自号枝指生、枝指山人,长洲(今江苏苏州)人。自幼超颖绝人,过目成诵,能诗,尤长书法。与唐寅、文徵明、徐祯卿并称“吴中四子”。弘治壬子(1492)举人,官广东兴宁知县,迁应天府通判,没有多久,便谢病归。有《怀星堂集》。

他的诗吐辞命意,迥异凡俗,惟粗俗巨细,咸贮腹笥,不免尘杂。陆子馀说得好:“先生贯综群籍,稗官杂家,幽遐嵬琐之言,皆入记览,发为诗文,横纵开阖,茹含古今,无所不有。”

山窗昼睡

身在云房梦亦闲[1],松头鹤影枕屏间。
一声隔谷鸣华雉[2],信手推窗满眼山。

✤ 注释

[1] 云房:僧道或隐者所居之室。此指隐者所居。唐姚鹄《题终南山隐者居》:“夜吟明雪牖,春梦闭云房。”

[2] 华雉:羽毛很美丽的野鸡。雉,鸟名,俗称野鸡。雄者羽色美丽,尾长。

✤ 评析

平易潇洒,时有警语,是诗人小诗的特点。“信手推窗满眼山”,便是一篇之警策。

唐　寅

唐寅(1470—1523),字伯虎,一字子畏,号六如居士、桃花庵主,尝自诩为“江左第一风流才子”,吴县(今江苏苏州)人。弘治戊午(1498)举人,深得程敏政所赏识,敏政被劾,唐亦被株连下狱。放归,佯狂使酒,筑室桃花坞,日饮其中,放诞不羁,蔑视世俗。唐寅工诗、善书,尤长于绘画。有《六如居士集》。

他的诗,不避口语,务谐俚耳;不计工拙,务达性情。祝允明说他“初喜秾丽;既仿白氏,务达性情,佳者多与古合”。钱谦益也说他“少喜秾丽,学初唐;长好刘、白,多凄怨之调;晚益自放,不计工拙,兴寄烂漫,时复斐然”。

把酒对月歌

李白前时原有月,惟有李白诗能说[1]。
李白如今已仙去,月在青天几圆缺。
今人犹歌李白诗,明月还如李白时。
我学李白对明月[2],月与李白安能知?
李白能诗复能酒,我今百杯复千首。
我愧虽无李白才,料应月不嫌我丑。
我也不登天子船,我也不上长安眠[3]。
姑苏城外一茅屋[4],万树梅花月满天。

✤ 注释

[1]“惟有”句：李白以月为题的诗很多，如《古朗月行》、《峨眉山月歌》、《峨眉山月歌送蜀僧晏》、《玩月金陵城西》、《月下独酌四首》、《月夜听卢子顺弹琴》、《望月有怀》、《月夜金陵怀古》、《雨后望月》等十余首，从各个侧面抒发了对月、玩月、问月的情怀。

[2]“我学”句：此指李白《把酒问月》“青天有月来几时，我今停杯一问之”、《月下独酌》“举杯邀明月，对影成三人”等诗句。

[3]“我也”二句：此用杜甫《饮中八仙歌》“李白一斗诗百篇，长安市上酒家眠。天子呼来不上船，自称臣是酒中仙”的句意。

[4]“姑苏”句：此指诗人在姑苏城外桃花坞所筑的房子。姑苏，今江苏苏州。

✤ 评析

诗人以李白自况，表达了放诞不羁、蔑视世俗的心态。笔调亦秀逸潇洒，极有韵度，可以想见其才气横溢，迥异常人。

无　题

红粉啼妆对镜台[1]，春心一片转悠哉[2]。
若为坐看花枝尽，便是伤多酒莫推。
无药可医莺舌老[3]，有香难返梦魂来[4]。
江南多少闲庭馆，依旧朱门锁绿苔。

✤ 注释

[1]啼妆：汉代的妇女，常以粉拭目下，有似啼痕，称为啼妆。《后汉书·五行志》：“桓帝元嘉中，京都妇女作愁眉、啼妆。……啼妆者，薄拭目下，若啼处。”

[2]春心：春天的伤感心情。《楚辞·招魂》：“目极千里兮伤春心。”唐李商隐《锦瑟》：“望帝春心托杜鹃。”悠哉：忧伤不安的神态。《诗·周南·关雎》：“悠哉悠哉，辗转反侧。”

[3]无药可医：比喻坏到无法挽救的地步。语出《诗·大雅·板》：“多将熇

熇,不可救药。”莺舌老:喻春光已老。莺的鸣声宛转润滑,故称莺舌。

[4]“有香”句:香,指返魂香。东方朔《海内十洲记》载:西域月氏国贡返魂香三枚,病者闻之即起,死未三日者,熏之可以复活。又说:聚窟洲有神鸟山,山上有返魂树,将其根心熬成汁,团成丸,叫作返生香、却死香,死者闻此香气即活。

✤ 评析

这首诗以美人迟暮之感,含蓄地讽喻了明朝中叶日趋衰落、无可救药的国势。其辞微,其意远,体物托兴,深得风人之旨。绝非组织套语,欺世盗名者所可同日而语。《笔精》说他的诗“虽不甚雅驯,而一段天然之趣,自不可及”。盖其自写胸襟,自抒性情,不拘于常格常调,故有高情,有雅致,有不可磨灭者在耳。

文徵明

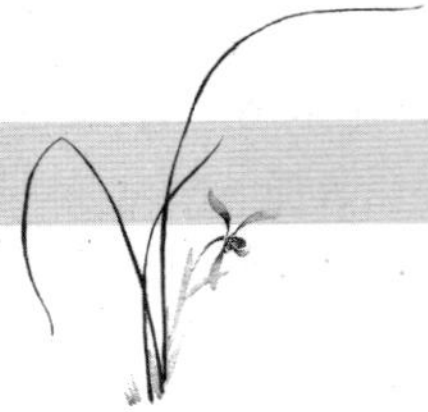

文徵明(1470—1559),初名璧,字徵明,更字徵仲,号衡山居士,长洲(今江苏苏州)人。能诗、工书、善画。正德末,以岁贡生荐试吏部,授翰林院待诏。三年后乞归。有《甫田集》。

他的诗平实而有韵致,整饬而有神秀,不以模宋范唐为务,而能自出机杼。俞汝成说他的诗“似晚唐,参以元调”。顾华玉说他的诗“唐风宋语,两相融化”。顾起纶说他的诗“从实境中出,特调稍纤弱”。他自己却说:“我少年学诗从陆放翁入门,故格调卑弱,不若诸君皆唐声也。”

感　怀

三十年来麋鹿踪[1],若为老去入樊笼[2]。
五湖春梦扁舟雨[3],万里秋风两鬓蓬。
远志出山成小草[4],神鱼失水困沙虫。
白头博得公车召[5],不满东方一笑中[6]。

✤ **注释**

[1] 麋鹿踪:喻隐居山林。语出《孟子·尽心》上:“与木石居,与鹿豕游。”

[2]“若为”句:诗人应召入翰林院时,年已五十余。入樊笼:喻受到束缚,不自由。晋陶渊明《归田园居》:“久在樊笼里,复得返自然。”

[3]“五湖”句：言希望像范蠡一样，泛舟五湖，过着自由自在的生活。

[4]“远志”句：此言自己本有远大理想，一出了山，便成了小草。

[5]公车：汉代官署名，设公车令。臣民上书和征召，都由公车接待。又汉代曾用公家车马接送应举的人，故后来以“公车”作为举人入京应试的代称。此指诗人于正德末以岁贡生荐试吏部的事。

[6]东方：指汉东方朔。《史记·滑稽列传》：“朔初入长安，至公车上书，凡用三千奏牍，公车令两人共持举其书，仅然能胜之。”此用其事。

✤ 评析

此诗作于诗人出任翰林院待诏时。诗人当时大为姚涞、杨维聪所奚落，说：“我衙门不是画院，乃容画匠处此。”见何元朗《四友斋丛说》。诗中所感，皆为此而发，故愤激不平之意，溢于言表。

李梦阳

李梦阳（1473—1530），字天赐，更字献吉，号空同子，甘肃庆阳人。弘治六年进士，授户部主事，升郎中，以弹劾外戚寿宁侯张鹤龄“招纳无赖，罔利贼民”，被系锦衣狱。获释后，又代尚书韩文拟疏弹劾刘瑾，被下狱，几至死。刘瑾伏诛，迁江西提学副使，又恃气陵轹台长，被劾罢官。宸濠之乱，又坐为宸濠作《阳春书院记》，被捕下狱，得杨廷和、林俊力救，得免于死，仍被削籍。卒后，弟子私谥文毅，天启初，追谥景文，有《空同集》行世。

他是明代首倡诗文复古运动的盟主，与何景明、徐祯卿、边贡、康海、王九思、王廷相号称“七才子”，即“前七子”。去掉王廷相，加上朱应登、顾璘、陈沂、郑善夫，号称“十才子”。横云山人《明史稿》说：“弘治时，李东阳主文柄，天下翕然宗之，梦阳讥其萎弱，倡言文必秦汉，诗必盛唐。”对于他的这一诗歌主张，誉之者说他“读书断自汉魏以上，故其文，卓尔不群”（《国宝新编》）；“游精于秦汉，割正于六朝，执符于雅谟，参变于诸子……用成一家之言……遂能掩蔽前贤，命令当世”（《王廷相家藏集》）；“空同以复古鸣弘、德间，观其乐府幽秀古艳，有铙歌童谣之风；其古诗缘情绮靡，有徐、庾、颜、谢之韵”（《升庵集》）；“李献吉手擘盛唐之派，可谓达摩西来，独辟禅教，又如曹溪卓锡，万众皈依”（《诗薮》）。诋之者则说：“空同、于鳞，世谓其有复古之力。然二公固有复古之力，亦有泥古之病。彼谓文非秦、汉不读，诗非汉魏、六朝、盛唐不看，故事凡出汉以下者皆不宜引用。噫！何其所见之隘也”（江进之)；“献吉生休明之代，负雄鸷之才，僩然谓汉后无文，唐后无诗，以复古自命。其言曰：‘古诗必汉魏，必三谢；今体必初盛唐，必杜，舍是无诗焉。’牵率模拟，剽贼于声音句字之间，如婴儿之学语，字则字，句则句，篇则篇，毫不能吐其心之所有，古之人固如是乎？”（钱谦益）。我以为梦阳之主张复古，不过取法乎上而已，故其所作，往往能自出新意，超尘迈俗，黄勉之说他是“明兴以来，一人而已”。王允宁说他“假令与李、杜二豪，并生当代，不为李则为杜矣”，虽不免溢美，亦能睹其大、睹其变而言者，非以快一时之论也。

豆莝行[1]

昨当大风吹雪过，湖船无数冰打破。
冰骧嵒嵬山岳立[2]，行人骇观泪交堕。
景泰年间一丈雪[3]，父老见之无此祸。
鄱阳十日路断截[4]，庐山百姓啼寒饿[5]。
旌竿冻折鼙鼓哑，浙军楚军袖手坐。
将军部兵蔽江下，飞报沿江催豆莝。
邑官号呼手足皴[6]，马骡鸡犬遗眠卧。
前时边达三千军，五个病热死两个。
弯弓值冻不敢发，昔何猛毅今何懦！
李郭邺城围不下[7]，裴度淮西手可唾[8]。
从来强弱不限域，任人岂论小与大。
当衢寡妇携儿哭，秋禾枯槁春难播。
纵健征科何自出[9]，大儿牵繿陆挽驮[10]。

✤ 注释

[1] 豆莝：马饲料。莝，铡碎的草。

[2] 冰骧：像奔马一样汹涌而来的冰块。

[3] 景泰：明代宗朱祁钰的年号，从公元 1450 年至 1456 年。

[4] 鄱阳：湖名，为我国五大湖之一，在长江以南，江西省的北部，即《尚书·禹贡》所称的彭蠡。

[5] 庐山：山名，在今江西省九江市长江南岸。

[6] 手足皴：手足受冻而皲裂。皴：冻裂。

[7]“李郭”句：唐肃宗乾元二年(759)，李光弼、郭子仪等九节度使率六十万大军，包围安庆绪于邺城(今河南安阳)，因故失败，退守河阳(今河南孟州)，见《新唐书·郭子仪传》。

[8]“裴度”句：元和十二年(817)，吴元济等割据淮西，屡败王师。裴度率部李愬雪夜下蔡州，生擒吴元济，淮西唾手而定。韩愈有《平淮西碑》，柳宗元有《平淮夷雅》，歌颂了裴度的赫赫战功。然裴度功高不赏，数被黜退。此以王守仁平宸濠之乱比之裴度平淮西。

[9] 纵健：即使身体健壮。杜甫《兵车行》：“纵有健妇把锄犁，禾生陇亩无东西。”征科：征收和摊派的各种税款。

[10] 纆：绳索。

✤ 评析

此诗作于正德十四年(1519)。其时宁王宸濠反叛，连陷九江、安庆，王守仁起兵讨叛，生擒宸濠。诗中反映了江西民众既遭兵灾，又供粮秣的苦难，又为王守仁功高不赏鸣不平。看似俚俗，实则浑厚，正如沈德潜所说的：“似古谣谚，俚质生硬处，正不易到。”

汉京篇[1]

汉京临帝极[2]，复道众星罗[3]。烟花开甸服[4]，锦绣列山河。山河自古称佳丽，城中半是王侯第。峻阁重楼夹道悬，云房雾殿森亏蔽。牧豚卖珠登要津[5]，樊侯亦是鼓刀人[6]。时来叱咤生风雨，奄见吹嘘走鬼神。平津结兄盖侯弟[7]，杯酒相看何意气！执鞭尽是虎贲郎[8]，守门不数长安尉[9]。长安烽火入边城，挺剑辞君万里行。去日千官遮马饯[10]，归来天子降阶迎[11]。朱弓尚抱流沙月[12]，宝铁常飞瀚海星[13]。不分燕然先勒石[14]，直教麟阁后标名[15]。岂知盛满多仇忌，可惜繁华如梦寐。地宅田园夺与人，丹书铁券成何事[16]。霍氏门前狐夜号[17]，魏其池馆长蓬蒿[18]。三千食客今谁在[19]，十二珠楼空复高[20]。后车不戒前车覆[21]，又破黄金买金谷[22]。洛阳亭榭与山齐[23]，北邙车马如云逐[24]。阴郭豪华真可怜[25]，云台将相珥貂连[26]。当时却怪桐江叟，犹着羊裘伴帝眠[27]。

✤ **注释**

[1] 汉京：汉代的京城。此以汉京的今昔，抒发盛衰无常的感慨。

[2] 帝极：犹宸极，北极星。

[3] 复道：楼阁间有上下两重通道，架空相连，俗称天桥。

[4] 甸服：指距离王畿千里的地区。古代在王畿外围，每五百里为一区划，按距离远近，分为侯服、甸服、绥服、要服、荒服。

[5] 牧豚卖珠：泛指出身微贱的人。如大将军卫青少时曾放过羊，亦有说“卫青为牧猪之奴”的。又平津侯公孙弘，“家贫，牧豕海上”。见《史记·平津侯主父列传》。颍阴侯灌婴是睢阳一个贩缯的。登要津：爬上显贵的地位。《古诗十九首》之四：“何不策高足，先据要路津。”

[6]“樊侯”句：樊侯，指樊哙，以功封舞阳侯。少时“以屠狗为事”。见《史记》本传。鼓刀：屠宰牲畜时敲击所持的刀发出响声。《史记·樊郦滕灌传赞》：“方其（樊哙、灌婴）鼓刀屠狗卖缯之时，岂自知附骥之尾，垂名汉廷，德流子孙哉？”又在樊哙之前，以鼓刀为生而后来显贵的甚多，如屈原《离骚》：“吕望之鼓刀兮，遭周文而得举。”故云“亦是”。

[7]“平津”句：平津，指公孙弘。“家贫，牧豕海上”，后为丞相，封平津侯。事见《史记·平津侯主父列传》。盖侯：汉景帝王皇后之兄王信。《史记·魏其武安侯列传》：“(武安侯田蚡)尝召客饮，坐其兄(王皇后之兄)盖侯南向，自坐东向。以为汉相尊，不可以兄故私桡。武安由此滋骄，治宅甲诸第。”

[8]虎贲郎：勇士的通称。《战国策·楚策一》：“秦地半天下……虎贲之士百余万。”

[9]长安尉：保卫首都的武官。汉制，郡有都尉，县有县尉。尉，武官的通称。

[10]遮马饯：拦住马来送行。

[11]降阶迎：下阶来迎接。

[12]朱弓：彤弓，朱红色的弓。古代帝王以赐有功的诸侯。流沙：沙漠。

[13]宝铗：宝剑。瀚海：大沙漠，泛指我国北方及西北的少数民族地区。

[14]不分：即不忿，不怨，不恨。燕然勒石：东汉永元元年，窦宪大破北单于，勒石燕然而还。燕然：山名，即蒙古国境内的杭爱山。

[15]麟阁：麒麟阁，在未央宫内，汉宣帝曾画功臣霍光、张安世、韩增、赵充国、魏相、丙吉、杜延年、刘德、梁丘贺、萧望之、苏武十一人的像于阁。

[16]丹书铁券：帝王颁赐功臣使其世代享有免罪特权的契卷。因其以丹写于铁板之上而得名。《汉书·高帝纪下》：“又与功臣剖符作誓，丹书铁契，金匮石室，藏之宗庙。”

[17]霍氏：指霍去病及霍光。去病曾经六次出击匈奴，封狼居胥山，封冠军侯，为骠骑将军。霍光出入宫廷二十余年，并以大司马大将军受遗诏辅佐八岁的昭帝，政事一决于光，族党满朝，权倾内外。事见《汉书》各本传。

[18]魏其：魏其侯窦婴，孝文后从兄的儿子，拜大将军，封魏其侯，为太子傅，列侯莫敢与抗礼。见《史记·魏其武安侯列传》。

[19]三千食客：极言宾客之多。楚春申君有客三千余人，其上客皆蹑珠履。事见《史记·春申君传》。此言魏其侯窦婴得势的时候，诸游士宾客争相依附。及武安侯田蚡贵幸，“天下吏士趋势利者，皆去魏其归武安”。见《史记·魏其武安侯列传》。

[20]十二珠楼：用珠玉装饰起来的许多高楼。此指武安侯田蚡之流，“治宅甲诸第，田园极膏腴，而市买郡县器物相属于道。前堂罗钟鼓，立曲旃；后房妇女以百数。诸侯奉金玉狗马玩好，不可胜数”。见《史记·魏其武安侯列传》。

[21]“后车”句：汉贾谊《治安策》：“谚曰：‘前车覆，后车诫。’”比喻前人的失

败，后人可以引为教训。

[22] 金谷：晋太康中，石崇在河南洛阳西北筑金谷园，备极奢华。南朝梁何逊《车中见新林分别甚盛》诗："金谷宾游盛，青门冠盖多。"

[23] 洛阳：东汉的都城，今属河南，以在洛水之阳而得名。

[24] 北邙：山名。即邙山，在今河南省洛阳市东北。汉、魏以来，王侯、公卿、贵族的葬地，多在于此。

[25] 阴郭豪华：阴，指光烈阴皇后丽华，南阳新野人。"光武适新野，闻后美，心悦之。后至长安，见执金吾车骑甚盛，因叹曰：'仕宦当作执金吾，娶妻当得阴丽华。'"后帝即位，封为贵人，并追封其父陆为宣恩哀侯，弟䜣为宣义恭侯，及其故人诸家子孙，并受赏赐。光武郭皇后，封后弟况为阳安侯，从兄竟为新郪侯，竟弟匡为发干侯，后的叔父婿陈茂为南䜌侯。特别是对后弟况恩宠优渥，"赏赐金钱缣帛，丰盛莫比，京师号况家为金穴"。见《后汉书·皇后纪上》。

[26] 云台将相：东汉光武时二十八个有功的武将，明帝永平三年在南宫云台画了以邓禹为首的二十八人的像，称为云台二十八将。《后汉书·朱景王杜马刘傅坚马列传赞》："中兴二十八将，前世以为上应二十八宿，未之详也。然咸能感会风云，奋其智勇，称为佐命，亦各志能之士也。"

[27] "当时"二句：桐江叟，指东汉高士严光，以其耕钓于桐江之富春山，故称之为"桐江叟"。严与光武同学，及光武即位，乃变名姓，隐身不见。帝思其贤，乃令以物色访之。后齐国上言："有一男子，披羊裘钓泽中。"帝疑其光，乃备安车玄𫄸，遣使聘之，三反而后至，终不肯仕。见《后汉书·严光传》。

✤ 评析

"夫月满则亏，物盛则衰，天地之常也。"（《史记·田叔列传赞》）此诗正从这个观点出发，对两汉诸权贵的盛衰，进行了深刻的反思，前车之鉴，发人深省。清沈德潜评此诗时亦说："功高自满，千古同病，汉博陆侯其炯戒也。末以不受爵禄者点破昏庸，与李颀'汉朝功臣（按当作"汉家名臣"）杨德祖'篇，归到鲁连蹈海，同一作法。"李颀的《行路难》，从"汉家名臣杨德祖，四代五公享茅土"至"一朝谢病还乡里，穷巷苍苔绝知己"，末以"鲁连所以蹈东海，古往今来称达人"。在起结的构思上，确与此诗同一机杼，但其雄浑开合，倒插顿挫，则似稍逊一筹。马星翼《东泉诗话》云："北地（李梦阳)七言歌行最为擅场。如《汉京篇》、《去妇词》,皆有杜陵之风,起调尤工。”是完全符合本诗的实际的。

去妇词

正德元年,户部尚书韩文,暨内阁师保等,咸相继去位,李子作此词也。

孔雀南飞雁北翔[1],含颦揽涕下君堂。绣幕空留并菡萏[2],罗袪尚带双鸳鸯[3]。菡萏鸳鸯谁不羡,人生一别何由见。只解黄金顷刻成[4],那知碧海须臾变[5]。贱妾甘为覆地水[6],郎君忍作离弦箭。忆昔嫁来花满天,贱妾郎君俱少年。瑶台筑就犹嫌恶[7],金屋妆成不论钱[8]。重楼复道天中起,结绮临春照春水[9]。宛转流苏夜月前[10],萋迷宝瑟烟花里。夜月烟花不相待,安得朱颜常不改。若使相逢无别离,肯放驰波到东海。薄命难教娣姒知[11],衰年恨少姑嫜在[12]。长安大道接燕川[13],邻里携壶旧路边。妾悲妾怨凭谁省,君舞君歌空自怜。郎君岂是会稽守[14],贱妾宁同会稽妇[15]?郎乎幸爱千金躯,但愿新人故不如[16]。

✤ 注释

[1] 孔雀南飞:古乐府诗有《孔雀东南飞》,序云:“汉末建安中,庐江府小吏焦仲卿妻刘氏,为仲卿母所遣,自誓不嫁,其家逼之,乃没水而死。仲卿闻之,亦自缢于庭树。时伤之,为诗云尔。”此以韩文、师保比去妇,故引之以起兴。

[2] 并菡萏:并蒂莲。菡萏,荷花的别称。

[3] 罗袪:罗袖。袪,袖口。

[4] “只解”句:古代道家有炼丹之术,谓丹成,可以点铁点石成为黄金。《列仙

传》:“许逊,南昌人。晋初为旌阳令,点石化金,以足逋赋。”此以代美好的愿望。

[5]“那知”句:极言变化很快很大。此暗用晋葛洪《神仙传·麻姑》“麻姑自说云:接待以来,已见东海三为桑田”的故事。

[6]“贱妾”句:言甘愿接受既成的事实。《后汉书·何进传》:“国家之事,亦何容易!覆水不可收,宜深思之。”

[7]瑶台:美玉砌成之台。极言其华丽。

[8]金屋:此暗用“金屋藏娇”的故事。《汉武故事》:“(汉武)数岁,长公主嫖抱置膝上,问曰:‘儿欲得妇否?’胶东王(即后来的汉武帝)曰:‘欲得妇。’长公主指左右长御百余人,皆云不用。末指其女问曰:‘阿娇好否?’于是乃笑对曰:‘好!若得阿娇作妇,当作金屋贮之也。’”

[9]结绮临春:阁名。南朝陈后主至德二年,于光昭殿前起临春、结绮、望仙三阁,高数丈,并数十间。其窗牖、壁带、悬楣、栏干之类,皆以沉檀香木为之,又饰以金玉,间以珠翠,外施珠帘,穷极奢华。后主自居临春阁,张贵妃居结绮阁,龚孔两贵嫔居望仙阁,并复道交相往来。见《陈书·张贵妃传》。

[10]流苏:用五彩羽毛或丝绒制成的穗子,常以之作帷帐等的垂饰。

[11]娣姒:同夫诸妾之间的互相称呼,年长的为姒,年幼的为娣。《尔雅·释亲》:“女子同出,谓先生为姒,后生为娣。”郭璞注:“同出,谓俱嫁事一夫。”

[12]姑嫜:古时妻称丈夫的父母为姑嫜。姑即俗称之婆婆,嫜即俗称之公公。

[13]长安:古都名,在今陕西省西安市西北。自秦至唐多建都于此,故以代指帝都、京城。燕川:河北平原。

[14]会稽守:指朱买臣。买臣在汉武帝时任会稽太守,在路上遇到他的故妻和后夫,接至官署,住在园中,其故妻不久自缢死。事见《汉书》本传。

[15]会稽妇:指朱买臣的故妻。相传朱买臣原先很穷,砍柴为生。其妻要求离去。后来他做了大官,其妻要求复婚,朱就端来一盆水泼在地上说,如果能将水收回盆中,他就复婚。

[16]新人故不如:这是反用《上山采蘼芜》中的“新人虽言好,未若故人姝”和“将缣来比素,新人不如故”的句意。

✤ 评析

以夫妻之情喻君臣之义,这是我国诗歌中一种传统的手法。此诗以新婚之恩爱，反衬离异的凄凉，婉而多讽，怨是用深。王子衡说李梦阳的诗，“以柔淡为上乘，以沉着为三昧，以雄浑为神枢，以蕴藉为堂奥，会诠往古之典，用成一家之言”。徐子容说他的诗“众体兼长，浑厚沉着，格高调古，尤工七言。古歌辞开阖纵横，人不能述者，独摹写曲尽，雄健可喜。即错置杜甫、高适歌行中，莫能辨也”。三复此诗，益信其言之不诬。沈德潜评此诗说：“深婉可以怨矣。”的确，这首诗用意之深，立言之婉，深得风人之旨。说他摹拟剽窃，如婴儿之学语，自是偏激之论。

朝饮马送陈子出塞

朝饮马，夕饮马，水咸草枯马不食，行人痛哭长城下。城边白骨借问谁，云是今年筑城者。但道辞家别六亲[1]，宁知九死无还身[2]。不惜身为城下土，所恨功成赏别人。去年贼掠开城县[3]，黑山血迸单于箭[4]。万里黄尘哭震天，城门昼闭无人战。今年下令修筑边，丁夫半死长城前[5]。城南城北秋草白，愁云日暮闻鸣鞭[6]。

✤ 注释

[1] 六亲：一般指父母、兄弟、妻子。泛指亲属。

[2] 九死：多次接近死亡的危险。语出屈原《离骚》：“亦余心之所善兮，虽九死其犹未悔。”

[3] 开城县：县名。具体地点不详。

[4] 黑山：在今陕西省榆林市西四十里。单于：汉时匈奴对其君主的称呼。

[5] 丁夫：成年男子。

[6] 鸣鞭：挥鞭作响，以肃其威。一作“鸣胡鞭”。

✤ 评析

起似风谣，朴质雄浑。中叙筑城者的苦难，颇具民胞物与之怀。结以边尘未靖，胡人又挥鞭入侵。纵横开合，无不如意。真可谓浸淫汉魏，直逼李杜，不愧一代诗人之冠。

送李帅之云中[1]

黄风北来云气恶[2]，云州健儿夜吹角[3]。
将军按剑坐待曙，纥干山摇月半落[4]。
槽头马鸣士饭饱，昔无完衣今绣袄[5]。
沙场缓辔行射雕，秋草满地单于逃。

✤ 注释

[1] 李帅：李介，字守贞，山东高密人。成化五年(1469)进士。弘治十年(1497)夏，"北寇谋犯大同，命介兼左佥都御史，往督军饷，且经略之。比至，寇已退，乃大修戎备，察核官田牛具钱还之军，以其资偿军所逋马价，边人感悦"。见《明史·李介传》。

[2] 黄风：狂风卷起黄沙，形成一片黄色的云气。

[3] 云州：云中，在今山西省大同市。唐贞观十四年置州，天宝初改云中郡，乾元初复号云州。一本作"云洲"，误。

[4] 纥干山：又名纥真山，在今山西省大同市东。

[5] 完衣：完整的衣服。

✤ 评析

雄奇高古，苍老遒劲，颇有徐庾之韵，直摩少陵之垒。峥嵘沉郁，不掩本色。对李介此行，在殷殷期望之中，致拳拳规劝之意。命意谋篇，均有法度。

石将军战场歌[1]

清风店南逢父老[2]，告我己巳年间事[3]。店北犹存古战场，遗镞尚带勤王字[4]。忆昔蒙尘实惨怛[5]，反覆势如风雨至。紫荆关头昼吹角[6]，杀气军声满幽朔[7]。胡儿饮马彰义门[8]，烽火夜照燕山云[9]。内有于尚书[10]，外有石将军。石家官军若雷电，天清野旷来酣战[11]。朝廷既失紫荆关，吾民岂保清风店？牵爷负子无处逃，哭声震天风怒号。儿女床头伏鼓角，野人屋上看旌旄。将军此时挺戈出，杀敌不异草与蒿。追北归来血洗刀[12]，白日不动苍天高。万里烟尘一剑扫，父子英雄古来少[13]。单于痛哭倒马关[14]，羯奴半死飞狐道[15]。处处欢声噪鼓旗，家家牛酒犒王师[16]。应追汉室骠姚将[17]，还忆唐家郭子仪[18]。沉吟此事六十春[19]，此地经过泪满巾。黄云落日古骨白，沙砾惨淡愁行人。行人来折战场柳，下马坐望居庸口[20]。却忆千官迎驾初[21]，千乘万骑下皇都[22]。乾坤得见中兴主，杀伐重开载造图[23]。姓名应勒云台上[24]，如此战功天下无。呜呼战功今已无，安得再生此辈西备胡。

✤ **注释**

[1] 石将军：石亨。正统十四年(1449)，“土木堡之变”，石亨从兵部尚书于谦守京师，击退瓦剌军，有战功，封武清侯。景泰八年(1457)，与太监曹吉祥、副都御史徐有贞等迎英宗复辟，并诬杀于谦，封忠国公。从此亨益跋扈骄横，阴谋反叛，天顺四年(1460)，被逮入狱，死于狱中。见《明史·石亨传》。

[2] 清风店：在今河北省定州市北三十里，正统十四年，石亨曾在此击溃自北京败退的瓦剌军。

[3] 己巳年：正统十四年，“土木堡之变”发生的那一年。

[4] 遗镞：丢失的箭头，或遗留下来的箭头。勤王：本指诸侯兴兵，辅助周天子平定叛乱，后来地方官率师保卫京师，也叫“勤王”。

[5] 蒙尘：君王逃亡在外。此指英宗被俘。惨怛：伤痛。

[6] 紫荆关：关名。在今河北省易县西紫荆岭上。

[7] 幽朔：幽州(今北京市)和山西的合称。泛指北京、山西的广大地区。

[8] 彰义门：北京城西南方向的广安门，瓦剌军进犯北京，曾逼近此门。

[9] 燕山：山名。自天津市蓟州区蜿蜒而东，经玉田、丰润，直至海滨，延袤数百里。

[10] 于尚书：于谦，时为兵部尚书。

[11] 天清野旷：晴朗的天气，广阔的原野。此用杜甫《悲陈陶》"野旷天清无战声"的现成字面。

[12] 追北：追逐败北的敌军。此指溃退的瓦剌军。

[13] 父子英雄：指石亨与其侄儿石彪。石彪在保卫北京的战役中立有战功，封定远侯。天顺四年与其叔石亨谋反，被斩。

[14] 倒马关：关名。在今河北省涞源县南。

[15] 飞狐道：飞虎关，又名飞狐口。两崖壁立，道路险要。在今河北省涞源县北。

[16] 牛酒：牛和酒。古时犒赏、馈问、祭祀多用牛酒。《史记·淮阴侯列传》："百里之内，牛酒日至。"

[17] 汉室骠姚冷：指汉代的霍去病。曾六次出击匈奴，远至狼居胥山。曾经任过骠姚校尉。此以石亨比霍去病。

[18] 郭子仪：是平定"安史之乱"的功臣，以一身系国家安危者二十年，封汾阳郡王，被尊为"尚父"。此以石亨比郭子仪。

[19] 六十春：从正统十四年至作者写此诗时已有六十年。说明此诗作于正德四年(1509)。

[20] 居庸口：居庸关。在今北京市昌平区西北。

[21] 千官迎驾：指石亨与太监曹吉祥、副都御史徐有贞等迎接英宗复辟事。

[22] 皇都：京城，帝都。此指北京。

[23] 载造图：再造国家政权的计划。载：再，又。

[24] "姓名"句：言应将姓名刻在云台上面。云台：洛阳南宫有云台，汉明帝曾将邓禹等中兴功臣像刻画在上面。

✤ 评 析

写石将军的挺戈出击，追奔逐北，英气活现。"追北归来血洗刀，白日不动苍天高”，字字有棱，语语生辉，不愧是诗家的射雕手。石亨虽跋扈骄横，臣节有亏，但他击溃瓦剌军的战功，不可埋没，故诗人表而出之。沈德潜以“‘还忆唐家郭子仪’，以不失臣节愧之也，此作者微意”。霍去病以“匈奴未灭，何以家为”。郭子仪“再造王室，勋高一代”，而“晏然效忠，有死无二”，以之与石亨相提并论，可谓比拟不伦。诗人是洞若观火的。明知不伦而偏以为喻，盖欲在歌颂中微寓讽刺之意也。沈氏可谓心有灵犀了。

泰　山[1]

俯首无齐鲁[2]，东瞻海似杯[3]。
斗然一峰上[4]，不信万山开[5]。
日抱扶桑跃[6]，天横碣石来[7]。
君看秦始后[8]，仍有汉皇台[9]。

✣ 注释

[1] 泰山：又称岱宗、泰岱，我国五岳之首，在今山东省泰安市境内。

[2] “俯首”句：言低头一看，齐、鲁都显得微不足道了。齐、鲁，周代的两个诸侯国名，都在今山东省境内。《史记·货殖列传》：“泰山之阳则鲁，其阴则齐。”此暗用杜甫《望岳》“齐鲁青未了”的句意。

[3] “东瞻”句：言往东远望，渤海也只像一只小杯。此暗用李贺《梦天》“遥望齐州九点烟，一泓海水杯中泻”的句意。

[4] 斗然：陡然。一峰：指泰山顶上的日观峰。

[5] 不信：不料，想不到。

[6] 扶桑：神话中的神木。《山海经·海外东经》：“汤谷上有扶桑，十日所浴。”《淮南子·天文训》：“日出于旸谷，浴于咸池，拂于扶桑。”此言在日观峰看日出，好像太阳在海面上跳跃一样。

[7] 碣石：山名，在今河北省乐亭县西南，现已沦没。秦皇、汉武，均在此游览刻石。

[8] 秦始：秦始皇。他在统一六国后，东巡至此，命李斯刻石纪功。

[9] 汉皇台：汉武帝封禅泰山时所筑之台。《史记·封禅书》：武帝“封泰山下东方，如郊祠太一之礼。封广丈二尺，高九尺，其下则有玉牒书，书秘”。

✤ 评析

字字欲立，语语欲响，写泰山之高峻突兀，历史气概，堪称古今绝唱。沈德潜评此诗云：“四十字有包络乾坤之概。”诚哉斯言！

朱仙镇庙[1]

宋墓莽岑寂[2]，岳宫今在兹[3]。
风霜留桧柏[4]，阴雨见旌旗[5]。
百战回戈地[6]，中原左衽时[7]。
土人严伏腊[8]，偏护向南枝[9]。

✤ 注释

[1] 朱仙镇：在今河南省开封市西南。南宋绍兴十年(1140)，岳飞大败金兵，乘胜进军至此。后人为了纪念岳飞，在此建庙祭奠。

[2] 宋墓：泛指宋代诸王的陵墓。岑寂：寂寥荒凉。

[3] 岳宫：为纪念岳飞而建的庙宇。

[4] 桧柏：桧树和柏树，岳庙前所种。

[5] “阴雨”句：言在阴雨之中，恍惚还能看到岳家军当年遮天蔽日的旌旗。

[6] “百战”句：言岳飞百战百胜，正欲乘胜收复汴京，痛饮黄龙，而高宗、秦桧一意议和，连下十二道金牌，命岳飞班师。飞临行叹曰：“十年之力，废于一旦！”

[7] 左衽：衣服的前襟左掩，这是我国古代少数民族的服式，因以喻被异族所统治。语出《论语·宪问》：“子曰：‘微管仲，吾其被发左衽矣。’”

[8] 土人：当地的人。严伏腊：重视夏之伏日和冬之腊日的祭祀。

[9] 向南枝：南向的枝叶。《西湖志》：“岳飞坟上古木，枝皆南向。”

✤ 评析

字字含冤，千古悲痛。此诗以宋代诸陵的岑寂，反衬岳庙祭祀之隆重，在褒贬之中，隐寓无限悲愤。“百战回戈”一联，感喟遥深。全诗真如“四十个贤人”，无一字不雅，无一语不切。王世贞说他的五律“时诣妙境”，是很有眼力的。

出　塞

黄沙白草莽萧萧[1]，青海银州杀气遥[2]。
关塞岂无秦日月[3]，将军独数汉骠姚[4]。
往来饮马时寻窟[5]，弓箭行人各在腰[6]。
晨发灵州更西望[7]，贺兰千嶂果云霄[8]。

✤ 注释

[1] 萧萧：摇动的样子。《九歌·山鬼》：“风飒飒兮木萧萧。”

[2] 青海：省名，以境内有青海湖而得名。银州：银川，今宁夏回族自治区首府。

[3] “关塞”句：此话用王昌龄《出塞二首》之一“秦时明月汉时关”的句意。

[4] 汉骠姚：西汉的霍去病，曾任骠姚校尉，在抵抗匈奴的侵略中，卓立战功。《史记》、《汉书》有传。

[5] 饮马寻窟：古乐府有《饮马长城窟行》。说是征戍之客，至于长城而饮马。妇思念其勤劳，故作是曲。见《乐府诗集·饮马长城窟行解题》。

[6] “弓箭”句：此用杜甫《兵车行》“行人弓箭各在腰”的现成词句，因为调声协律，而略改其词序。

[7] 灵州：灵武，今属宁夏回族自治区。

[8] 贺兰：山名。主峰在宁夏回族自治区贺兰县境内。

✤ 评析

王世贞说诗人的七律“雄浑豪丽，深于少陵”，不免溢美，但其才高气雄，意到笔随，信手拈来前人词语，若自口出，自是不易企及。然过多地运用少陵现成字句，诋之者谓其“剽贼于声音句字之间”，不是毫无根据的。

秋　望[1]

黄河水绕汉边墙[2]，河上秋风雁几行。
客子过壕追野马[3]，将军韬箭射天狼[4]。
黄尘古渡迷飞挽[5]，白月横空冷战场。
闻道朔方多勇略[6]，只今谁是郭汾阳[7]？

✤ 注释

[1] 秋望：一作《出使云中》。云中，古郡名，在今山西省大同市。

[2] 汉边墙：秦汉间所筑的长城。明大同府西北有长城，为明王朝与鞑靼部族的界限。“汉边墙”一作“汉宫墙”。

[3] 客子：诗人自指。过壕：越过护城河。野马：此指北风卷起的尘埃。《庄子・逍遥游》：“野马也，尘埃也，生物之以息相吹也。”

[4] 韬箭：把箭装在箭套里。天狼：星名，主侵略。《九歌・东君》：“举长矢兮射天狼。”宋苏轼《江城子》：“会挽雕弓如满月，西北望，射天狼。”皆以天狼喻入侵之敌。时诗人正饷军西夏，故借以喻西北入侵之敌。

[5] 飞挽：飞速运送粮草的车船。

[6] 朔方：唐方镇名，治所在灵州（今宁夏灵武西南），此泛指北方。

[7] 郭汾阳：郭子仪，唐代名将。曾任朔方节度使，以功封汾阳郡王。新、旧《唐书》有传。

✤ 评析

诗人《封宜人亡妻左氏墓志铭》：“壬戌（1502），李子榷舟河西务，左氏从河西务。明年，李子饷军西夏，挈左氏还。”因此，此诗当作于弘治十五六年诗人西夏之行期间。它描绘黄河秋景，抒发爱国情思，慨叹没有保卫边防的名将，历来为人所称道。王世贞亟称此诗“雄浑流丽”，以为胜过《空同子集》中的其他作品,是有见地的。

东庄藩司诸公见过[1]

少年湖海老中原,万里谁期共一尊。
邂逅路歧须尽醉[2],向来离合敢重论。
桑麻事业陶公径[3],鸟雀人情翟氏门[4]。
懒散废书瓜可种[5],夜来时雨足吾园。

✤ 注释

[1] 东庄:疑即杭济,曾与诗人结社,谢政后,徜徉林壑。见钱谦益《列朝诗集·丙集》小传。藩司:布政使。

[2] 邂逅:不期而遇的意思。

[3] 桑麻事业:从事农桑的耕植。晋陶渊明《归去来兮辞》有"三径就荒"的话。又《归田园居五首》之二:"相见无杂言,但道桑麻长。桑麻日已长,我土日已广。"此用其事。

[4] "鸟雀"句:《史记·汲郑列传》:"始翟公为廷尉,宾客阗门。及废,门外可设雀罗。翟公复为廷尉,宾客欲往,翟公乃大署其门曰:'一死一生,乃知交情;一贫一富,乃知交态;一贵一贱,交情乃见。'"

[5] "懒散"句:汉初召平,本秦东陵侯。秦亡,种瓜于长安城东。其瓜甜美,俗称东陵瓜。见《史记·萧相国世家》。

✤ 评析

在赠答之中,寄寓了诗人洁身自好的情趣。诗中对世态炎凉、人情冷暖,进行了含蓄的讽刺;对归隐田园、育桑种瓜,表现了浓厚的兴致。韵高格雅,不同凡响。

吹台春日古怀[1]

废苑迢迢入草莱[2]，百年怀古一登台。
天留李杜诗篇在[3]，地历金元战阵来[4]。
流水浸城隋柳尽[5]，行宫为寺汴花开[6]。
白头吟望黄鹂暮[7]，瓠子歌残无限哀[8]。

✤ 注释

[1] 吹台：在今河南省开封市东南禹王台公园内。相传春秋时为师旷吹乐之台，汉梁孝王增筑曰明台，后有繁姓居于台侧，因此又名繁台。见《水经注·渠水》引《陈留风俗传》。

[2] 废苑：指吹台附近梁孝王的兔园，已经荒凉颓败。

[3] "天留"句：《新唐书·杜审言传·附杜甫》："(甫)尝从白及高适过汴州，酒酣登吹台，慷慨怀古，人莫测也。"此用其事。

[4] "地历"句：北宋定都汴梁，宣和七年(1125)，金兵南下，宋徽宗传位于太子赵桓(钦宗)。靖康二年(1127)，金兵攻破汴京，徽、钦二帝被俘。金宣宗南迁，亦定都于汴。哀宗正大八年(1231)，元兵大举攻金，未几，城破金亡。

[5] 隋柳：隋炀帝开河凿渠，修建行宫，并于汴渠两岸，遍栽杨柳。白居易《隋堤柳》："隋堤柳，岁久年深尽衰朽。"此用其意。

[6] 行宫：在京城以外修筑的供帝王出行时居住的宫殿。此指隋炀帝所筑的行宫。

[7] "白头"句：此用杜甫《秋兴》之八"白头吟望苦低垂"的词句。

[8] 瓠子歌：汉武帝时，瓠子口黄河决口，帝发人筑塞，并亲临察看，作《瓠子之歌》。见《史记·河渠书》。瓠子口，在今河南省濮阳市南。明代瓠子口一带，时常决口，给人民带来巨大的灾难，故诗及之。

✤ 评析

诗中不尽吊古伤今之怀，组织史事，抒发感慨，成为汴京一幅悲壮的历史画卷。王子衡说诗人善于“会诠往古之典，用成一家之言。巨者日融，小者星列，长者江流，阔者海受。洋洋爞爞，无所不极”。读此诗而益信。

塞　上[1]

天设居庸百二关[2]，祁连更隔万重山[3]。
不知谁放呼延入[4]，昨夜杨河大战还[5]。

✣ 注释

[1] 塞上：一作《行经塞上》。

[2] 居庸：关名。在今北京市昌平区西北。长城的重要关口。百二关：形容极其险要的关隘。《史记·高祖本纪》：“秦，形胜之国，带河山之险，县隔千里，持戟百万，秦得百二焉。”裴骃集解引苏林曰：“秦地险固，二万人足当诸侯百万人也。”

[3] 祁连：山名。在今甘肃省南部。这里泛指西北边远地区。

[4] 呼延：一作呼衍。汉时匈奴的贵族。《汉书·匈奴传》：“其大臣皆世官，呼衍氏、兰氏，其后有须卜氏。此三姓，其贵种也。”颜师古注：“呼衍，即今鲜卑姓呼延者是也。”

[5] 杨河：地名，当即阳和。明武宗正德十二年(1517)冬十月，癸卯，驻跸顺圣川，甲辰，小王子犯阳和，掠应州。丁未，亲督诸军御之，战五日。见《明史·武宗纪》。诗人另有《送毛监察还朝是时皇帝狩于杨河》，可证。

✣ 评析

才气沉雄，笔致遒劲，足以气吞曹刘，凌厉高岑。俞右吉说他的“七言近体，少陵以后一人；七言绝句，太白以后一人”。应非溢美之言。

汴京元夕[1]

中山孺子倚新妆[2]，郑女燕姬独擅场[3]。

齐唱宪王春乐府[4],金梁桥外月如霜。

✤ 注 释

[1] 汴京:今河南开封。五代的梁、晋、汉、周及北宋皆定都于此,故称汴京。元夕:元宵,农历正月十五夜。

[2] 中山孺子:泛指中原地区的青年。中山,古国名,在今河北省定州市、唐县一带,被赵武灵王所灭。见《史记·赵世家》。

[3] 郑女燕姬:泛指北方少女。燕、郑,皆古国名。燕的辖境在今河北省北部,郑的辖境在今河南省郑州一带。

[4] 宪王:朱有燉,周定王朱橚的长子,朱元璋的孙子。号诚斋,自称全阳子、老狂生、锦窠老人,所作杂剧《曲江池》、《义勇辞金》等三十一种,今俱存。又有《诚斋乐府》行世。见《明史·诸王传》。

✤ 评 析

写汴京元夕的欢乐情景,男倚新妆,女唱乐府,彻宵达旦,乐此不疲。不但保存了汴京的民俗资料,也为宪王乐府的流行汴京,提供了历史的见证。

徐祯卿

徐祯卿（1479—1511），字昌穀，一字昌国，吴县（今江苏苏州）人。弘治十八年（1505）进士，授大理寺左寺副，坐失囚，降国子监博士。年仅三十三，卒于京师。有《迪功集》、《谈艺录》。

徐初与唐寅、祝允明、文徵明，号称“吴中四才子”，诗风逸丽。及与李梦阳、何景明游，诗风为之一变，与李、何等并称“七子”。他在“七子”中，除李、何外，成就最大。当时的作者，对他的评价都很高。如李梦阳说他的诗“温雅以发情，微婉以讽事，爽畅以达其气，比兴以测其义，苍古以蓄其词，拟义以一其格，悲鸣以泄其不平，参伍以错其变，即有蹊径，厥俪鲜已”。项子长说他的诗“华而不靡，质而不俚，深而不晦，壮而不怒，约而精，骋而中节，宜其崛起江南，雄视中土”。顾起纶说他的诗“豪纵英裁，格高调雅，驰骋于汉唐之间，婉而有味，浑而无迹”。可见他的造诣，在“七子”中，足与李、何鼎足而三。

送士选侍御[1]

壮士乐长征，门前边马鸣。春风三月柳，吹暗大同城[2]。卢沟桥下东流水[3]，故人一尊情未已。胡天飞尽陇头云，唯见居庸暮山紫[4]。羡君鞍马速流星[5]，予亦孤帆下洞庭[6]。塞北荆南心万里[7]，佩刀长揖向都亭[8]。

✤ 注释

[1] 士选：即熊卓，丰城人，弘治九年(1496)进士，为平湖知县，擢监察御史，为刘瑾所黜。

[2] 大同：今属山西。

[3] 卢沟桥：在北京西南郊，跨永定河上。

[4] 居庸：在今北京市昌平区西北。

[5] 流星：喻迅速。李白《古风》之三十四："羽檄如流星，虎符合专城。"

[6] 洞庭：在今湖南省北部，长江南岸。

[7] 塞北：侍御所往。荆南：诗人的去所。

[8] 都亭：送别或供行人休息的地方。秦制，十里一亭，郡县治所，则置都亭。

✤ 评析

韵度鲜明，清声古色，不作风尘中语，有蝉蜕轩举之风，非一般送别言情者可比。

寄华玉[1]

云岁君为蓟门客[2]，燕山雪暗秦云白[3]。
马上相逢脱紫貂[4]，朝回沽酒城南陌[5]。
燕山此日雪纷纷，只见秦云不见君。
胡天白雁南飞尽，千里相思那得闻！

✤ 注释

[1] 华玉：顾璘，吴县人。弘治九年进士，有《浮湘集》。

[2] 蓟门：在北京城西南，今属丰台区。

[3] 燕山：在河北平原北侧。秦云：秦地上空之云。秦，一般指陕甘全境。

[4] 脱紫貂：解下珍贵的紫貂裘去换酒喝。《晋书·阮孚传》："(孚)避乱渡江，元帝以为安东参军。蓬发饮酒，不以王务婴心……尝以金貂换酒，复为所司弹劾。"李白《将进酒》："五花马，千金裘，呼儿将出换美酒，与尔同消万古愁。"

[5] 朝回：上朝回来。杜甫《曲江二首》之二："朝回日日典春衣，每日江头尽醉归。"此用其句意。

✤ 评析

前四句是回忆，写华玉的豪放不羁，脱貂换酒，买醉城南，而今已成过去，不胜眷恋之情。后四句是写相思，燕山已雪，朔雁已尽，引领秦云，千里相思，而故人不知我心之忧悲，无限今昔之感。顾璘曾经说过："李（梦阳）气雄，何（景明）才逸，徐（祯卿）情深，皆准则古人，锻琢成体。"是对徐诗深有了解者。

在武昌作

洞庭叶未下[1]，潇湘秋欲生[2]。
高斋今夜雨，独卧武昌城。
重以桑梓念[3]，凄其江汉情[4]。
不知天外雁，何事乐长征[5]。

✤ 注释

[1] "洞庭"句：《九歌·湘夫人》："洞庭波兮木叶下。"此用其词而反其意，言木叶尚未脱落。

[2] 潇湘：泛指湖南地区。唐郑谷《淮上与友人别》："数声风笛离亭晚，君向潇湘我向秦。"

[3] 桑梓念：故乡情。桑与梓是我国古代宅旁常栽的树木，因以喻故乡。典出《诗·小雅·小弁》："惟桑与梓，必恭敬止。"

[4] 江汉情：漂泊的情怀。此用杜甫《江汉》"江汉思归客，乾坤一腐儒"的句意。

[5] 长征：远行。王昌龄《从军行》："秦时明月汉时关，万里长征人未还。"

✤ 评析

清词逸格，矫矫出群。中间两联，对而不对，若白云自舒，寒泉自流，追踪大雅，取裁风人，与太白同一境界。

送友人还吴

阳月随阳鸟[1]，遥从塞上来。
北人江北望，不见陇头梅[2]。
坐下杨朱泪[3]，吟为庄舄哀[4]。
聊传数行札，千里送君回。

✤ 注释

[1] 阳月：农历十月的别名。《诗·小雅·采薇》："岁亦阳止。"郑玄注："十月为阳。"因为阳气始于亥，生于子，十月建亥，亥为阳之始，故十月纯阴而称阳月。阳鸟：鸿雁一类的候鸟。《尚书·禹贡》："彭蠡既潴，阳鸟攸居。"孔颖达疏："鸿雁之属，九月而南，正月而北。……此鸟南北与日进退，随阳之鸟，故称阳鸟。"

[2] "不见"句：唐宋之问《题大庾岭北驿》："明朝望乡处，应见陇头梅。"此反其意而用之。

[3] 杨朱泪：《淮南子·说林》："杨子见逵路而哭之，为其可以南可以北。"杨子，即杨朱，战国时魏人，主张"不拔一毛以利天下"，与墨翟提倡的"兼爱"相对立。

[4] 庄舄哀：庄舄，战国时越人，仕楚，爵为执珪。楚王说："舄，故越之鄙细人也，今仕楚执珪，贵富矣，亦思越不？"中谢（侍御之官）对曰："凡人之思故，在其病也。彼思越则越声，不思越则楚声。"打发人去听，庄舄说的还是越声。后因以庄舄哀吟喻故国之情。事见《史记·张仪传·附陈轸传》。

✤ 评析

以古诗的句法入律，不斤斤于琢词属对，益博其趣而极其变，是善于学太白者。"北人江北望，不见陇头梅"，何等韵度，何等古雅！

古宫词

兴庆池头漏未阑[1]，梨园子弟曲将残[2]。
花前更奏凉州伎[3]，无那西宫月色寒[4]。

✤ 注释

[1] 兴庆池：在兴庆宫内，故址在今陕西省西安市东南。唐明皇曾在此建离宫，筑花萼相辉楼和沉香亭等。

[2] 梨园子弟：戏曲演员。唐明皇曾选乐工三百人，宫女数百人，教授乐曲于梨园，亲自订正声误，号“皇帝梨园子弟”。见《新唐书·礼乐志十二》。

[3] 凉州伎：凉州的歌舞。唐代天宝年间的乐曲，常以边地命名，如凉州、伊州、甘州之类。相传凉州的歌舞，是晋末西凉传到中原的，其中杂以羌族的音乐。开元间，西凉府都督郭知运又把它献给朝廷。

[4] 西宫：别宫，妃嫔居住的地方。此当指唐明皇晚年居住的西内。《新唐书·玄宗纪》：“上元元年，（明皇）徙居于西内甘露殿。”

✤ 评析

诗中对唐明皇的沉湎声色歌舞，作了深刻的揭露；而对于他的晚景凄凉，倾注了应有的同情。含而不露，婉而多讽，深得风人之旨。

济上作[1]

两年为客逢秋节[2]，千里孤舟济水旁。
忽见黄花倍惆怅[3]，故园明日又重阳。

✤ 注释

[1] 济上：济水之上，今山东省济宁市。济水源出河南济源的王屋山，东流至

山东,与黄河并行入海。它与江、淮、河并称“四渎”。

[2] 秋节：指重阳节。

[3] 黄花：菊花。因菊花秋开,秋令在金,故以黄色为正,因称黄花。李白《九日龙山歌》:“九日龙山饮,黄花笑逐臣。”

✤ 评析

明白如话,而不觉其浅;铅华洗尽,而不觉其质,所以是绝句中的上乘。沈德潜评此诗说:“语不必深而情深,唐人身分如此。”可见它是饶有唐音的。

王守仁

王守仁(1472—1529),字伯安,号阳明,幼名云,浙江余姚人。弘治十二年(1499)进士,补兵部主事。正德元年(1506),因救戴铣,劾刘瑾,贬龙场(今贵州省修文县)驿丞。刘瑾伏诛,量移庐陵知县。正德十一年(1516),擢右佥都御史,巡抚南赣,总督两广,以平定宁王宸濠叛乱,官至南京兵部尚书,封新建伯,卒谥文成。有《王文成公全集》。

他是明代著名的哲学家,主张"知行合一",提出"致良知"的学说,以反教条、反传统的姿态,与程、朱理学相对抗。他的诗不是有意求工,却自然流畅。顾玄言说:"先生经国大手,博学通达,诗非所优,然有幽思逸致。"钱谦益亦说:"先生在郎署,与李空同诸人游,刻意词章,其后讲学,遂不复措意,然其俊爽之气,往往涌出于行墨之间。"说明他的诗是有自己的特色的。

泛 海

险夷原不滞胸中[1],何异浮云过太空。
夜静海涛三万里,月明飞锡下天风[2]。

✤ 注释

[1] 险夷:危险与安全。滞:停留。

[2] 飞锡:游方。僧侣外出,手持锡杖,若云游于虚空,故以云游四方为飞锡。

此诗人借用其词。

✤ 评析

钱德洪《阳明年谱》载："先生谪龙场驿丞，至钱塘，刘瑾遣人随侦，先生度不免，乃托言投江以脱之，因附商船游舟山，遇飓风，一日夜至闽界。登岸至一寺，寺有异人……曰：'汝有亲在，万一瑾怒，逮尔父，诬以北走胡、南走越，何以应之？'因为蓍得明夷，遂决策返。先生题诗壁间云云，因取间道，由武夷返钱塘，赴龙场驿。"则此诗当作于正德元年(1506)。此诗雄浑有势、秀逸有致，胸襟才情，洋溢于字里行间，诚为明诗中的佳构。

罗旧驿[1]

客行日日万峰头，山水南来亦胜游[2]。
布谷鸟啼村雨暗[3]，刺桐花暝石溪幽[4]。
蛮烟喜过青杨瘴[5]，乡思愁经芳杜洲[6]。
身在夜郎家万里[7]，五云天北是神州[8]。

✤ 注释

[1] 罗旧驿：贵州境内的一个小驿站。

[2] 胜游：快意的游览。唐刘禹锡《奉和裴侍中将赴汉南留别座上诸公》："管弦席上留高韵，山水途中入胜游。"

[3] 布谷鸟：又名勃姑、拨谷、鸤鸠、戴胜。以其鸣当播种时，故以它为催耕之鸟。

[4] 刺桐：一名海桐、山芙蓉，属落叶乔木。

[5] 青杨瘴：西南地区春之瘴气。一名青草瘴。王维《送杨少府贬郴州》："青草瘴时过夏口，白头浪里出湓城。"

[6] 芳杜洲：长满杜若等香草的小洲。《九歌·湘君》："采芳洲兮杜若，将以遗兮下女。"

[7] 夜郎：古国名。辖境大部分在今贵州省。

[8] 五云：五色祥云，指皇帝所在处。神州：此指京城。晋左思《咏史》之五："皓天舒白日，灵景耀神州。"

✤ 评析

此诗作于诗人赴龙场驿贬所的途中。身处逆境而心怀坦荡，谪处蛮荒而志存魏阙，故能克服困难，战胜横逆，保持自己的操守。正如诗人在《瘗旅文》中所说的："自吾去父母乡国而来此，二年矣，历瘴毒而苟能自全，以吾未尝一日之戚戚也。"诗中有悲愤，也有宽解。宽解，实际上是悲愤到了极点的一种表现方式，是心理学上的二律背反，因而有更加强烈的感染力。

王九思

王九思（1468—1551），字敬夫，号渼陂，鄠县（今陕西省西安市鄠邑区）人。弘治丙辰（1496）进士，选庶吉士，授检讨，改吏部主事，擢吏部郎中。坐刘瑾党，降寿州同知。不久，勒令致仕。与康海同里、同官，同坐瑾党废黜，同在“前七子”之列，又皆能制曲作剧，著有《渼陂集》、《碧山乐府》及《杜子美沽酒游春记》杂剧。

李伯华说他的诗“出入风雅骚选之间，振迅开元、天宝之上”。顾玄言说他“才隽恳逸，锐于绮丽，譬之湖外碧草、海东红云，流彩夺目”。

卖儿行

村媪提携六岁儿，卖向吾庐得谷四斛半。我前问媪卖儿何所为？媪方致词再三叹：“夫老病卧盲双目，朝暮死生未可卜[1]。近村五亩止薄田，环堵两间唯破屋[2]。大儿十四能把犁，田少利微饭不足。去冬蹉跎负官税[3]，官卒打门相逼促。豪门称贷始能了[4]，回头生理转局缩[5]。中男九岁识牛羊，雇与东邻办刍牧[6]。豪门索钱如索命，病夫呻吟苦枵腹[7]。以此相顾无奈何，提携幼子来换谷。此谷半准豪门钱，半与病夫作饘粥[8]。”村媪词终便欲去，儿就牵衣呼母哭。媪心戚戚复为留[9]，夜假空床共儿宿[10]。曙鼓冬冬鸡乱叫，媪起彷徨视儿儿睡熟[11]。吞声饮泣出城走[12]，得谷且为赡穷鞠[13]。儿醒呼母不得见，绕屋长号更蹢躅[14]。观者为洒泪，闻者为颦蹙[15]。吁嗟！猛虎不食儿，更见老牛能舐犊[16]。胡为弃掷掌上珠[17]，等闲割此心头肉[18]？君不见富人田多气益横，不惜货财买童仆[19]。一朝叱咤嗔怒生，鞭血淋漓宁有情！岂知骨肉本同胞，人儿吾儿何异形？呜呼！安得四海九州同一春，无复鬻女卖儿人。

✤ 注释

[1] 未可卜：未可知。卜，估量，料想。

[2] 环堵：很小的屋子。周环各一堵，谓之环堵，犹方丈之室。《庄子·让王》："原宪居鲁，环堵之室，茨以生草，蓬户不完。"

[3] 蹉跎：失时，没有赶上农时。官税：国家收的赋税。

[4] 称贷：告贷，借债。了：了结。

[5] 局缩：局促，言极其穷困。

[6] 刍牧：割草放牧。

[7] 枵腹：饿着肚子。

[8] 馏粥：稀饭。稠的叫馏，稀的叫粥。

[9] 戚戚：忧愁，悲伤。

[10] 假：借的意思。

[11] 彷徨：徘徊不安的样子。

[12] 吞声：心有怨恨而不敢作声。饮泣：泪水流入口中，形容极其悲伤。

[13] 赡穷鞠：赡养穷困的人。鞠：极穷困。

[14] 蹢躅：同"踯躅"，徘徊不前。

[15] 颦蹙：皱着眉头。

[16] 舐犊：老牛舐其初生的小牛犊，喻天性之爱。

[17] 掌上珠：喻父母疼爱子女像手中的明珠一样。南朝梁江淹《伤爱子赋》："痛掌珠之爱子。"

[18] 心头肉：喻爱不忍舍的东西。唐聂夷中《伤田家》诗："二月卖新丝，五月

桌新谷。医得眼前疮，剜却心头肉。”

[19] 货财：钱财。货：货币。

✤ 评 析

本诗通过村媪与诗人的对话，将农村破产的惨象生动地表现了出来。可与皮日休的《橡媪叹》相辉映，是反映现实和揭露现实的好作品。结语的“呜呼”以下三句，尤具民胞物与之怀，与杜甫《茅屋为秋风所破歌》的“安得广厦千万间”、白居易《新制绫袄成感而有咏》的“争得大裘长万丈”，同一机杼。

闻盗贼且至登寿州南城楼野望兼示避盗诸君子[1]

极目川原外，无言自怆神。
云山晴见楚，烟树远浮秦。
平地干戈满，临风羽檄频[2]。
西飞羡归鸟，随意过城闉[3]。

✤ 注 释

[1] 寿州：州名。今安徽省寿县。隋置寿州，以寿春为治所。明初为寿春府，不久改为寿州。

[2] 羽檄：军事文书，插鸟羽以示紧急。《史记·韩信卢绾传·附陈豨》：“吾以羽檄征天下兵，未有至者。”裴骃集解：“推其言，则以鸟羽插檄书，谓之羽檄，取其急速若飞鸟也。”

[3] 城闉：城曲重门。

✤ 评 析

“云山晴见楚，烟树远浮秦”一联，顾起纶《国雅品》谓其“直造盛唐佳境”。予谓“平地干戈满，临风羽檄频”一联，饶有少陵风韵。

十四夜月与李二献吉饮[1]

万户秋风砧杵哀[2]，殊乡今夕故人来[3]。
竹间凉露萧萧下，楼上浮烟细细回。
地僻柴门无过客[4]，家贫樽酒有余醅[5]。
疏帘碧簟须同醉，明月青天为尔开。

✤ 注释

[1] 李二献吉：李梦阳。见本书李梦阳小传。

[2] “万户”句：化用李白《子夜吴歌 · 秋歌》“长安一片月，万户捣衣声。秋风吹不尽，总是玉关情”句意，借以点明与李梦阳对饮的时间。

[3] 殊乡：异乡，他乡。

[4] 地僻：地点偏僻。柴门：用柴做的门，形容极其简陋。

[5] “家贫”句：此用杜甫《客至》“樽酒家贫只旧醅”句，而略有变化。余醅：剩余的酒。

✤ 评析

此诗虽从杜老的《客至》胎息出来，但有浓厚的生活气息、真挚的故旧感情。“殊乡今夕故人来”，情亲语挚，喜态可掬，具有强烈的艺术感染力。

王廷相

王廷相（1474—1544），字子衡，号浚川，仪封（今河南省兰考县）人。弘治壬戌（1502）进士，选庶吉士，授兵科给事中，历官监察御史，巡抚陕西、四川，加兵部尚书，进太子太保，坐事斥为民。隆庆初复官，卒谥肃敏。有《王氏家藏集》六十五卷。

陈卧子说他的诗“有沉郁之思，壮丽之色”。宋辕文说他“庄雅有法，长于五言”。他在“前七子”中，是唯一颇具摩诘风致的诗人。

赭袍将军谣[1]

万寿山前擂大鼓[2]，赭袍将军号威武。三边健儿猛如虎[3]，左提戈，右张弩，外廷言之赭袍怒[4]。牙旗闪闪军门开[5]，紫茸罩甲如云排[6]。大同来！宣府来[7]！

✤ 注释

[1] 赭袍将军：身着龙凤赭袍的将军，极言深受恩宠。此指江彬。彬，宣府（今河北宣化）人，狡黠强狠，善骑射，魁硕有力，深得武宗宠幸，与帝同卧起。尝导帝微行，夜入民家，索妇女，征女乐。提督十二团营，赞画机密军务，并督东厂锦衣官校办事。权力极大，作恶多端。世宗即位，磔彬于市。籍其家，得黄金七十柜，白金二千二百柜，其他珍宝不可数计。见《明史·佞倖传·江彬》。

[2] 万寿山：今北京市北海公园内的琼华岛，明朝号万寿山，皇帝的禁苑。此指明武宗调辽东、宣府、大同、延绥四镇边军，由江彬统领，在大内操练。帝戎服

临察，与彬联骑并出，铠甲相错，几不可辨。

[3]“三边”句：三边，泛指边远地区，此指辽东、大同、宣府、延绥四镇。武宗尝盛称边军骁悍胜京军，因调四镇边军入京师。号“外四家”，纵横都市。

[4]“外廷”句：外廷，指参预朝堂议事的官员。此言刑部主事汪金疏奏帝东西游幸，涉险阻，冒风雪，有“九不可”，廷臣百余人伏阙谏，彬故激帝怒，悉下狱，多杖死者。

[5]牙旗：将军的旌旗。古者天子出，建大牙旗，竿上以象牙饰之，故称牙旗。此言武宗在江彬的诱导下，自领群阉善射者为一营，号中军。晨夕驰逐，甲光照宫苑，呼声达九门。

[6]紫茸：细软的鸟兽毛所做的皮衣。罩甲：罩在铠甲上的套褂。此言江彬统领的四镇边军，皆衣黄罩甲，许泰、李琮等冠遮阳帽，帽植天鹅翎。

[7]大同来！宣府来：此言武宗在江彬的引诱下，数幸大同、宣府，掠良家女数十辈，日载以随。又纳总兵官戴钦的女儿、晋府乐工杨腾的妻刘氏、延绥总兵官马昂的女弟及其妾杜氏为妃。

✤ 评析

敢于把攻击的矛头，直指当时最高统治者及其鹰犬，说明诗人是刚肠嫉恶、义胆包天的。这是我们民族的脊梁。《东泉诗话》说这首诗“甚古质，与李空同《内教场歌》意致相同，李诗不明斥，《赭袍》尤极含蓄”。

秋日巴中旅行[1]

巴东秋气早[2]，行客已凄凄。
江险深三峡[3]，云寒暗五溪[4]。
中原无雁至[5]，异国足猿啼[6]。
况近乌蛮塞[7]，连年尚鼓鼙。

✤ 注释

[1]巴中：巴州，今属四川省，以地在古代巴国而得名。

[2]巴东：巴县以东地区，今四川省东部一带。

[3] 三峡：巴东三峡，指瞿塘峡、巫峡、西陵峡。三峡两岸连山，重岩叠嶂，至为险要。

[4] 五溪：指武陵五溪，即雄溪、樠溪、无溪、酉溪、辰溪。地在今湖南西、贵州东。

[5] 无雁至：无书信到来。古人有雁足传书的故事，因以“雁”代书。

[6] 异国：异乡，他乡。足猿啼：三峡多猿，民歌有“巴东三峡巫峡长，猿鸣三声泪沾裳”。李白《早发白帝城》有“两岸猿声啼不住，轻舟已过万重山”。《水经注·江水》：“常有高猿长啸，属引凄异。”

[7] 乌蛮塞：在今云南东部地区。爨氏大姓分东西两部，习称东爨之居民为乌蛮，西爨之居民为白蛮。

✤ 评析

寥寥四十字，括羁旅行役之苦、三峡五溪之险，抒情写景，极尽淋漓之致。

初见白发

日日风尘色[1]，劳劳簿领身[2]。
不知清镜里，已作二毛人[3]。

✤ 注释

[1] 风尘色：言行役辛苦的情态。汉秦嘉《与妻书》：“当涉远路，趋走风尘。”

[2] 劳劳：惆怅忧伤的样子。簿领：记录文书。《文选·刘桢〈杂诗〉》：“沉迷簿领书，回回自昏乱。”李善注：“簿领，谓文簿而记录之。”

[3] 二毛：斑白的头发。常以代老年。

✤ 评析

娓娓道来，不胜美人迟暮之感。《静志居诗话》说王廷相的“五言绝句，颇有摩诘风致”。从这首诗看来，诚然，诚然。

边　贡

边贡（1476—1532），字廷实，号华泉，历城（今山东济南）人。弘治九年（1496）进士，除太常博士，擢兵科给事中。因上疏弹劾张瑜、苗逵等，出知卫辉府，改荆州，历陕西、河南提学副使。嘉靖时，历官至南京刑部右侍郎、户部尚书。久官留都，颇游览江山，流连诗酒，都御史劾其纵酒废事，遂罢归。有《华泉集》。

他与李梦阳、何景明、徐祯卿号称“四杰”。袁永之说：“李、何、徐、边，世称四杰。李雄健，何秀逸，徐精融，边朴实。故并有盛名，辉映当代。”此分别论其所长，无所轩轾。何元朗在《四友斋丛说》中，却独扬边贡。他说：“世人推何、李为当代第一，予谓空同关中人，气稍过劲，未免失之怒张；大复俊节亮语，出于天性，亦自难到。但工于言句，而乏意外之趣。独边华泉兴象飘逸，而语亦清圆，故当共推此人。”虽有偏爱，亦可见边贡在诗歌创作上是有很高的成就的。

运夫谣送方文玉督运[1]

运船户，来何暮[2]？江上旱风多，春涛不可渡！运船户，来何暮？里河有闸外有滩，断篙折缆愁转般[3]。夜防虫鼠，日防漏，粮册分明算升斗[4]。官家但恨仓廪贫[5]，不知淮南人食人[6]！官家但知征戍苦[7]，力尽谁怜运船户？运船户，尔勿哀，司农使者天边来[8]。

✤ 注释

[1] 督运：漕运总督。明代宗景泰二年(1451)始设，驻江苏淮安，管理漕粮运输、缴纳等务。

[2] 暮：迟。

[3] 愁转般：一作“腰环环”。转般：漕运的一种。

[4] “粮册”句：明白无误地在粮册上标记若干升斗。《明史·食货志》：“军以耗米易私物，道售稽程，比至，反买仓米补纳，多不足数。”

[5] 官家：指朝廷。

[6] 淮南：安徽淮河以南地区。

[7] 征戍：戍守边防的战士。

[8] 司农：九卿之一，主管钱粮。明初，曾设置司农司，不久即废。此代指漕运总督。

✤ 评析

纯用口语，纯用对话，通过船户的控诉，揭露了当时漕运的腐败、运夫的艰苦。末句尤具深意，既是对方氏的劝勉，又是对船户的安慰。含蓄婉转，颇有风人遗韵。

谒文山祠[1]

丞相英灵迥未消[2]，绛帷灯火飒寒飙[3]。
黄冠日月胡云断[4]，碧血山河龙驭遥[5]。
花外子规燕市月[6]，水边精卫浙江潮[7]。
祠堂亦有西湖树，不遣南枝向北朝[8]。

✤ 注释

[1] 文山祠：文天祥的祠宇。文天祥，字履善，号文山，吉水(今江西吉安)

人。南宋民族英雄。屡抗元军,兵败被俘。拘囚大都(今北京市)四年,不屈被害。后人在其被囚禁的地方建造祠宇,以纪念这位民族英雄。

[2] 丞相:文天祥在南宋末曾任右丞相。迥未消:远远没有消失。迥,远。

[3] 绛帷:红色的帷帐。寒飙:冷风。

[4] 黄冠:文天祥被俘,元统治者多次设法诱降,他拒绝道:"国亡,吾分一死矣。倘缘宽假,得以黄冠归故乡,他日,以方外备顾问可也。"见《宋史·文天祥传》。黄冠:道士之冠。

[5] 碧血:《庄子·外物》:"苌弘死于蜀,藏其血,三年而化为碧。"碧,青绿色美玉。后常以喻忠臣志士为正义而流血牺牲。龙驭:皇帝的车驾。此指陆秀夫背负少帝,在崖山投海而死。故曰"龙驭遥"。

[6] "花外"句:言文天祥的忠魂化为子规,在燕市的花辰月夕,发出凄凉的哀鸣。传说蜀王望帝使鳖冷凿巫山治水有功,自以为德薄,乃禅位于鳖冷,号曰开明,遂自亡去,化为子规,至春则啼,闻者凄恻。此用其事。

[7] "水边"句:言文天祥的灵魂像填海的精卫,像作涛的伍子胥,一直怀着极大的悲愤。精卫:神话中的鸟名。《山海经·北山经》:"炎帝之少女,名曰女娃。女娃游于东海,溺而不返,故为精卫,常衔西山之木石,以堙于东海。"浙江潮,即钱塘江潮。东汉赵晔《吴越春秋》:吴王夫差强迫伍子胥自杀,将其尸装入一个皮袋,投之江中。子胥化为潮神,随潮往来,激涛扬波。

[8] "祠堂"二句:言岳飞在西湖坟上的树木,枝皆南向,以示永远不向北方屈服。见《西湖志》。此以岳飞比文天祥。

✤ 评析

用典精当,属对工稳,以极大的热情,赞颂了以身殉国的民族英雄文天祥。沈德潜认为这首诗"后半神到,吊信国诗,此为第一"。应是至当的评语。

西　园

朝看长白山[1],暮看长白山。

山色有朝暮[2],吾心常自闲。

庭际何所有[3]？有萱复有芋[4]。
自闻秋雨声,不种芭蕉树[5]。

✤ 注释

[1] 长白山：山名。此指山东邹平的长白山,以山中云气常白而得名。宋范仲淹幼年曾读书于此。

[2] "山色"句：此用欧阳修《醉翁亭记》"若夫日出而林霏开,云归而岩穴暝,晦明变化者,山间之朝暮也"的句意。

[3] 庭际：庭边,庭畔。

[4] 萱：又名宜男、忘忧、金针花。《诗・卫风・伯兮》："焉得谖(萱)草？言树之背。"《毛传》："谖草令人忘忧。"

[5] 芭蕉树：《维摩诘经》："是身如芭蕉树,而不坚固。"王世贞以为"芭蕉岂可言树",应该改为"不爱芭蕉色"。盖亦所见不广也。

✤ 评析

两诗清新秀逸,自然爽朗,给人以很好的艺术享受。字里行间,流露了诗人闲适高雅的情趣,使人的心灵得到净化,是值得一读的好诗。末句以秋雨愁人,不种芭蕉,既见其痴,又见其趣。盖以蕉叶逗雨,使愁人夜不成眠,诗词中多不胜数。如杜牧的"一夜不眠孤客耳,主人窗外有芭蕉",吕居仁的"如何今夜雨,只是滴芭蕉",张安国的"点点不离杨柳外,声声只在芭蕉里",无名氏的"窗外芭蕉窗里人,分明叶上心头滴"。从这些诗词中,可以进一步领悟诗人的造意和造境。

康　海

康海（1475—1540），字德涵，号对山，陕西武功人。弘治壬戌（1502）以第一人中进士，授翰林院修撰。正德初，李梦阳忤刘瑾，对山营救得免。刘瑾败，坐同党，落职为民。遂放浪自恣，征歌选妓。有《对山集》。

康是诗人，尤长词曲，为“前七子”之一。张孟独评他的诗“以兴致为先，格高词俊，足以凌驾古人，羽翼骚雅”。张文邦说他“既弘诗规，又开文运。时仲默、献吉、敬夫号‘海内三才’，而公尤独步”。

闻　筝[1]

宝靥西邻女[2]，鸣筝傍玉台[3]。
秋风孤鹤唳[4]，落日百泉洄。
座客皆惊引，行云欲下来[5]。
不知弦上曲，清切为谁哀？

✤ 注释

[1] 筝：弹拨乐器，形如瑟，有十三弦。

[2] 宝靥：花钿，古代妇女首饰。

[3] 玉台：华美的梳妆台。

[4] 鹤唳：鹤鸣。此以形容筝音的凄婉。

[5]“行云”句：形容歌声响亮。语出《列子·汤问》：古之善歌者秦青“抚节

悲歌,声振林木,响遏行云”。

✤ 评析

这首诗当作于诗人落职以后,通过弹筝女的高超技艺,寄寓自己怀瑾握玉、沦落不偶的抑郁之情。“不知弦上曲,清切为谁哀?”是诘问,是控诉,是不平之鸣。

四月十九日宴东侍御园亭醉中走笔[1]

燕家小妓石榴裙[2],笑酌酴酥把似君[3]。
玉面未从花底出[4],瑶筝先向月中闻[5]。

✤ 注释

[1] 侍御:侍御史,简称“御史”或“侍御”。

[2] 石榴裙:大红裙。《玉台新咏》何思澂《南苑逢美人》:“风卷葡萄带,日照石榴裙。”

[3] 酴酥:酒名。亦作“屠苏”、“屠酥”。把似君:拿来献给你。唐贾岛《剑客》:“今日把似君。”

[4] 玉面:美好的面孔。

[5] 瑶筝:用玉为饰的筝。此句暗用杜甫《赠花卿》“此由只应天上有,人间能得几回闻”的句意。

✤ 评析

将燕家小妓的服饰、娇态以及弹筝的技艺,写得形神毕肖,勃勃有生气。

何景明

何景明（1483—1521），字仲默，号大复山人，河南信阳人。弘治十五年（1502）进士，授中书舍人，以忤刘瑾，坐罪落职。正德五年（1510），刘瑾伏诛，起复故官，累官吏部员外郎、陕西提学副使。卒年仅三十九岁，有《大复集》。

他与李梦阳齐名，并称李何。他虽倡为复古之学，但主张“舍筏登岸”，“法同而语不必相同”，与李梦阳论诗诸书，反复诘难，断断然反对“铸形宿模，独守尺寸”，反对作“古人影子”。诚如《明史·文苑传》说：“梦阳主摹仿，景明则主创造。”这是他们在复古主张上的异同。故论者大多申何而抑李。如王子衡云：“仲默侵风匹雅，欱骚俪选，遐追汉魏，俯视六朝，温醇典雅。丰容色泽，靡不备举；规治古调，无所不极。”穆敬甫云：“何诗清淑典丽，鉴然莹然，真得风人温柔敦厚之旨。”沈恺《环溪诗话》亦云：“何仲默诗如玉工治玉，遇方成圭，遇圆成璧，得心应手，神授非人力也。”实则两人各有所长，不当有所轩轾。正如胡应麟《诗薮》所云：“李以气骨胜……何以风神胜”，“学何不至，不失雕龙；学李不成，终类画虎”。黄清甫云：“大复诗因意著词，就词成篇，故情性冲逸，兴象闲雅。曩与李公共骤词坛，并崇雅道。李则气势为胜，公则风度为优。”赵彦复《梁园风雅》亦说：“大复诗以清远为趣，俊逸为宗，务在舍筏而自见神情，与献吉分镳异轸，各臻其极。一以为霆惊电煜，骇目振心；一以为落日明霞，余辉映远。”从这些评论中，可以看出两人的诗风虽异，而造诣则各有所至。

青石崖栈

侧行青石栈，谁能久延伫[1]？
断板连曳云，喷泉洒飞雨。
迅流西回激[2]，峻坂东折屡[3]。
隤岸互倾欹[4]，危梁袅撑拄[5]。
饮猿骇游鳞[6]，立马接翔羽[7]。
慎尔千金躯，永念垂堂语[8]。

✤ 注释

[1] 延伫：久立等待。

[2] 迅流：急流。

[3] 峻坂：陡坡，高坡。

[4] 隤岸：崩塌的崖岸。倾欹：倾斜。

[5] 危梁：高高的桥梁。袅：飘动，摇摆。

[6] 游鳞：游鱼。

[7] 翔羽：飞鸟。

[8]"慎尔"二句：言要爱重珍贵的身体，不要去冒险。语出《史记·袁盎晁错列传》："臣闻千金之子，坐不垂堂。"

✤ 评析

句琢字炼，写青石崖栈的险峻，令人不胜临深履薄之感，是善于写景者。沈德潜评此诗云："信阳五言古，有三谢体，有少陵体，此连上章（指《姜子岭至三垄》诗），乃少陵体也。"说明诗人学少陵，不在铸形宿模，字规句摹，而在于杜的精神意境，所谓"法同而语不必相同"也。

秋江词

烟渺渺[1]，碧波远。白露晞[2]，翠莎晚[3]。泛绿漪[4]，蒹葭浅[5]，浦风吹帽寒发短[6]。美人立，江中流。暮雨帆樯江上舟，夕阳帘栊江上楼[7]。舟中采莲红藕香，楼前踏翠芳草愁[8]。芳草愁，西风起。芙蓉花，落秋水。江白如练月如洗[9]，醉下烟波千万里。

✤ 注释

[1] 烟渺渺：烟波渺渺。即望中烟波，无边无际。此用宋寇准《江南春》"波渺渺，柳依依"的现成词句。

[2] 晞：干。

[3] 翠莎：翠绿的莎草。莎，草名，多年生草本植物，有纺锤形之地下根块，俗称香附子，可以入药。

[4] 绿漪：碧绿的微波。漪：涟漪，微波。

[5] 蒹葭：荻和苇。《诗 · 秦风 · 蒹葭》："蒹葭苍苍，白露为霜。"

[6] 浦风：水边的风。

[7] 帘栊：挂上竹帘的窗户。

[8] 踏翠：春日郊游，犹言"踏青"、"踏春"。

[9] 江白如练：此用南齐谢朓《晚登三山还望京邑》"澄江静如练"的语句。练：白绢。

✤ 评析

句圆字响，鲜丽绝伦，在参差的句度中，愈见整齐之美。沈德潜谓"节去末二语，更有余韵"。予谓末二句，以景结情，给人以余音绕梁的美感，删之，则减色矣。

易水行[1]

寒风夕吹易水波，渐离击筑荆卿歌[2]。白衣洒泪当祖路[3]，日落登车去不顾[4]。秦皇殿上开地图[5]，舞阳色沮那敢呼[6]！手持匕首摘铜柱[7]，事已不成空骂倨[8]。吁嗟乎！燕丹寡谋当灭身[9]，田光自刎何足云[10]？惜哉枉杀樊将军[11]。

✤ 注释

[1] 易水：水名。在今河北省定兴县境内，今已干涸。是荆轲入秦刺始皇的出发地。

[2] “渐离”句：荆轲离燕入秦时，高渐离击筑，荆卿和而歌曰：“风萧萧兮易水寒，壮士一去兮不复返。”高渐离，燕市屠狗的人，善击筑，荆卿的好友。

[3] “白衣”句：荆轲去秦行刺时，燕太子丹及客“皆白衣冠以送之”。“高渐离击筑，荆轲和而歌，为变徵之声，士皆垂泪涕泣。”祖路：饯行。古人于出行前要祭祀路神，叫作祖路或祖道。《史记·荆轲传》：“（荆轲）至易水之上，既祖，取道。”

[4] “日落”句：言荆轲一往无前，义无反顾。《史记·荆轲传》：“于是荆轲就车而去，终已不顾。”

[5] “秦皇”句：秦皇在咸阳宫接见荆轲及其副使秦舞阳，荆轲奉地图，秦皇把它打开，只见藏着一把寒光逼人的匕首，于是荆轲左手把秦皇之袖，而右手持匕首揕之。

[6] “舞阳”句：秦舞阳到了宫殿的阶级前，“色变振恐”。荆轲顾笑舞阳，前谢曰：“北蕃蛮夷之鄙人，未尝见天子，故振慑。愿大王少假借之，使得毕使于前。”

[7] “手持”句：“荆轲废，乃引其匕首以擿秦王，不中，中铜柱。”

[8] “事已”句：“轲自知事不就，倚柱而笑，箕踞以骂曰：‘事所以不成者，以欲生劫之，必得约契以报太子也。’”

[9] “燕丹”句：燕太子丹，为质于秦，怨秦王遇之不善，逃归，想方设法报复

秦王。

[10] 田光：向燕太子丹推荐荆轲的人。他认为燕丹嘱其不要泄露荆轲刺秦的事，是对他有了疑心，做事情而使人怀疑，“非节侠也”，遂自刎而死。

[11] 樊将军：秦将樊於期得罪了秦王，逃到了燕国，荆轲对樊於期说：“愿得将军之首以献秦王，秦王必喜而见臣，臣左手把其袖，右手揕其匈(胸)，然则将军之仇报，而燕见陵之愧除矣。将军岂有意乎？”“樊於期偏袒扼捥而进曰：‘此臣之日夜切齿腐心也，乃今得闻教。’遂自刭。”

✤ **评析**

用韵语的形式，概括了《史记·荆轲传》的主要内容，而又气势沉雄，色泽丰腴；音调谐叶，博雅绝伦。宜其冠冕当代，彪炳诗坛。末三句，分别对燕丹、田光、樊於期作出了历史的评价，沈德潜给以“三语千古断案”的赞语，是符合实际的。

岁晏行

旧岁已晏新岁逼，山城雪飞北风烈。
徭夫河边行且哭[1]，沙寒水冰冻伤骨。
长官叫号吏驰突[2]，府帖连催筑河卒[3]。
一年征求不少蠲[4]，贫家卖男富卖田。
白金纵有非地产，一两已值千铜钱。
往时人家有储粟[5]，今岁人家饭不足。
饥鹤翻飞不畏人，老鸦鸣噪日近屋。
生男长成聚比邻[6]，生女落地思嫁人。
官家私家各有务[7]，百岁岂止疗一身[8]？
近闻狐兔亦征及[9]，列网持缯遍山域[10]。
野人知田不知猎，蓬矢桑弓射不得[11]。

嗟吁今昔岂异情，昔时新年歌满城。
明朝亦是新年到，北舍东邻闻哭声。

✤ 注释

[1] 徭夫：服劳役的人。

[2] “长官”句：长官大喊大叫，小吏东奔西突。此化用柳宗元《捕蛇者说》“悍吏之来吾乡，叫嚣乎东西，隳突乎南北，哗然而骇者，虽鸡犬不得宁焉”的句意。

[3] 府帖：军帖。

[4] 征求：征收的赋税。蠲：减免。

[5] 储粟：积蓄的粮食。

[6] 比邻：近邻。

[7] 各有务：各有自己所从事的工作。务：事务，业务。

[8] 疗一身：救止一个人的饥饿。疗：疗饥，即止饥饿。语出《诗·陈风·衡门》：“泌之洋洋，可以疗饥。”

[9] 征及：征到，抽税抽到。

[10] 列网持缯：张网持矢。网、缯都是捕捉鸟兽的工具。网，网罗；缯，系以丝绳的短箭。

[11] 蓬矢桑弓：蓬蒿做的箭，桑木做的弓。也作“桑弧蓬矢”。

✤ 评析

此与杜甫的《岁晏行》同样是揭露统治者的苛征暴敛，致使民不聊生。但杜诗是以“高马达官厌酒肉，此辈杼柚茅茨空”，形成贫富两个阶级的强烈对比；何诗则以“嗟吁今昔岂异情，昔时新年歌满城。明朝亦是新年到，北舍东邻闻哭声”，形成今昔的鲜明对照。表现手法不尽相同，而艺术的感染力则同样是极其强烈的。

武　关

北转趋刘坝[1]，西盘出武关[2]。
微茫一线路，回合万重山。

天地几龙战[3]，风云惟鸟还[4]。
关门锁溪水，日夜送潺湲[5]。

✤ 注 释

[1] 刘坝：今陕西省留坝县。

[2] 武关：此指武休关，在陕西省留坝县南。

[3]“天地”句：言古往今来有多少英雄在此发生激战。盖武休关是秦入蜀的要塞，汉筑的褒斜道即与之连接。南宋嘉定十二年的金兵、绍定四年的蒙古都为了夺取武休关而发动猛烈进攻。龙战，语出《易·坤》“龙战于野，其血玄黄”。原指阴阳二气交战，后以代指群雄发动的割据战争。

[4]“风云”句：指峰高路险，惟有飞鸟往还。此用李白《蜀道难》“黄鹤之飞尚不得过，猿猱欲度愁攀援”的句意。

[5] 潺湲：流动的溪水。

✤ 评 析

情性冲逸，兴象闲雅，“微茫一线路，回合万重山”，将武关的险峻，尽收笔底。孙豹人说诗人的“五律全法右丞，清和雅正”。可谓法眼。

昭烈庙[1]

漂泊依刘计[2]，间关入蜀身[3]。
中原无社稷[4]，乱世有君臣。
峡路元通楚[5]，岷江不向秦[6]。
空山一祠宇，寂寞翠华春。[7]

✤ 注 释

[1] 昭烈庙：刘备的庙宇。备死后，谥曰昭烈皇帝。

[2]“漂泊”句：刘备起事之初，未有尺寸之地，曾先后依陶谦、依曹操、依袁

绍,均不得志。及曹操破袁绍,南击刘备,备乃使糜竺、孙乾与刘表取得联系。表亲自郊迎,待以上宾之礼,并增强其兵力,使屯新野,荆州豪杰多归之。见《三国志·蜀书·先主传》。

[3]“间关”句:益州牧刘璋遣法正等以四千人迎刘备,前后赂遗以巨亿计。法正因陈益州可取之策,备乃留诸葛亮、关羽据荆州,自将步卒数万人入益州。见《三国志·蜀书·先主传》。间关:犹言道路难行,崎岖辗转而至。

[4]“中原”句:言广大的中原地区,已无刘氏的政权。社稷:土神和谷神,土地和粮食乃立国的要素,因以社稷作为国家政权的标志。

[5]峡路:长江三峡的道路。楚:古国名,辖境约有湖北、湖南及江西、安徽的一部分。

[6]岷江:江名,在四川省中部。源出岷山北部的羊膊岭,南流经松潘县至都江堰,分为内外二江,至江口镇复合,至乐山流入大渡河,至宜宾并入长江。秦:古国名,奄有今陕西地。

[7]翠华:用翠羽饰于旗杆顶上的旗,为皇帝的仪仗,因以代指皇帝。此指庙宇前的旗杆。

✤ 评析

“中原无社稷,乱世有君臣”,元气包举,自铸伟词,历来脍炙人口。沈德潜引黄清甫云:“匪直倜(壮)词,亦存名教。”可为这首诗的定评。

答望之[1]

念汝书难达,登楼望欲迷。
天寒一雁至[2],日暮万行啼。
饥馑饶群盗[3],征求及寡妻[4]。
江湖更摇落[5],何处可安栖[6]?

✤ 注释

[1]望之:孟洋,何景明的姐夫,弘治十八年(1505)进士,有《孟有涯集》。

[2] 一雁至：一书来。古有“雁足传书”的故事，因以“雁”代书信。

[3] 饥馑：荒年。谷不熟为饥，菜不熟为馑。

[4] 征求：征敛和索取。此用唐杜荀鹤《山中寡妇》“任是深山更深处，也应无计避征徭”的句意。

[5] 摇落：飘零。杜甫《咏怀古迹五首》之二：“摇落深知宋玉悲。”

[6] 安栖：安稳地居住。

✤ 评析

以情起，以情结，荆棘满目，感慨无端，忧世忧民，不胜悲愤之情。“饥馑饶群盗，征求及寡妻”一联，既揭示了群盗产生的原因，又谴责了征敛无度的苛政。是情语，更是理语。

送曹端卿谪寻甸[1]

逐客滇南郡[2]，云天此路长。
高秋行万里，落日泪千行。
作赋投湘水[3]，题书寄夜郎[4]。
殊方气候异[5]，去矣慎风霜[6]。

✤ 注释

[1] 曹端卿：曹琥，字端卿，一字瑞卿，巢(今安徽巢湖)人，弘治十八年进士，因上疏为御史周广开脱，贬寻甸通判。寻甸：地名，即今云南省寻甸回族彝族自治县。

[2] 逐客：被贬谪的人。滇南：云南的南部。

[3] “作赋”句：贾谊被谪为长沙王太傅，行经湘水，为赋以吊屈原。见《史记·屈原贾生列传》。

[4] “题书”句：李白有《流夜郎赠辛判官》：“我愁远谪夜郎去，何日金鸡放赦回”，又有《闻王昌龄左迁龙标遥有此寄》的诗。龙标：地名，今湖南省洪江市，其境的一部分为古夜郎国辖地。此以王昌龄比曹瑞卿，而以李白自比。

[5] 殊方：他方，异乡。

[6] 慎风霜：注意气候的变化，防止风霜的侵袭。

✤ 评析

前半段点明逐客要去的地点和时令，不胜惋惜依恋之情；后半段抒发诗人的问候和祝福，无限眷顾怀旧之意。情溢言表，意余词外，是一篇感人至深的佳构。

岳　阳[1]

楚水滇池万里游[2]，使车重喜过巴丘[3]。
千家树色浮山郭，七月涛声入郡楼[4]。
寺里池亭多旧主[5]，城中冠盖半同游[6]。
明朝又下章华路[7]，江月湖烟绾别愁[8]。

✤ 注释

[1] 岳阳：在今湖南的东北部。有洞庭、君山之胜。

[2] 楚水：泛指楚地的河流。楚，主要辖地为湖南、湖北。滇池：在云南省昆明市西南。

[3] 使车：使者所乘的车。巴丘：山名，即巴陵山，在岳阳西南隅。

[4] 郡楼：岳阳楼。楼建于开元初年，唐中书令张说守巴陵，每与才士登楼赋诗。宋滕子京重修，范仲淹作记，苏舜钦书丹，邵竦篆额，时称“四绝”。遂成江南四大名楼之一。

[5] “寺里”句：明代岳阳城有乾明寺、圣安寺等，闻名远近。

[6] 冠盖：官员的冠服与车盖，因以代指官员。同游：同学或同事。

[7] 章华路：往章华台的道路。章华台，楚离宫名，在今湖北省监利县西北。

[8] 绾：旋绕打结。

✤ 评析

感情充沛，色泽丰腴，颇有唐人遗韵。孙豹人说诗人的“七律自少陵以外，无所不拟”。胡元瑞说他的“七言律法杜之弘丽，而兼王、岑、高、李之神秀，卒自成一家”。读“千家树色浮山郭，七月涛声入郡楼”一联，确有少陵之弘丽、高岑之神秀，既叹诗之美，又赏评之当。

得献吉江西书[1]

近得浔阳江上书[2]，遥思李白更愁予[3]。
天边魑魅窥人过[4]，日暮鼋鼍傍客居[5]。
鼓柁襄江应未得[6]，买田阳羡定何如[7]。
他年淮水能相访，桐柏山中共结庐[8]。

✤ 注释

[1] 献吉：李梦阳，时任江西提学副使。李梦阳《封宜人亡妻左氏墓志铭》：“是年（正德九年，1514），李子官复罢，道浔阳就左氏，溯江入汉，至于襄阳。”此诗当作于1514年。

[2] 浔阳江：江名。长江流经江西省九江市西北的一段叫浔阳江。白居易《琵琶行》“浔阳江头夜送客”，即此。

[3] 李白：代指李梦阳。

[4] “天边”句：魑魅，山精水怪。此用杜甫《天末怀李白》“文章憎命达，魑魅喜人过”的语意。

[5] “日暮”句：鼋鼍，癞头龟和猪婆龙。此用古代神话，周穆王至于九江，叱鼋鼍以为桥梁。见《竹书纪年》下。因李梦阳时在江西，故曰与鼋鼍做伴而居。

[6] 鼓柁：摇动船舵。柁，通“舵”。襄江：又叫襄河。汉水自襄阳以下的江面，俗称襄江。

[7] 买田阳羡：阳羡，地名，汉属会稽郡，故城在今江苏宜兴南，此地风景优美、物产丰富，尤以产茶著称。相传苏轼经过此地，想在这里买田归隐。故苏轼诗有“惠泉山下土如濡，阳羡溪头米胜珠”，词有“买田阳羡吾将老，从来只为溪山好”。

[8] 桐柏山：在今河南省桐柏县西南，为淮水发源地。诗人的家乡信阳位于

桐柏山西南百余里处。结庐：构筑房屋。晋陶潜《饮酒》："结庐在人境，而无车马喧。"

✤ 评析

神情会处，下笔成章；意兴到来，咳唾生玉。天才腾逸，殆天授而非人力。沈德潜盛赞此诗说："神来之作，不以工拙论，所谓章法之妙，不见句法者。"

送韩汝庆还关中[1]

华岳云台万里情[2]，高秋落日眺秦城[3]。
黄河一线通沧海，身在仙人掌上行[4]。

✤ 注释

[1] 韩汝庆：一作韩汝度，名邦靖，号五泉，陕西朝邑（今陕西省大荔县）人。正德三年（1508）与兄邦奇同举进士，时称"关中二韩"。拜工部主事。因上疏指斥时政，夺官为民。关中：古地区名，相当于今陕西省。

[2] 华岳：华山，五岳之一，在今陕西省华阴县南。北瞰黄河，南达秦岭，地势极为险要。云台：云台峰，在华山之北，三面悬绝，只有一岭相通，险要异常。

[3] 秦城：指华县、渭南等地的城郭。

[4] 仙人掌：峰名。在华山东峰朝阳峰的东北。峰侧石上有痕，颇像手掌，五指俱全，因而得名。唐崔颢《行经华阴》："仙人掌上雨初晴。"

✤ 评析

此诗作于正德九年（1514）韩汝庆因上疏指斥时政，夺官为民，还乡家居的时候，而诗中却洋溢着爽朗之气、欢愉之情，全无愁苦之辞、别离之感，布景立意，超逸尘俗，自然高人一筹。孙豹人说他的"绝句独不摹盛唐，秀峻莫比"。可谓知言。

竹枝词[1]

十二峰头秋草荒[2]，冷烟寒月过瞿塘[3]。
青枫江上孤舟客[4]，不听猿声亦断肠[5]。

✤ 注释

[1] 竹枝词：乐府近代曲名。本为四川东部的民歌。唐刘禹锡于贞元中在沅湘创为新词，形式多为七言绝句。见刘禹锡《竹枝词引》。

[2] 十二峰：巫山十二峰，其中以神女峰为最有名，十二峰并峙于长江两岸，位于渝鄂交界处。

[3] 瞿塘：瞿塘峡，亦叫夔峡。长江三峡之一。西起重庆市奉节县白帝城，东至巫山县大宁河口。

[4] 青枫江：泛指两岸多青枫的江面。语出屈原《招魂》："湛湛江水兮上有枫。"

[5] "不听"句：《水经注·江水》："故渔者歌曰：'巴东三峡巫峡长，猿啼三声泪沾裳。'"

✤ 评析

《竹枝词》多写风土人情，此则写羁旅行役之感。诗中以"荒草"、"冷烟"、"寒月"、"孤舟"、"哀猿"构成一幅凄凉寂寥的画面，衬托出"孤客"的无限愁思，可谓"因意著词，就词成篇"，"缘情布景，情在景中"，语甚浅显，而旨实幽深，使人反复吟叹，饶有余味。

顾　璘

顾璘(1476—1545),字华玉,吴县(今江苏苏州)人。弘治九年(1496)进士,授广平知县,入为南吏部主事,晋郎中,历官开封、全州、台州等知府,山西、江西按察使,浙江左布政使。擢都察院右副都御史,巡抚山西,以乞终养,忤旨落职。寻起巡抚湖广,迁吏部右侍郎,晋工部尚书,以督显陵工竣,改南刑部尚书。有《浮湘》、《山中》、《凭几》、《归田》、《息园》诸集。

顾氏少负才名,擅长诗文。与刘元瑞、徐昌穀号"江东三才",与陈鲁南、王钦佩号"金陵三俊"。文徵仲《甫田集》说他"文不事险刻,而铸辞发藻,必古人是师;诗尤隽永,虽矩矱唐人,而劖涂陈烂,时出奇峭;乐府歌词,亦不失汉魏风格"。顾起纶《国雅品》说他"体裁变创,工于发端,斐然盛明之羽翼也"。

度枫木岭[1]

初指山拂天,飞鸟不可度。
艰苦蹑危磴[2],即是我行路。
百折频攀援,十步九回顾。
崚嶒忽在下[3],衣襟带云雾。
倒景犹照人[4],平地黯将暮。
东北望故乡[5],江流莽倾注。

长风万里来[6]，独立难久伫。

✤ 注释

[1] 枫木岭：地名，位于广西壮族自治区河池市宜州区怀远镇的西北。

[2] 蹑危磴：踏上高高的石级。磴，石级。

[3] 崚嶒：高峻的山。

[4] 倒景：倒影。景，通“影”。

[5]“东北”句：诗人的故乡在苏州，远在枫木岭的东北方，故云。

[6]“长风”句：此用李白《关山月》诗“长风几万里，吹度玉门关”的句意。

✤ 评析

描绘枫木岭的险峻，历历在目。千回百折，忽上忽下，艰险之状，令人魂悸魄动，真是丹青不如，诗中有画。

懊恼曲效齐梁体[1]（四首选一）

小时闻长沙[2]，说在天尽处[3]。
人言见郎船，已过长沙去。

✤ 注释

[1] 懊恼曲：又叫《懊侬歌》，是南朝齐梁时的吴地民歌，多用以写爱情受到挫折时的痛苦。

[2] 长沙：今湖南省省会，临湘江，傍麓山，中古以来，便是一个繁华的城市。

[3] 天尽处：天边上，极言其远。

✤ 评析

此与刘采春的《啰唝曲》，风格极其相似。其艺术特点是直叙其事，直抒其情；语言特点是洗尽铅华，不加雕琢；表现手法是纯用白描，全无烘托，而别有风韵，余味无穷。

常　伦

常伦(1492—1525),字明卿,号楼居子,山西沁水人。正德辛未(1511)进士,除大理寺评事,以纵情声伎,庭詈御史,谪为寿州判官,后迁宁羌知州。更加纵酒自放,居恒从歌伎,酒间度新声,悲壮艳丽,颇负狂名。一日大醉,衣红袍,腰双刀,驰马渡水,马见水中影,惊蹶堕水,刃出于腹而死,年仅三十四岁。有《常评事集》。

他的诗疏爽有奇气,颇有太白遗风。陈卧子说他"气骨高朗,颇能自运"。王元美说他的诗"如沙苑儿驹,骄嘶自赏,未谐步骤"。盖以其过早夭折,未能尽其所至耳。

过韩信岭[1]

汉代推灵武,将军第一人[2]。
祸奇缘蹑足[3],功大不容身[4]。
带砺山河在[5],丹青祠庙新[6]。
长陵一抔土[7],寂寞亦三秦[8]。

✤ 注释

[1] 韩信岭:韩侯岭,在今山西省灵石县南。韩信,汉初名将,江苏淮安人。初属项羽,后归刘邦,以功封为齐王、楚王,围项羽于垓下,迫其自刎。后被人告谋反,降为淮阴侯。又被告其与陈豨勾结,为吕后所诛。事见《史记·淮阴侯

列传》。

[2]“汉代”二句：《史记·高祖本纪》：“连百万之军，战必胜，攻必取，吾不如韩信。”又《史记·淮阴侯列传》：“上（高祖）常从容与信言诸将能不，各有差。上问曰：‘如我能将几何？’信曰：‘陛下不过能将十万。’上曰：‘于君何如？’曰：‘臣多多而益善耳。’”皆是“将军第一人”的最好注脚。灵武：神武。

[3]“祸奇”句：韩信既平齐地，遣使乞为假王。刘邦大怒，“张良、陈平蹑汉王足，因附耳语曰：‘汉方不利，宁能禁信之王乎？不如因而立，善遇之，使自为守。不然变生。’汉王亦悟，因复骂曰：‘大丈夫定诸侯，即为真王耳，何以假为！’乃遣张良往，立信为齐王”。事见《史记·淮阴侯列传》。

[4]“功大”句：齐人蒯通说韩信说：“臣闻勇略震主者身危，而功盖天下者不赏。臣请言大王功略：足下涉西河，虏魏王，禽夏说，引兵下井陉，诛成安君，徇赵、胁燕、定齐，南摧楚人之兵二十万，东杀龙且，西乡以报，此所谓功无二于天下，而略不世出者也。今足下戴震主之威，挟不赏之功，归楚，楚人不信；归汉，汉人震恐。足下欲持是安归乎？’”见《史记·淮阴侯列传》。又：“上令武士缚信，载后车。信曰：‘果若人言，“狡兔死，良狗烹；高鸟尽，良弓藏；敌国破，谋臣亡。”天下已定，我固当烹。’”这是此句的最好说明。

[5]“带砺”句：汉代册封功臣的誓言：“使河如带，泰山若厉。国以永宁，爰及苗裔。”见《史记·高祖功臣侯者年表》。意即使黄河淤塞如衣带，泰山崩塌若砺石，所封之诸侯国，也要永远保存。

[6]“丹青”句：言祠庙中的彩饰，仍然没有剥落。丹青：古代绘画常用的两种颜料。

[7]长陵：汉高祖的陵墓，在今陕西咸阳东北。一抔土：一捧土，代指坟墓。《史记·张释之传》：“假令愚民取长陵一抔土，陛下何以加其法乎？”

[8]三秦：今陕西南部。项羽曾封章邯为雍王，都废丘；司马欣为塞王，都栎阳；董翳为翟王，都高奴。合称三秦，皆关中地。

✤ 评析

对韩信的英勇善战，表示了由衷的敬仰；对兔死狗烹，给予了深切的同情，末以长陵的荒凉寂寞，反衬韩庙的丹青常新，尤具讽刺意味。王世贞在《艺苑卮言》中说这首诗“至今为中原豪杰之冠”，是很高的评价。

薛　蕙

薛蕙（1489—1541），字君采，号西原，安徽亳州人。正德九年（1514）进士，授刑部主事，累官至吏部考功司郎中。明世宗以藩王继位，欲尊其生父兴献王为皇帝，薛蕙上书力言其非，被下狱。又蕙本与严嵩同年，追严柄国以后，薄其为人，凡旧时倡和，悉削其稿，人品之高，迥出流辈。有《考功集》。

他的诗潇洒温醇，清远秀丽。《梁园风雅》说他“咀英魏晋，振秀齐梁，意绵密而辞新，格纯雅而调逸”。《明诗别裁》说他“力追雅音，故不落凡近语”。可以帮助我们了解他的诗风。

昭王台[1]

燕昭无故国[2]，蓟野有空台[3]。
寂寞黄金气[4]，凄凉沧海隈[5]。
儒生终报主[6]，乱世始怜才[7]。
回首征途上，年年此地来。

✤ 注释

[1] 昭王台：黄金台，又称燕台、金台，故址在今河北省易县东南。系燕昭王所筑。

[2] 燕昭：名平，继子之而立为燕王。无故国：燕早已灭亡。

[3] 蓟野：蓟地郊外。蓟：古地名，在今北京市西南。金台夕照，为北京八景之一。

[4] 黄金气：燕昭王筑台以招天下贤士，置千金于台上。自此以后，再没有筑台置金以招贤者的了，故曰“寂寞黄金气”。

[5] 沧海：东海的别称。曹操《步出夏门行》：“东临碣石，以观沧海。”即指东海。隈：山水弯曲处。

[6] “儒生”句：相传燕昭王师事郭隗，于是乐毅自魏往，邹衍自齐往，剧辛自赵往，士争相到燕国去。他们使燕国殷富，士卒乐战，与秦、楚、三晋合谋大败齐师，燕兵独追至临淄，尽取齐宝，烧其宫室宗庙。齐城之不下者，独唯聊、莒、即墨，其余皆属燕，以报齐破燕之仇。事见《史记·燕召公世家》。

[7] “乱世”句：燕昭王于破燕之后即位，卑身厚币以招贤者。谓郭隗曰：“齐因孤之国乱，而袭破燕，孤极知燕小力少，不足以报。然诚得贤士以共国，以雪先王之耻，孤之愿也。”见《史记·燕召公世家》。此用其事。

✣ 评析

“儒生终报主，乱世始怜才”一联，是传诵众口的名句。上联道出“士为知己者用”的共同心态，下联揭示“可与共患难，不可与共安乐”的历史教训。极含蓄，极蕴藉，而又极有讽谕意义。

草　堂[1]

潇潇寒雨对高秋，寂寂空床拥敝裘。
归去钓天频有梦[2]，挽回沧海独无谋[3]。
平生颇诧任公子[4]，末路方思马少游[5]。
珍重故人招隐意，草堂南郭可淹留[6]。

✣ 注释

[1] 草堂：旧时文人避世隐居，往往以“草堂”名其宅。如杜甫的浣花草堂，白居易的庐山草堂。

[2]“归去”句：钧天：天的中央，上帝的住所。《吕氏春秋 · 有始》：“中央曰钧天。”高注：“钧，平也，为四方主，故曰钧天。”又《史记 · 扁鹊传》：“我（赵简子）之帝所甚乐，与百神游于钧天。”此言出仕或魂归天上。

[3]“挽回”句：言没有办法挽回危险的局势，安定动乱的社会。这里是把韩愈《进学解》的“障百川而东之，回狂澜于既倒”和《晋书 · 王尼传》“（王尼）常叹曰：‘沧海横流，处处不安也’”两个典故结合起来用。

[4]任公子：任父，传说中超世的高士。相传他用长钩粗帛做成钓具，以五十头牛作为钓饵，蹲在会稽，下钓东海，一条大鱼吞食了他的诱饵，他牵着鱼在大海中挣扎，千里之内都受到震动。见《庄子 · 外物》。

[5]马少游：马援的从弟。《后汉书 · 马援传》：“（援）从容谓官属曰：‘吾从弟少游尝哀吾慷慨多大志，曰：“士生一世，但取衣食裁足，乘下泽车，御款段马，为郡掾吏，守坟墓，乡里称善人，斯可矣。致求盈余，但自苦耳。”当吾在浪泊、西里间，虏未灭之时，下潦上雾，毒气重蒸，仰视飞鸢跕跕堕水中，卧念少游平生时语，何可得也。’”

[6]南郭：南郊。

✤ 评析

自然庄丽，蔚然孤秀，句不琢而雅，意不奇而新。王世贞《艺苑卮言》说他的诗“如倩女临池，疏花独笑”。读“归去钧天频有梦，挽回沧海独无谋”一联，几多感慨，几多沉郁，乃豪士之悲歌，非倩女之独笑也。

杨　慎

杨慎(1488—1559),字用修,号升庵,四川新都(今成都市新都区)人。太子少师杨廷和之子。正德六年(1511)进士第一,授翰林院修撰,充经筵讲官。世宗以藩王继位,欲尊其生父兴献王为皇帝,廷臣力争不可。嘉靖三年(1524),重议尊号,杨慎等联合朝臣二百二十九人跪伏左顺门,“撼门大哭”,“声彻殿廷”。世宗大怒,廷杖一百六十余人,诗人因此被谪戍云南永昌卫(今云南保山)。投荒三十五年,卒年七十二。有《升庵全集》。

诗人记诵之博,著述之富,当推明代第一。他的诗于“七子”外,自成一家。薛君采说他“穷极词章之绮丽,牢笼载籍之精华,其卓绝之才,弘博之学,直欲追轧古人”。王藩臣说他的诗,“时而汉魏,时而六朝,时而四杰,时而李杜,其于才无所不构,而于体无所不兼”。沈德潜亦说他“以高明伉爽之才,宏博绝丽之学,随题赋形,一空依傍,于李、何诸子外,拔戟自成一队”。说明他的才情学问,冠绝一时,故能得到如此高的评价。

宿金沙江[1]

往年曾向嘉陵宿[2],驿楼东畔阑干曲。
江声彻夜搅离愁,月色中天照幽独[3]。

岂意飘零瘴海头[4],嘉陵回首转悠悠。
江声月色那堪说[5],肠断金沙万里楼。

✤ 注释

[1] 金沙江：江名。长江上游自青海省玉树市至四川省宜宾市的一段,以产金沙而得名。

[2] 嘉陵：江名。长江的支流,在四川省东部。源出陕西省凤县嘉陵谷,流至重庆市入长江。

[3] 中天：天空之中。杜甫《宿府》:“永夜角声悲自语,中天月色好谁看。”此用其现成字面。幽独：非常孤独的人。

[4] 瘴海：岭南有瘴雾的海域。柳宗元《柳州寄京中亲故》:“林邑山连瘴海秋,牂牁水向郡前流。”

[5] 江声月色：唐雍陶《宿嘉陵馆楼》:“今宵难作刀州梦,月色江声共一楼。”刀州：益州的代称。

✤ 评析

以往年宿嘉陵,犹有离愁搅梦;烘托今宵宿金沙,更加令人肠断。“岂意飘零瘴海头,嘉陵回首转悠悠”与刘皂《旅次朔方》的“无端更渡桑干水,却望并州是故乡”,同一艺术构思,运用柳宗元、雍陶的现成词语,进一步加深了迁客羁旅的愁苦。

三岔驿[1]

三岔驿,十字路,北去南来几朝暮。朝见扬扬拥盖来[2],暮看寂寂回车去[3]。今古销沉名利中[4],短亭流水长亭树[5]。

✤ 注释

[1] 三岔驿：又名白水驿。在今云南省曲靖市沾益区境。

[2] 扬扬：得意的神态。《史记·管晏传》："其夫为相御，拥大盖，策驷马，意气扬扬，甚自得也。"拥盖：拥有高大的车篷。

[3] 寂寂：失意的神情。晋左思《咏史》之四："寂寂扬子宅，门无卿相舆。"亦作冷落寂寞解。回车：掉转车头。

[4] "今古"句：化用杜牧《登乐游原》"万古销沉向此中"的句意。

[5] "短亭"句：化用宋吴文英《青玉案》"短亭芳草长亭柳"的句意。亭，供行人休息的驿亭。每隔五里设一短亭，十里设一长亭。

✤ 评析

虽是逐客骚人富贵无常的悲慨，但却挥洒自如，文采斐然，把一己之哀愁，化为千古之恨事。于蕴藉中见警策，于绮缛中见清新，在感情的表达上跳跃性极大，非天才莫为。

赋得千山红树图送杨茂之[1]

萧郎雅工金碧画[2]，爱画碧鸡与金马[3]。
画作千山红树图，行色秋光两潇洒[4]。
摇落深知宋玉悲[5]，登山临水送将归[6]。
丹林初晓清霜重[7]，紫谷斜阳赤烧微[8]。
故人辞我故乡去，滇树遥遥接巴树[9]。
桑落他山共醉时[10]，枫香客路消魂处。
白首遐荒老未还[11]，流波落木惨离颜[12]。
锦城红树那能见[13]，千里随君梦里攀。

✤ 注释

[1] 赋得：古人分题或分韵赋诗叫"赋得"。杨茂之：蜀人，诗人的同乡老友。诗题一作《题千山红树图送杨茂之还成都》。

[2] 萧郎：萧旭，字于东，四川内江人，工书画。雅工：素来擅长。金碧画：

唐李思训所创的一种“金碧山水”，即用泥金、石青、石绿三种颜料作为主色的山水画。

[3] 碧鸡金马：《汉书·郊祀志》下：“或言益州有金马、碧鸡之神，可醮祭而致。”今云南昆明东有金马山，西有碧鸡山，两山相对，均有神祠。此指萧旭所画。

[4] 潇洒：萧疏凄清，清高脱俗。杜甫《玉华宫》：“秋色正潇洒。”此言萧疏凄清。又《饮中八仙歌》：“宗之潇洒美少年，举觞白眼望青天。”此言清高脱俗。此兼二者而言之。

[5]“摇落”句：此用杜甫《咏怀古迹》的成句。宋玉，战国时楚之著名辞赋家，或言其为屈原弟子。

[6]“登山”句：用宋玉《九辩》中的成句。《九辩》云：“悲哉！秋之为气也，萧瑟兮草木摇落而变衰。憭栗兮若在远行，登山临水兮送将归。”

[7] 丹林：枫林。此用谢灵运《晚出西射堂》“晓霜枫叶丹”的语意。

[8] 紫谷：紫色的山谷。崔鶠《春日》：“落日不可尽，丹林紫谷开。”赤烧：夕阳。司空曙《送严使君游山》：“赤烧兼山远，青芜与浪连。”

[9]“滇树”句：言云南、四川山水相接。滇，诗人所谪的云南；巴，故人所归之四川。

[10] 桑落：酒名。杜甫《九日杨奉先会白水崔明府》：“坐开桑落酒，来把菊花枝。”

[11] 遐荒：遥远的边区。此指诗人被贬的云南永昌。

[12] 流波落木：水的东流，木的落叶，喻时光的飞逝。

[13] 锦城：成都的别称。

✤ **评析**

把自己的迁谪之悲，寄寓在送别故人的诗歌中，因景生情，缘情布意，极具艺术感染力。沈德潜评此诗云：“才人远窜，千古恨事，读数诗，令人百端交集。”足见其感人之深。

送余学官归罗江[1]

“豆子山，打瓦鼓[2]。扬平山，撒白雨[3]。白雨下，娶龙女。织得绢，二丈五[4]。一半属罗江，一半属玄武[5]。”我诵绵州歌[6]，思乡心独苦。送君归，罗江浦。

✤ **注释**

[1] 罗江：地名。今属四川省德阳市。境内有罗江流过，注入涪江。

[2] “豆子山”二句：形容瀑布的响声。豆子山：地名，在四川绵州。

[3] “扬平山”二句：形容瀑布的流态。扬平山：地名，亦在四川绵州。

[4] “织得绢”二句：形容瀑布的形状，像很长的白绢一样。

[5] 玄武：县名。今为四川省中江县。

[6] 绵州歌：沈德潜《古诗源》卷九题作《绵州巴歌》，编在晋诗中。这是一首歌唱瀑布的民歌。

✤ **评析**

沈德潜评此诗曰：“全用《绵州歌》，后只缀四语送行，另是一格。”盖诗人的才情学问，冠绝一时，信手拈来，皆成妙谛。他因送人归罗江，而联想起罗江的民歌，又从民歌描写瀑布的声、态、形，恰到好处地衬托出送行时的绵绵情意，所谓不求工而自工者也。

塞垣鹧鸪词

秦时明月玉弓悬[1]，汉塞黄河锦带连[2]。
都护羽书飞瀚海，单于猎火照甘泉[3]。
莺闺燕阁年三五[4]，马邑龙堆路十千[5]。
谁起东山安石卧，为君谈笑靖烽烟[6]。

✤ **注释**

[1] 秦时明月：用王昌龄《出塞二首》之一“秦时明月汉时关”的现成词语。玉弓：一弯残月。李贺《南园十三首》之六：“晓月当帘挂玉弓。”

[2]“汉塞”句：言汉族边塞上的黄河像一条锦带与内地相连。锦带：锦制的带。

[3]“都护”二句：用高适《燕歌行》中的成句。只将“校尉”换成“都护”，“狼山”易作“甘泉”。瀚海：泛指沙漠。甘泉：山名，俗名磨石岭，在今陕西省淳化县西北。

[4]莺闺燕阁：喻征妇的娇柔美丽。三五：十五岁，极言其年轻。

[5]马邑：县名，故地在今山西朔城区、宁武、左云一带。相传秦人在此筑城，屡筑屡崩，有马来比周旋驰走，因依所走之路线以筑，终于筑成，故名。龙堆：沙漠名，又名白龙堆。以其形如土龙而得名。在新疆东部，天山南路。

[6]“谁起”二句：用李白《永王东巡歌十一首》之二“但用东山谢安石，为君谈笑静胡沙”的成句，而略有改动。安石：谢安石。晋谢安（即安石）初为佐著作郎，因病辞官，隐居东山，屡征不仕，时人因言：“安石不肯出，将如苍生何！”后来出山做了宰相，任征讨大都督，在淝水之战中，大败苻坚“投鞭足以断流”的百万大军。见《晋书·谢安传》。烽烟，代指战争。

✤ 评析

将前人现成词句，连缀成篇，一气呵成，天衣无缝，毫无补缀痕迹，足见其组织功夫不凡。王士祯《香祖笔记》评此诗“工妙天成，不减前作”，是恰切的。

春　兴（六首选二）

最高楼上俯晴川[1]，万里登临绝塞边。
碣石东浮三绛色[2]，秀峰西合点苍烟[3]。
天涯游子悬双泪，海畔孤臣谪九年[4]。
虚拟短衣随李广[5]，汉家无事勒燕然[6]。

天上风云此际多，山中日月竟如何！
争传鸣凤巢阿阁[7]，又见飞鸿出罻罗[8]。
宣室鬼神思贾谊[9]，中原将帅用廉颇[10]。

难教迟暮从招隐[11]，拟把生涯学醉歌。

✤ **注释**

[1] 最高楼：一本作“遥岑楼”。楼在今云南安宁。杨慎曾寓居于此。晴川：清澈的江面。

[2] 碣石：此指耸立突出的岩石，非具体地名。三绛：古县名。故地在今四川省会理县东南。见《汉书·地理志》上。

[3] 秀峰：美丽的山峰。点苍：山名。在今云南大理西。

[4] 孤臣谪九年：语出屈原《九章·哀郢》：“忽若去不信兮，至今九年而不复。”此言谪居时间之长。

[5] 虚拟：空想。短衣：戎衣。李广：汉代名将，匈奴称之为“飞将军”。“广出猎，见草中石，以为虎而射之，中石没镞，视之石也。”见《史记·李将军列传》。杜甫《曲江》：“短衣匹马随李广，看射猛虎终残年。”

[6] 勒燕然：在燕然山勒石纪功。《后汉书·窦宪传》：窦宪追北单于，登燕然，去塞三千余里，刻石纪功而还。燕然，山名，即今蒙古的杭爱山。

[7] “争传”句：喻贤人在位。晋皇甫谧《帝王世纪》：黄帝时凤凰“或止帝之东园，或巢阿阁”。阿阁：四面有檐的楼阁。

[8] “又见”句：喻良才走出困境。罻罗：捕鸟的网罗。屈原《九章·惜诵》：“矰弋机而在上兮，罻罗张而在下。”

[9] “宣室”句：汉文帝在未央宫前殿召见贾谊，“上因感鬼神事，而问鬼神之本。贾生因具道所以然之状。至夜半，文帝前席”。见《史记·屈原贾生列传》。宣室，未央宫前正室。李商隐《贾生》：“宣室求贤访逐臣，贾生才调更无伦。可怜夜半虚前席，不问苍生问鬼神。”

[10] “中原”句：赵王听信秦人的间言，以赵括代廉颇为将，秦军在长平大破赵军，坑其降卒数十万。燕乘机举兵攻赵，赵复用廉颇为将，大破燕军，燕割五城以求和。后来悼襄王立，又使乐乘代廉颇，廉颇攻走乐乘，遂奔魏。赵以数困于秦军，思复得廉颇，打发使者考察廉颇的健康情况，廉颇亦思复用于赵，为之一饭斗米，肉十斤，被甲上马，以示可用。因使者接受廉颇的仇人郭开的贿赂，在赵王前毁廉颇说：“廉将军虽老，尚善饭，然与臣坐，顷之三遗矢矣。”赵王以为老，终不召。见《史记·廉颇蔺相如列传》。

[11] 迟暮：晚年。屈原《离骚》：“惟草木之零落兮，恐美人之迟暮。”招隐：征

召隐士出山做官。高适《留别郑三韦九兼洛下诸公》:“幸逢明盛多招隐,高山大泽征求尽。”

✤ 评析

将登临所见之景,与迁谪所生之悲,有机地结合在一起,亦情亦景,情景无垠,感从中来,意在言外,不愧是抒情的佳作。“天涯游子悬双泪,海畔孤臣谪九年”可与柳宗元的“一身去国六千里,万死投荒十二年”媲美,“宣室鬼神思贾谊,中原将帅用廉颇”则与李商隐的“宣室求贤访逐臣”,辛弃疾的“廉颇老矣,尚能饭否”同一慨叹。用典极确切,讽刺极含蓄,感慨极深沉,表达又极抑扬吞吐之妙,是诗人的上乘之作。

柳

垂杨垂柳管芳年,飞絮飞花媚远天。
金距斗鸡寒食后[1],玉蛾翻雪暖风前[2]。
别离江上还河上,抛掷桥边与路边。
游子魂锁青塞月[3],美人肠断翠楼烟[4]。

✤ 注释

[1] 金距斗鸡:用金属做的鸡爪,使两鸡相斗时,容易伤害对方。《左传・昭公二十五年》:“季(平子)、郈(昭伯)之鸡斗,季氏介其鸡,郈氏为之金距。”古代的纨袴子弟,往往以斗鸡走犬为戏。《战国策・齐策一》:“临淄甚富而实,其民无不吹竽鼓瑟,击筑弹琴,斗鸡走犬,六博蹋踘者。”说明使鸡相斗,以赛胜负的游戏,在我国是由来已久的。寒食:节令名。一般在农历清明前一二日。汉刘向《别录》有“寒食蹋蹴”的记述,当与斗鸡走狗有关。

[2] 玉蛾翻雪:柳絮纷飞。玉蛾:美好的眉毛。初生的柳叶,细长如眉,故白居易《长恨歌》有“芙蓉如面柳如眉”之喻。

[3]“游子”句:远游塞外的人,往往因见月思乡而销魂。青塞,指南方的边

塞。极北之地,其土皆紫,故称"紫塞";极南之边,其草犹青,故称"青塞"。

[4]"美人"句:这里是概括王昌龄《闺怨》"闺中少妇不知愁,春日凝妆上翠楼。忽见陌头杨柳色,悔教夫婿觅封侯"的诗意。翠楼,华美的楼阁。

✤ 评析

这是一首脍炙人口的咏柳诗,许多诗人都对它作出了很高的评价。胡应麟在《诗薮》中赞美它是"风流蕴藉,字字天成。如初发芙蓉,鲜华莫比"。王士禛在《香祖笔记》中说他"真以六朝之才,而兼有六朝之学者,其诗如《咏柳》'垂杨垂柳绾(管)芳年'一篇,世共知之"。沈德潜在《明诗别裁》中评论它说:"带六朝格,八句皆对,又体中之变者。杜老'风急天高'一章,其开先也。"

怀　归

星桥南望沉犀渚[1],雪岭西连抱珥河[2]。
关塞渺茫魂梦隔[3],山川迢递别离多。
汀洲春雨搴芳杜[4],茅屋秋风带女萝[5]。
心事未从詹尹卜[6],生涯聊听僰童歌[7]。

✤ 注释

[1] 星桥:泛指一般的桥梁。骆宾王《送吴七游蜀》:"日观分齐壤,星桥接蜀门。"犀渚:在今四川省成都市郫都区东。以李冰凿离堆,开宝瓶口,造都江堰,并刻石犀以镇之而得名。

[2] 雪岭:雪山,又名云岭。在今云南丽江西北。山峰上插云霄,积雪经夏不消,因而得名。珥河:即西洱河。在云南大理市内。与点苍山麓诸水,同时汇入洱海。

[3]"关塞"句:言关山遥远,魂梦难通。此化用杜甫《梦李白二首》之一"魂来枫林青,魂返关塞黑"的诗意。

[4]"汀洲"句:此用屈原《九歌·湘君》:"采芳洲兮杜若,将以遗兮下女。"杜

若：又名杜蘅，一种香草。

[5]“茅屋”句：言茅屋为秋风所破，只好用女萝来牵补。杜甫有《茅屋为秋风所破歌》，此用其事。女萝：藤类植物，又名松萝。屈原《九歌·山鬼》：“被薜荔兮带女萝。”

[6]詹尹：古代的善卜者。屈原放逐三年，心烦虑乱，就去请教太卜郑詹尹，问他到底是超然高举好，还是随波逐流好。詹尹告诉屈原说：还是“用君之心，行君之意”吧。见《楚辞·卜居》。

[7]僰童歌：我国古代西南地区少数民族的歌谣。僰：西南地区的少数民族。他们曾经聚居于四川省宜宾市境内。《史记·西南夷列传》：“巴蜀民或窃出商贾，取其筰马、僰僮、髦牛，以此巴蜀殷富。”《正义》：“今益州南戎州北临大江，古僰国。”

✤ 评析

既抒别离之意，又抒迁谪之情，自然而和谐地把多年抑郁不平之气、怀归思乡之悲，在一个载体中表现出来，具有极强的艺术撞击力，使读者在心底深处产生激烈的共鸣。宋严羽《沧浪诗话·诗评》：“唐人好诗，多是征戍、迁谪、行旅、离别之作，往往能感动激发人意。”这首诗之所以“能感动激发人意”，正因为诗人恰到好处地抒发了“迁谪”、“离别”之情。

武侯庙[1]

剑江春水绿沄沄[2]，五丈原头日又曛[3]。
旧业未能归后主[4]，大星先已落前军[5]。
南阳祠宇空秋草[6]，西蜀关山隔暮云[7]。
正统不惭传万古[8]，莫将成败论三分[9]。

✤ 注释

[1]武侯庙：诸葛亮庙。亮被封为武乡侯，故称“诸葛武侯”。因为诸葛亮忠诚报主、智慧超群，深得人民的敬爱，故到处都有他的祠庙。

[2] 剑江：水名，在今四川北部剑阁县。诸葛亮曾于此处设官戍守，对魏用兵。沄沄：水流动的状态。

[3] 五丈原：地名。在今陕西省岐山县南，斜谷口西侧。诸葛亮于蜀汉青龙二年(234)病卒于此。曛：日落时的余晖。

[4] 旧业：指刘邦所建立起来的、刘秀所中兴的汉家基业。后主：刘备的儿子刘禅，继位为蜀汉后主，国亡被俘。

[5] "大星"句：言诸葛亮出师未捷，卒于军中。大星：指象征诸葛亮的星宿。《三国志·蜀书·诸葛亮传》裴松之注引《晋阳秋》云："有星赤而芒角，自东北西南流，投于亮营。三投再还，往大还小，俄而亮卒。"

[6] 南阳祠宇：诗中所题的武侯庙。南阳：今河南省南阳市。诸葛亮在《出师表》中曾说："臣本布衣，躬耕南阳。"后人在此建庙纪念他。

[7] "西蜀"句：诸葛亮在西蜀任丞相，领益州牧。"政事无巨细，咸决于亮。"曾经六出祁山，北伐中原。

[8] 正统：旧称一系相承，统一全国的封建王朝为正统。刘备为汉中山靖王之后，矢志兴复汉室，自称为汉家的正统。

[9] "莫将"句：不用拿成功或失败作为评论三国人物的标准。宋苏轼《孔北海赞序》："世以成败论人物，故(曹)操得在英雄之列。"三分：指划分为魏、蜀、吴三国。诸葛亮《出师表》："今天下三分，益州疲弊，此诚危急存亡之秋也。"杜甫《八阵图》："功盖三分国，名成八阵图。"

✤ **评析**

熔议论、写景、抒情于一炉，一切景语，都渗透着无限的感慨；一切议论，都归结到勿以成败论人。使人一唱三叹，余味无穷。沈德潜评此诗云："古来武侯庙诗，以此章为最。情韵声律，无一不合也。"此特就"情韵声律"而言，而未从其议论之高度、感慨之深度、语言之力度，加以体察。"旧业未能归后主，大星先已落前军"，上联慨汉业未复，下联叹出师未捷，抑扬有度，深婉有致，骎骎乎摩杜陵之垒，登玉溪之堂矣。

寄远曲[1]

濯锦江头烟水绿[2]，相思万里人如玉[3]。

瑶琴别后不曾弹[4]，今朝才理将归曲[5]。

✤ 注释

[1] 寄远：此为诗人在戍所寄给其夫人黄峨的诗。

[2] 濯锦江：岷江。过成都为锦江，至三峡为峡江。此为其夫人所在地。

[3] 人如玉：形容一个人的容貌、品质像玉一样的美好。此指其夫人。

[4] 瑶琴：玉饰之琴。南朝宋鲍照《拟古》诗："明镜尘匣中，瑶琴生网罗。"

[5] 将归曲：将归操，琴曲十二操之一，相传为孔子所作。亦名《陬操》，又名《盘操》，见《史记·孔子世家》。

✤ 评析

一片至情，完全从肺腑中流出，极沉痛语，而作极欢快语，愈见其悲，愈见其痛，因而具有更加感人的艺术力量。

望中条山[1]

征马长鸣向北风，崤关回首暮云东[2]。

太行过尽中条出[3]，一路青山白雪中。

✤ 注释

[1] 中条山：山名。在山西省西南部。主峰雪花山在永济市东南。

[2] 崤关：又名散关、崤谷，在陕西省宝鸡市西南大散岭上，距宝鸡五十二里，为川陕往来的要道。

[3] 太行：山名。绵延于山西、河北、河南三省的大山脉。

✤ 评析

自然清新，百读不厌，给人以美感享受。

黄　峨

黄峨，字秀眉，四川遂宁人。尚书黄简肃公珂之次女，杨慎的继室。工诗善曲。有《杨夫人乐府》行世。

寄　外

雁飞曾不到衡湘[1]，锦字何由寄永昌[2]。
三春花柳妾薄命[3]，六诏风烟君断肠[4]。
曰归曰归愁岁暮[5]，其雨其雨怨朝阳[6]。
相闻空有刀环约[7]，何日金鸡下夜郎[8]？

✤ 注释

[1]“雁飞”句：衡阳有回雁峰。相传雁至衡阳而止，过春而回。此以“雁”代书信，言书信难通。衡湘：一作衡阳，但与下文“朝阳”韵重。

[2] 锦字：代指妻寄给夫的书信。前秦秦州刺史窦滔被徙流沙，其妻苏蕙织锦为回文旋图诗以赠滔，可宛转循环以读之，共八百四十字，词甚凄惋。此用其事。事见《晋书·窦滔妻苏氏传》。永昌：今云南保山，杨慎的贬所。

[3] 三春花柳：春天的繁华。妾薄命：乐府杂曲歌辞名，多以表达生离死别之感。此双关乐府曲名和字面意义。

[4] 六诏：泛指云南全境。唐时，我国西南少数民族称王为“诏”。当时有蒙嶲诏、越析诏、浪穹诏、邆赕诏、施浪诏、蒙舍诏，合称六诏。其地在今云南及四川西南部。

[5]“曰归”句：语出《诗·小雅·采薇》：“曰归曰归，岁亦莫止。”《诗序》云：

“采薇,遣戍役也。”

[6]“其雨”句：语出《诗·卫风·伯兮》：“其雨其雨，杲杲出日。”晋阮籍《咏怀》诗：“膏沐为谁施，其雨怨朝阳。”其雨，渴望下雨。

[7]刀环约：归来的约期。汉使任立政见到李陵，未得私语，因目视陵，一边说话，一边用手屡次摸自己的刀环，暗地里告诉他，可以还归汉朝。环谐还音。见《汉书·李陵传》。又《玉台新咏·古绝句》四首之一：“藁砧今何在？山上复有山。何当大刀头，破镜飞上天。”大刀头：刀环，因以刀头作为“还”的隐语。

[8]金鸡下夜郎：赦书颁到被贬的地方。古代颁发大赦诏书的时候，设置以黄金饰首的鸡于竿上，以示吉辰。唐封演《封氏闻见记·金鸡》：“按《海中星占》，天鸡星动，必当有赦，由是王以鸡为候。”李白《流夜郎赠辛判官》：“我愁远谪夜郎去，何日金鸡放赦回？”

✤ 评析

字字含泪，语语带血，忧离伤别之情，洋溢于字里行间，令人不忍卒读。“其雨”一联，袭故弥新，足见诗人的才情不凡。王世贞说：“夫人寄外之作，用修答和，皆不及也。”有是哉！有是哉！

孙一元

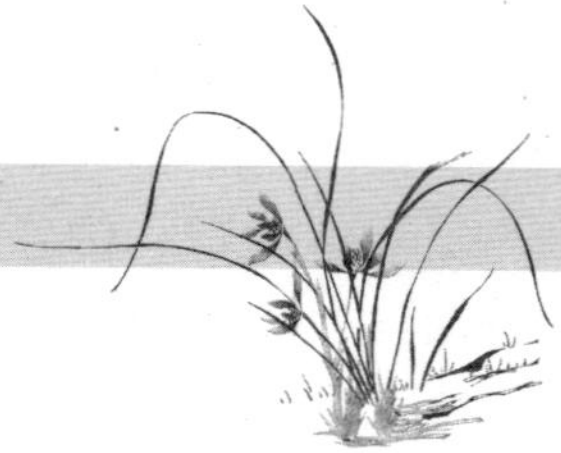

孙一元(1484—1520),字太初,号太白山人,不详其里籍,自称秦人。或云乃安化王寘鐇的孙子,因安化王叛逆伏诛,乃变姓名,来往于太华、衡岳、泰岱之间,与刘麟、龙霓、陆崑、吴琉结社唱酬,号"苕溪五隐"。有《太白山人漫稿》。

郑继之说他的诗"悲壮奇崛,感激奋发,而卒泽以冲和"。殷近夫说他的诗"传写万物,前无古人。凡可喜可愕,可悲可嗔,一以发之于诗。豪纵恣肆,时出蹊径"。似乎他的诗属于壮美一派,其实他的诗思清趣逸,冲淡自然,应该属于优美一派。

访樵者

远寻山中樵,不识山中路。
隔林伐木声,遥忆林深处[1]。
不晤竟空归,日堕西陵树[2]。

✤ 注释

[1]"遥忆"句:此化用唐贾岛《寻隐者不遇》"只在此山中,云深不知处"的句意。

[2]西陵:泛指西边的陵谷。《玉台新咏·钱塘苏小小歌》:"妾乘油壁车,郎骑青骢马。何处结同心?西陵松柏下。"

✤ 评析

语浅情深,思清趣逸,深得王维、孟浩然的幽致。

晚　霁[1]

晚来雨初霁,烟火隔林微[2]。
一径牛羊入,孤村桑柘稀[3]。
长天下远水[4],积雾带岩扉[5]。
月黑闻人语,溪南种树归。

✤ 注释

[1] 霁:雨后转晴。

[2] 微:隐约可见。此句化用唐柳宗元《田家三首》之二“篱落隔烟火”的句意。

[3] 桑柘:桑树和柘树,叶可喂蚕。

[4] “长天”句:意即长天与远水一色。下,临近,承接。

[5] “积雾”句:言浓雾笼罩着岩洞的门。带,笼罩;岩扉,如扉之岩穴。

✤ 评析

一片恬静的农村景象,使人强烈地感觉到农村的风味、生产的气息,甚至仿佛可以看到牛羊在夕烟中下来,桑柘在孤村外被微风摇撼着,从而构成一幅宁静优美的田园风景画。与孟浩然的《过故人庄》、王维的《田园乐》、柳宗元的《田家》参照来读,就能进一步了解顾玄言所说的“山人五言得孟襄阳幽处,七言得张曲江旷处”的评语,正好说明诗人是王孟、韦柳一派的继承者。

金　銮

金銮，字在衡，号白屿，甘肃陇西人。侨居南京，工诗擅曲，有《徙倚轩集》和《萧爽斋词集》。

他的诗清圆浏亮，风流婉转，得江左清华之致，无当时叫嚣之习，俞汝成说：“山人诗多远思，别于常调。”是符合诗人的诗风的。他的嘲调小曲尤妙，每诵一篇，令人绝倒。

泊淮上[1]

愁轻游冶兴，老重别离情。
野戍寒更尽[2]，河桥春水生。
断云疏雁影，残月乱鸡声。
明发应千里[3]，萧萧过楚城。

✤ 注释

[1] 淮上：淮水之上。淮河源出河南桐柏山，经安徽，入江苏洪泽湖。

[2] 野戍：野外的城堡，犹言“废垒”。

[3] 明发：黎明，平明。《诗 · 小雅 · 小宛》：“明发不寐。”朱熹集传：“明发，谓将旦而光明开发也。”

✤ 评析

风情朗润，韵味恬淡，语近而旨远，格高而味永。

除 夕

还忆去年辞白下[1]，却怜今夕在黄州[2]。
空江积雪添双鬓，细雨疏灯共一楼。
世难久拼鱼雁绝[3]，家贫常为稻粱谋[4]。
归来故旧多凋丧，愁对东风感旧游。

✤ 注释

[1] 白下：南京市的别称。

[2] 黄州：今湖北省黄冈市。

[3] 鱼雁：书信的代称。

[4] 稻粱谋：谋求衣食。

✤ 评析

全诗洋溢着今昔之感、漂泊之情、迟暮之悲、死生之恨、世难家贫之忧，真可谓情随景至，悲从中来，是真感情，所以是真诗。“空江积雪添双鬓”一联，尤为警策。

徐 阶

徐阶（1503—1583），字子升，华亭（今上海松江）人。嘉靖二年第三名进士，授编修，以论孔子庙制，谪延平推官，迁黄州同知，进江西按察副使，擢礼部右侍郎，进礼部尚书，加太子太保，兼文渊阁大学士，参与机务。时严嵩为首辅，专权横行。徐表面与之虚与委蛇，内深自结于神宗，使御使邹应龙进行弹劾，逐严嵩父子，代为首辅，尽去其弊政，卒为名相，有《世经堂集》。

他的志在经世，不求工于声律，但亦非台阁体可比。陈卧子云："徐公经世之士，其诗不专台阁。"是很有见地的。

横溪为彭允祯赋[1]

横溪东去水迢迢，虚阁重檐共寂寥。
山外夕阳低度鸟，雨余春渚暗通湖。
寒空落叶书声静，秋草孤帆客梦遥。
欲徙石湖湖上石[2]，为君乘月更吹箫。

✤ 注释

[1] 横溪：地名，在江苏南京西南。

[2] 石湖：湖名。在江苏苏州西南，风景优胜，南通太湖，北通横塘，东入胥门运河。宋范成大晚年曾居于此。

✤ 评析

“山外夕阳低度鸟，雨余春渚暗通潮”一联，诗中有画，远近、高低、动静、颜色，无不历历在目。

皇甫汸

皇甫汸(1498—1583),字子循,长洲(今江苏苏州)人。嘉靖己丑(1529)进士,除工部主事,历员外郎中,谪黄州推官。召为南京吏部郎中,谪开州同知,迁云南按察佥事。与兄皇甫冲、皇甫涍,弟皇甫濂,并以诗名,号称“四皇甫”。有《司勋集》、《庆历稿》行世。

他的诗清真朗润,妙绝时人。五言律最工,七言次之。王世贞说他的“今体风调,颇似钱刘”。胡元瑞说他的“五言清空潇洒,色相尽空,虽格本中唐,而神韵过之”,又说他“以六朝语入中唐调,而清空无迹;杨用修以六朝语作初唐调而雕绘满前,故知诗有别才,学贵善用”。这些评价,或言他的近体诗似钱刘,或言他的神韵胜中唐,或言他以六朝语入中唐调,说明他能熔铸六朝,出入中唐,骎骎乎驾钱起、刘长卿而上之矣。

舟中对月书情

不识别家久,但看明月晖。
关山一以鉴,驿路远相违。
影落吴云尽[1],凉生楚树微[2]。
天边有乌鹊[3],思与共南飞。

✤ 注释

[1] 吴云:吴地上空之云。此指诗人的故乡。

[2] 楚树：楚池的树林。此指诗人客游的地方。

[3]“天边”句：此化用曹操《短歌行》“月明星稀，乌鹊南飞，绕树三匝，何枝可依”的句意而有所变化。曹操是以乌鹊之择树而栖，喻贤士之择主而仕；此以乌鹊之南飞，衬托自己的不得南归。

✤ 评析

通首萧疏清空，略去铅华，取径魏晋，步武中唐，在“七子”之外，别树一帜，不愧一时之俊。《静志居诗话》说他的“五言整于小谢，五律隽于中唐”，绝非溢美之言。

九日寄子约[1]

漫有登高兴，兼当望远何！
对花惊白发，见雁忆黄河。
乱后书来少，霜前木落多。
不堪羁宦日[2]，同是阻干戈。

✤ 注释

[1] 子约：皇甫濂，诗人之弟。嘉靖甲辰(1544)进士，除工部主事，谪河南布政司理问，迁兴化同知，有《水部集》。

[2] 羁宦：旅居为官。宋范成大《丁酉重九药市呈坐客》：“莫向登临怨落晖，自缘羁宦阻归期。”

✤ 评析

长于造景，善于言情，无限离别之意，尽寓于所设的景中。李于鳞送诗人的诗云：“吴下诗名诸弟少，天涯宦迹左迁多。”读此益知其九日怀弟的情思了。

对月答子浚兄见怀诸弟之作[1]

南北何如汉二京[2]，迢迢吴越两乡情。
谢家楼上清秋月[3]，分作关山几处明[4]。

✤ 注释

[1] 子浚：皇甫冲，嘉靖戊子(1528)举人，有《华阳集》。诸弟：指皇甫涍、皇甫汸、皇甫濂。

[2] 二京：东汉以长安为西京，洛阳为东京，明则以北平为北京，应天为南京。作此诗时，诗人官南京吏部司勋郎中，其弟皇甫濂在北京任工部主事，长兄皇甫冲在故乡长洲，即吴中，二兄皇甫涍迁浙江按察佥事，在越中。兄弟四人分居于“二京”、“吴越”，故云。

[3] 谢家楼：东晋谢安“楼馆林竹甚盛，每携中外子侄往来游集”。谢家兄弟谢奕、谢安、谢万、谢石，并著声望，犹“四皇甫”之并有诗名。

[4] “分作”句：此化用白居易《自河南经乱，关内阻饥，兄弟离散，各在一处……兼示符离及下邽弟妹》“共看明月应垂泪，一夜乡心五处同”的句意。

✤ 评析

诗人以真挚的感情、平易的语言，抒发出兄弟四人羁宦四处的离愁别恨。意蕴精深，情韵隽永，达到了引人共鸣的艺术境界。

皇甫涍

皇甫涍（1497—1546），字子安，自号少玄子。嘉靖壬辰（1532）进士，授工部主事，补右春坊司直兼翰林院检讨，量移南京刑部主事，官终浙江按察佥事。有《少玄集》。

他是一个苦吟诗人，每制一篇，必经百虑，只字不惬于心，片言无艳于目，必向壁穷索，拥衾苦雕，故词采英发，独诣高远。文徵仲说他的诗“早岁规仿初唐，旋入魏晋，晚亦玄造，铸词命意，直欲窥曹刘之奥而及之”。《四库总目》说他的诗“宪章汉魏，取材六朝……婉丽之词，绵邈之神，以骖驾昌穀、苏门，固无愧色”。他的弟弟皇甫汸说：“其为篇也，幽玄以通思，春容以御气，婉丽以陈词，和易以达理，愤懑以抒情，绵畅以该事，隽永以归趣。”虽不无偏爱，亦可以见诗人诗歌创作的严肃态度。

折杨柳[1]

陌上看杨柳，依依满洛川[2]。
良人从远戍[3]，春色动经年。
叶暗金窗里，花飞玉镜前[4]。
临风独攀折，心思乱繁烟[5]。

✤ **注释**

[1] 折杨柳：乐府曲名，属横吹曲，大都以五言八句，抒发伤春感别的情怀。

[2] 依依：茂盛的状态。《诗·小雅·采薇》："昔我往矣，杨柳依依。"洛川：即洛水。魏曹植《洛神赋》："容与乎阳林，流眄乎洛川。"

[3] 良人：丈夫。远戍：戍守在边远的地方。

[4] 玉镜：玉制的镜子。

[5] "临风"二句：此概括唐韩翃《章台柳》"纵使长条似旧垂，也应攀折他人手"和白居易《忆江柳》"遥忆青青江岸上，不知攀折是何人"的诗意诗境。

✤ 评析

婉而不迫，艳而不冶，是五言乐府的圭璧。沈德潜说他"枕藉选体，故五言自高"。这首诗正好能说明他的艺术风格，亦足以验证沈氏此言之不诬。

再别兄弟作

可叹江潭客[1]，重为魏阙游[2]。
河梁一怅望[3]，芳草剧含愁。
陇树三年泪，边云万里秋。
无由慰栖泊[4]，羁影任悠悠[5]。

✤ 注释

[1] 江潭客：迁谪的人。语出屈原《渔父》："屈原既放，游于江潭。"

[2] 魏阙：朝廷的代称。《庄子·让王》："身在江海之上，心居乎魏阙之下。"

[3] 河梁：送别的地方的代称。典出李陵《与苏武》诗："携手上河梁，游子暮何之？"

[4] 栖泊：停泊。唐高适《淇上酬薛三据，兼寄郭少府微》："酒肆或淹留，渔潭屡栖泊。"

[5] 羁影：寄居他乡的身影。悠悠：遥远，没有了期。

✤ 评析

宦途偃蹇，兄弟离散，一腔抑郁不平之气，从腕底笔端喷薄而出，具有撞击读者心扉的艺术力量,故能感人甚深。蔡子木有哭诗人的诗云:“五字沉吟诗品绝,一官憔悴世途难。”上联说他的诗品,下联说他的宦途,一向被看作是诗人的“实录”,读之,可以增进对此诗的理解。

杨继盛

杨继盛（1516—1555），字仲芳，号椒山，容城（今河北保定）人。嘉靖二十六年（1547）进士，除南京吏部主事，改兵部员外郎，坐论马市，贬狄道典史，迁诸城知县。征授南京户部主事，迁刑部员外郎，以疏劾严嵩十大罪，入狱论死，备受酷刑。临刑为诗曰："浩气还太虚，丹心照万古。生平未了事，留与后人补。"嵩败，赠太常少卿，谥忠愍，有《杨忠愍集》。

送徐子与谳狱江南[1]

寥落白云司半虚[2]，看君此去更何如？
西曹月满幽人榻[3]，南国星随使者车[4]。
塞雁不堪行断候，秋风况是叶飞初。
秣陵故旧如相问[5]，为道疏狂病未除。

✤ 注释

[1] 徐子与：徐中行，嘉靖进士，官至江西布政使。详见本书作者小传。《杨忠愍集》题作《送徐龙湾审录江南》。

[2] 白云司：刑官的代称。传说黄帝时，以云命官，秋官为白云。刑部属秋官，故亦称刑官为白云之司。《文苑英华·制诰》唐孙逖《授裴敦复刑部尚书制》："委之刑柄，俾践白云之司。"

[3] 西曹：兵部的别称。崔豹《古今注》："兵部称西曹。"因为西方属金，主兵

刑之义,故称兵部为“西曹”。

[4]“南国”句:出使的人乘坐的车叫“使车”。语出《周礼·夏官·驭夫》:“驭夫掌驭贰车、从车、使车。”朝廷派出的使者叫“使星”。《后汉书·李郃传》:“和帝即位,分遣使者,皆微服单行,各至州县,观采风谣。使者二人当到益部,投郃候舍。……郃指星示云:‘有二使星向益州分野,故知之耳。’”此合二者而用之。

[5]秣陵:南京的别称。诗人曾官南京吏部主事,故云。

✤ 评析

对徐中行的谳狱江南,充满着期望,也心存着疑虑。多年积弊,谁能力挽狂澜?遍地冤狱,谁能光照覆盆?故在送别之时,致规劝之意。沈德潜评此诗为“婉而多风”,堪为定评。

徐中行

徐中行(1517—1578),字子与,号龙湾,又号天目山人,浙江长兴人。嘉靖庚戌(1550)进士,授刑部主事,历员外郎中,出为汀州知府,擢山东佥事、福建参政按察使,累官至江西布政使。有《青萝馆诗》、《天目山堂集》。

诗人为"后七子"之一,他的诗秀雅爽健,以气为主。王元美说他的诗"发情止性,喻象比意,左准右绳,靡所不合"。胡元瑞说他的诗"闳大雄整,卓然名家,惜少深沉之致"。从这些评论中,可以看出诗人在明代骚坛中所占据的席位了。

暮发滁阳[1]

芜城一骑出[2],落日万峰西。
涧水流人影,松阴散马蹄[3]。
悬崖青欲滴,芳草绿堪迷。
洵美非吾土[4],翻然忆故溪。

✤ 注释

[1] 滁阳:滁河之北。滁河,源出安徽省肥东县东北,至江苏省南京市六合区流入长江。

[2] 芜城:广陵城,今江苏扬州。鲍照作有《芜城赋》,以讽刺南朝宋竟陵王刘

诞据广陵反，兵败城荒，因名“芜城”。此当泛指一般荒废的城市。《明诗别裁》正作“荒城”。

[3] 散马蹄：放开马蹄。散：放开。

[4] “洵美”句：此用魏王粲《登楼赋》“虽信美而非吾土兮，曾何足以少留”的句意。

✤ 评析

用荒城、落日、一骑、万峰、涧水、松阴、悬崖、芳草，构成一幅绝妙的山水图，有动有静，有声有色，大景中套小景，近景外出远景，使人油然产生一种目游、神游的美感享受。

初入滇关[1]

苍然平楚望[2]，云是古滇疆[3]。
白日开南徼[4]，青天豁大荒[5]。
河山犹内地，花木自殊方[6]。
吹尽浮云色，雄风万里长。

✤ 注释

[1] 滇关：泛指云南的关山、关隘。

[2] 平楚：登高远望，见树梢齐平，故称平楚。楚，丛木。此用南齐谢朓《郡内登望》“寒城一以眺，平楚正苍然”的诗意。

[3] 古滇疆：战国楚使庄跻以兵平定夜郎诸国，至滇池，据地为王，号称滇国。见《史记 · 西南夷列传》。

[4] 南徼：极南的边界。《史记 · 司马相如列传》：“南至牂牁为徼。”

[5] 大荒：辽阔的原野或边远的地方。《山海经 · 大荒西经》：“大荒之中，有山名曰大荒之山，日月所入……是谓大荒之野。”唐柳宗元《登柳州城楼寄漳汀封连四州》：“城上高楼接大荒，海天愁思正茫茫。”

[6] 殊方：异域，他乡。汉班固《西都赋》：“逾昆仑，越巨海，殊方异类，至于

三万里。”

✤ 评析

把初到滇关的惊喜心情，通过辽阔的原野、热带的花木，生动地表现出来。是景语，也是情语。清陈田在《明诗纪事》中评此诗说：“青天豁大荒，非至滇境者，不知其妙。”是真阅历语。

山陵道中风雨[1]

鼎湖晓散千峰雨[2]，黍谷春开万壑冰[3]。
阁道阴森盘树杪[4]，宫墙缭绕隔云层[5]。
东来海色迷玄菟[6]，西望烽烟暗白登[7]。
忽忆高皇歌猛士，大风萧瑟起诸陵[8]。

✤ 注释

[1] 山陵：汉陵，在今陕西省咸阳市渭河以北的北原上，共有九个西汉帝王的陵墓，建筑宏伟，绵延百里。

[2] 鼎湖：帝王及其坟墓的代称。相传黄帝铸鼎于荆山下，鼎成，有龙垂胡须迎黄帝上天，后世因名其处曰鼎湖。见《史记・封禅书》。

[3] 黍谷：山名，在今北京市密云区西南。传说其地美而寒，不生五谷，邹阳吹律而温气生，燕人种黍其中，故称黍谷。

[4] 阁道：复道，楼阁之间以木架空的通道。《史记・秦始皇本纪》：“（阿房）周驰为阁道，自殿下直抵南山。”此以形容西汉诸陵的殿堂。

[5] 宫墙：宫殿的围墙。云层：一层一层的云，极言其高。

[6] 玄菟：古郡名，辖境相当于今朝鲜咸镜道及我国辽宁东部、吉林南部的广大地区。治所屡变，最早设于朝鲜咸镜道的高句丽县，中移辽宁新宾县，后改沈阳附近。见《读史方舆纪要・玄菟郡》。

[7] 白登：山名。在今山西大同东。汉高祖七年（前 200），匈奴冒顿曾围刘邦于此，用陈平计，七日乃得解。见《史记・韩王信传》。

[8]“忽忆”二句：汉高祖平定淮南王英布的叛乱后，回到故乡沛邑，和父老子

弟纵饮尽欢，席间击筑而歌曰："大风起兮云飞扬，威加海内兮归故乡，安得猛士兮守四方！"见《史记·高祖本纪》。

✤ 评析

气雄调高，秀爽精丽，如骅骝登道，更无蹇步。李攀龙称其有"不可易之联，不可得之语"，是符合诗人的实际的。

归有光

归有光(1507—1571),字熙甫,号震川,江苏昆山人。嘉靖十九年(1540)举人,屡应会试不第,中举二十五年后始中进士,除长兴知县,迁顺德通判,擢南京太仆寺丞。是明代的散文大家,与唐顺之、王慎中、茅坤被称为"唐宋派"。时王世贞主盟文坛,声华煊赫,他以一老举子直诋王世贞为"妄庸巨子"。王世贞对其文初亦评价不高,认为"如秋潦在地,有时汪洋,不则一泻而已"。到了晚年,王世贞始承认归有光为古文大家,赞其像曰:"千载有公,继韩欧阳。余岂异趋,久而自伤。"盖自悔为不可及也。著有《归震川集》。

他的诗不如文,保存下来的亦不多。但他的五言,颇得古人遗韵。正如钱谦益所说的:"熙甫诗无意求工,滔滔自运,要非流俗所及。"

甲寅十月纪事[1](二首选一)

经过兵燹后[2],焦土遍江村[3]。
满道豺狼迹,谁家鸡犬存?
寒风吹白日,鬼火乱黄昏[4]。
何事征科吏[5],犹然复到门?

✤ **注释**

[1] 甲寅:明嘉靖三十三年(1554)。据《明史·世宗纪》:春正月"戊辰,官军

围倭于南沙,五阅月不克。倭溃围出,转掠苏、松。二月庚辰,官军败绩于松江。三月乙丑,倭犯通、泰,余众入青、徐界”。夏四月“乙亥,倭犯嘉兴,都司周应桢等战死。乙酉,陷崇明,知县唐一岑死之。五月壬寅,倭掠苏州。丁巳,南京兵部尚书张经总督军务,讨倭”。“秋八月癸未,倭犯嘉定,官军败之。庚寅复战,败绩。”诗人所纪的事,正是倭寇杀掠苏、松地区的惨象。

[2] 兵燹:兵灾,因战争而遭到的焚烧破坏。

[3] 焦土:焚烧后的土地。唐杜牧《阿房宫赋》:“楚人一炬,可怜焦土。”

[4] 鬼火:墓地出现的青色磷光。《楚辞》汉王逸《九思·哀岁》:“神光兮颎颎,鬼火兮荧荧。”

[5] 征科吏:收取赋税的小官。

✤ 评析

这是反映明代中叶倭寇骚扰沿海地区的诗史。遍地焦土,十室九空,而官吏不恤民困,仍然到门征税,揭露之深刻,鞭挞之严厉,可以与“三吏”、“三别”并存而不朽。

海上纪事(十四首选二)

二百年来只养兵[1],不教一骑出围城[2]。
民兵杀尽州官走[3],又下民间点壮丁。

海潮新染血流霞[4],白日啾啾万鬼嗟[5]。
官司却恐君王怒,勘报疮痍四十家[6]。

✤ 注释

[1] 二百年 从明太祖开国至嘉靖末年(1368—1566),大约二百年之久。

[2] 围城:被包围的城镇。言官军怯战,自守围,不敢让一骑一兵出来应战。

[3] 州官:地方长官。

[4] 血流霞：血流红。霞，红色的云霞。

[5] 啾啾：此指鬼的叫声。

[6] 疮痍：喻人民的疾苦。唐杜甫《雷》："故老仰面啼，疮痍向谁数？"

✤ 评析

这是由十四首绝句构成的组诗，反映了明代中叶倭寇侵扰、民不聊生的惨象。前一诗的末两句，讽刺了州官怯战、民兵御倭的现象；后一首的末两句，揭露了官司惧责、缩小灾情的丑闻。可见诗虽非归氏所长，确非流俗所能及的。

冯惟敏

冯惟敏（1511—1580?），字汝行，号海浮，山东临朐人。嘉靖丁酉（1537）举人。除涞水知县，改镇江教授，迁保定通判。与兄惟健，弟惟讷并有诗名。惟敏尤长散曲，有《海浮山堂词稿》。

他才气纵横，调逸律协，虽以散曲见称，诗亦颇有佳致。《大泌山房集》云：他的诗文“不为刻削，语情事若指掌上，填词尤号当家”。《列朝诗集》云：“汝行乐府，盛传东都，当在王渼陂之上，诗虽未工，亦齐鲁间一才人也。”这些评语是符合他的实际的。

禽　言[1]（六首选三）

凤凰不如我[2]，竹实醴泉真琐琐[3]。何不委形浊世中[4]，飞鸣饮啄无不可[5]。凤凰不如我。

报谷报谷[6]，透犁好雨夜来足。不愁田中恶草多，但愿年年风雨和。夜来雨急风声恶，闻道村南一尺雹。老翁归来语老妻，村中报赛烹鸣鸡[7]。

向前还好，可惜今年种田少。早知今年胜去年，即死不卖山南田。欲向灵禽频借问[8]，禽言昧远惟知近[9]。能知岁事报阴晴[10]，不知官租重与轻。

✣ 注释

[1] 禽言：一种诗的体裁，以鸟的鸣声象声取义，借以寓意抒情。宋梅尧臣有《禽言》四首，苏轼仿其体作《五禽言》。后世仿作的甚多，往往借此喻彼，讽刺不合理的社会现象。

[2] 凤凰不如我：一种名叫寒号虫的鸣声。元陶宗仪《辍耕录·寒号虫》：五台山有一种鸟，叫作寒号虫。当盛夏毛羽丰满，颜色美丽，便得意地叫着："凤凰不如我。"到了深冬严寒之际，毛羽脱落，索然如鷇雏，便又叫道："得过且过。"

[3] 竹实：竹子所结的实，俗叫竹米。《韩诗外传》卷八："凤乃止帝东国，集帝梧桐，食帝竹实，没身不去。"醴泉：甘美的泉水。汉王充《论衡·是应》："醴泉，乃谓甘露也。今儒者说之，谓泉从地中出，其味甘若醴。"相传凤凰非醴泉不饮。琐琐：烦琐卑贱的意思。

[4] 委形浊世：把形体付托给混浊的世界。晋陶渊明《归去来兮辞》："寓形宇内复几时，曷不委心任去留。"此化用其意。

[5] 饮啄：鸟类之饮水啄食，顺应自然，逍遥自在。语出《庄子·养生主》："泽雉十步一啄，百步一饮，不蕲畜乎樊中。"

[6] 报谷：布谷鸟。声似"布谷"，鸣当播种的时候，所以被称为劝耕之鸟。唐杜甫《洗兵马》："田家望望惜雨干，布谷处处催春种。"

[7] 报赛：古代农事完毕之后，祭祀田祖、先农，叫作报赛。鸣鸡：雄鸡，叫鸡公。

[8] 灵禽：指布谷鸟。

[9] 昧远知近：远景难明，近事可知。昧：昏暗难明。

[10] 岁事：农事。《尚书·大传·略说》："耰锄已藏，祈乐已入，岁事既毕，余子皆入学。"

✣ 评析

"凤凰不如我"，是借寒号虫的鸣声，讽刺只知贪图口体之欲的庸夫俗子，不自知其卑琐猥屑，反而嘲笑洁身自好的凤凰。"报谷报谷"是借布谷鸟的鸣声，对农民遭受雨急风恶的自然灾害，表示深切的同情；对官家的横征暴敛，表示深切的不满。刺时讽世之意，充溢于语言文字之外，是反映现实、鞭挞现实的好作品。

谢 榛

谢榛（1495—1575），字茂秦，自号四溟山人，又号脱屣老人，山东临清人。眇一目，未尝仕进，刻意为诗，声名籍甚。李攀龙、王世贞结诗社，推为盟长。李曾赠以诗云："谢榛吾党彦，咄嗟名士籍。遂令清庙音，乃在褐衣客。"其敬重之情可谓至矣。后以议论龃龉，不为同社所安，李竟遗书与之绝交云："岂其使一眇君子，肆于二三兄弟之上，必不然矣。"王世贞又别定"五子"，遂削其名于"七子"之列。谢赋《杂感》诗云："奈何君子交，中道两弃置！"亦可见其受到李、王排挤之甚了。著有《四溟山人集》、《四溟诗话》。

他的诗沉练雄伟，法度森严，尤长于五言律诗。其论诗曰："取李、杜十四家最胜者，熟读之以会神气，歌咏之以求声调，玩味之以裒精华，得此三要，则浩乎浑沦，不必塑谪仙而画少陵也。"（见《明史·文苑传·谢榛》）说明他不同于李、王之主张。胡元瑞说他的诗"融和流畅，自是中唐，与诸公大不同"。蒋仲舒说他"诗宗少陵，穷体极变，近时之麟凤哉"。江进之甚至说："求真诗于七子之中，则谢茂秦者，所谓人弃我取者也。"的确，谢榛在明"后七子"中是最有成就的一个。

榆河晓发[1]

朝晖开众山[2]，遥见居庸关[3]。

云出三边外[4]，风生万马间。
征尘何日静，古戍几人闲？
忽忆弃繻者[5]，空惭旅鬓斑。

✤ 注释

[1] 榆河：水名，又名湿余河、温余河、富河，在今北京市北境，自居庸关南流，经昌平、顺义至通州，北入白河。

[2] 开众山：雾气消散，众山明朗。此从欧阳修《醉翁亭记》“日出而林霏开”脱胎出来。

[3] 居庸关：亦称蓟门关，在今北京市昌平区西北，为长城要塞之一。

[4] 三边：指“内三关”。即居庸关、倒马关、紫荆关，均在河北省境内，沿内长城而设。

[5] 弃繻者：不要通行证明的人。《汉书·终军传》：“初，军从济南当诣博士，步入关，关吏予军繻。军问：‘以此何为？’吏曰：‘为复传，还当以合符。’军曰：‘大丈夫西游，终不复传还。’弃繻而去。军为谒者，使行郡国，建节东出关，关吏识之，曰：‘此使者乃前弃繻生也。’”后世因以“弃繻”喻指远大的志向。繻：古代用作通行证的帛，分成两半，过关时验合，以为出入的凭证。

✤ 评析

沉雄壮丽，穷极工巧，实大而声洪，思深而语至，在“七子”中当推独步。王世贞《艺苑卮言》说诗人“刻意吟咏，遂成一家。句如‘风生万马间’，又‘马渡黄河春草生’，皆佳境也”。沈德潜《明诗别裁》亦云：“读‘风生万马间’，纸上有声。”说明诗人烹字炼句之巧。

大梁冬夜[1]

坐啸南楼夜[2]，孤灯客思长[3]。
人吹五更笛[4]，月照万家霜。
归计身多病，生涯鬓易苍。

征鸿向何许[5]？春意遍湖湘。

✤ 注释

[1] 大梁：地名，战国时魏的都城，在今河南省开封市境内，故亦作开封市的别称。

[2] 南楼：古楼名，也叫玩月楼，在湖北省鄂州市。唐赵嘏《寒塘》：“乡心正无限，一雁度南楼。”此语当从此得到启发。这里的南楼，乃泛指城南之楼。

[3] 客思：游子怀念家乡的心情。南齐谢朓《离夜》诗：“翻潮尚知恨，客思眇难裁。”

[4] “人吹”句：喻忆昔怀旧之情。晋向秀《思旧赋序》：“余逝将西迈，经其(指嵇康)旧庐，于时日薄虞渊，寒冰凄然。邻人有吹笛者，发声寥亮，追思曩昔游宴之好，感音而叹。”此用其事。

[5] 征鸿：远飞的大雁。唐罗隐《夏州胡常侍》诗：“征鸿过尽边云阔，战马闲来塞草秋。”何许：何处，什么地方。

✤ 评析

排比声偶，功力深厚，摹景而生情，因情而布景，情景交融于四十字中，给人以视觉上和听觉上的无限美感。“人吹五更笛，月照万家霜”一联，景活情洽，句响字圆，尤有韵味。沈德潜说他的“五言近体，句烹字炼，气逸调高，‘七子’中故推独步”。绝非扬谢抑李的话。

秋日怀弟

生涯怜汝自樵苏[1]，时序惊心尚道途[2]。
别后几年儿女大[3]，望中千里弟兄孤。
秋天落木愁多少[4]，夜雨残灯梦有无[5]。
遥想故园挥涕泪，况闻寒雁下江湖[6]。

✤ 注释

[1] 樵苏：打柴割草，泛指平民的生计。唐曹松《己亥岁二首》之一：“泽国江

山入战图，生民何计乐樵苏？”

[2] 时序惊心：因季节的变换而感到年华易老。时序：季节的次序。

[3] “别后”句：此化用唐窦叔向《夏夜宿表兄话旧》“去日儿童皆长大，昔年亲友半凋零”的句意。

[4] “秋天”句：宋玉《九辩》：“悲哉秋之为气也，萧瑟兮草木摇落而变衰。”此用其意。

[5] “夜雨”句：此化用唐李商隐《夜雨寄北》“何当共剪西窗烛，却话巴山夜雨时”的句意。

[6] 寒雁：秋雁。此因寒雁而联想到“雁行”、“雁序”，两者皆代喻兄弟。《礼记·王制》：“父之齿随行，兄之齿雁行，朋友不相逾。”言兄弟出行，弟在兄后。齿，年龄。

✤ 评析

信手挥写，若不经意，而兄弟情谊，跃然纸上。“别后几年儿女大”，“夜雨残灯梦有无”，是真情，是真景，是真境界，自然也是真诗。当与杜甫《月夜忆舍弟》、柳宗元《别舍弟宗一》对照来读。

送谢武选少安犒师固原因还蜀会兄葬[1]

天书早下促星轺[2]，二月关河冻欲消[3]。
白首应怜班定远[4]，黄金先赐霍嫖姚[5]。
秦云晓渡三川水[6]，蜀道春通万里桥[7]。
一对郫筒肠欲断[8]，鹡鸰原上草萧萧[9]。

✤ 注释

[1] 谢武选：谢东山，字少安，四川射洪人。嘉靖进士。武选：官名，属兵部，掌管卫所士官的选授、升迁、袭替、赏罚等，见《明史·职官志》。固原：州名，在今宁夏回族自治区固原市。

[2] 天书：朝廷的诏书。星轺：朝廷特派使者所乘的车。

[3] 关河：山河。晋陶渊明《赠羊长史》："岂忘游心目，关河不可逾。"

[4] 班定远：班超，曾任西域都护，封定远侯。他在西域三十一年，年老思乡，因上书曰："臣超犬马齿歼，常恐年衰"，"不敢望到酒泉郡，但愿生入玉门关。"其妹班昭亦上书曰："超年最长，今且七十。衰老被病，头发无黑。"帝感其言，乃征超还。见《后汉书·班超列传》。

[5] 霍嫖姚：霍去病。曾为嫖姚校尉，以功封冠军侯。每次抗击匈奴，斩获甚多，益封二千户、五千户不等，天子为他建第宅，要他去看，他说："匈奴未灭，无以家为也。"由此更加得到朝廷的信任。见《史记·卫将军骠骑列传》。此以班超、霍去病喻谢少安。

[6] "秦云"句：言谢少安由固原取道陕西（秦）回四川。三川水：指河、洛、伊三川。

[7] 万里桥：在今四川成都南，横跨锦江。相传三国蜀费祎奉命出使东吴，行至此叹曰："万里之行，始于此桥。"因以为桥名。唐杜甫《狂夫》："万里桥西一草堂，百花潭水即沧浪。"唐胡曾《赠薛涛》："万里桥边女校书，枇杷花下闭门居。"万里桥便成为有名的胜迹。

[8] 郫筒：酒名，亦叫郫酿。相传晋山涛为郫令，用竹筒酿酒，兼旬方开，香闻百步。唐杜甫《将赴成都草堂途中有作……》："鱼知丙穴由来美，酒忆郫筒不用酤。"

[9] 鹡鸰原：喻兄弟之情。典出《诗·小雅·棠棣》："鹡鸰在原，兄弟急难。"萧萧：摇动稀疏的状态。此言谢少安之兄已死。

✤ 评析

一、二句点明奉诏犒师的时间；三、四句祝赞谢少安出使能圆满完成任务，立功受奖；五、六句言取道陕西，回到四川；七、八句言回乡会葬其兄的悲恸之情。句句扣紧题目，层层转出新意，布局造境，达到了炉火纯青的地步。《明诗别裁》评这首诗说："将题意逐层安放，一气转折，有神无迹，与高青邱（启）《送沈左司》诗，三百年中，不易多见者也。"说明这首诗一直得到人们的好评。

行路难[1]

荀卿将入楚[2],范叔未归秦[3]。
花鸟非乡国[4],悠悠行路人[5]。

✤ 注释

[1] 行路难：乐府杂曲歌辞篇名,多言世路艰难及离别悲伤之意。

[2] 荀卿：名况,赵人,因避汉宣帝讳,又谓之孙卿。是战国时期的重要儒家,韩非、李斯皆出其门。年五十始来游学于齐,先后三为祭酒。后来齐人或谗荀卿,荀卿乃适楚,楚春申君以为兰陵令。荀卿嫉浊世之政,乃推儒、墨、道德之行事兴坏,序列著数万言而卒。见《史记・孟子荀卿列传》。

[3] 范叔：范雎,字叔,魏人。曾随须贾出使于齐,齐襄王赐以金十斤及牛酒,被怀疑以魏国阴事告齐,魏相使人痛打范雎,折胁折齿,设法逃出,改名张禄。会秦昭王使谒者王稽来魏,私载范雎入秦,雎进以“远交近攻”之计,深得昭王赞许,乃拜范雎为客卿,谋兵事,后又拜雎为相。见《史记・范雎蔡泽列传》。

[4]“花鸟”句：言花非故乡之花,鸟非故乡之鸟。言其有他乡异域之感。

[5] 悠悠：深思,忧思。《诗・邶风・终风》:“莫往莫来,悠悠我思。”

✤ 评析

以荀卿入楚、范雎归秦,说明世路之艰险,贤俊若荀卿、范雎,尚且被谗蒙垢,不容于时,何况其他的人呢? 难怪李白有“行路难,多歧路”,“行路难,归去来”的嗟叹。后两句,写久客他乡的游子,所见尽非故乡之物,从而引起伤离恨别的感情,使主题更加深化。此沈德潜所以有“平淡语,而行路之难自见”的评语。

秋闺曲

目极江天远[1],秋霜下白蘋[2]。

可怜南去雁[3]，不为倚楼人[4]。

✤ 注释

[1] 目极：极目。尽目力之所极，即一直望到眼睛看不到的地方。三国魏王粲《登楼赋》："平原远而极目兮，蔽荆山之高岑。"

[2] 白蘋：一种水中的浮草。南朝梁柳恽《江南曲》："汀洲采白蘋，日暖江南春。"

[3] 南去雁：飞向南方的秋雁。此从雁而联想到"雁足传书"的故事。

[4] 倚楼人：思念征夫的少妇。唐王昌龄《闺怨》："闺中少妇不知愁，春日凝妆上翠楼。"唐温庭筠《梦江南》："梳洗罢，独倚望江楼。过尽千帆皆不是，斜晖脉脉水悠悠。肠断白蘋洲。"此合用其倚楼望远之意。

✤ 评析

白蘋、南雁，均为"倚楼人"极目远望所见的景物，又赋予了这些客观景物以"天际归舟"、"雁足传书"的内涵，而伤离怨别之情，便在二十字中缠绵悱恻地表现出来。因为诗人巧妙地抓住"倚楼人"心理的微妙变化，加以集中描写，故能耐人寻味。

捣衣曲[1]

秦关昨夜一书归[2]，百战犹随刘武威[3]。
见说平安收涕泪，梧桐树下捣征衣[4]。

✤ 注释

[1] 捣衣曲：琴曲名，又名《秋水弄》、《秋杵弄》。多抒写征妇为远戍边地的亲人捣洗寒衣时的怀念之情。

[2] 秦关：秦地的关隘。此指秦陇一带的边关。

[3] 刘武威：指东汉的武威将军刘尚。《后汉书·马援传》：光武帝建武二十四年，"武威将军刘尚击武陵五溪蛮夷，深入，军没"。此以刘武威代指边关将领。

[4] 梧桐树下：相传凤凰非梧桐不栖，而凤凰又是夫妻的象征，所谓“凤凰于飞，和鸣锵锵”，以喻夫妻相随，相和以鸣。见《左传·庄公二十二年》：“懿氏卜妻敬仲。”征衣：远戍在外的征人所着的寒衣。唐杜牧《秋梦》诗：“又寄征衣去，迢迢天外心。”

✣ 评 析

将征妇心理上微妙的变化，细腻地刻画了出来。秦关一书，破涕为笑，则其未得书时，辗转反侧之情、绸缪宛转之思，概见于语言之外，这是征妇心理微妙变化的第一层。既有书报平安，征妇首先想到的，便是秋风送凉，寒衣未制，于是手把刀尺、剪裁寄远，便成了她的首要工作，这是征妇心理微妙变化的第二层。捣征衣而选择梧桐树下，象征凤凰于飞，夫妻和鸣，借以讨个吉利，这是征妇心理微妙变化的第三层。真是心细如发，如胶似漆，人写活了，诗也写活了。沈德潜认为它是“可怜无定河边骨，犹是春闺梦里人”的“嗣音”，我以为陈陶的《陇西行》，是诗人自己的感慨，是客观的叙述和评论，是平面的，是静态的；而此诗则是征妇的主观情怀，是刻画心理变化的过程，是立体的，是动态的。从诗的内容来说，倒不如说是从许浑《塞下曲》的“朝来有乡信，犹自寄征衣”中得到的启发。

远别曲

郎君几载客三秦[1]，好忆侬家汉水滨[2]。
门外两株乌桕树[3]，叮咛说向寄书人[4]。

✣ 注 释

[1] 三秦：地名，在今陕西一带。项羽入关，以秦降将章邯为雍王，领咸阳以西之地；司马欣为塞王，领咸阳以东至黄河之地；董翳为翟王，领上郡（陕西北部）之地，合称“三秦”。见《史记·项羽本纪》。

[2] 汉水滨：汉水边上。汉水，长江最长的支流，发源于陕西省宁强县，流经陕西南部、湖北北部和中部，至武汉市汉阳龙王庙而入长江。

[3] 乌桕树：亦作乌臼树，系落叶乔木，实如胡麻子，可作蜡烛和肥皂的原料，以乌喜食其实而得名。《乐府诗集·杂曲歌辞·西洲曲》："日莫伯劳飞，风吹乌桕树。"

[4] 叮咛：再三嘱咐。

✤ 评析

不言自己如何想念郎君，而设身处地为郎君忆侬着想，构思已深一层，着眼亦高一着。不言郎君几载客秦，音书断绝，而怀疑"寄书人"因地址不明，投书不到，于是希望郎君把门外的两株乌桕树，作为显著的标志，再三嘱咐捎信的人。可谓心愈痴而情弥真，情弥真而语愈淡。《明诗别裁》以为"写情极真，方之'茨姑叶烂'一篇（按即唐张潮《江南行》的'茨姑叶烂别西湾，莲子花开犹未还。妾梦不离江上水，人传郎在凤凰山'。），可云新声古意"。亦自有见。

唐顺之

唐顺之（1507—1560），字应德，一字义修，号荆川，江苏武进（今常州市武进区）人。嘉靖己丑（1529）进士第一，授兵部主事，寻改翰林院编修，以上疏请朝东宫，夺职为民。后因御倭起复为兵部职方郎中，擢右佥都御史，巡抚淮阳。有《荆川先生集》。

诗人与归有光、王慎中系“唐宋派”的主要作家，主张“直据胸臆，信手写出”。诗学初唐，尤长律体，有高出时人的，有可攀古人的。《国雅品》说他“诗称名家，早居翰苑，便跻贞观、武德华躅；及还毗陵，直造开元、大历妙处，并足流响词林”。黄清甫说他“初务清华，晚趋险怪，考其所撰，若出二辙。故誉有所自，毁亦随之”。盖他后来驰骛功名，谈兵讲学，不复留意诗文，未能尽其所至。

复官后报京师友人[1]

姓名不复挂朝参[2]，鱼鸟由来性所耽[3]。
箧里符经都已废[4]，山中药草渐能谙。
疏狂自分三宜黜[5]，懒病其如七不堪[6]。
深谢故人推毂意[7]，莫将阳羡比终南[8]。

✤ 注释

[1] 复官后：指倭寇蹂躏江南，召复诗人为兵部职方郎中，视师浙江，与胡宗

宪协谋讨贼，以功擢太仆少卿，加右通政。事见《明史》本传。

[2] 朝参：官吏上朝参见皇帝。《旧唐书·舆服志》："八品、九品着碧，朝参之处，听兼服黄。"唐杜甫《重过何氏》："颇怪朝参懒，应耽野趣长。"

[3] "鱼鸟"句：指隐居林泉的乐趣。典出晋嵇康《与山涛书》："游山泽，观鱼鸟，心甚乐之。"即谓"侣鱼虾"、"盟鸥鹭"，是性之所好的。

[4] 符经：《阴符经》，相传为黄帝所撰，有太公、范蠡、鬼谷子、张良、诸葛亮、李筌六家的注，此为道家之书。又有《周书阴符》，乃兵家之书。《史记·苏秦列传》："(苏秦)乃闭室不出，出其书遍观之。……于是得《周书阴符》，伏而读之。期年，以出揣摩，曰：'此可以说当世之君矣。'"诗人所说的《阴符》，当指此。

[5] 三宜黜：三次应该罢官。典出《论语·微子》："柳下惠为士师，三黜。"诗人于嘉靖八年，会试第一，擢兵部主事，以疾罢归，是第一次被黜。十二年授翰林院编修，校累朝实录，因得罪座主张璁，罢归，永不复叙，是第二次被黜。十八年起故官，兼春坊右司谏，与罗洪先、赵时春请朝太子，复削籍归，是第三次罢黜。事见《明史》本传。可见"三宜黜"乃实指。

[6] 七不堪：三国魏嵇康不满司马集团的统治，依靠司马集团的山涛推荐他出来做选曹郎，他便写了一封与山涛绝交的信，信上列举他不能出仕的原因有"必不堪者七，甚不可者二"。后因以把"七不堪"作为不愿出仕的典故。

[7] 推毂：助人成事，推荐人才。毂，车轮的轴，推之使向前进，故有相助之意。《史记·魏其武安侯传》："魏其、武安俱好儒术，推毂赵绾为御史大夫，王臧为郎中令。"这是推荐的意思。

[8] 阳羡：地名，故城在今江苏宜兴南。宋苏轼经过此地，喜其山水宜人，欲买田阳羡，作为终老之计。诗人在疏请朝太子被削籍之后，"卜筑阳羡山中，读书十余年。中外论荐，并报寝"。见《明史》本传。此两用其事。终南：山名，在今陕西西安西南。《新唐书·卢藏用传》：一次，卢指着终南山对司马承祯说："此中大有嘉处。"司马承祯说：依我看来，"仕宦之捷径耳"。唐代的许多知识分子，包括卢藏用、司马承祯在内，想谋取官位、求得名利，往往伪装成隐士，在京城附近的终南山隐居下来，以博得清高之名，达到求官之实。

✤ 评析

诗人高自位置，说明自己性耽鱼鸟，不乐仕进，他的卜筑阳羡山中，绝不是唐代的许多知识分子，把隐居终南当作仕宦的捷径。诗中有自白，有自解，也有不平之鸣；既宛曲，又爽朗，更斐然可观。胡应麟在《诗薮》中说："律体精严，必推应德。"是恰当的评语。

南征歌[1]

月明吹笛武陵川[2]，马上行人望跕鸢[3]。
莫怕炎洲饶毒疠[4]，一冬飞雪似胡天[5]。

✤ 注释

[1] 南征：征伐南方。《尚书·仲虺之诰》："初征自葛，东征西夷怨，南征北狄怨。"

[2] 吹笛武陵川：崔豹《古今注》曰："《武溪深》，马援南征之所作也。援门生爰寄生善吹笛，援作歌，令寄生吹笛以和之，名曰《武溪深》。歌曰：'滔滔武溪一何深，飞鸟不度，兽不敢临。嗟哉武溪兮多毒淫。'"此用其事。武溪：水名，在今湖南省泸溪县。发源于县西之武山，东流入沅江。不曰武溪川，而曰武陵川，当系记忆之讹。

[3] 跕鸢：《后汉书·马援传》："下潦上雾，毒气熏蒸。仰视飞鸢，跕跕堕水中。"形容五溪瘴气之盛，虽飞鸢亦难以度越。

[4] 炎洲：泛指南方炎热地区。

[5] 胡天：北方边地的天空。我国古代泛指北方边地和西域的民族为胡。唐岑参《白雪歌送武判官归京》："北风卷地白草折，胡天八月即飞雪。"此以"飞雪"喻白色的"毒雾"。

✤ 评析

写南方的瘴疠之气，军旅的惊险之状，造语形象，使事恰切，特别能以欢愉之情，写艰难的南征，益见诗人的气象非凡，才情骏发。《明史》本传载其奉命视师南畿、浙江，"乃躬泛海，自江阴抵蛟门大洋，一昼夜行六七百里。从者咸惊呕，顺之意气自如"。此诗所反映的，当即此次奉命南征之役。

李攀龙

李攀龙(1514—1570),字于鳞,号沧溟,历城(今山东济南)人。嘉靖甲辰(1544)进士,授刑部主事,历官员外郎、郎中,出为顺德知府,擢陕西提学副使,以病挂冠,构白雪楼于鲍山、华不注之间,闭门高枕,声名大噪。隆庆元年(1567)荐起浙江副使,迁参政,擢河南按察使。三年,奔母丧,哀毁得疾卒。有《沧溟集》。

李氏为明"后七子"的首领,认为"文自西京,诗自天宝而下,俱无足观"。未免偏颇。他的诗构思玄远,造语精深,尤长于七言律,特变化不多,每嫌雷同。胡应麟《诗薮》说他的"七言律绝,高华杰起,一代宗风,而用字多同,十篇而外,不耐多读"。钱谦益《列朝诗集》亦云:他的"七言今体,三百年来推为冠冕,然举其字则三十余字尽之矣,举其句则数十句尽之矣"。这些评论,既肯定其在七言今体方面的造诣,又指出其缺点与不足,持论是颇为公允的。至于宗臣说他的"七言律浑涵雄深,七言绝句,惟李、王可以近之,翩翩高举,如听羽衣霓裳也",未免党同;沈德潜说他的"七言律已臻高格,未极变态;七言绝句有神无迹,语近情深,故应跨越余子",亦未免溢美。若夫袁宏道兄弟诋之为"赝古",艾南英又排之不遗余力,更非公允之论。

又录别

秋风西北来,萧萧动百草[1]。

荡子无家室[2],悠悠在长道[3]。
红颜能几时,弃捐一何早[4]。
对客发素书[5],零涕复盈抱[6]。
上言故乡好,下言故人老。

✤ 注释

[1] 萧萧:草木摇动的声音。《九歌·山鬼》:“风飒飒兮木萧萧。”

[2] 荡子:流荡不归的男子。《古诗十九首》之二:“荡子行不归,空床难独守。”家室:家庭。《诗·周南·桃夭》:“之子于归,宜其家室。”

[3] 悠悠:遥远。楚宋玉《九辩》:“去白日之昭昭兮,袭长夜之悠悠。”长道:远道,漫长的道路。

[4] 弃捐:弃置,抛弃。

[5] 素书:书信。古歌辞《饮马长城窟行》:“长跪读素书,书中竟何如。”

[6] 盈抱:满把,满握。

✤ 评析

语近情深,把思妇的委屈心肠,描摹得淋漓尽致。沈德潜评此诗云:“浅浅语,道得情出。”是切中肯綮的。第嫌其临摹太过,痕迹宛然。

岁杪放歌

终年著书一字无,中岁学道仍狂夫[1]。
劝君高枕且自爱,劝君浊醪且自酤[2]。
何人不说宦游乐,如君弃官复不恶[3]。
何处不说有炎凉[4],如君杜门复不妨[5]。
纵然疏拙非时调[6],便是悠悠亦所长[7]。

✣ 注释

[1] 中岁：中年，一般指四十岁左右的年龄。唐王维《终南别业》诗："中岁颇好道，晚家南山陲。"狂夫：豪放疏狂的人。唐杜甫《狂夫》诗："欲填沟壑惟疏放，自笑狂夫老更狂。"

[2] 浊醪：浊酒。南朝梁江淹《恨赋》："浊醪夕引，素琴晨张。"

[3] 不恶：不坏，不错。《世说新语·贤媛》："太傅（谢安）慰释之曰：'王郎（王凝之），逸少（王羲之）之子，人身亦不恶，汝何以恨乃尔？'"

[4] 炎凉：喻人情反复，冷热无常。唐李白《经乱离后天恩流夜郎忆旧游书怀……》："一别隔千里，荣枯异炎凉。"

[5] 杜门：闭门，把门堵起来。《史记·商君传》："公子虔杜门不出已八年矣。"

[6] 时调：入时的曲调，当时流行的歌谣。

[7] 悠悠：忧思。《后汉书·章帝纪》："中心悠悠，将何以寄？"

✣ 评析

此诗当作于诗人谢病归里，构白雪楼，谢绝宾客，闭门不出的时候。诗中塑造了一个疏拙豪放的狂夫形象，他高枕自爱，浊醪自沽，弃官不做，杜门不出，满肚子不合时宜，而能自适其适，自乐其乐。这便是他那段生活的写照，是他自我性格的解剖。

广阳山道中

出峡还何地？松杉郁不开。
雷声千嶂落，雨色万峰来。
地胜纾王事[1]，年饥损吏才[2]。
难将忧国泪[3]，涕泣向蒿莱[4]。

✣ 注释

[1] 纾王事：为君王服劳的事得到暂时的宽缓。纾：宽缓。王事：公事。

《诗・小雅・北山》:“或栖迟偃仰,或王事鞅掌。”

[2] 损吏才:影响做官的才能。损:减弱,损害,影响。

[3] 忧国泪:为忧念国事而流出眼泪。典出汉贾谊《陈政事疏》:历陈“可为流涕者二”(按实止言匈奴一事)。

[4] 蒿莱:草野。唐陈子昂《感遇》诗之三五:“感时思报国,拔剑起蒿莱。”

✤ 评析

造语精深,脱尽凡俗。“雷声千嶂落,雨色万峰来”一联,属对极工,吐辞极壮,《蠖斋诗话》说他“于登临尤擅场”,是极知于鳞之诗者。然此诗由写景转到抒情,忧国伤时之心,溢于言外。与杜甫《登岳阳楼》结句的“戎马关山北,凭轩涕泗流”,同一机杼,同一胸襟,因而具有强烈的感人力量。

初春元美席上赠谢茂秦得关字[1]

凤城杨柳又堪攀[2],谢朓西园未拟还[3]。
客久高吟生白发[4],春来归梦满青山[5]。
明时抱病风尘下[6],短褐论交天地间[7]。
闻道鹿门妻子在[8],祇今词赋且燕关[9]。

✤ 注释

[1] 元美:王世贞。茂秦:谢榛。得关字:分韵赋诗,得“关”字韵。

[2] 凤城:代指京城。唐杜甫《夜》:“步檐倚杖看牛斗,银汉遥应接凤城。”《草堂诗笺注》:“凤城,言长安也。”

[3] 谢朓:字玄晖,人称小谢,南朝齐的著名诗人,甚得诗仙李白的赞赏。尝筑室于安徽省当涂县的青山,山西北有李白的墓。西园:汉上林苑的别称。《文选・张衡〈东京赋〉》:“岁惟仲冬,大阅西园。”薛综:“西园:上林苑也。”此以谢朓比谢榛,以西园比京城的一般园囿。

[4] “客久”句:言客居京城已久,头发都逐渐白了。此从唐李商隐《安定城楼》“永忆江湖归白发”句中得到启发。

[5]“春来”句：言春来多次梦到归隐的乐趣。青山：既泛指树木青葱的山，也指谢朓在安徽省当涂县境内筑室修池的青山。系承“谢朓西园未拟还”句联想而来。

[6]明时：政治清明的时代。魏曹植《求自试表》：“志欲自效于明时，立功于圣世。”风尘下：喻奔走于道路之间，劬劳于羁旅之中。汉秦嘉《与妻书》：“当涉远路，趋走风尘。”

[7]短褐：粗麻布做的短衣，平民之服。此言谢榛未入仕途。

[8]鹿门：山名。在今湖北襄阳境内。相传汉末庞德公携妻子隐居此山，采药未还。此以比喻谢榛留在故乡的妻子。

[9]且燕关：且，语助词，“此”的意思。燕关，燕地的山河。言如今你的词赋已经传遍了这个燕地的山河。

✤ 评析

全诗对谢榛称誉备至，同情有加。既哀其明时不遇，奔走风尘；又赞其词赋盖世，遍传燕关；更称其交友甚广，滔滔皆是。情真语挚，足以感人。沈德潜说：“诵五六语，如见茂秦意气之高，应求之广。”我以为五、六语整练高华，足以概括谢榛的器宇胸襟、交友行事，不愧千古绝调。

同元美子相公实分赋怀泰山得钟字[1]

域内名山首岱宗[2]，侧身东望一相从。
河流晓挂天门树[3]，海色秋高日观峰[4]。
金箧何人探汉策[5]，白云千载护秦封[6]。
向来信宿藤萝外[7]，杖底西风万壑钟。

✤ 注释

[1]子相：宗臣。公实：梁有誉。得钟字：分韵得“钟”字韵。

[2]岱宗：泰山的别称。唐杜甫《望岳》：“岱宗夫如何？齐鲁青未了。”

[3]天门树：南天门的树影。泰山有北天门、中天门、南天门。此指南天门。

[4] 日观峰：在泰山天柱峰间。《水经注·汶水》引《汉官仪》："日观者，鸡一鸣时，见日始欲出，长三丈许，故以名焉。"

[5] "金箧"句：言藏在金匮中的汉武帝封禅泰山的书有谁去寻访呢？《史记·孝武本纪》：汉武"封泰山下东方，如郊祠泰一之礼。封广丈二尺，高九尺，其下则有玉牒书，书秘。礼毕，天子独与侍中奉车子侯（霍去病之子）上泰山，亦有封，其事皆禁"。此用其事。金箧：金匮。汉策：汉武所封的玉牒书。

[6] 秦封：《史记·秦始皇本纪》：始皇"二十八年……乃遂上泰山，立石，封，祠祀。下，风雨暴至，休于树下，因封其树为五大夫。禅梁父"。秦封，当指始皇在泰山封禅所筑之坛及所封之"五大夫松"。

[7] 信宿：连宿两夜。《诗·豳风·九罭》："公归不复，于女信宿。"《毛传》："再宿曰信。"

✣ 评析

气盛言宜，格高调雅，不愧唐人风韵。陈卧子说他的"七律有王维之秀雅，李颀之流丽，而又加整练高华，固为千古绝调"。惜其第二句稍弱，与通篇不称，犹不能视为全璧。

送皇甫别驾往开州[1]

衔杯昨日夏云过[2]，愁向燕山送玉珂[3]。
吴下诗名诸弟少[4]，天涯宦迹左迁多[5]。
人家夜雨黎阳树[6]，客渡秋风瓠子河[7]。
自有吕虔刀可赠[8]，开州别驾岂蹉跎。

✣ 注释

[1] 皇甫别驾：皇甫汸，时汸由南吏部郎中贬为开州同知。别驾乃府同知的别名。

[2] 衔杯：饮酒。晋刘伶《酒德颂》："先生于是方捧罂承槽，衔杯漱醪，奋髯箕踞，枕曲藉糟，无思无虑，其乐陶陶。"

[3] 燕山：府名，宋徽宗宣和四年改燕京为燕山府，辖今河北北部及东北部。玉珂：用贝装饰起来的马勒，色白似玉，振动有声。唐杜甫《春宿左省》："不寝听金钥，因风想玉珂。"

[4] "吴下"句：言吴下（今江苏苏州）"四皇甫"，即汸的哥哥冲、涍及其弟弟濂，并有诗名。

[5] "天涯"句：言皇甫汸多次遭到贬责。《明史·文苑三》本传：汸曾一贬黄州推官，再贬开州同知，故云。左迁，贬谪。

[6] 黎阳：古县名。治今河南省浚县东。

[7] 瓠子河：在今河南省濮阳市南，黄河曾多次决口于此，汉武帝曾作《瓠子歌》以纪其事，现已湮没。

[8] 吕虔刀：三国魏吕虔为刺史，有佩刀，相者说三公可佩。虔以授王祥，祥后位列三公，临终前，又以授王览。事见《晋书·王览传》。后因用以称赞辅相的话。

✤ 评析

李攀龙作了三百余首七律，类皆格调豪迈，构思深远，尽脱凡腐之气，足以鼓吹当代，领袖时贤。沈德潜《明诗别裁》云："济南（李攀龙）论七律云：'王维、李颀，颇臻其妙。'读此数篇，知得力有由。"朱彝尊《静志居诗话》亦说：他的"七律，人所共推，心慕手追者，王维、李颀也"。说明诗人的七律，是规摹王维和李颀的。此诗的中间两联，酷似王、李神韵。

怀子相[1]

蓟门秋杪送仙槎[2]，此日开尊感岁华[3]。
卧病山中生桂树[4]，怀人江上落梅花[5]。
春来鸿雁书千里，夜色楼台雪万家。
南粤东吴还独往[6]，应怜薄宦滞天涯[7]。

✤ 注释

[1] 子相：宗臣，"后七子"之一，详见本书作者小传。

[2] 蓟门：一名蓟丘，在今北京市德胜门外。明蒋一葵《长安客话》："今德胜门外有土城关，相传古蓟门遗址，亦曰蓟丘。"秋杪：秋末。仙槎：美好的船。

[3] 岁华：岁时，年华。唐孟浩然《除夜》："那堪正飘泊，来日岁华新。"

[4] "卧病"句：汉刘安《招隐士》："桂树丛生兮山之幽，偃蹇连蜷兮枝相缭。""王孙兮归来，山中兮不可以久留。"目的是将隐居在山林的招引出来做官。此用其意。

[5] "怀人"句：落梅花，亦名"梅花落"，汉横吹曲名，本为羌族乐曲。唐李白《与史郎中钦听黄鹤楼上吹笛》："黄鹤楼中吹玉笛，江城五月落梅花。"此用其意。

[6] 南粤：今广东、广西一带，亦作"南越"。东吴：今江苏省境。

[7] 薄宦：卑微的官职。《宋书·陶潜传》："潜弱年薄宦，不洁去就之迹。"

✤ 评析

从去秋送别，到此日怀友，洋溢着真挚的友情；天涯奔走，薄宦淹滞，更流露出无限的同情与不平。"卧病山中生桂树，怀人江上落梅花"一联，用典之切，造语之精，对仗之工稳，文采之华缛，令人叹为观止。

寄元美[1]（四首选二）

蓟门城上月婆娑[2]，玉笛谁为出塞歌[3]？
君自客中听不得，秋风吹落小黄河[4]。

渔阳烽火暗西山[5]，一片征鸿海上还。
多少胡笳吹不转[6]，秋风先入蓟门关[7]。

✤ 注释

[1] 元美：王世贞，明"后七子"的领袖。详见本书作者小传。

[2] 月婆娑：月徘徊，月亮慢慢地流转。

[3] 玉笛：美好之笛或以玉为饰之笛。出塞歌：即出塞曲，汉横吹曲名。据说汉李延年因胡曲造新声二十八解，内有出塞曲和入塞曲。

[4] 小黄河：乐曲名，这里双关永定河。

[5] 渔阳：辖境相当今北京市平谷区、天津市蓟州区等地。治所在今蓟州区。唐白居易《长恨歌》："渔阳鼙鼓动地来。"西山：指北京市西郊的太行支脉，众山相连，总名西山。

[6] 胡笳：我国古代北方少数民族的管乐器，相传系张骞从西域传入，其音悲凉。

[7] 蓟门关：居庸关，在今北京市昌平区西北。

✤ 评析

气机流畅，造语清新，是明诗七绝中的佳品。王世贞推崇他的"绝句亦是太白、少伯（王昌龄）雁行"。自是"七子"互相矜夸，不免溢美。但陈卧子说他的"绝句调甚练而若出自然，意必深而每多可思，照应顿挫，俱有法度，未易至也"。沈德潜亦说他的"绝句高华矜贵，脱弃凡庸"。说明诗人的七绝，确有很高的成就。

春日闻明卿之京却寄[1]

十载浮云傍逐臣[2]，归来不改汉宫春[3]。
摩挲金马宫门外[4]，谁识当时谏猎人[5]？

✤ 注释

[1] 明卿：吴国伦，"后七子"之一。见本书作者小传。

[2] "十载"句：《明史·文苑三》本传："继盛死，倡众赙送，忤严嵩，假他事谪江西按察司知事。"当指此事。浮云：比喻小人。楚宋玉《九辩》："何泛滥之浮云兮，猋壅蔽此明月。"《楚辞注》："浮云行则蔽月之光，谗佞进则忠良壅也。"又汉孔融《临终》诗："谗邪害公正，浮云翳白日。"此以浮云喻严嵩。逐臣：被谪贬的人。此指吴国伦。

[3] 汉宫春：汉代宫廷的春色，言吴国伦的才华不减当年。此双关双调“汉宫春”的词调名。

[4] 金马：本汉宫门，此代指明代的宫门。

[5] 谏猎人：指汉代司马相如。他曾为“游猎之赋”，因以讽谏。指出“终日驰骋，劳神苦形，罢车马之用，抗士卒之精，费府库之财，而无德厚之恩”，是一种腐败的政治。见《汉书·司马相如传》。此以司马相如代指吴国伦。

✤ 评析

对吴国伦受到严嵩的谗害，表示极端的悲愤；对吴国伦调回京师，表示无限的欢悦。一片真情，流出肺腑，自然感人甚深。末二句，尤耐咀嚼，饶有盛唐风味。

挽王中丞[1]（八首选二）

司马台前列柏高[2]，风云犹自夹旌旄[3]。
属镂不是君王意[4]，莫作胥江万里涛[5]。

幕府高临碣石开[6]，蓟门丹旐重徘徊[7]。
沙场入夜多风雨，人见亲提铁骑来[8]。

✤ 注释

[1] 王中丞：王忬，王世贞、王世懋之父，嘉靖二十年（1541）进士，先后巡按湖广、顺天，总督蓟辽，官至兵部右侍郎、右都御史。嘉靖三十八年（1559）二月，忬时总督蓟辽，会俺答把都儿部入侵，由潘家口渡滦河而西，大掠遵化、迁安、蓟州、玉田，京师大震，严嵩素不悦忬，加上其子世贞为杨继盛经纪丧事，遂借此大肆构陷，终于论斩西市。穆宗即位，世贞兄弟伏阙讼父冤，言为严嵩所害，又得到大学士徐阶的支持，始得平反，并恢复原官。事见《明史·王忬传》及《文苑三·王世贞传》。

[2] 司马：官名，大司马掌握军权。列柏：汉御史府中列植柏树，故称御史官署为“柏署”或“柏台”。因王忬曾任兵部右侍郎，提督军务，又任右都御史，故以代指王忬。

[3] “风云”句：言王忬精灵不灭，其风云之气犹然在飘扬的旌旗影里表露出来。旌旄：用旄牛尾妆饰起来的旗帜。

[4] 属镂：古剑名。吴王夫差拒绝伍子胥的忠谏，听信太宰嚭的谗言，赐子胥属镂之剑，逼令自杀。见《史记·伍子胥列传》。此以伍子胥代指王忬。据《明史·王忬传》载：嘉靖帝器重王忬的才能，非常眷顾他，所部失事，常置忬不问。故云，非徒为嘉靖开脱也。

[5] 胥江万里涛：吴王夫差逼令伍子胥自杀后，将其尸装进皮袋，投入江中，子胥化为涛神，驱水为涛，往来江上，被称为“胥涛”。事见《吴越春秋》。

[6] 幕府：将帅在外的营帐。军旅没有固定的衙门，以帐幕为办公的场所，故称“幕府”。碣石：山名，在今河北省昌黎县北。因王忬曾为蓟辽总督，故云。

[7] 蓟门：蓟丘，在今北京德胜门外。丹旐：祭祀或丧礼中用的铭旌。北周王褒《送观宁侯葬》诗：“丹旐书空位，素帐设虚樽。”

[8] 铁骑：披甲的马。唐骆宾王《代李敬业讨武氏檄》：“铁骑成群，玉轴相接。”

✤ 评析

奇气豪语，迭出纷呈。两首的末二句，构思精深，出人意表，非“后七子”所易到。

和聂仪部明妃曲[1]

天山雪后北风寒[2]，抱得琵琶马上弹[3]。
曲罢不知青海月[4]，徘徊犹作汉宫看。

✤ 注释

[1] 明妃：王昭君，名王嫱，汉元帝的宫女，因与匈奴和亲，远嫁单于。晋人为

避司马昭的讳，改称明君，后人又称之为明妃。

[2] 天山：山名，即祁连山，因匈奴称“天”为“祁连”，故以“天山”代指匈奴境内的高山。

[3] 琵琶马上弹：史载昭君戎服乘马，提琵琶出塞，以与匈奴和亲。唐杜甫《咏怀古迹》：“千载琵琶作胡语，分明怨恨曲中论。”

[4] 青海：省名，殷、周时代，皆属西羌。东晋以后为吐谷浑所有，唐代吐谷浑为吐蕃所灭。此代指匈奴的辖地。

✤ 评析

论史咏史，往往出之以议论，此诗不着一字评说，而昭君依恋故国之情，在字缝中得到充分的表现，此其所以为高。沈德潜评此诗云：“不着议论，而一切着议论者皆在其下，此诗品也。”可谓深中肯綮。

王世贞

王世贞（1526—1590），字元美，号凤洲，又号弇州山人。江苏太仓人。嘉靖丁未（1547）进士，除刑部主事，历员外郎、郎中，出为青州兵备副使，以父遇难解官。隆庆初，其父得到昭雪，复起用为大名兵备副使，历山西、湖广按察使，广西右布政使，入为太仆卿，官至刑部尚书，著有《弇州山人四部稿》及《续稿》。

世贞为“后七子”领袖，与李攀龙并主文坛。天分既高，学殖亦富，于书无所不读，于体无所不谙，记问之博，在前后“七子”中堪称独步。李攀龙死后，世贞独操文柄二十余年，著作日富，声誉日隆，谀言日至，箴规不闻，贻议者以口实，攻击之言遍天下。到了晚年，阅世日深，读书渐细，矜气逐渐消释，于是澳然汗下，自悔其少壮时的言论。然其诗字字快心，语语破的，纵心取象，意到笔随，得到当时和后世很高的评价。胡应麟在《诗薮》中说：“弇州古诗歌行，靡所不有，亦鲜所不合。乐府随代遣词，随题命意，词与代变，意逐题新。五律宏丽之内，错综变化，不可端倪。排律百韵以上，滔滔莽莽，杳无涯际。五七绝句，本青莲、右丞、少伯，而多自出结构，奇逸潇洒，种种绝尘。七律高华整栗，沉着雄深，伸缩排荡，如黄河溟渤，宇宙伟观。”陈卧子在《明诗选》中亦对其诗之各体作了全面的论述。他说：“元美天思颖隽，取材赡博，师心独运而不累其法，拟议众方而不掩其才，篇什之多，横绝古今，足以总汇前英，润泽来者。乐府不必尽合古人，甚见才思。五古不拘一体，新绪亹亹，文质相宣。拟古诸篇，上追文通，下掩君采。七律调必流丽，对必精切，雅词深致，令人赏心。七绝不专盛唐，然能意到调成，不伤其气，固是超诣。”这些评论，虽难免溢美，然亦足以说明王世贞于诗之各体无所不能，亦无所不善。

战城南[1]

战城南，城南壁[2]，黑云压我城北[3]。伏兵捣我东，游骑抄我西[4]，使我不得休息。黄尘合匝[5]，日为青，天模糊。钲鼓发[6]，乱欢呼。胡骑敛[7]，飙迅驱[8]。树若荠，草为枯[9]。啼者何？父收子，妻问夫。戈甲委积[10]，血淹头颅。家家招魂入，队队自哀呼。告主将，主将若不知。生为边陲士[11]，野葬复何悲！釜中食，午未炊。惜其仓皇遂长诀，焉得一饱为？野风骚屑魂依之[12]。曷不睹主将，高牙大纛坐城中[13]。生当封彻侯[14]，死当庙食无穷[15]。

✤ 注释

[1] 战城南：汉铙歌曲名。多以反映战争的惨象，哀悼阵亡的士卒。南朝梁的吴均，陈的张正见，唐的卢照邻、李太白，均有此作。

[2] 壁：壁垒，营垒。

[3]“黑云”句：此用唐李贺《雁门太守行》“黑云压城城欲摧”的句意，形容敌军蜂拥而来，双方力量悬殊，守军处于十分艰难的境地。

[4] 游骑：流动作战、快速进攻的骑兵。

[5] 黄尘合匝：飘扬的黄色尘土周绕重叠，从四面八方合围拢来。

[6] 钲鼓：古代军中所用的乐器，用以节制步伐。钲以静之，鼓以动之。

[7] 胡骑敛：胡人的骑兵集中起来。敛：聚集，集中。

[8] 飙迅驱：像暴风似的迅速追逐上来。飙：暴风。

[9]“树若荠”二句：形容敌骑践踏过后，万木尽残，百草尽枯。荠：蒺藜。荠

即蒺藜的合音。

[10] 委积：堆积，聚集。少曰委，多曰积。

[11] 边陲士：防守边疆的战士。

[12] 骚屑：风声。

[13] 高牙大纛：大将的牙旗，也指高官的仪仗。宋欧阳修《相州昼锦堂记》："然则高牙大纛，不足为公荣；桓圭衮冕，不足为公贵。"

[14] 彻侯：秦汉时的爵位名。金印紫绶，爵位最尊，言其可以上通皇帝。后避汉武帝刘彻讳，改为通侯。

[15] 庙食：死后立庙，享受祭祀。《后汉书·梁统传·附梁竦》："（竦）叹息言曰：'大丈夫居世，生当封侯，死当庙食。'"

✤ **评析**

旧题而创新意，虽非少陵即事命题可比，然能反映时代气息，犹有变风变雅的遗意。朱彝尊《静志居诗话》说他的"乐府变，奇奇正正，易陈为新，远非于鳞（李攀龙）生吞活剥者比"。沈德潜《明诗别裁》亦以诗人的"乐府古体，高出历下（李攀龙）何啻数倍"。这首乐府之所以值得称道，是因为它把战士和主将的苦乐、荣辱、死生，形成鲜明的对比。结尾三句，即"死是征人死，功是将军功"的意思，特化陈为新，变化无迹，所以可贵。

钦䲹行[1]

飞来五色鸟[2]，自名为凤凰。千秋不一见[3]，见者国祚昌[4]，飨以钟鼓坐明堂[5]。明堂饶梧竹[6]，三日不鸣意何长[7]。晨不见凤凰，凤凰乃在东门之阴啄腐鼠[8]，啾啾唧唧不得哺[9]。夕不见凤凰，凤凰乃在西门之阴媚苍鹰[10]，愿尔肉攫分遗腥[11]。梧桐长苦寒，竹实长苦饥[12]。众鸟惊相顾[13]，不知凤凰是钦䲹。

✤ 注释

[1] 钦䲹：神话中的人物，被天帝处死后，“化为大鹗，其状如雕，而黑文白首，赤喙而虎爪，其音如晨鹄，见则有大兵”。见《山海经·西山经》。此以钦䲹冒充凤凰讽刺严嵩。严嵩读书钤山十年，颇著声誉，人们多以姚崇、宋璟相期许，及其入阁执政，以赵文华辈为鹰犬，残害忠良，贪墨财货，坏事做尽，天下切齿，终以革职病死。

[2] 五色鸟：相传凤凰的形状是“鸡头、蛇颈、燕颔、龟背、鱼尾，五彩色，高六尺许”。见《尔雅·释鸟》“鶠凤其雌皇”郭璞注。李白《古风》：“凤飞九千仞，五章备彩珍。”

[3] “千秋”句：严嵩入阁前，朝廷属望甚高，把他看作百鸟之灵的凤凰，故有此句。

[4] 国祚：国家的气运。宋陈亮《箴铭赞》：“国祚若旒，谁任其责！”

[5] 明堂：古代朝廷宣明政教的地方。《木兰辞》：“归来见天子，天子坐明堂。”

[6] 饶梧竹：有许多供凤凰栖息的梧桐和食用的竹实。相传凤凰非梧桐不栖，非竹实不食。饶，多。

[7] 三日不鸣：《史记·滑稽列传》：淳于髡讽刺齐威王说：“国中有大鸟，止王之庭，三年不飞又不鸣，王知此鸟何也？”王曰：“此鸟不飞则已，一飞冲天；不鸣则已，一鸣惊人。”后因以喻不露声色的惊人之举。此略加变化以喻严嵩在短期内不露声色。

[8] 啄腐鼠：《庄子·秋水》：“南方有鸟，其名为鹓雏（凤凰的一种）……非梧桐不止，非练实不食，非醴泉不饮。于是鸱得腐鼠，鹓雏过之，仰而视之曰：‘吓。’”后人因以腐鼠喻不屑一顾的东西。唐李商隐《安定城楼》：“不知腐鼠成滋味，猜意鹓雏竟未休！”

[9] 啾啾唧唧：形容鸟的叫声。哺：咀嚼食物。

[10] 媚苍鹰：讨好那凶猛的鸟。苍鹰：鸷鸟。往往用以喻酷吏。《史记·酷吏列传》：汉郅都用法严酷，惨礉少恩，时人呼为“苍鹰”。此以喻严嵩宠爱的一批鹰犬。

[11] 遗腥：剩下来的荤腥食物。

[12] “梧桐”二句：言梧桐、竹实虽多，但假凤凰要啄腐鼠，要分遗腥，不愿过清寒的生活。

[13] 众鸟：喻百官万民。惊相顾：回头一看，猛然惊悟。

✤ 评析

借钦䲹冒充凤凰，但不能改变其啄腐鼠、分遗腥的本性，终于被人识破：原来凤凰是钦䲹，以讽刺严嵩攫取清誉，蒙蔽君主，实"无他才略，惟一意媚上，窃权罔利"。"窃政二十年，溺信恶子，流毒天下，人咸指目为奸臣"（见《明史・奸臣传・严嵩》）。构思甚新，设喻甚切，真不愧是"师心独运"、"意逐题新"的诗歌名家。

过维扬有怀子相[1]

淮南万木落[2]，蒹葭鸿雁秋[3]。
回瞻大江水，极眺黄河流。
念此区中士[4]，天翰阻同游[5]。
岩岩丽神京[6]，英俊满宾俦[7]。
岂乏携手好，抗志乃绸缪[8]。
浮沉众自睹[9]，安测衷所由[10]。
奈何各分离，徽音邈以修[11]。
子如宵行烛，分辉均道周[12]。
予如汀际鸳[13]，哀鸣望其俦[14]。

✤ 注释

[1] 维扬：今江苏扬州，系宗臣的故乡。子相，即宗臣。见本书作者小传。

[2] 淮南：淮河以南地区。万木落：各种各样的树木都凋零了。此点明时令是秋天。

[3] 蒹葭：芦苇。《诗・秦风・蒹葭》："蒹葭苍苍，白露为霜。所谓伊人，在水一方。"后人因以指怀念远方的友人。此用其意。

[4] 区中士：世间的才智之士。区中：人世间。汉张衡《思玄赋》："逼区中之隘陋兮，将北度而宣游。"

[5] 天翰：天然的江海。翰，翰海，即北海，群鸟之所解羽，故称翰海。

[6] 岩岩：高峻的样子。《诗·鲁颂·閟宫》："泰山岩岩，鲁邦所瞻。"神京：京城。

[7] 英俊：才能杰出的人。晋左思《咏史》："世胄蹑高位，英俊沉下僚。"宾帱：为宾客设置的床帐。

[8] 抗志：高尚的志节。绸缪：深厚的情意。魏吴质《答东阿王书》："发函伸纸，是何文采之巨丽，而慰喻之绸缪乎？"

[9] 浮沉：得意与失意，升与降。

[10] 衷所由：内心的活动所自。衷，内心。《左传·僖公二十八年》："今天诱其衷。"

[11] 徽音：美好的德音。邈：远，久远。修：漫长。

[12] "子如"二句：此用贫女分光的故事。《史记·樗里子甘茂列传》："臣闻贫人女与富人女会绩。贫人女曰：'我无以买烛，而子之烛光幸有余，子可分我余光，无损子明，而得一斯便焉。'"道周：道旁，路边。

[13] 汀际：小洲边。

[14] 俦：伴侣。

✤ 评析

历叙友情，有怀伊人，缠绵绸缪，不尽依依。结尾两喻，尤有深致。陈卧子《明诗选》说诗人的"五言古不拘一体，新绪亹亹，文质相宣"。读此诗而益信。

过长平作长平行[1]

世间怪事那有此？四十万人同日死。
白骨高于太行雪[2]，血飞迸作汾流紫[3]。
锐头竖子何足云[4]，汝曹自死平原君[5]。

乌鸦饱宿鬼车哭[6]，至今此地多愁云。
耕农往往夸遗迹，战镞千年土花碧[7]。
即令方朔浇岂散[8]，总有巫咸招不得[9]。
君不见新安一夜秦人愁[10]，二十万鬼声啾啾。
郭开卖赵赵高出[11]，秦玺忽送东诸侯[12]。

✤ **注释**

[1] 长平：地名，秦将白起坑赵卒四十万于此。故址在今山西高平西北。

[2] 太行：山名，又名五行山、王母山，是绵亘于山西、河北、河南三省边界的大山脉。

[3] 汾流：汾水，源出山西汾阳，是流经山西的主要河流。

[4] 锐头竖子：指白起。唐杜甫《久雨期王将军不至》："锐头将军来何迟。"王洙注："传言白起头小而锐。"竖子，小子。《史记·平原君列传》："白起，小竖子耳。"

[5] "汝曹"句：言你们死在赵平原君手里。汝曹，指被坑的四十万赵卒。平原君，即赵胜，赵惠文王之弟，任赵相。《史记·赵世家》："韩氏上党守冯亭使者至，曰：'韩不能守上党，入之于秦。其吏民皆安为赵，不欲为秦。有城市邑十七，愿再拜入之赵，财王所以赐吏民。'王大喜，召平原君……，对曰：'发百万之军而攻，逾岁未得一城，今坐受城市邑十七，此大利，不可失也。'王曰：'善。'乃令赵胜受地。""七月，廉颇免而赵括代将。秦人围赵括，赵括以军降。卒四十余万皆坑之。王悔不听赵豹之计(劝勿受韩地)，故有长平之祸焉。"又《史记·平原君列传赞》："鄙语曰'利令智昏'，平原君贪冯亭邪说，使赵陷长平兵四十余万众，邯郸几亡。"此用其事。

[6] 乌鸦饱宿：言乌鸦饱食战死士卒的尸体。汉乐府《战城南》："战城南，死郭北，野死不葬乌可食。"唐李白《战城南》："乌鸢啄人肠，衔飞上挂枯树枝。"诗用其意。鬼车：传说中的九头鸟。唐段成式《酉阳杂俎·羽》："鬼车鸟，相传此鸟昔有十首，能收人魂，一首为犬所噬。秦中天阴，有时有声，声如力车鸣。"

[7] 战镞：战争中使用的箭头。土花：苔藓。唐李贺《金铜仙人辞汉歌》："画栏桂树悬秋香，三十六宫土花碧。"

[8] 方朔浇岂散：方朔，即东方朔。晋干宝《搜神记》卷十一："汉武帝东游，未出函谷关，有物当道，其身长数丈，其状象牛，青眼而曜睛，四足入土，动而不

徙，百官惊骇。东方朔乃请以酒灌之，灌之数十斛而怪物始消。帝问其故，答曰：'此名为"患"，忧气之所生也。此必是秦家之狱地；不然，则是罪人徒作之所聚也。夫酒是忘忧，故能消之也。'"

[9] 巫咸：古代传说中的神巫。屈原《离骚》："巫咸将夕降兮，怀椒糈而要之。"《楚辞注》："巫咸，古神巫也，当殷中宗之世。"又唐李商隐《哭刘蕡》："上帝深宫闭九阍，巫咸不下问衔冤。"总：同"纵"。

[10] 新安一夜秦人愁：《史记·项羽本纪》："项羽乃召黥布、蒲将军计曰：'秦吏卒尚众，其心不服。至关中不听，事必危，不如击杀之，而独与章邯、长史欣、都尉翳入秦。'于是楚军夜击坑秦卒二十余万人新安城南。"新安：地名，故城在今河南省渑池县东。

[11] 郭开：赵的宠臣，被秦用巨金收买，使赵杀其良将李牧。又受廉颇仇人的巨赂，使赵王不复起用廉颇。秦因此得以顺利地吞并赵国。事见《史记·廉颇蔺相如列传》。赵高：秦的宦官。秦始皇死，伪造遗诏，逼死扶苏，立胡亥为二世皇帝。后来又想篡夺帝位，又恐大臣不服，于是指鹿为马，以问其他大臣，凡是说是鹿的，赵高便陷以其他的罪名，把他们杀了。后又逼死胡亥，立子婴为秦王。卒被子婴所杀。事见《史记·秦始皇本纪》。

[12] "秦玺"句：《史记·秦始皇本纪》：二世三年，"沛公破秦军入武关，遂至霸上，使人约降子婴。子婴即系颈以组，白马素车，奉天子玺符，降轵道旁。沛公遂入咸阳"。东诸侯，指山东的起义大军。汉贾谊《过秦论上》："山东豪俊，遂并起而亡秦族矣。"此用其事。

✤ 评析

博综典籍，熟谙掌故，信手拈来，无不恰切，没有丝毫牵合痕迹。汪伯玉说他进行诗歌创作时，"其取材也，若良冶之操炉锤，五金三齐，无不可型；其运用也，若孙吴之在军门，宫嫔市人，无不可陈"。细读此诗，诚非虚誉。特别是诗人将白起坑赵降卒四十万人于长平，跟项羽坑秦降卒二十余万人于新安，遥相对照，把讽刺的烈火，烧向穷兵黩武的战争狂，具有极大的现实意义。沈德潜说此诗"说出天道好还，使穷兵黩武者知戒"。是有道理的。

酹孙太初墓[1]

死不必孙与子，生不必父与祖[2]。
突作凭陵千古人[3]，依然寂寞一抔土[4]。
道场山阴五十秋[5]，那能华表鹤来游[6]？
君看太华莲花掌[7]，应有笙歌在上头。

✤ 注释

[1] 孙太初：孙一元。《明史·隐逸传·孙一元》："不知何许人，问其邑里，曰：'我秦人也。'尝栖太白之巅，故号太白山人。或曰安化王宗人，王坐不轨诛，故变姓名避难也。'

[2] "死不必"二句：孙一元只生一女而卒，没有子孙；孙一元不知何许人，不详其父与祖的仕履。

[3] 凭陵千古人：成为不朽的人。凭陵：逾越，登临其上。唐李白《大鹏赋》："烜赫乎宇宙，凭陵乎昆仑。"千古人：不朽的人。

[4] 一抔土：一捧土，喻指坟墓。唐骆宾王《代李敬业讨武氏檄》："一抔之土未干，六尺之孤何托？"

[5] 道场山：山名。孙一元卒，其友吴琉葬之于道场山。山在浙江长兴。见《明史·隐逸传·孙一元》。

[6] 华表鹤：传说丁令威在灵虚山学道成仙，后化鹤归来，落在城门华表柱上，有少年欲射之，鹤乃飞鸣作人言："有鸟有鸟丁令威，去家千年今始归。城郭如故人民非，何不学仙冢累累。"见旧题陶潜《搜神后记》一。此以丁令威代指孙一元。

[7] 太华莲花掌：西岳华山的中峰莲花峰。

✤ 评析

突然而起，戛然而止，寥寥数语，便把太白山人"风仪秀朗，踪迹奇谲，乌巾白帢，携铁笛鹤瓢，遍游中原"，"所至赋诗，谈神仙，论当世事，往往倾其座人”(见《明史》本传)那样特立独行的神采风范,刻画得栩栩如生。沈德潜评此诗云:“离奇突兀,吊太白山人,自应尔尔。”旨哉斯言!

登太白楼[1]

昔闻李供奉[2],长啸独登楼。
此地一垂顾,高名百代留。
白云海色曙[3],明月天门秋[4]。
欲觅重来者,潺湲济水流[5]。

✤ 注释

[1] 太白楼:此指山东济宁的太白楼。

[2] 李供奉:李白。他曾于天宝初年,应召入京,供奉翰林。以蔑视权贵,遭谗出京。

[3] “白云”句:李白《鲁郡东石门送杜二甫》:“秋波落泗水,海色明徂徕。”海色:将晓的天色。

[4] “明月”句:李白《游泰山》诗:“天门一长啸,万里清风来。”天门:指泰山的南天门、中天门、西天门。

[5] 济水:水名,古与江、淮、河并称“四渎”。源出河南济源王屋山,东流至山东,与黄河并流入海。今下游为黄河所夺,只留下发源处的一段了。

✤ 评析

有如此胸襟、如此眼界、如此才气,才能如此海阔天空地把太白楼的历史胜事、自然奇观,写得这样的秀丽可爱。

乱后初入吴舍弟小酌[1]

与尔同兹难,重逢恐未真[2]。

一身初属我，万事欲输人。
天意宁群盗，时艰更老亲[3]。
不堪追往昔，醉语亦伤神。

✤ 注释

[1] 乱后入吴：当指嘉靖三十一年(1552)贼首汪直纠集岛倭及漳、泉群盗连巨舰百余蔽海至，滨海数千里同告警。上海及南汇、吴淞、乍浦、蓁屿诸所皆陷，苏、松、宁、绍诸卫所州县被焚掠者二十余。留内地三月，饱而去。见《明史·王忬传》。舍弟：当指王世懋，懋字敬美，时称少美。嘉靖三十八年(1559)进士，历官陕西、福建提学副使，著有《王奉常集》及《艺圃撷余》等。

[2] "重逢"句：亦唐杜甫《羌村》"妻孥怪我在，惊定还拭泪。……夜阑更秉烛，相对如梦寐"、宋晏几道《鹧鸪天》"今宵剩把银釭照，犹恐相逢是梦中"中脱胎出来。

[3] "时艰"句：诗人之父王忬以山东巡抚提督军务，巡视浙江及福、兴、漳、泉四府，滨海数千里同告警；忬又视师闽中，贼复大至，战事频频失利，遭到御史赵炳然的弹劾，幸得世宗信任，特宥忬罪。见《明史·王忬传》。

✤ 评析

出自肺腑，纯乎天籁，律不调而自协，语不饰而自华，有天下之至情，才有天下之至文，情极深微，语极沉痛。与杜老的"生还今日事，间道暂时人"(《喜达行在所三首》之二)，同一感喟。沈德潜评此诗说："气雄味厚，不愧杜陵。"可以视作定评。

寄家弟振美

江头风色峭帆新[1]，江雁衔芦来往频。
握手已非生别地，题诗还是暂时人[2]。
天横北海书难信[3]，日落吴门练未真[4]。

俗弊汝曹无可却[5]，时违豺虎即须亲[6]。

✤ 注释

[1] 峭帆：笔直的船帆，高高的帆樯。

[2] 暂时人：短时间还活着的人。唐杜甫《喜达行在所三首》之二："生还今日事，间道暂时人。"

[3] 北海：泛指北方最远的地区。宋黄庭坚《寄黄几复》："我居北海君南海，寄雁传书谢不能。"

[4] 吴门：古吴县的别称，吴县是春秋时吴的都城，即今江苏苏州。练：白色的熟绢，借以形容澄澈的江水。南朝齐谢朓《晚登三山还望京邑》："澄江静如练。"

[5] 俗弊：风俗败坏。无可却：没有办法回避。

[6]"时违"句：诗人之父王忬以滦河失事，被严嵩所构陷。世贞"与弟世懋日蒲伏嵩门，涕泣求贷。嵩阴持忬狱，而时为谩语以宽之。两人又日囚服跽道旁，遮诸贵人舆，搏颡乞救。诸贵人畏嵩不敢言，忬竟死西市"。见《明史·文苑三·王世贞》。可作此语注脚。时违：时运不好，时运乖舛。

✤ 评析

极悲愤沉痛之至，当是遭到家难时所作。"握手已非生别地，题诗还是暂时人"一联，真是字字带血，语语含泪。"俗弊汝曹无可却，时违豺虎即须亲"二语，更是无可奈何之时，作此无可奈何之语。

九日风阻郑家口

野戍秋高鼓角哀[1]，萧萧木叶走黄埃[2]。
横驱浊浪蛟龙斗[3]，复掩深林虎豹来[4]。
短发霜风欺落帽[5]，异乡天地畏登台[6]。
只应诸季茱萸酒[7]，妒杀黄花傍汝开[8]。

✤ 注释

[1] 野戍：郊外的营垒，驻扎在郊外的戍所。鼓角：战鼓和号角，用以传号令壮军势。唐杜甫《阁夜》："五更鼓角声悲壮，三峡星河影动摇。"

[2] 萧萧木叶：风吹树叶的声音。唐杜甫《登高》："无边落木萧萧下，不尽长江滚滚来。"

[3] "横驱"句：言狂风驱使滔滔的浊浪，如蛟龙在酣斗。

[4] "复掩"句：又呼啸着卷进深林，像虎豹在咆哮。

[5] 落帽：晋孟嘉为征西桓温的参军，九月九日，身着戎服，随桓温饮宴龙山，有风吹落孟嘉的帽子，而嘉并未发觉。温使孙盛为文以嘲之，嘉应时作答，其文甚美。见《晋书·孟嘉传》。后遂成为重阳登高的典故。唐李白《九日》："落帽醉山月，空歌怀友生。"

[6] 异乡：他乡。畏登台：怕登台。唐杜甫《九日》："重阳独酌杯中酒，抱病起登江上台。"又《登高》："万里悲秋常作客，百年多病独登台。"改"起登台"、"独登台"为"畏登台"，而语意自新。

[7] 诸季：诸弟。茱萸酒：插茱萸，喝菊花酒。《续齐谐记》："汝南桓景随费长房游学。长房谓之曰：'九月九日，汝南当有大灾厄，急令家人缝囊盛茱萸系臂上，登山饮菊花酒，此祸可消。'"后遂成为风俗。唐王维《九月九日忆山东兄弟》："遥知兄弟登高处，遍插茱萸少一人。"

[8] 黄花：菊花。

✤ 评析

前半段写风势，有声有色，极其形象。后半段抒离情，思乡思弟，极其真挚。陈卧子说诗人的七律，"调必流丽，对必精切，雅词深致，令人赏心"。此诗可以得到印证。

广陵访周公瑕不遇[1]

豪华自古让维扬[2]，一水横江即异乡[3]。

二十四桥歌吹遍[4]，不知何处觅周郎[5]。

✤ 注释

[1] 广陵：江苏扬州的别称。周公瑕：即周天球，长洲(今江苏苏州)人，善书法，为文徵明所赏识。

[2] 维扬：扬州。

[3] "一水"句：诗人为太仓人，在江南，与广陵一江之隔，故云。

[4] 二十四桥：在扬州市，历来为当地名胜。唐杜牧《寄扬州韩绰判官》："二十四桥明月夜，玉人何处教吹箫。"宋姜夔《扬州慢》："二十四桥仍在，波心荡，冷月无声。"又《侧犯》："红桥二十四，总是行云处。"

[5] 周郎：指周瑜，瑜妙解音律，有"曲有误，周郎顾"的话。吴中皆呼为周郎。此以代指周公瑕。

✤ 评析

意到调成，自然典丽，步武青莲、右丞、少伯(王昌龄)、牧之，而又能自出新意，自创新制，所以不易企及。

戚将军赠宝剑歌[1](十首选二)

毋嫌身价抵千金，一寸纯钩一寸心[2]。
欲识命轻恩重处，灞陵风雨夜来深[3]。

曾向沧流剸怒鲸[4]，酒阑分手赠书生。
芙蓉涩尽鱼鳞老[5]，总为人间事渐平[6]。

✤ 注释

[1] 戚将军：戚继光，明代抗倭名将。详见本书作者小传。诗人的父亲王忬提督浙江军务以御倭寇时，戚为参将，故两人有通家之谊。此诗前有序言，略谓"将军逐贼至闽海中，夜见赤光起波际，使善没者探之，乃一古铁锚也，重可二百斤，因合闽铁丝鬐炼之，为剑三，俱作青色……一以遗予，许为十绝句以谢"。

[2] 纯钩：古宝剑名。《吴越春秋》：越王允常请欧冶子铸了五把宝剑：一曰

纯钩，二曰湛卢，三曰豪曹，四曰鱼肠，五曰巨阙。

[3]“欲识”二句：此化用李白《结袜子》“感君恩重许君命，太山一掷轻鸿毛”的语意。灞陵风雨：汉名将李广被废为庶人，“尝夜从一骑出，从人田间饮。还至灞陵亭，灞陵尉醉，呵止广。广骑曰：‘故李将军。’尉曰：‘今将军尚不得夜行，何乃故也！’止广宿亭下”。不久，广复拜为右北平太守，即请灞陵尉与俱，至军而斩之。见《史记·李将军列传》。此以“飞将军”李广喻指戚继光，对其有功不赏，表示了极大的愤慨。

[4]“曾向”句：此用梁元帝《玄览赋》“戮滔天之封豕，斩横海之长鲸”及李白《临江王节士歌》“安得倚天剑，跨海斩长鲸”的句意。长鲸，即鲸鱼。沧流：大江大海。剸：割。《淮南子·修务训》：“水断龙舟，陆剸犀甲。”

[5]芙蓉涩尽：剑上的花纹都锈坏了。芙蓉，指刻在剑上的花纹。唐李白《古风》之十六：“宝剑双蛟龙，雪花照芙蓉。”鱼鳞老：鱼皮制作的剑鞘也破旧了。

[6]“总为”句：此化用唐贾岛《剑客》诗“十年磨一剑，霜刃未曾试。今日把示君，谁有不平事”的诗意。

✤ 评析

音调铿锵，气韵沉郁，在豪语中无怒张之气，情语中有雄奇之思。潇洒自然，超然绝尘，自是诗中射雕手。

梁有誉

梁有誉，字公实，广东顺德人。嘉靖庚戌（1550）进士，授刑部主事。居三年，谢病归，杜门吟哦，不通宾客，修复粤山旧社，招邀故人，相与从事不朽之大业。有《兰汀存稿》。

他虽列入明"后七子"中，但弃世甚早，剽窃叫嚣之习，熏染未深。宋辕文说他的诗"秀而能沉，整而能健"。钱谦益说他的诗"词意婉约，殊有风人之致"。

姑苏怀古[1]

看山几日到吴中[2]，游客登临感慨同。
金虎迹荒灵气灭[3]，水犀军散霸图空[4]。
春归茂苑乌啼月[5]，花落横塘蝶怨风[6]。
谁识倦游心独苦，扁舟长忆五湖东[7]。

✣ **注释**

[1] 姑苏：台名，吴王阖闾所筑，故址在今江苏苏州西的姑苏山上。

[2] 吴中：今江苏苏州，春秋时为吴的国都，故古称吴中。

[3] 金虎迹荒：建安十五年，曹操建金虎、铜雀、冰井三台，故址在今河北省临漳县西南古邺城西北隅。此以代指姑苏台。

[4] 水犀军：《国语 · 越语上》："今夫差衣水犀之甲者，亿有三千。"唐杜牧《润州》："谢朓诗中佳丽地，夫差传里水犀军。"

[5] 茂苑：花木繁茂的苑囿。晋左思《吴都赋》："带朝夕之濬池，佩长洲之茂苑。"乌啼月：乌在月夜中啼叫。唐张继《枫桥夜泊》："月落乌啼霜满天。"

[6] 横塘：地名，在江苏苏州西南，是游览胜地。宋陆游《横塘》："横塘南北埭西东，拄杖飘然乐未穷。"

[7] "扁舟"句：《越绝书》："西施亡吴国后，复归范蠡，同泛五湖而去。"

✤ 评 析

这是一首吊古伤怀的诗，"金虎迹荒"，"水犀军散"，当时吴国的繁华强大，已经风流云散，成了历史的陈迹，这种登临的感慨，是游客所共有的。但诗人并没有让自己的感情沉浸在历史的凭吊之中，而是触景生情，看到"春归茂苑"、"花落横塘"的兴衰变化，加深了他倦游宦海、泛舟五湖的归隐思想，这种登临的感慨，是不同于一般游客的。至其写情的含蓄不露，造语的自然清新，具有一种令人神远的韵味，更使此诗不同于明"后七子"的剽窃叫嚣之习。

暮春病中述怀

花落长安春事过[1]，侧身天地甲兵多。
马卿消渴空成赋[2]，阮籍佯狂独放歌[3]。
病起春风吹鬓发，酒醒寒月上关河[4]。
凭栏却忆十年事，长啸谁持返日戈[5]。

✤ 注 释

[1] 春事：春天的繁华，春天的花事。

[2] 马卿：司马相如，字长卿，西汉著名的辞赋家，著有《子虚赋》、《上林赋》、《长门赋》等。消渴：病名，即糖尿病。《史记 · 司马相如传》："相如口吃而善著书，常有消渴疾。"

[3] 阮籍：晋文学家，生活在魏晋易代之际，天下多故，名士少有全者，乃不拘

礼教,酣饮为常。文帝初欲为武帝求婚于籍,籍醉六十日,不得言而止。其被酒佯狂,类皆如此。著有《达庄论》、《大人先生传》及《咏怀》诗八十余首。《晋书·阮籍传》称其“博览群籍,尤好《庄》、《老》。嗜酒能啸,善弹琴。当其得意,忽忘形骸”。

[4]“酒醒”句:此从宋柳永《雨霖铃》“今宵酒醒何处?杨柳岸、晓风残月”中胎息而来。关河,泛指水陆的重关要津。

[5]返日戈:喻人力胜天。典出《淮南子·览冥训》:“鲁阳公与韩构难,战酣,日暮,援戈而㧑之,日为之反三舍。”

✤ 评析

对干戈满地、哀鸿遍野,不胜忧愤,而又无力回天,挽回颓局。十年往事,历历在目,倭寇的杀掠沿海,把都儿之入侵内地,烽警传来,举国震惊,有谁能运筹帷幄、制胜千里呢?一种忧国伤时的感慨,洋溢在字里行间,给人以启迪和教育。属对之工整,造语之秀丽,抒情之深沉,音调之谐协,犹其余事。

吴国伦

吴国伦，字明卿，江西兴国人。嘉靖庚戌（1550）进士，授中书舍人，迁兵科给事中。因倡导赙赠杨继盛之死，得罪严嵩，谪南康推官。嵩败，起为建宁、邵武、高州知府，贵州提学副使，擢河南参政。著有《甔甀洞稿》及《续稿》。

明卿敦品励行，轻财好客，归田之后，声名藉甚。在“后七子”中，最为老寿。他的五七言近体，整密沉雄，雅练流逸，有较高的艺术成就。王世贞说他的诗“不扬而企，不抑而沉。纵不致溢，敛不郁塞”。王世懋说他的诗高于李攀龙，认为“他人诗多于高处失稳，明卿诗多于稳处藏高”，颇有独到的见解。

高州杂咏[1]

粤南天欲尽[2]，风气迥难持[3]。
一日更裘葛[4]，三家杂汉夷[5]。
鬼符书辟瘴[6]，蛮鼓奏登陴[7]。
遥夜西归梦，惟应海月知。

✤ 注释

[1] 高州：古州名。州治在今广东茂名。

[2] 粤南：广东南部。天欲尽：快到天边了，极言其远。

[3] 风气：风俗。《魏书·李琰之传》：琰之常说“吾家世将种，自云犹有关西风气”。

[4] 更裘葛：更换着冬服和夏服。裘为冬服，葛为夏服。一天之内，要更换冬夏的衣服，极言其气候变化之大。

[5] 杂汉夷：汉族和少数民族杂居在一起。夷，古代对东南少数民族的蔑称。

[6] 鬼符：隐秘莫测的符箓。辟瘴：避免瘴气。瘴气：我国南部和西南地区山林间湿热蒸发致人疾病之气。《后汉书·马援传》：“初，援在交阯，常饵薏苡实，用能轻身省欲，以胜瘴气。”

[7] 蛮鼓：南方少数民族所击之铜鼓。登陴：守城。陴，城上女墙。

✤ 评析

写南方少数民族的风土人情，极为生动形象。沈德潜评此诗云：“风土诗，须此奇警之笔，方写得生动。”是中肯的。

寄远曲

章台杨柳绿如云[1]，忆折南枝早赠君。
一夜东风人万里，可怜飞絮已纷纷[2]。

✤ 注释

[1] 章台：宫名，在陕西长安故城西南隅，台下有章台街，唐韩翃的姬柳氏居于此。安史乱后，两人分散，韩使人寄柳氏诗云：“章台柳，章台柳，昔日青青今在否？纵使长条似旧垂，也应攀折他人手。”柳氏接到诗后，并不为自己剖白，只是在诗中说：“杨柳枝，芳菲节，可恨年年赠离别。一叶随风忽报秋，纵使君来岂堪折。”此诗的内容，系概括韩翃与柳氏两人的赠答诗。

[2] 飞絮：随风飘扬的柳花。纷纷：众多的样子。唐杜牧《清明》：“清明时节雨纷纷。”

✤ 评析

以隐喻的手法，写少妇的怀远心情。记得杨柳垂绿，折枝赠别，正是这个时候。而人隔万里，归期莫卜，纵使他日能回，也是柳老絮飞、美人迟暮了。不言离别之苦，而相忆之深、相爱之诚，见于言外。可与杜牧《叹花》“自是寻春去校迟，不须惆怅怨芳时。狂风落尽深红色，绿叶成阴子满枝”对照来读，虽一为少妇忆远之词，一为萧郎自怨自艾的话，但其比喻的若即若离、措辞的婉曲含蓄，给人一种高层次的艺术享受，则是难以轩轾的。

宗　臣

宗臣（1525—1560），字子相，江苏兴化人。嘉靖癸丑（1550）进士，授刑部主事，进稽勋员外郎。以得罪严嵩，出为福建参议，迁提学副使。著有《宗子相集》。

他的诗学李白，颇多跌宕突兀之势，惜未能竟其才、极其至。穆敬甫云："子相才情兼美，造诣未竟。使天假之年，当能逐鹿于鳞（李攀龙）、犄角元美（王世贞）。"至王世贞谓其"精言秀语，高处可掩王孟，下亦不失钱刘"，则未免英雄欺人、阿其所好了。

登云门诸山[1]

山头月白云英英[2]，千峰倒插千江明。
手把芙蓉步石壁[3]，苍翠乱射猿鸟惊[4]。
谁知云外吹紫笙[5]，欲来不来空复情。
天风吹我佩萧飒[6]，恍疑身在昆仑行[7]。

✤ 注释

[1] 云门诸山：在今浙江省绍兴市南。山上有云门寺。

[2] 云英英：《诗·小雅·白华》："英英白云。"英英：形容白云的形状。

[3] 手把芙蓉：唐李白《古风》之十九："西上莲花山，迢迢见明星。素手把芙蓉，虚步蹑太清。"此用其句。芙蓉，莲花。

[4] 猿鸟惊：语出南齐孔稚珪《北山移文》："蕙帐空兮夜鹤怨，山人去兮晓猿

惊。”宋辛弃疾《沁园春·带湖新居将成》:“三径初成,鹤怨猿惊,稼轩未来。”此但用其字面而遗其内蕴。

[5] 吹紫笙:唐李白《古风》之七:“两两白玉童,双吹紫鸾笙。”以喻仙家的音乐。

[6] 萧飒:萧瑟,秋风声。唐李白《月夜江行寄崔员外宗之》:“飘飘江风起,萧飒海树秋。”

[7] 昆仑:山名,在我国新疆、西藏之间,西接帕米尔高原,东延入青海省境内。层峰叠岭,势极高峻。至今流传着有关昆仑的许多神话传说。

✤ 评析

前四句写云门诸山的险峻,千峰倒插,万岩壁立,猿鸟都为之惊骇。后四句突发奇想,仙乐盈耳,天风吹衣,恍惚置身在昆仑仙境。超忽飞动,跌宕横厉,颇似太白诗风。

寄元美[1]

念尔行摇落[2],何心堪寂寥[3]。
凌风双鬓短,畏路一身遥[4]。
薜荔乱江雨[5],鱼龙犯夜潮[6]。
广陵明月好[7],曾听玉人箫[8]。

✤ 注释

[1] 元美:王世贞,“后七子”的首领。详见本书作家小传。

[2] 摇落:凋谢,零落。楚宋玉《九辩》:“悲哉秋之为气也,萧瑟兮草木摇落而变衰。”杜甫《咏怀古迹》之二:“摇落深知宋玉悲。”又《蒹葭》:“江湖后摇落,亦恐岁蹉跎。”这里是既用其字面,又袭其意境。

[3] “何心”句:杜甫《阁夜》:“人事音书漫寂寥。”此以寂寥形容人事和音书的隔绝。又《后出塞五首》之二:“中天悬明月,令严夜寂寥。”此以寂寥形容月斜夜深时所萌发的一种寂寞感情。诗中语意,当是两者兼而有之。

[4] 畏路：艰险可怕的道路。一身遥：一个人在遥远的异乡。唐杜甫《野望》："海内风尘诸弟隔，天涯涕泪一身遥。"此用其句。

[5] 薜荔：植物名，一种香草，缘木而生。屈原《离骚》："揽木根以结茝兮，贯薜荔之落蕊。"唐柳宗元《登柳州城楼寄漳汀封连四州》："惊风乱飐芙蓉水，密雨斜侵薜荔墙。"

[6] "鱼龙"句：此用杜甫《秦州杂诗二十首》之一"水落鱼龙夜，山空鸟鼠秋"及《草阁》"鱼龙回夜水，星月动秋山"的句意，两诗皆写世路之艰险、生涯之漂泊。

[7] "广陵"句：唐徐凝《忆扬州》："天下三分明月夜，二分无赖是扬州。"言天下明月三分，扬州占了二分。广陵，扬州的别称。

[8] "曾听"句：唐杜牧《寄扬州韩绰判官》："二十四桥明月夜，玉人何处教吹箫。"此用其意。

✤ 评析

摭拾前人语意，裁成新的诗篇，气脉流畅，对仗工稳，隽句纷呈，新意迭出，是一首比较完美的五言律诗。《静志居诗话》讥其"薜荔芙蓉，蘼芜杨柳，百篇一律，讫未成家"，未免过苛。

欧大任

欧大任，字桢伯，广东顺德人。嘉靖四十一年（1562），以岁贡选江都训导，迁广州学正，入为国子监博士，历大理寺评事，累官至南京户部郎中。著有《欧虞部集》。

欧大任是“广五子”之一，与“后七子”之梁有誉、“续五子”之黎民表，是岭南诗人中卓具影响的人物。汪伯玉评他的诗说：“桢伯意气溢发，一归雅驯，可谓治世之音。”朱用晦评他的诗说：“桢伯乐府近太康，古诗师邺下，歌行准嘉州（岑参），间出青莲（李白）语；近体羽翼盛唐，七言佳境，颇类龙标（王昌龄）。”

除夕九江官舍

饯岁浔阳馆[1]，羁怀强笑欢[2]。
烛销深夜酒，菜簇异乡盘[3]。
泪每思亲堕，书频寄弟看。
家人计程远[4]，应已梦长安[5]。

注释

[1] 饯岁：送岁，送走旧岁。浔阳：又名江州，即今江西九江。

[2] 羁怀：客居他乡的情怀。强笑欢：勉强装出笑容来。

[3] “菜簇”句：堆满了他乡的菜肴。簇：堆积。

[4] 计程：计算旅程。唐白居易《同李十一醉忆元九》："忽忆故人天际去，计程今日到梁州。"

[5] 长安：代指京城。

✤ 评析

起写饯岁他乡，强作欢笑，已将羁旅的情怀表现得非常充分。一结，又从家人着想，将其计算旅程、梦到长安的思念之情，写得缠绵悱恻，动人心弦。与白居易《邯郸冬至夜思家》"想得家中夜深坐，还应说着远行人"构思极其相似。沈德潜评此诗说："一结忆及家人，又于家人意中念己之梦长安，曲折往复，善学少陵。"可谓抓住了此诗的艺术特点。

登宣武门楼[1]

百二山河控上游[2]，郁葱佳气满皇州。
风驱大漠浮云出[3]，天转滹沱落日流[4]。
双阙金茎连北极[5]，万家红树动高秋。
茱萸黄菊俱堪佩[6]，独上城南百尺楼[7]。

✤ 注释

[1] 宣武门：京师城门，其南之西门，明代改称宣武，俗称顺治门。

[2] 百二山河：形容地势险要。《史记·高祖本纪》："秦，形胜之国。带河山之险，县隔千里，持戟百万，秦得百二焉。"百二的意思是秦兵百万可当二百万。上游：形容居高临下的地势。

[3] 大漠：指蒙古高原的大沙漠。汉班固《封燕然山铭》："经碛卤，绝大漠。"

[4] 滹沱：水名，在河北省西部，为子牙河之北源。

[5] 双阙：宫门前的望楼。金茎：承露盘的铜柱。唐骆宾王《帝京篇》："铜羽应风回，金茎承露起。"北极：星名，居天之中，象征中央政权。杜甫《登楼》："北极朝廷终不改，西山寇盗莫相侵。"

[6] 茱萸：植物名。佩茱萸是我国古代重阳节的习俗，谓佩之可防灾。可见

诗人登楼时当在九月九日。

[7] 百尺楼：高楼。汉刘备对许汜说："君求田问舍，言无可采……如小人欲卧百尺楼上，卧君于地，何但上下床之间耶？"见《三国志·魏书·陈登传》。

✤ 评析

纵横跌宕，正大典丽，写北京形势，非如此大手笔不可。但用字太密，用典太多，虽有新裁贡锦之丽，却无弹丸脱手之妙。

十月虏警书事[1]

朔气初飞万树霜[2]，惊传胡马过渔阳[3]。
从军岂乏三河少[4]？度漠曾招六郡良[5]。
鸣镝月寒窥雁塞[6]，射雕云暗散龙荒[7]。
皇威赤羽劳诸将[8]，不似周王拥白狼[9]。

✤ 注释

[1] 十月虏警：嘉靖二十九年（1550）秋八月至十月，蒙古族鞑靼部首领俺答入犯宣府，由蓟州入古北口，转掠怀柔、顺义，遂逼通州，直薄京师。见《明史·世宗纪》。

[2] 朔气：寒气。《木兰辞》："朔气传金柝，寒光照铁衣。"

[3] 渔阳：古地名，辖境在今北京市密云区。白居易《长恨歌》："渔阳鼙鼓动地来，惊破霓裳羽衣曲。"

[4] 三河少：三河一带的少年。汉以河内、河南、河东三郡为三河，即今河南省洛阳市黄河南北一带。此地民性强悍，勇于作战。王维《老将行》："节使三河募年少，诏书五道出将军。"语本此。

[5] 六郡良：六郡的良家子弟。六郡，指陇西、天水、安定、北地、上郡、西河，今陕西、甘肃一带。《汉书·地理志》下："汉兴，六郡良家子，选给羽林、期门，以材力为官，名将多出焉。"

[6] 鸣镝：响箭。《史记·匈奴传》："冒顿乃作为鸣镝，习勒其骑射。"因以代

指胡骑。雁塞：山名。诗词中多用以指北方的边塞。北周庾信《对烛赋》："龙沙雁塞甲应寒，天山月没客衣单。"

[7] 射雕：匈奴族善于射雕，因以射雕喻匈奴。《史记·李将军传》："中贵人将骑数十纵，见匈奴三人，与战。三人还射，伤中贵人，杀其骑且尽。中贵人走广。广曰：'是必射雕者也。'"又王维《出塞作》："秋日平原好射雕。"龙荒：泛指我国北部的荒漠地区。《汉书·叙传》："龙荒幕朔，莫不来庭。"

[8] "皇威"句：言张大汉家的声威，用赤色羽毛装饰起来的彩旗前来慰劳各位将军。

[9] 周王拥白狼：《国语·周语》："（周穆）王不听，遂征之（犬戎），得四白狼、四白鹿以归，自是荒服者不至。"又见《史记·周本纪》。后遂用为穷兵黩武的典故。

✤ 评析

气势磅礴，笔力遒劲，字里行间洋溢着誓吞强胡、保卫神州的爱国精神。"从军岂乏三河少，度漠曾招六郡良"，不仅造语警策，属对工整，更以说明战士的骁勇善战，赤诚报国，具有必胜的条件和决心。结语说明此次的自卫反击，是正义的战争。立论严正，不愧是"治世之音"。

戚继光

戚继光（1528—1587），字元敬，号南塘，晚号孟诸，山东登州（治今蓬莱）人。世袭指挥佥事。嘉靖间，以荐备倭山东，不久，改调浙江参将，抗击倭寇。以赴援江西、福建，给倭寇以歼灭性的打击，擢福建副总兵官，晋都督同知，召为神机营副将。又与俞大猷平定广东倭寇，解除东南海患，“戚家军”威震东南，敌人闻而丧胆。隆庆初，总理蓟州、昌平、保定三镇练兵事，撰有《练兵纪实》，旋改为蓟镇总兵官，进左都督，加太子少保。晚年受到排挤，谢病归，卒谥武毅。有《止止堂集》。

少保将略武功，垂诸史册，偶为吟咏，亦超放自如，不求工而自工，盖有第一等胸襟，斯有第一等斯文。故王世贞说：“少保师旅之什，发扬蹈厉；燕闲之章，清婉调畅。”钱谦益说：“少保绥靖闽浙，功在东南。生平方略欲自见西北者，十未展一二。故其诗多感激悲壮、抑塞偾张之词，君子读而悲其志焉。”可谓深知少保的了。

韬钤深处[1]

小筑惭高枕[2]，忧时旧有盟。
呼尊来揖客[3]，挥麈坐谈兵[4]。
云护牙签满[5]，星含宝剑横[6]。
封侯非我意[7]，但愿海波平[8]。

✤ 注释

[1] 韬钤：用兵的方略。兵书上有《六韬》与《玉钤》，合称“韬钤”。《静志居诗话》：“少保平倭之功，战胜攻克，撰有《纪效新书》；在蓟日，与总制谭公纶樽俎折冲，撰有《练兵纪实》，论者比之孙、吴、韩、白焉。”

[2] 小筑：小巧的别墅。杜甫《畏人》：“畏人成小筑，褊性合幽栖。”

[3] “呼尊”句：朱彝尊《静志居诗话》：少保“军中有暇，辄与文士接席赋诗”。钱谦益《列朝诗集》亦说：少保“戎事稍闲，登山临海，缓带赋诗。罢镇归，过吴门，角巾布袍，偕二三文士，携手徒步，人莫知为故将军也”。此盖写实。呼尊，唤酒。

[4] “挥麈”句：从容清闲地坐下来谈论兵机将略。《明史》本传载：继光“召募三千人，教以击刺法，长短兵迭用”；又“因地形制阵法，审步伐便利，一切战舰、火器、兵械精求而更置之。‘戚家军’名闻天下”。又上疏提出边兵“虽多亦少”的七个原因；士卒不练的六条错误；“虽练无益”的四项失策，皆切中时弊，有益国防。这也是实指。挥麈，喻清谈、坐读。古人闲谈时，常挥动麈尾，以为谈助。

[5] 牙签：象牙制的图书标签。唐韩愈《送诸葛觉往随州读书》：“邺侯（李泌）家多书，插架三万轴。一一悬牙签，新若手未触。”《明史》本传载：戚光“家贫，好读书，通经史大义”。钱谦益《列朝诗集》亦云：“少保少折节为儒，通晓经术，军中篝灯读书，每至夜分。”可为此语注脚。

[6] “星含”句：《吴越春秋》：“伍子胥过江，解其剑与渔父曰：‘此剑中有七星北斗，其值千金。’”又《晋书·张华传》：传说吴未灭时，斗、牛二星之间常有紫气。豫章人雷焕妙达纬象，言紫气为丰城宝剑之精，上彻于天。尚书令张华即补焕为丰城令，焕至县，掘深二丈，得玉匣，长八尺，开之得二剑，其夕，斗牛气不复见。此用其典。又王世贞《戚将军赠宝剑歌序》云：“将军逐贼至闽海中，夜见赤光起波际，使善没者探之，乃一古铁锚也。重可二百斤，因合闽铁丝髻炼之，为剑三，俱作青色，烂烂射眼。”可见它也不是虚拟，而是实指。

[7] “封侯”句：后汉班超曾经投笔叹曰：“大丈夫无他志略，犹当效傅介子、张骞立功异域以取封侯，安能久事笔砚间乎？”此反用其事。

[8] 海波平：沧海波平，喻指国家安定。此指荡平倭寇，澄清海域。

✤ 评析

激昂悲壮，发扬蹈厉，那种只讲奉献、不讲索取的至大至刚之气，掷地有声，至今还能起到鼓舞群众、教育群众的作用。

盘山绝顶[1]

霜角一声草木哀[2]，云头对起石门开[3]。
朔风虏酒不成醉[4]，落叶归鸦无数来[5]。
但使玄戈销杀气[6]，未妨白发老边材[7]。
勒名峰上吾谁与[8]？故李将军舞剑台[9]。

✤ **注释**

[1] 盘山：山名，又名盆山，本名四正山，在今天津市蓟州区西北。山势雄秀，分上、中、下三盘。上盘以松胜，中盘以石胜，下盘以水胜，是游览的胜地。

[2] 霜角：寒秋时节吹起的角声。草木哀：草木变衰。

[3] 石门：形容两峰相对，中间如门。非指具体之石门山。

[4] 虏酒不成醉：唐高适《营州歌》："虏酒千钟不醉人，胡儿十岁能骑马。"此用其句意。虏酒，泛指北方少数民族所酿之酒。

[5] 归鸦无数来：宋秦观《满庭芳》："斜阳外，寒鸦数点，流水绕孤村。"此系袭用其意境。

[6] 玄戈：古代的一种兵器，青铜制，横刃，有长柄。杀气：兵气，战争的气氛。唐高适《燕歌行》："杀气三时作阵云，寒声一夜传刁斗。"

[7] "未妨"句：汉班超久在绝域，年老思土，因上疏言："臣不敢望到酒泉郡，但愿生入玉门关。"其妹班昭亦上书曰："超年最长，今且七十。衰老被病，头发无黑。……妾诚伤超以壮年竭忠孝于沙漠，疲老则便捐死于旷野，诚可哀怜。"见《后汉书·班梁列传》。此反用其事。

[8] 勒名峰上：把名字刻在山峰上。东汉窦宪大破匈奴，登燕然山，勒石纪功而还。见《后汉书·窦宪传》。此用其事。

[9] 故李将军：李广"尝夜从一骑出，从人田间饮。还至霸陵亭，霸陵尉醉，呵止广。广骑曰：'故李将军。'尉曰：'今将军尚不得夜行，何乃故也！'止广宿亭下"。见《史记·李将军列传》。《柳亭诗话》引此诗后说："其曰李故将军者，指

唐李药师也。”李药师即唐初名将李靖，贞观初为代州行军总管，破突厥，破吐谷浑，以功封卫国公。相传他曾在盘山舞过剑，后人为了纪念他，于盘山天成寺东，筑舞剑台。

✤ 评析

寓豪情壮志于登临游览之什，一腔建功立业的爱国热情，油然表露出来，感慨悲壮，给人以力量和信心。沈德潜评此说：“无意为诗，自足生趣。若郭定襄，直于诗坛中位置之。”郭定襄，即郭登。李东阳曾谓“国朝武臣能诗者，莫过郭定襄”。沈氏认为戚继光在诗坛中的地位，应该与郭登一样，这个评价是符合实际的。

徐　渭

徐渭(1521—1593),字文清,更字文长,号天池漱生、天池山人、青藤道士、白鹇山人、鹏飞处人、寿漱老人、山阴布衣等。山阴(今浙江绍兴)人。为诸生十余年,入浙闽总督胡宗宪幕,参加平倭战争。胡宗宪下狱,他受到牵连,愤而自杀,得救后漫游南北,以鬻书卖画为生。著有《徐文长集》、《樱桃馆集》及《南词叙录》、《四声猿》等。

徐渭是一位全能的文人,工诗、擅曲、精书、善画。他自谓“吾书第一,诗二文三画四”。然诗文未免繁芜,不若画品,小涂大抹,俱高古也。其论诗曰:“人有学为鸟言者,其音则鸟也,而性则人也;鸟有学为人言者,其音则人也,而性则鸟也。此可以定人与鸟之衡哉?今之为诗者,何以异于是?不出于己之所自得,而徒窃于人之所尝言,曰某篇是某体,某句似某人,此虽极工逼肖,而已不免于鸟之为人言矣。”这些话是针对前、后“七子”的模古、复古的主张而发的。他恃才放逸,涉怪涉俳,往往深于法而略于貌。《四库总目》说他的诗“欲出入李白、李贺之间,而才高识僻,流为魔趣。选言失雅,纤佻居多,譬之急管幺弦,凄清幽渺,足以感荡心灵,而揆以中声,终为别调”。这个评论,足以代表后世对徐诗的观点。但公安派的首领袁宏道则对他的诗赞誉备至,评价甚高。他说:“文长放浪曲蘖,恣情山水,走齐鲁燕赵之地,穷览朔漠,其所见山奔海立,沙起云行,风鸣树偃,幽谷大都,人物鱼鸟,一切可惊可愕之状,一一皆达之于诗。其胸中又有一段不可磨灭之气,英雄失路、托足无门之悲,故其为诗如嗔如笑,如水鸣峡,如种出土,如寡妇之夜哭，羁人之寒起。当其放意，平畴千里；偶尔幽峭，鬼语秋坟。喜作书，笔意奔放如其诗，诚八法之散圣，字林之侠客也。”这个评语，虽不免有些偏爱，但对其涉怪涉俳之处，却有独到的见解，可以帮助吾人进一步了解徐文长的诗品和人品。

顺昌道中新晴[1]

解辔投山屋[2]，束鞍闻曙鸡[3]。
风云留宿雨，花草踏晴泥。
晓峡喧溪路[4]，春沙泛马蹄[5]。
遥知武夷曲[6]，只在乱峰西。

✤ 注释

[1] 顺昌：县名，今福建省顺昌县。明、清皆属延平府。

[2] 解辔：松开缰绳。意即歇下马来。

[3] 束鞍：系紧马鞍，整顿好鞍马。曙鸡：报晓的鸡声。

[4] 溪路：沿溪的山路。

[5] 泛马蹄：马蹄的痕迹浮在沙面上。此与白居易《钱塘湖春行》的“浅草才能没马蹄”形成相反的生活体验。

[6] 武夷曲：指武夷山的九曲溪，在今福建省顺昌县的西北部。

✤ 评析

扣紧题中“新晴”，通过“宿雨”、“晴泥”、“溪喧”、“沙软”等景物，描绘出一幅久雨新晴的春山晓行图。图中景象，令人神往；图中人物，呼之欲出。真个大涂小抹，皆成妙品。

怀陈将军同甫

飞将远从戎[1]，翩翩气自雄。

椎牛千嶂外[2]，骑象百蛮中。
铜柱华封尽[3]，昆池汉凿空[4]。
雁飞真不到，何处寄秋风[5]。

✣ 注释

[1] 飞将：神速勇猛的战将的美称。如汉之李广、汉末之吕布、隋末之单雄信等，皆有此名。宋陆游《江楼醉中作》："生希李广名飞将，死慕刘伶赠醉侯。"

[2] "椎牛"句：《史记·冯唐传》："五日一椎牛，飨宾客军吏舍人。"椎牛，杀牛。《世说新语·汰侈》：王恺有牛名叫八百里驳，与王武子赌，以千万作抵，武子一矢中的，便叱左右速探牛心来，尝了一脔便去。宋辛弃疾《破阵子·为陈同甫赋壮词以寄之》："八百里分麾下炙，五十弦翻塞外声。"此合用其事。

[3] "铜柱"句：《后汉书·马援传》："峤南悉平。"唐李贤注引《广州记》："援到交阯，立铜柱，为汉之极界也。"华封尽：华夏的封疆已经到了尽头，亦即"汉之极界"。

[4] "昆池"句：南朝梁慧皎《高僧传·竺法兰》："又汉武穿昆明池底，得黑灰，以问东方朔，朔云：'不悉，可问西域人。'后法兰既至，众人追以问之，兰云：'世界终尽，劫火洞烧，此灰是也。'"

[5] "雁飞"二句：相传雁至衡阳而止，故衡阳有回雁峰。衡阳以南的岭峤地区，便是雁飞不到之处。秋风，秋季之风，也是鸿雁南归之时。汉武帝《秋风辞》："秋风起兮白云飞，草木黄落兮雁南归。"

✣ 评析

用豪语豪情，寄怀远征岭南之陈将军，给人以雄奇壮美的艺术享受。"椎牛千嶂外，骑象百蛮中。"虎虎有生气，字字作金声。又以马援立铜柱，赞美其立功异域；汉武凿昆池，表示自己对兵劫的厌恶，委婉含蓄，自是风雅的正音。

徐熥

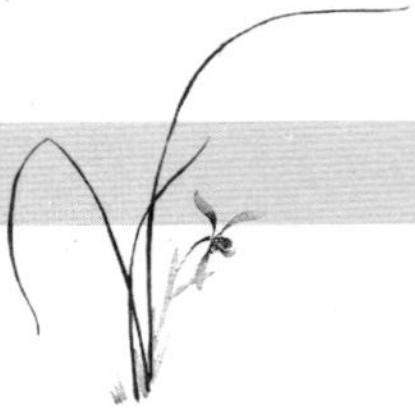

徐熥，字惟和，闽县（今福建福州）人。万历戊子（1588）举人，与弟徐𤊹，俱有诗名。著有《幔亭集》。

他才思婉丽，五言近体，取法唐人，七言绝尤能作情至之语。《四库总目》说他“负才淹蹇，肆力诗歌，大抵圭臬唐人，而不为割裂饾饤之习”。张献翼《文起堂集》说他“调匪偏长，体必兼善，力追古则，尽涤时趋”。朱彝尊《静志居诗话》说他“力以唐人为圭臬，七绝原本王江宁（昌龄），声谐调畅，情至之语，诵之荡气回肠”。

送人游吴楚

津亭烟柳绿垂丝[1]，万里关山匹马迟。
去国正当秋尽后[2]，登楼多在日斜时[3]。
楚江草长悲鹦鹉[4]，吴苑花深走鹿麋[5]。
话别何须共惆怅，秋风摇落是归期[6]。

✤ 注 释

[1] 津亭：渡口的凉亭。烟柳垂丝：笼罩在烟雾中的绿柳已经长满了枝条。此暗用《诗·小雅·采薇》“昔我往矣，杨柳依依”的典故，点明友人游吴楚的季节。

[2] 去国：离开故乡。国，指故乡。

[3]“登楼”句：三国魏王粲有《登楼赋》，主要是写他对故乡的怀念，如“悲旧乡之壅隔兮，涕横坠而弗禁”，“人情同于怀土兮，岂穷达而异心？”后因以“登楼”

喻怀乡。

[4] 楚江：泛指楚地的河流，此指汉江。汉江南岸有鹦鹉洲，相传汉末江夏太守黄祖的长子在此大宴宾客，有人敬献鹦鹉，祢衡作了《鹦鹉赋》，后祢衡被黄祖杀害，亦葬于此，因以“鹦鹉”名洲。此用其事。

[5] 吴苑：吴王夫差所建的苑囿。此指姑苏台。《史记·淮南衡山列传》：伍被怅然说：“臣闻子胥谏吴王，吴王不用，乃曰：‘臣今见麋鹿游姑苏之台也。’”此用其事。

[6] 秋风摇落：秋深的时候。楚宋玉《九辩》：“悲哉秋之为气也，萧瑟兮草木摇落而变衰。”

✤ 评析

工于发端，第一句点明送别的时节，第二句写友人匹马独往，而真挚的友谊毕见。中间善于铺排，既实写眼前的景物，又虚拟别后的怀乡，更想到至楚而悲鹦鹉，至吴而游姑苏，用典恰切，无一句浮泛之辞。末以情结景，饶有余韵。

访梅禹金秦淮客舍[1]

舟过长干问客星[2]，风流不用叹飘零。
一秋桃叶居淮水[3]，十月梅花梦故亭[4]。
游遍南朝故宫地[5]，翻残西竺净名经[6]。
赠君欲折藏鸦柳[7]，满目长堤何处青？

✤ 注释

[1] 梅禹金：梅鼎祚（1549—1615），安徽宣城人。少负诗名，与汤显祖交谊甚深。著有《梅禹金集》，此外尚有杂剧《昆仑奴》，传奇《三合记》、《长命缕》，小说《才鬼记》、《青泥莲花记》等。

[2] 长干：古地名。在今江苏省南京市南。《文选·左思〈吴都赋〉》：“长干延属，飞甍舛互。”刘渊林注：“建邺之南有山，其间平地，吏民居之，故号为‘干’。中有

大长干、小长干，皆相属，疑是居称‘干’也。”客星：本以指忽隐忽现的星，此以代隐居他乡的人。《后汉书·严光传》：“因共（严光与光武）偃卧，光以足加帝腹上。明日，太史奏客星犯御座甚急。帝笑曰：‘朕故人严子陵共卧耳。’”

[3]“桃叶”句：桃叶，指桃叶渡。相传晋王献之在这里歌送其妾桃叶而得名。其歌曰：“桃叶复桃叶，渡江不用楫。但渡无所苦，我自迎接汝。”见《隋书·五行志上》。时梅禹金也携带小姬同居秦淮客舍，故以王献之的小妾桃叶为比。

[4]敬亭：山名，在今安徽宣城，即梅禹金的故乡。相传南齐谢朓曾经在此赋诗，李白的《独坐敬亭山》“相看两不厌，只有敬亭山”尤为脍炙人口。因为它把李白不满污浊的现实，投奔到大自然的怀抱中来的生活情趣，写得非常逼真。梅禹金的唾弃举子业，放浪山水，也是这种生活情趣。

[5]南朝故宫：东晋以后，中国分裂为南北两个部分。据有南方的宋、齐、梁、陈，称为南朝，它们的都城俱在建康，即今南京市。

[6]西竺净名经：佛经名，即维摩诘经。净名，即无垢的意思。南朝梁释慧皎《高僧传》：“所以净名杜口于方丈，释迦缄默于双树。”

[7]藏鸦柳：枝叶荫蔽的垂柳。南朝梁简文帝《金乐歌》：“槐香欲覆井，杨柳正藏鸦。”

✤ 评析

将梅禹金的生活情趣，写得有声有色。格调高雅，典实恰切。真可谓“传于境而丽于情，谐于调而鹜于采”。有回肠荡气之妙。《明十三家诗选》说他的七律“安雅合节，无七子浮响”。从此诗中可以得到印证。

酒店逢李大

偶向新丰市里过[1]，故人尊酒共悲歌。
十年别泪知多少，不道相逢泪更多。

✤ 注释

[1]新丰：古县名，治所在今陕西省西安市临潼区西北。汉高祖七年，太上皇思

东归，高祖乃改筑城寺街里以像丰，并徙丰民居于此，故叫新丰。见《汉书·地理志》新丰县注。新丰产美酒，王维《少年行》有“新丰美酒斗十千，咸阳游侠多少年”。又《旧唐书·马周传》：马周“西游长安，宿于新丰逆旅，主人惟供诸商贩而不顾待周，遂命酒一斗八升，悠然独酌”。说明新丰在唐初是繁华地带、游览胜地。故王维《观猎》有“忽过新丰市，还归细柳营”，李商隐《风雨》有“心断新丰酒，销愁斗几千”等诗句。

✤ 评析

诗人七绝，多情至之语，往往感人甚深，此诗结尾两句，语淡情浓，把久别重逢、喜极转悲的生活体验，写得十分逼真。

寄弟[1]

春风送客翻愁客，客路逢春不当春。

寄语莺声休便老[2]，天涯犹有未归人[3]。

✤ 注释

[1] 寄弟：弟，指诗人的弟弟徐焍，亦当时的著名诗人。见后文。

[2] 莺声休老：喻春光常在。古人常以莺啼花开，喻春时的繁华；以莺老花残，喻暮春的寂寥。唐卢仝《楼上女儿曲》：“莺花烂漫君不来，及至君来花已老。”

[3] 未归人：诗人自指。

✤ 评析

抓住一个“春”字做文章，前两句是明写，后两句是暗写；前两句是铺垫，后两句是抒情的焦点。“春风送客”，“客路逢春”，本来是惬意的事，而在羁旅行役的人看来，却容易引起年华易逝、兄弟分散的愁思，这种生活体验，许多人都是经历过的，因而容易引起人们感情上的共鸣。这“寄语莺声休便老，天涯犹有未归人”与杜甫《曲江二首》之二的“传语风光共流转，暂时相赏莫相违”艺术构思，虽是同一机杼，而蕴藉含蓄，却有创新，是善于学杜者。

徐𤊹

徐𤊹，字惟起，更字兴公，徐熥之弟。一生不仕，博学工诗，家中藏书甚富，皆施墨点朱。所作才一脱稿，便风行海内。万历间，主持闽中词坛，后进称为“兴公诗派”。著有《鳌峰集》。

《静志居诗话》说他的诗“典雅清稳，屏去粗浮浅俚之习，与惟和（徐熥）足称二难”。《明诗纪事》说：“兴公七言，可肩随惟和，五言近体，微少变化，应推乃兄独步。”

宫人斜[1]

空山冥漠夜沉沉[2]，多少芳魂不可寻[3]。
莫怨埋香在黄土[4]，长门深比墓门深[5]。

✤ 注释

[1] 宫人斜：亦称玉钩斜，在今江苏扬州。宋陈师道《后山居士诗话》：“广陵亦有戏马台，其下有路号玉钩斜。”《广陵志》：“府治西北玉钩斜，隋炀帝葬宫人处。”历代咏“宫人斜”者很多，唐之窦巩、陆龟蒙，宋之张侃，明之谢肇淛，均有《宫人斜》诗。

[2] 冥漠：幽暗的样子。沉沉：深沉的样子，多以形容漫漫的长夜。如南朝梁何逊《宿南洲浦》的“沉沉夜看流”，杜甫《醉时歌》的“清夜沉沉动春酌”等都是。

[3] 芳魂：香魂，指宫女的魂。

[4] 埋香：多用以悼念年轻貌美的少女、少妇。唐李贺《官街鼓》："汉城黄柳映新帘，柏陵飞燕埋香骨。"

[5] 长门：汉宫名。汉武帝的陈皇后，失宠以后，幽居在此。

✤ 评析

"莫怨埋香在黄土，长门深比墓门深"，从宫人的埋香黄土、瘗骨墓门的大不幸中，看到她们比废居长门、幽闭冷宫的命运还要好，语更沉痛，情更悲愤。它在艺术构思、深化主题方面给当时和后世的诗人以很大的启发，如明罗洪先《昭君辞》的"不待今朝悲远嫁，长门风雨即天涯"，清沈玉书《昭君怨》的"明妃莫抱千秋恨，尚有长门老死人"，夏宗沂《招君》的"不是琵琶成远嫁，年年明镜老长门"，都可以看到此诗的深远影响。

谢肇淛

谢肇淛，字在杭，福建长乐人。万历壬辰(1592)进士，除湖州推官，迁南京刑部主事，改兵部，转工部郎中。出为云南参政，历广西按察使，迁左布政使。熟悉河工水利，所作《北河纪略》，详细记载了河流的原委及历代治河的利弊。有《小草斋集》。

他的诗既美才情，尤深寄兴，时“竟陵派”已盛行，而他却不肯附翼钟谭，可谓闽派诗人的砥柱。王穉登说他的诗“寄兴微而缀词雅，取调古而命意新。秀若可餐，沃其堪挹，穆如温如，以雅以南”。张幼于说他的诗“蓄藻于建安，腾声于庆历，希躅于少陵，泛驾于长庆，兼综潘陆，妙契陶韦。其辞宛以丽，其气雄以健，其摅思优以隽，其援事典以则，其振响和以平”。对他的诗学渊源和诗歌风格都作了具体的评论。李本宁更就其各体诗的特点作了概括，李说：“在杭乐府，丰约文质，适得其中；五古赡而不俳，华而不靡；七古音节鲜明，气势沉郁；五七言律、长律，比耦精严；绝句意在笔，为韵在言外，春容警策，短长合度，大都率循古法，而中有特造孤诣。体无所不备，变无所不尽。今诗道向衰，予将以在杭为砥柱焉。”可谓期望匪浅，推崇已极。

春　怨

长信多春草[1]，愁中次第生[2]。

君王行不到，渐与玉阶平[3]。

✤ 注释

[1] 长信：汉宫殿名，太后所居。成帝时，赵飞燕姊妹得宠，班婕妤恐久见危，自求供养太后于长信宫。见《汉书·外戚传》。

[2] 次第：眨眼之间，顷刻间。唐韩愈《落齿》诗："余存二十余，次第知落矣。"白居易《观幻》诗："次第花生眼，须臾烛过风。"

[3] 玉阶：铺砌玉石的台阶。亦称"玉砌"、"玉除"、"玉墀"。

✤ 评析

以草平玉阶，形容门前冷落，深婉含蓄，表达了失宠宫嫔内心深处的幽怨。当与王昌龄《长信秋词五首》对照来读。

秋　怨

明月怜团扇[1]，西风怯绮罗[2]。
低垂云母帐[3]，不忍见银河[4]。

✤ 注释

[1] "明月"句：此用相传为班婕妤所作的《怨歌行》"新裂齐纨素，皎洁如霜雪。裁为合欢扇，团团似明月。出入君怀袖，动摇微风发。常恐秋节至，凉飙夺炎热，弃捐箧笥中，恩情中道绝"的诗意。

[2] 绮罗：轻柔华美的丝织品。

[3] 云母帐：以云母为饰的帐幔。相传赵飞燕得宠，其女弟在昭阳殿，设有云母屏风之类。见旧题刘歆《西京杂记》一。

[4] 银河：天河。此言被废弃的宫嫔，不愿见到牛郎、织女在银河相会。

✤ 评析

写宫廷妇女的苦闷生活和幽怨心情，却把这种心情隐藏在字里行间，含而不露，这样的心理刻画，给人以更加宽广的联想天地，因而具有更大的包孕性。

宿吴山寄长安旧人[1]

春时相送出燕都[2]，秋到江南一字无。
半夜寒灯数行泪，满天风雨下西湖[3]。

✤ 注释

[1] 吴山：山名，在杭州西湖的东南面。白居易《长相思》“吴山点点愁”，即此。长安：代指当时的都城北京。

[2] 燕都：亦称“燕京”，即今北京市。

[3] “满天”句：此用唐许浑《谢亭送别》“日暮酒醒人已远，满天风雨下西楼”的语句而略有变易。

✤ 评析

意在笔先，韵在言外，缀词甚雅，构思甚深，堪称明代七绝的圣手。

雨中度北峡关[1]

溪流屈曲路巉巉[2]，细雨斜风转不堪[3]。
惟有马头云雾里[4]，青山一片似江南。

✤ 注释

[1] 北峡关：地名，在今安徽省舒城县南。

[2] 巉巉：高峭险峻的样子。

[3] 不堪：受不了。《左传·隐公元年》：“今京不度，非制也，君将不堪。”

[4] “惟有”句：化用李白《送友人入蜀》“山从人面起，云傍马头生”的句意。

✤ 评析

这是一首充满诗情画意的写景诗，因景生情，情景交融，清新自然，极富韵味。末两句神来韵来，饶有唐音。试与宋苏轼《澄迈驿通潮阁二首》之“杳杳天低鹘没处，青山一发是中原”对读，可以发现它们都是以景写情，虽然苦乐各异，而笔墨之潇洒，感情之深沉，则是异曲同工的。

李　贽

李贽(1527—1602),字宏甫,号卓吾,又号温陵居士、百泉居士等,福建泉州人。嘉靖三十一年(1552)福建乡试举人,做过云南姚安知府等二十余年的小官,即从事著述与讲学。他抨击程朱理学,以"异端"自居,屡遭迫害,坚强不屈,最后被加以"敢倡乱道,惑世诬民"的罪名,逮捕入狱,死在狱中。著有《李温陵集》、《藏书》、《续藏书》、《焚书》、《续焚书》等,这些书虽遭到明、清两代的禁毁,但仍然流传了下来。

初到石湖[1]

皎皎空中石[2],结茅俯青溪[3]。
鱼游新月下,人在小桥西。
入室倾尊酒,逢春信马蹄[4]。
因依如可就[5],筇竹正堪携[6]。

✤ 注释

[1] 石湖:湖名。在江苏苏州西南。西南通太湖,北通横塘,东入胥门运河,风景优美,相传是范蠡携西施游五湖的入口。宋范成大也筑室于此,自号"石湖居士"。

[2] 皎皎:洁白的样子。

[3] 结茅:盖造简陋的房屋。唐韦应物《淮上遇洛阳李主簿》:"结茅临古渡,卧见长淮流。"青溪:古水名,发源于南京钟山西南,入秦淮,逶迤九曲,今已

湮没。

[4] 信马蹄：听任马之所至。信，听任，任凭。

[5] 因依：依靠，依倚。魏阮籍《咏怀》："回风吹四壁，寒鸟相因依。"

[6] 筇竹：即竹杖。《史记·大宛传》张守节《正史》："邛都邛山出此竹……可为杖。"其后加竹作"筇"。

✤ 评析

以欣悦之情，写初到石湖时的感受。写鱼、写酒、写马、写杖，都是以写人为核心，都是化静景为动景，清新自然，直抒胸臆，使人从中获得最好的艺术享受。真是"信腕信口，皆成律度"，可以视作"性灵派"的开山。

屠 隆

屠隆(1542—1605),字长卿,一字纬真,号赤水,又号鸿苞居士,鄞县(今浙江宁波)人。万历丁丑(1577)进士,除颍上、青浦知县,授礼部主事、员外郎,因纵情诗酒、声色,有"翠馆侯门青楼郎署",被人劾罢。他异才天纵,下笔千言,长篇短什,一挥而就。诗、词、曲,无所不能。所著传奇《昙花记》、《彩毫记》、《修文记》,流传至今。诗文则有《由拳集》、《白榆集》、《栖真集》等。

他的诗信心矢口,不事雕饰,长篇尤极恣肆。王世贞说他"诗语秀逸,有天造之致,的然大历以前人,文尤瑰奇横逸"。沈明臣说他的诗文"宏肆巨丽,高华秀美,烨然动人心目"。评价甚高,亦有对他的诗评价不高者,如陈卧子说他的诗"如冲烦驿舍,陈列壶觞,顷刻办就,而少堪下箸"。朱彝尊亦说:"长卿才非不高,而纵情奔放,记云'不知所以裁之'者也。"这些都可以进一步帮助我们理解屠隆诗歌的特色和成就。

彭城渡黄河[1]

彭城临广岸,俯仰霸图空[2]。
白日照残雪,黄河多烈风。
所嗟人向北,不似水流东。
回首沧溟曲[3],山山云雾中。

✤ 注释

[1] 彭城：古地名。今江苏徐州。过去黄河流经此地，现已改道。

[2] "俯仰"句：项羽消灭秦的主力部队后，自称西楚霸王，建都彭城，后与刘邦争夺天下，被韩信围于垓下，在四面楚歌中，自刎身亡。见《史记·项羽本纪》。

[3] 沧溟曲：大河的弯曲处。

✤ 评析

以吊古起，以抒情终，中间铺排景物，不加雕饰，而着语成画；触景生情，而寄兴深微。大有"清水出芙蓉，天然去雕饰"之妙。

春日怀桃花别业[1]

缓步踏江村，沙晴晚日暄。
偶然逢野老，相送出柴门[2]。
曲岸隐渔吹[3]，平桥落水痕。
归来坐长薄[4]，星月饭黄昏。

✤ 注释

[1] 桃花别业：诗人所筑的别墅。以桃花名坞、名井、名泉、名潭者甚多，大都隐藏着放浪诗酒、纵情歌舞之意。别业，即别墅。晋石崇《思归引序》："晚节更乐放逸，笃好林薮，遂肥遁于河阳别业。"

[2] 柴门：用柴做的门，极言其简陋清寒。晋陶潜《癸卯岁始春怀古田舍二首》之二："长吟掩柴门，聊为陇亩民。"

[3] 曲岸：偏僻幽曲的河岸。渔吹：渔人所吹的歌曲。

[4] 长薄：草木丛生的地方。丛木为林，草木交错为薄。

✤ 评析

淡淡几笔，便把桃花别业的春景，有声有色地描绘了出来。江村是它的自然环境，那里有晴暖的平沙，有“相见语依依”的野老，有从曲岸深处传来的渔歌，还有刻画着水涨水落痕迹的平桥，以及供他啸傲、供他眺望的长薄。似乎并没有着意去写人，而那个潇洒出尘、怡然自得的主人却呼之欲出。这就是此诗的妙处。

汤显祖

汤显祖(1550—1616),字义仍,号海若、若士,晚年号茧翁,自署清远道人。临川(今江西抚州)人。万历癸未(1583)进士,除南京太常博士,迁礼部主事,以弹劾大学士申时行,贬徐闻典史,迁遂昌知县,又以不阿权贵被免官。他是明代杰出的戏剧家,所作"临川四梦",蜚声艺林,尤其是他的《牡丹亭》,即《还魂记》,一直脍炙人口。诗文有《玉茗堂集》。

他与袁宏道相友善,诗风亦颇相近。屠隆对他的诗评价极高,说"义仍才高学博,气猛思沉,格有似凡而实奇,调有甚新而不诡,语有老苍而不乏于姿,态有纤秾而不伤其骨"。但朱彝尊却说:"义仍填词(指传奇)妙绝一时……诗终牵率,非其所长。"二人的评论,似各有所偏,予独对钱谦益的评论,私意以为是公允的,是符合实际的。他说:"义仍少熟《文选》,中攻声律,四十以后,诗变而之香山(白居易)、眉山(苏轼),文变而之南丰(曾巩)、临川(王安石)。"

黄金台[1]

昭王灵气久疏芜[2],今日登台吊望诸[3]。
一自蒯生流涕后,几人曾读报燕书[4]!

✤ 注释

[1] 黄金台:亦名金台、燕台,故址在今河北省易县东南。相传为燕昭王招揽

贤士所筑。

[2]昭王：燕国的君主，名平，燕王哙的儿子。他即位后，卑身厚币，招纳贤士，为郭隗筑黄金台，事以师礼。于是乐毅、邹衍、剧辛等分别从魏国、齐国、赵国来到了燕国，昭王以乐毅为上将军，联合秦、楚、韩、赵、魏合力攻齐，下齐七十余城，一直攻入齐的国都临淄。见《史记·燕召公世家》。

[3]望诸：乐毅。乐毅已下齐七十余城，皆为郡县以属燕，只有莒和即墨未下，会燕昭王死，子燕惠王立。齐田单乃纵反间于燕说："齐城不下者两城耳。然所以不早拔者，闻乐毅与燕新王有隙，欲连兵且留齐，南面而王齐。齐之所患，唯恐他将之来。"燕惠王果使骑劫取代乐毅，乐毅惧，遂西降赵。赵封乐毅于观津，号曰望诸君。见《史记·乐毅列传》。

[4]"一自"二句：蒯生，即蒯彻，以避汉武帝讳，改名通，是西汉著名的辩士，有权变。武信君用其策，降燕、赵三十余城；韩信用其策，遂定齐地。后又以"相君之面，不过封侯，又危不安；相君之背，贵乃不可言"，劝韩信叛汉。信不用，乃佯狂遁去。高祖捕得通，欲烹之，以善辩得免。见《史记·淮阴侯列传》。蒯生流涕：骑劫代乐毅为将后，被田单所破，尽复齐已失之故地，燕惠王后悔，使人责备乐毅，乐毅写了一封脍炙人口的《报燕惠王书》，委婉陈述其去燕奔赵之故。司马迁在《乐毅传赞》中说："始齐之蒯通及主父偃读乐毅之《报燕王书》，未尝不废书而泣也。"此用其事。

✤ 评析

通首只一句谈到燕昭王，全都是感叹乐毅的。乐毅能"夷万乘之强国"，而不能免于群小之谗言；能使蒯通、主父偃感动而流涕，而不能使燕惠王悔悟而回心。这是千古的恨事，所以诗人为之感叹不已、悲愤不已。盖既以悲乐毅之遭遇，更以抒个人之怀抱。

七夕醉答君东[1]

玉茗堂开春翠屏[2]，新词传唱《牡丹亭》[3]。
伤心拍遍无人会[4]，自掐檀痕教小伶[5]。

✤ 注释

[1] 君东：刘澍，江西泰和人。明代的理学家。

[2] 玉茗堂：汤显祖落职后的居室。

[3] 牡丹亭："临川四梦"之一，汤显祖的代表作。写杜丽娘与柳梦梅生死相恋的爱情故事。丽娘因梦成病，由死还生，卒能成就美满姻缘，真可谓千古情痴。至今还在上演的《游园惊梦》、《春香闹学》和《拾画叫画》，都是取材于此的。

[4] 拍遍：语出宋辛弃疾《水龙吟》"栏杆拍遍，无人会，登临意"。陈继儒在《批点〈牡丹亭〉·题词》中说："独汤临川最称当行本色。"他自己也很自负地说："《牡丹亭记》要依我原本，其吕家（指吕玉绳）改的，切不可从。虽是增减一二字，以便俗唱，却与我原做的意趣大不同了。"（《与宜伶罗章二》）

[5] 檀痕：弦乐器上架弦的格子。小伶：小演员。汤显祖确曾为宜黄戏的演员做过导演，他在《寄嘉兴马、乐二丈并怀陆五台太宰》一诗的"往往催花临节鼓，自踏新词教歌舞"可证。

✤ 评析

沈德符在《顾曲杂言》中说："汤义仍《牡丹亭》一出，家传户诵，几令《西厢》减价。"说明《牡丹亭》的确是汤显祖的力作。在这首诗里，表现了他为艺术而付出全部精力的高度责任感；也说明他不是不懂格律，而是不愿意做格律的奴隶，让格律去损害他的艺术生命。

送别刘大甫[1]

欲别悲歌鸡又鸣，白头无计与刘生[2]。
恩仇未尽心难死，独向田横岛上行[3]。

✤ 注释

[1] 题一作《送别刘大甫谒赵玄冲胶西》。胶西，在今山东胶州，地近田横岛。

[2] 与刘生：荐举刘生。与，同"举"。《乐府诗集》引《乐府解题》："刘生，不知何代人。齐、梁已来，为刘生辞者，皆称其任侠豪放，周游五陵三秦之地。"此

以刘生代指刘大甫。

[3] 田横岛：在今山东省青岛市即墨区东海中。田横，本齐国贵族，秦末与兄田荣、从兄田儋起兵，以谋恢复齐国，失败后率徒属五百人逃亡海岛。刘邦征召他到洛阳来，田横不肯臣汉，离洛阳还有三十里便自杀了，其徒属五百人闻之皆自杀。见《史记·田儋列传》。

✤ 评析

不写离别之情，而抒豪侠之气，构思极为新颖，措辞极为雄健。是诗人的别调。

高攀龙

高攀龙(1562—1626),字存之,又字云从、景逸,江苏无锡人。万历己丑(1589)进士,除行人,以上疏诋大学士王锡爵等,谪揭阳典史。熹宗立,起复为光禄丞,历刑部右侍郎、左都御史,又以反对魏忠贤被革职。与顾宪成讲学东林书院,时称“高顾”,是东林党的领导人物。魏忠贤派缇骑搜捕,乃投水死。崇祯初,赠太子少保、兵部尚书,谥忠宪。著有《高子遗书》。

《四库总目》说他“诗意冲淡”。陈皇士也说:“先生诗无意求工,大约抒写自得之致。”沈德潜说他“无心学陶,天趣自会”。说明他的诗风比较恬淡,是接近陶、韦的。

夏日闲居

长夜此静坐,终日无一言。
问君何所为?无事心自闲[1]。
细雨渔舟归,儿童喧树间。
北风忽南来,落日在远山。
顾此有好怀[2],酌酒遂陶然[3]。
池中鸥飞去,两两复来还。

✣ 注释

[1]“问君”二句:晋陶渊明《饮酒》之五:“问君何能尔?心远地自偏。”

[2] 好怀：美好的情怀。陶渊明《饮酒》之九："问子为谁与？田父有好怀。"

[3] 陶然：自得自乐的样子。李白《下终南山过斛斯山人宿置酒》："我醉君复乐，陶然共忘机。"陶，乐的意思。陶渊明诗中用得很多，如《己酉岁九月九日》"何以称我情，独酒且自陶"和《杂诗十二首》之八"理也可奈何，且为陶一觞"。

✤ 评析

用淡语、常语，活脱脱地画出一位潇洒出尘、悠然自得的高士形象。他与世无争、得意忘言，近看在细雨中归来的渔舟，静听在树林里喧呼的儿童，忽然感到南来的北风，看到远山的落日，以及飞去的白鸥，又双双地飞了回来，便触发了他欢乐的情怀，不禁为之浮一大白。这不是葛天氏、无怀氏之民吗？

湖上闲居季思子往适至[1]

正尔山水间，念我烟霞友[2]。
春风吹微波，日暮倚杨柳[3]。
我友惠然至[4]，童仆喜奔走。
相别叹几时，相逢虑非久。
所欢得晤言[5]，欲言仍无有[6]。
默默各自怡[7]，一室间相偶。
夜深不能寐，明月在东牖[8]。

✤ 注释

[1] 季思：归子慕，详见本书作者小传。子往：吴志远，浙江嘉善人，诗人的好友。

[2] 烟霞友：隐居山林的朋友。此指归子慕和吴子往。唐陆龟蒙《茶鼎》："那堪风雪夜，更值烟霞友。"

[3] "日暮"句：杜甫《佳人》："天寒翠袖薄，日暮倚修竹。"易"修竹"为"杨

柳”，而忆别、惜别之情自见。

[4] 惠然至：承蒙垂爱而来。语出《诗·邶风·终风》：“终风且霾，惠然肯来。”后多用作对客人表示欢迎之词。

[5] 所欢：亲密的朋友。三国魏刘桢《赠五官中郎将诗四首》其三：“涕泣洒衣裳，能不怀所欢。”与乐府诗中习用以“所欢”代“情人”的义项有别。晤言：对面谈话。《诗·陈风·东门之池》：“彼美淑姬，可与晤言。”

[6] “欲言”句：言心领神会，彼此默契，无须用语言来表达。《庄子·外物》：“言者所以在意，得意而忘言。”晋陶渊明《饮酒》之五：“此中有真意，欲辩已忘言。”此化用其意。

[7] 默默：无声无息。自怡：自得，自适。

[8] 东牖：东面的窗户，说明夜已很深。牖：窗户。

✤ 评析

前半段写久别偶聚，无限欢欣之情；后半段写挚友相对，默默无言，彼此心领神会的妙趣。一片天机，纯乎天籁。归子慕有《庚子正月吴子往见过同访高存之于漆湖》诗，则此诗当作于明万历二十八年(1600)春初，而湖上，即是漆湖。

夜　步

幽人夜未眠[1]，月出每孤往。
繁林乱萤照[2]，村屋人语响。
宿鸟时一鸣[3]，草径露微上。
欣然意有会，谁与共心赏[4]。

✤ 注释

[1] 幽人：幽居在山林的人。一般指隐士。宋苏轼《卜算子·黄州定慧院寓居作》：“谁见幽人独往来，缥缈孤鸿影。”

[2] 繁林：茂密的树林。

[3] 宿鸟：栖宿在树枝上的鸟。此与王维《鸟鸣涧》“月出惊山鸟，时鸣春涧中”同一意境。

[4]“欣然”二句：晋陶渊明《五柳先生传》：“好读书，不求甚解；每有会意，便欣然忘食。”又《与子俨等疏》：“偶爱闲静，开卷有得，便欣然忘食。”此化用其意。会意，领悟；心赏，有契于心，欣然自得。

✤ 评析

恬静淡泊，超然出尘。此种意境，当于陶渊明、王摩诘诗中求之。

归子慕

归子慕(1563—1606),字季思,江苏昆山人。归有光的少子,万历辛卯(1591)举人。再试礼部不第,隐居昆山之西冈村,衡门流水,槿篱短墙,饭蔬饮水,怡然自乐,与无锡高攀龙、嘉善吴志远为莫逆交,学者称清远先生。崇祯初,赠翰林待诏,故又尊之为归待诏。有《陶庵集》。

他的诗风超然恬淡,与陶渊明极相近。陈济生《启祯两朝遗诗》说:“待诏诗超然绝尘,于陶彭泽殆神似之。”朱彝尊《静志居诗话》:“季思诗学陶而得其神髓,韦苏州后鲜有其伦。诵之令人增箪瓢陋巷之乐。”沈德潜《明诗别裁》亦云:“待诏诗雅淡清真,箪瓢童冠,无非乐趣。”说明他的诗品似其人品,因为他的人生追求,与陶渊明的风趣略似,所以诗风亦略相似。

对　客

默然对客坐,竟坐无一语[1]。
亦欲通殷勤[2],寻思了无取[3]。
好言不关情[4],谅非君所与。
坦怀两相忘[5],何害我与汝?

✤ 注释

[1] 竟坐:一直坐着。竟,指自始至终整个过程。

[2] 通殷勤:表达亲切的情意。《史记·司马相如传》:“相如乃使人重赐文君

侍者,通殷勤。”

[3] 了无取：完全没有必要。了无,全无。晋陶渊明《癸卯岁十二月中作与从弟敬远》诗:“萧索空宇中,了无一可悦。”

[4] 好言：好听的话,美好的语言。关情：涉及真实的感情。关,涉及。

[5] 坦怀：裸露着胸怀,喻真诚待人。两相忘：彼此都不拘泥于形迹。语出《庄子·大宗师》:“与其誉尧而非桀也,不如两忘而化其道。”白居易《分司洛中多暇……兼呈思黯奇章公》:“性与时相远,身将世两忘。”

✤ 评析

钱谦益《列朝诗集》说归子慕的“五言诗,淡雅似其为人”。读此诗而益信其言之不诬。

馆城北[1]

妻孥昔居城[2],我淹江上庐[3]。
妻孥来江上,我去城北居。
城北何所事,二生喜从余。
既爱童子真,且得人事疏[4]。
长夏北窗竹,风吹几案书。
坐看墙外帆,树中去徐徐[5]。
中情苟无系[6],触物皆有余。
今兹对佳节,正值秋风初。
香稻感我情,归食空江鱼。
小女解思父,一见当何如?

✤ 注释

[1] 馆城北：设馆于城北,教授生徒。诗人有《城北初夏》诗,内说“三见草木

荣,栖栖犹未旋”,则其设馆的时间,当在三年以上。又云:‘晨兴课书罢,日午蛙声喧”,则其在城北是为了课授生徒。

[2] 妻孥:妻与子的合称。杜甫《羌村三首》之一:“妻孥怪我在,惊定还拭泪。”

[3] 淹:滞留。江上庐:指诗人的旧居昆山西冈村。诗人曾榜其居曰:“衡门翳翳,泌流洋洋。”是其庐在江上之证。

[4] 人事疏:远离人世间的各种俗事。诗人《城北初夏》诗云:“偶与城市远,因耽此地偏。独馆背清池,一无俗事牵。”可为此语的注脚。

[5] 徐徐:缓缓地,慢慢地。

[6] 中情:内心深处的感情。屈原《离骚》:“荃不察余之中情兮,反信谗而齌怒。”苟无系:假设没有拘系。苟:假如,倘若。系:拘系,牵挂。

✤ 评析

是亲戚间的情话,是家庭中的温语,娓娓道来,语淡意浓,把诗人的至情天性,表现得毫无遗憾,是真学陶而得其神髓者。

归江上

去年冬尽归,室家尚完好[1]。
儿女曝檐隈[2],墙头日杲杲[3]。
今年冬尽归,离忧不可道[4]。
中馈阒无人[5],虚堂尘不扫[6]。
一儿依外家,两女傍兄嫂。
奚独天运乖[7]? 谋生亦草草[8]。
人世骨肉缘,尚尔不可保[9]。
而况一切营[10],何足撄怀抱[11]?
久矣吾行迷,回车苦不早[12]。

✤ 注释

[1] 室家：指家庭、夫妇。《诗·周南·桃夭》："之子于归，宜其室家。"引申为家中的人。《汉书·高帝纪》："(汉王)过沛，使人求室家，室家亦已亡。"

[2] 曝檐隈：在屋檐角边晒太阳。曝，晒；隈，角落，此指屋角。

[3] 杲杲：明亮。《诗·卫风·伯兮》："其雨其雨，杲杲日出。"

[4] 离忧：生离死别的忧愁。不可道：无法用言语来形容。

[5] 中馈：代指妻子。《易·家人》："无攸遂，在中馈。"言妇女在家庭中是主管饮食的事务的。汉张衡《同声歌》："绸缪主中馈，奉礼助蒸尝。"阒：寂静。《易·丰》："窥其户，阒其无人。"

[6] 虚堂：空屋，无人居住的房子。

[7] 天运：天命，生就的命运。陶渊明《责子》："天运苟如此，且进杯中物。"

[8] 草草：匆促，随便，简易。杜甫《送长孙九侍御赴武威判官》："闻君适万里，取别何草草。"

[9] 尚尔：尚且如此。

[10] 营：谋划，经营。

[11] 撄怀抱：扰乱自己的心境。撄：扰乱，为外物所烦扰。《庄子·庚桑楚》："不以人物利害相撄。"

[12] 回车：回头，掉转车头，喻迷途知返。

✤ 评析

"去年"和"今年"的家庭生活形成强烈的对比，以表现其失偶之痛，完全从肺腑中流出，便是天地间的至情至文。

张 溥

张溥（1602—1641），字天如，江苏太仓人。幼好学，所读必手录，读一过，即焚之，如是者六七次，因名其斋为“七录”。崇祯辛未（1631）进士。集郡中名士，相与复古学，名其社为复社，以继承东林为己任，月旦人伦，议论朝政，陆文声攻之于前，阮大铖厄之于后，溥已死，而案犹未结。有《七录斋集》。

他才思敏捷，每对客挥毫，顷刻立就，而忠义之气，充溢于字里行间，读之令人油然生爱国之心。邹漪《启祯野乘》：“天如为文，融洽经史，诗皆三唐风格。”是可信的。

孟门行[1]

双丝系玉环[2]，宛转生光泽。本以结同心[3]，何知反弃掷？君家美酒琥珀光[4]，红颜少年空满堂，酒酣意气不可当。君家玉堂盛孟门[5]，孟门深谷无朝昏。中有美人啸且歌，仁义结客客自多，相与醉君金叵罗[6]。黄雀衔环报旧主[7]，畏君弹射远飞去，夜深孤栖城北树。

✤ 注释

[1] 孟门行：《乐府诗集》列为“新乐府辞”。唐崔颢有《孟门行》，辞云：“黄雀衔黄花，翩翩傍檐隙。本拟报君恩，如何反弹射？金罍美酒满座春，平原爱才多

众宾。满堂尽是忠义士，何意得有谗谀人！……”它的主题思想与张作略同。孟门：山名，在今山西省吉县西，绵亘黄河两岸，《淮南子・地形》所记九山之一。

[2] 玉环：玉制的环。古人的佩饰。

[3] 同心：喻恩爱。

[4] 琥珀光：颜色像琥珀似的酒。琥珀，松柏树脂的化石，一般呈黄褐色或红褐色。

[5] 玉堂：泛称富贵之宅。《乐府诗集・相逢行》：“黄金为君门，白玉为君堂。”

[6] 金叵罗：金制酒器。

[7] 黄雀衔环：南朝梁吴均《续齐谐记》：汉杨宝年九岁，至华阴山，见一黄雀为鸱枭所搏，宝取归，置巾箱中，饲以黄花。百余日，毛羽成，乃飞去。其夜有黄衣童子对宝说：吾西王母的使者，蒙君拯救，深感仁德，今赠白环四枚，令君子孙位登三公，一如此环。

✤ 评析

这是诗人自述其“矢心报国”的夙志，诗中眷恋君国之情，溢于言表。陈卧子说：“天如忠爱，诵《孟门行》，可见一斑。卒后而动圣主之思（指‘有诏征溥遗书’事），有以也。”沈德潜亦评此诗说：“夜深孤栖，余情不尽。忠爱之心，故应如是。”

袁宏道

袁宏道(1568—1610),字中郎,又字无学,号石公,湖北公安人。万历壬辰(1592)过士,除吴县知县,改顺天教授,历国子博士、吏部员外郎。有《袁中郎集》。

他与兄宗道、弟中道,并称“公安三袁”,是公安派的首领,他反对明前后“七子”仿汉摹唐的诗风,变板重为轻巧,变粉饰为本色,使天下耳目一新。他论诗之言曰:“唐自有诗,不必选体也;初、盛、中、晚皆有诗,不必初、盛也;欧、苏、陈、黄各有诗,不必唐也。”又说:“唐人之诗,无论工不工,第取读之,其色鲜妍,如旦晚脱笔研者;今人之诗虽工,拾人饾饤,才离笔研已成陈言死句矣。唐人千岁而新,今人脱手而旧,岂非流自性灵与出自剽拟者所从来异乎?”从而明确地提出“独抒性灵,不拘格套”的主张,显然受到徐渭、李贽的影响。此论一出,天下之士云起响应,风气为之一变,其功盖不可泯。至其末流,矜小慧,破律度,为俗俚,为纤巧,亦非中郎之初志也。后世论诗者,多讥其浅薄。《明诗选》李舒章说:“中郎浅俗,有元、白之风。”《龙性堂诗话》亦说:“中郎矫枉初、盛,终落元、白后尘。”《明诗别裁》则说:“公安兄弟,意矫王、李之弊,而入于俳谐,又一变而之竟陵,诗道遂不复振。”皆《春秋》责备贤者之义,不是公允之论。

棹歌行[1]

妾家白蘋洲[2],随风作乡土。

弄篙如弄针，不曾拈一缕。
四月鱼苗风[3]，随君到巴东[4]。
十月洗河水[5]，送君发扬子[6]。
扬子波势恶，无风浪亦作。
江深得鱼难，鸬鹚充糕臛[7]。
生子若凫雏[8]，穿江复入湖。
长时剪荷叶，与儿作衣襦[9]。

✤ 注释

[1] 棹歌行：乐府相和歌辞瑟调曲名。棹歌：船歌，鼓棹而歌。

[2] 白蘋洲：长满白蘋（一种水中的浮草）的小洲。南朝梁柳恽《江南曲》："汀洲采白蘋，日暖江南春。"唐温庭筠《望江南》之二："过尽千帆皆不是，斜晖脉脉水悠悠，肠断白蘋洲。"

[3] 鱼苗风：应鱼汛而起的风。农历四月的风叫鱼苗风。

[4] 巴东：古郡名，辖今重庆市万州区及云阳、奉节等县地。

[5] 洗河水：农历七月下的雨叫洗车雨，十月发的水叫洗河水。

[6] 扬子：扬子江，即长江。

[7] 糕臛：饼类和肉类的食品。

[8] 凫雏：野鸭的雏鸟。

[9] 衣襦：上衣和短袄。

✤ 评析

借渔妇的口吻，诉渔家的艰辛，一年四季出没在险恶的风波里。生下的孩子，也只能像野鸭的雏鸟，跟着母鸟溯长江、下洞庭，穿着用荷叶剪成的上衣和短袄。纯用白话，爽朗之极，纯写生活，逼真之至，何能以浅俗讥之？

听朱生说《水浒传》[1]

少年工谐谑[2]，颇溺《滑稽传》[3]。

后来读《水浒》，文字益奇变。
《六经》非至文[4]，马迁失组练[5]。
一雨快西风，听君酣舌战[6]。

✤ 注释

[1] 水浒传：我国著名的古典长篇小说，元施耐庵编、明罗贯中续。全书据《宣和遗事》及民间传说，将宋江等一百零八条好汉逼上梁山起义的始末，写成情节离奇变化、人物形象生动的故事，在民间广为流传。元杂剧中的许多“水浒剧”即以它为题材。

[2] 工谐谑：长于诙谐调侃。清沈德潜《说诗晬语》批评明“后七子”以后的诗说：“一变为袁中郎之诙谐，再变为钟、谭之僻涩。”朱彝尊《静志居诗话》：“中郎集中俳谐调笑之语，如《西湖》云：‘一日湖上行，一日湖上坐，一日湖上住，一日湖上卧。’《偶见白发》云：‘无端见白发，欲哭翻成笑。自喜笑中意，一笑又一跳。’此本滑稽之谈，类入于狂言，不自以为诗者。”可为此语注脚。

[3] 溺：溺爱，沉溺。《滑稽传》，司马迁《史记》中的篇名，记淳于髡、优孟、优旃的滑稽故事，褚先生又补以东方朔、西门豹的滑稽故事和言论。往往谈言微中，足以解纷。

[4] 六经：指儒家的经典《诗》、《书》、《易》、《礼》、《乐》、《春秋》。《乐经》已早佚。至文：最好的文章。

[5] 马迁：司马迁，西汉著名的史学家和文学家，《史记》的作者。组练：喻文章的结构谨严、词采美丽。

[6] 舌战：用口舌来与人展开论战。形容谈锋犀利，能言善辩。

✤ 评析

《水浒》过去被看作是诲盗的小说，遭到明、清两代统治者的禁毁，而诗人把它跟《六经》、《史记》相提并论，甚且驾而上之，这在封建专制的社会里，是需要理论勇气的。显然这种“离经叛道”的言论，打上了李贽的烙印。李在《童心说》中说：“诗何必古选，文何必先秦，降而为六朝，变而为近体，又变而为传奇，变而为院本，为杂剧，为《西厢曲》，为《水浒传》……皆古今至文，不可得而时势先后论也。”不过一以韵文出之，一以散文出之而已。

显灵宫集诸公以城市山林为韵[1]（四首选一）

野花遮眼酒沾涕，塞耳愁听新朝事[2]。
邸报束作一筐灰[3]，朝衣典与栽花市[4]。
新诗日日千余言，诗中无一忧民字。
旁人道我真瞶瞶[5]，口不能答指山翠[6]。
自从老杜得诗名[7]，忧君爱国成儿戏[8]。
言既无庸默不可[9]，阮家那得不沉醉[10]？
眼底浓浓一杯春[11]，恸于洛阳年少泪[12]。

✤ 注释

[1] 显灵宫：宫名，在北京西郊，建于明成祖永乐年间，为明代京城名胜之一。

[2] 新朝事：朝廷新近发生的事。

[3] 邸报：内阁与六部抄发的朝报。汉代各郡国、唐代诸藩镇往往在京城设立办事处，叫作邸舍。为了迅速得到朝廷的消息，便在邸舍中抄录重要的诏令、奏章之类，驿传到郡国、藩镇，叫作邸报。后世因之。也叫“邸抄”或“京报”。

[4] 朝衣：上朝的官服。《论语·乡党》：“吉月，必朝服而朝。”

[5] 瞶瞶：昏瞶，不明事理。

[6] “口不”句：不能正面为自己辩护，只好“顾左右而言他”。指着前面的山林是翠绿的，亦犹“今天天气，哈哈”之类。

[7] 老杜：杜甫，以区别于小杜杜牧。

[8] “忧君”句：苏轼曾说：“古今诗人众矣，而子美独为首者，岂非以其流落饥寒，终身不用，而一饭未尝忘君也欤？”李纲也说：“独杜子美得诗人比兴之旨，虽困踬流离而心不忘君，故其词章慨然有志士仁人之大节，非止摹写物象风容色泽而已也。”见《杜诗详注附编诸家论杜》。这是杜诗的真精神，而后来摹仿杜诗的，缺乏真情实感，无病呻吟，形同儿戏。

[9] 无庸：不须，没有必要。《左传·隐公元年》：“无庸，将自及。”杜预注：

"言无用除之,祸将自及。"

[10]阮家:指晋代阮籍。《晋书·阮籍传》:"籍本有济世志,属魏、晋之际,天下多故,名士少有全者,籍由是不与世事,遂酣饮为常。"此用其事。

[11]一杯春:一杯酒。古人常以"春"名酒,李肇《国史补》下:"酒则有……荥阳之土窟春,富平之石冻春,剑南之烧春。"

[12]洛阳年少:指贾谊。贾生年二十余,最为少,超迁,一岁中至太中大夫,绛、灌之属在汉文帝面前说他的坏话云:"洛阳之人,年少初学,专欲擅权,纷乱诸事。"于是文帝疏远了他,让他做长沙王太傅。见《史记·屈原贾生列传》。贾曾在《陈政事疏》中说:"臣窃惟事势,可为痛哭者一,可为流涕者二,可为长太息者六。"见《汉书·贾谊传》。此用其事。

✤ 评析

才调绝伦,胆识过人,以愤激之情,诋朝政之非,快爽之至,沉郁之至,真可以荡涤俗情,摆脱尘嚣,是性灵语,非俚俗语。

出　郭[1]

稻熟村村酒,鱼肥处处家。
轻刀粘处去[2],独鸟会风斜[3]。
落日流红浪[4],长江徙白沙。
山僧迎客喜,颠倒着袈裟[5]。

✤ 注释

[1]出郭:步出城郭。

[2]轻刀:轻快的小船。《诗·卫风·河广》:"谁谓河广?曾不容刀。""刀"通"舠"。

[3]"独鸟"句:此从杜甫《水槛遣心》的"微风燕子斜"中脱化出来。

[4]红浪:红色的水波,此指落日的余晖投射在水面上所呈现出来的颜色。

[5]"山僧"二句:形容热情迎客。此从"倒屣迎宾"和"倒着衣裳迎户外,尽

呼儿女拜灯前”的故事和诗句中脱化出来。袈裟，僧衣。

✤ 评析

以欢快的心情，写出郭的见闻。以轻刀、独鸟、落日、长江的动态和色彩，构成一幅郊外的秋景图，层次分明，浓淡恰当，可谓“诗中有画”。

感　事

湘山晴色远微微[1]，尽日江边取醉归[2]。
不见两关传露布[3]，尚闻三殿未垂衣[4]。
边筹自古无中下[5]，朝论于今有是非[6]。
日暮平沙秋草乱，一双白鸟避人飞。

✤ 注释

[1] 湘山：也叫君山，在湖南省岳阳市西南洞庭湖中。《水经注·湘水》：“是山，湘君之所游处，故曰君山矣。”微微：幽静的样子。唐陈子昂《酬晖上人秋夜山亭有赠》：“皎皎白林秋，微微翠山静。”

[2] 尽日：整天。此用杜甫《曲江二首》之二“每日江头尽醉归”的成句而略加更易。

[3] 两关：指南北的边关。万历间，日本平秀吉不受封，侵略朝鲜。明神宗以山东右参政杨镐为佥都御史，经略朝鲜军务。以兵部侍郎邢玠为尚书，总督蓟、辽、保定军务，经略御倭。历经三年，倭乱始平。北部则有河套部犯延绥，银定、歹成犯凉州，拱兔陷大胜堡，朵颜入犯。边警不断发生。见《明史·神宗纪》二。露布：没有缄封的文书，后来专指捷报、檄文等。

[4] 三殿：明代以皇极殿、中极殿、建极殿为三大殿，节日庆典、命将出师、宴待外使，皆分别在三殿举行。垂衣：形容无为而治。《易·系辞下》：“黄帝、尧、舜垂衣裳而天下治。”李白《古风》之一：“圣代复元古，垂衣贵清真。”

[5] 边筹：防边、备边、御边的计划。中下：指中策和下策。

[6] 朝论：在朝廷中议论国家大事。《明史·神宗纪》二：“大学士叶向高请发

群臣相攻诸疏,公论是非,以肃人心。”又谕吏部都察院:“年来议论混淆,朝廷优容不问,遂益妄言排陷,致大臣疑畏,皆欲求去,甚伤国体。”

✤ 评析

这是一首感时忧国的政治抒情诗,它继承了杜甫关心国家命运的精神,以律体抒写政治感慨的优良传统,而且风格的沉郁顿挫,用事的精审恰切,属对的工稳巧妙,虚字的锤炼照应,都可以说是学杜而得其神的。《明史·文苑四·袁中道》说:“至宏道,益矫以清新轻俊,学者多舍王、李而从之,目为公安体。然戏谑嘲笑,间杂俚语,空疏者便之。”用“清新轻俊”来矫王、李仿汉摹唐之弊,是公安派的功绩;至于“戏谑嘲笑,间杂俚语”,则是攻其一点,不及其余;或者以其末流之弊,委之创始的人,是有欠公允的。细读此诗,自能纠正此种偏见。

袁宗道

袁宗道（1560—1600），字伯修，湖北公安人。万历丙戌（1586）会试第一，授编修，历中允、洗马、右庶子，卒赠礼部右侍郎。当王、李词章盛行之时，独与同馆黄昭素力排假借盗窃之失，于唐好香山，于宋好眉山，因名其斋曰“白苏”。其弟中郎、小修继其说，扬其波，形成有影响的“公安派”，然伯修实导其源。有《白苏斋集》。

他的诗深入禅理，兴趣萧远，有其独特的风韵。

初晴即事

晨风吹澹澹[1]，檐日报新晴。
尽启花开户，全收雨后清。
沉烟留棐几[2]，竹色上楸枰[3]。
自识斜川意[4]，虚名总不争。

✤ 注释

[1] 澹澹：幽静、恬静。刘向《九叹·愍命》：“心溶溶其不可量兮，情澹澹其若渊。”

[2] 棐几：用柴木做的几。《晋书·王羲之传》：“尝诣门生家，见棐几滑净，因书之，真草相半。”说明棐木所做的几是很平滑的。

[3] 楸枰：棋盘。古代多用楸木制成，故名。唐温庭筠《观棋》：“闲对楸枰倾一壶。”宋陆游《自嘲》：“时拂楸枰约客棋。”

[4]斜川意：隐居不仕的意思。晋陶渊明《游斜川》的序有“悲日月之遂往，悼吾年之不留”，诗有“开岁倏五十，吾生行归休”的话。“行归休”，谓从此就要不再出仕。斜川：古地名。在今江西省都昌县附近。

✤ 评析

全是性灵语、见道语，自抒其所欲言，自乐其所欲往，融物我于一体，使身世皆两忘，从诗中可以看到超尘脱俗的高士形象。

春日闲居

不才敢拟子云玄[1]，索米金门又一年[2]。
风味渐随双鬓减[3]，天真犹仗一樽全[4]。
破冰滴砚晨笺《易》[5]，扫地安单夜坐禅[6]。
闲洗磁瓶烹岕茗[7]，故人新寄玉山泉[8]。

✤ 注释

[1] 子云玄：汉扬雄，字子云，博通群籍，多识古文奇字。曾仿《易经》作《太玄》，分六十四首，以拟六十四卦。

[2] 金门：金马门的简称。它是宦官的衙门，门旁有金马，因而得名。汉代的东方朔、主父偃、严安、徐乐，皆曾待诏于此。《汉书·扬雄传》：“与群贤同行，历金门，上玉堂，有日矣。”因上句的“子云玄”而联想到扬雄的《解嘲》，又因诗人曾任翰林院编修，待诏金门，故有此语。

[3] 风味：风度、风采。《世说新语·伤逝》：“支道林（遁）丧法虔之后，精神陨丧，风味转坠。”

[4] 天真：指没有受到世俗礼教影响而保存的自然本性。唐王维《偶然作》之四：“陶潜任天真，其性颇耽酒。”此亦言要保持自然的本性，全仗一杯酒。

[5] 笺《易》：笺注《易经》。即对《易经》的《彖》、《象》、《系辞》、《文言》、《序卦》、《说卦》、《杂卦》之属作出解释。

[6] 安单：安置僧堂的坐床。单，僧堂的坐床。坐禅：佛教徒每天在一定时

间静坐，排除一切杂念，使身心得到净化。

[7] 岕茗：茶名。产于浙江省长兴县，因其产地在宜兴、罗解两山之间，当地叫两山之间为岕，故名岕茶或岕茗。

[8] 玉山泉：最好的泉水，仙人所饮的清泉。《山海经·西山经》："玉山，是西王母所居也。"

✤ 评析

写闲居的幽静之趣和自得之乐。他认为"索米金门"，损害了自己的风度，汩没了自己的本性，不如"破冰笺《易》"、"安单坐禅"、"洗瓶烹茗"那样的恬静生活，得以保全自己的天真和风味。这种醉心自然、深入禅理的宁静境界，只能于陶潜、王维的诗中求之。

袁中道

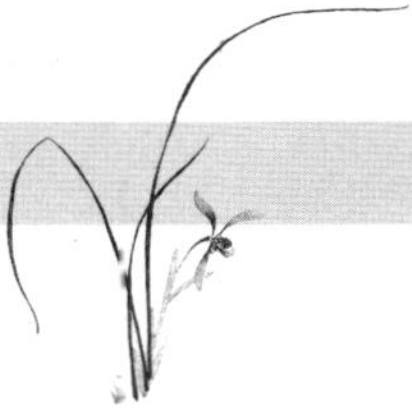

袁中道(1570—1626),字小修,宗道、宏道的弟弟。他博学多才,十余岁即以《雪赋》、《黄山赋》知名于时,至万历丙辰(1616)始成进士,时已四十六岁矣。授徽州教授,迁国子博士,官至南京吏部郎中。有《珂雪斋集》。

他的诗有才气,有韵味,佳处颇有唐音。其论自己的诗文云:“文法秦汉,古诗法汉、魏,近体法盛唐,此词家三尺也。”这与明前、后“七子”的观点相似,而与“公安派”的宗旨相违,而袁宏道却说:“小修诗文独抒性灵,不拘格套,有时情与景会,顷刻千言,如水东注。其间有佳处亦有疵处,佳处自不必言,即疵处亦多本色独造语。”两人所见,如此悬殊,殆各就其一偏而言之,非笃论也。

邺城道中[1]

只作词场看,何人不可传[2]。
霸图无永岁,文字有长年[3]。
甄女蒲陈怨[4],何郎粉唱玄[5]。
至今台上瓦,和墨尚生妍[6]。

✤ 注释

[1] 邺城:古地名,故址在今河北省临漳县西。曹操在此设都,与长安、谯县、

洛阳、许昌合称五都。

[2]“只作”二句：词场：文坛。言曹操、曹丕、曹植的文学成就，没有一个不可名传千古的。

[3]“霸图”二句：言曹家的霸图不可能传之万岁，而他们的文学作品却是“不朽之盛事”，可以传之久远。霸图，称霸的宏图。

[4]甄女：甄后，本为袁绍次子袁熙之妻，曹操破袁绍于官渡，曹植见而悦之，被曹丕纳为妇，后为郭后谗死。曹植入朝，丕以甄之遗物玉缕金带枕示之，植为之感伤泣下，因作《感甄赋》，后被明帝曹睿改名为《洛神赋》。蒲：蒲柳，两者均早落叶，以喻甄女之色衰爱弛，被谗致死。故曰“陈怨”。

[5]何郎：三国著名的玄学家何晏。《世说新语·容止》：“何平叔(晏)美姿仪，面至白。”《三国志·魏·桓范传》注引《魏略》：晏平日喜修饰，粉白不去手，行步顾影，人称“傅粉何郎”。唱玄：倡导玄学。唱，同“倡”。何晏酷爱老庄，竞尚清谈，与夏侯玄、王弼等倡导玄学。

[6]“至今”二句：相传铜雀台上的瓦体质细润，坚硬如石，用以制砚，贮水不渗。世称“邺瓦”、“铜雀砚”、“瓦头砚”。见宋苏易简《文房四谱·砚谱》及阙名《百宝总珍集·瓦砚》。苏轼《次韵和子由欲得骊山澄泥砚》诗：“举世争称邺瓦坚，一枚不换百金颁。”

✤ 评析

重在议论，从曹氏父子的霸图已空，而文字犹传，生发出无穷的感慨。无论甄女之艳质，何郎之仪容，终不免化为粪壤，只有文字才是不朽之盛业。一结，尤有余韵，语含讥刺，字挟风霜，雀瓦作砚，岂曹瞒始料所及哉！

枝江道中[1]

楚国丹阳路未赊[2]，峰峦断处又平沙。
溪深不障斓斑石[3]，梅老犹余冷淡花。
水气漾舟全似月，山岚收雨尽成霞。
风烟如此今方到，悔不从前细泛槎[4]。

✤ 注释

[1] 枝江：湖北省宜昌市代管县级市。以江水于市西别出为沱，而东复合于江，故名。

[2] 丹阳：地名。楚国丹阳有二，一曰西楚，在今湖北省秭归县东南；一曰南楚，在今湖北枝江。赊：远。

[3] 斓斑石：色彩错杂的鹅卵石。斓斑：色彩错杂。唐杜牧《朱坡》诗："蜗壁斓斑藓，银筵豆蔻泥。"

[4] 泛槎：驾着竹筏来漂游。槎，竹筏。

✤ 评析

纯系写景，与《郢城道中》重在议论，构思各异。中间两联，写枝江道中目不暇接的景物：溪深见底、梅老余花、水气似月、山岚成霞，无不寓目成色、着壁成画，真是丹青妙手。难怪清朱琰《笠亭诗集·论诗》中说："欲向公安问诗派，小修差比白眉良。"认为小修超过乃兄，虽非至论，但其语多独造，俗不伤雅，则是小修所长。

江盈科

江盈科，字进之，号绿萝山人，湖南桃源人。万历壬辰（1592）进士，除长洲知县，授吏部主事，累官四川佥事，与袁宏道相友善，持论亦以“七子”为非，诗风亦颇近“公安派”。有《雪涛阁集》。

袁宏道认为他的诗“穷新极变，物无遁情。或有一二语近平、近俚、近俳，此进之矫枉之作，以为不如是，不足以矫近代浮泛之弊也”。“近平、近俚、近俳”乃公安派之通病，非独江氏为然，其实江氏的明畅之作，正复值得一读。

书　思

万里滇云寄一官[1]，天涯归路正漫漫[2]。
荒烟远浦迷春色，细雨孤城酿暮寒[3]。
乡思隔年频入梦，客愁向晚只凭栏。
可怜寂寞谁相对，细把梅花独自看[4]。

✤ 注释

[1] 滇云：西南地区上空的云彩。滇：本为云南的别称，地在我国西南地区。此当为诗人官四川佥事时的思乡之作。

[2] 漫漫：遥远的样子。唐岑参《逢入京使》：“故园东望路漫漫，双袖龙钟泪不干。”

[3] 酿暮寒：酝酿着晚来的寒意。唐祖咏《终南望余雪》：“林表明霁色，城中

增暮寒。”

[4]“细把”句：此叠用两个典故，一是南朝宋陆凯自江南寄给范晔一枝梅花，说是“折梅逢驿使，寄与陇头人。江南无所有，聊赠一枝春”。二是结庐西湖孤山的林逋，终身未娶，惟植梅畜鹤以自娱，人称为梅妻鹤子。诗人以此来表示思友、思家的感情。

✤ 评析

把主观的感情色彩，涂在客观的景物上。春色被远浦的荒烟所笼罩，暮寒由孤城的细雨在酝酿，隔年的乡思，只有在梦中才能解除；向晚的客愁，只好在凭栏时独自沉思，大有愁重于山、思乱如麻之感。一结，尤含蓄宛曲，意蕴丰富，耐人推敲和咀嚼。

读张魏公传有感曲端[1]

子圣焉能盖父凶[2]？曲端冤与岳飞同[3]。
何人为立将军庙？也把乌金铸魏公[4]。

✤ 注释

[1] 张魏公传：《宋史·张浚传》。张浚，字德远，号紫岩居士。四川绵竹人。徽宗时进士，高宗时知枢密院，出为川陕宣抚处置使，力主抗金。秦桧执政后，被贬在外近二十年。孝宗时被起用，督师江淮间，封魏国公。符离之役，丧师数十万，国家元气受到重大损害。曲端：字正甫，镇戎（治所在今宁夏回族自治区固原市）人。警敏知书，善属文，长于兵略。抗夏抗金，卓著勋功，累官至宣州观察使。川陕宣抚处置使欲仗其声威，拜为威武大将军。然端性刚愎，与浚意见多不合；又为节制陕西六路兵马使王庶所谗，谓曲端的《题柱》诗“不向关中兴事业，却来江上泛渔舟”是“指斥乘舆（高宗皇帝）”，向张浚告发，浚便捕曲端入狱，并使与曲端有隙之武臣康随提点刑狱。康令狱吏糊其口，烤以火，曲端口渴求饮，予以酒，九窍流血而死。见《宋史·曲端传》。

[2]“子圣”句：张浚之子张栻，字敬夫，号南轩，官至吏部侍郎，与朱熹、吕祖

谦齐名，时称“东南三贤”。张浚死后，朱熹为之作行状，盛言张浚抗金之功，天下后世遂信而不疑。盖父凶，掩盖父亲的凶残，指屈杀曲端事。

[3] 岳飞：南宋抗金名将，被秦桧以“莫须有”的罪名，屈杀于杭州之风波亭。昭雪后，改葬于杭州西湖栖霞岭下。墓阙下有反剪双手、面墓而跪的秦桧等四人的铁像。跪像背后墓阙有联云：“青山有幸埋忠骨，白铁无辜铸佞臣。”

[4] 乌金：合金的一种。它用铜百分，加入金一至十分，合铸而成，呈黑紫色，故名“乌金”。铸魏公：谓铸张浚之像如秦桧者，跪于曲将军庙前，供人唾骂。

✤ **评析**

曲端之死，曾使当时军民为之扼腕怅恨，然以张栻之贤，后人务以曲笔罗织曲端有可死之罪，致使含冤莫白。袁宏道《宿朱仙镇》诗云：“一等英雄含恨死，几时论定曲将军”，就是为曲端鸣不平的。朱彝尊《静志居诗话》评此说：“中郎《朱仙镇》诗，已极悲惋，不若进之一诗露胆张目，洵诗家之南董也已。”

钟　惺

钟惺（1574—1624），字伯敬，号退谷，竟陵（今湖北天门）人。万历庚戌（1610）进士，授行人，迁工部主事，擢南京礼部郎中，出为福建提学佥事。他能诗善画，在反对前后“七子”、提倡抒写性灵方面，与“公安派”有着共识，但又认为“公安派”肤浅俚俗，用怪字险韵以救其弊，形成“幽深孤峭”的风格。又与同里谭元春合选《古诗归》、《唐诗归》、《明诗归》，欲以揭示自己的诗旨，拯救李何的积弊，于是“钟谭体”风靡一时。著有《隐秀轩集》。

钟惺苦心孤吟，不遗余力，五古佳作甚多，近体亦有韵致，钱谦益、王士祯亦曾受其影响，故清凌树屏讥钱氏是“入室操戈汝太能”，说王氏“又疑分得竟陵灯”（见《瓠息斋集·偶作六首》）。因为钱谦益在《列朝诗集》中攻击“钟谭体”“如木客之清吟，如幽独君之冥语，如梦而入鼠穴，如幻而之鬼国，浸淫三十余年，风移俗易，滔滔不返。余尝论近代之诗，抉擿洗削以凄声寒魄为致，此鬼趣也；尖新割剥以噍音促节为能，此兵象也”。其实钱氏少时亦颇取径《诗归》，故凌树屏为诗以讥之。

西陵峡[1]

过此即大江，峡亦终于此[2]。
前途岂不夷[3]，未达一间耳[4]。

辟入大都城，而门不容轨[5]。
虎方错其牙[6]，黄牛喘未已[7]。
舟进却湍中[8]，如狼疐其尾[9]。
当其险夷交[10]，跳伏正相踦[11]。
回首黄陵没[12]，此身才出匦[13]。
不知何心魂，禁此七百里！
梦者入铁围[14]，醒犹忘在几[15]。
赖兹历奇奥[16]，得悟垂堂理[17]。

✤ 注释

[1] 西陵峡：长江三峡之一，西起湖北省秭归县香溪河口，东至宜昌南津关，两岸峭壁巉岩，险峻异常。

[2]“过此”二句：言过了西陵峡，便进入了平缓宽广的长江水域，三峡到此也就到了尽头。

[3] 不夷：不平，不安全。夷，平，安。

[4] 一间：一点点，非常接近，所差无几。

[5] 不容轨：容纳不下一辆车，极言其狭窄。轨，车的两轮之间的距离，即车辙的广度。

[6]“虎方”句：指虎牙滩，作者自注：“虎牙、狼尾，并滩名。”此以虎错其牙，形容西陵峡之惊险。

[7] 黄牛：指黄牛滩。在湖北省宜昌市西。南岸重岭叠起，高崖间有石，如人负刀牵牛，人黑牛黄，江流迂回，虽途经信宿，犹能望见此石。故行者谣曰：“朝发黄牛，暮宿黄牛。三朝三暮，黄牛如故。”见《水经注·江水》。

[8] 却湍：逆转的急流。

[9]“如狼”句：《诗·豳风·狼跋》：“狼疐其尾，载跋其胡。”说狼要前进又要踩到自己颔下的息肉（胡）；退后又要绊住（疐）尻后的大尾。此以狼的进退维谷，形容狼尾滩的险恶。

[10] 险夷交：在险峻和平缓的交界处。

[11]“跳伏”句：言船由急流进入平缓的水面，那一起一落的水势，正在互相

抵住和激荡。蹐：抵住，激荡。

[12] 黄陵：指黄陵庙，在峡江的岸上。没：消失。

[13] 出甌：走出船舱。甌，箱、匣，此指船舱。

[14] 铁围：佛家传说中的山名。佛家谓世界有四大部洲，四洲中心为须弥山，山外另有八山，八山之外为咸海，围绕咸海的是铁围山。见《法苑珠林》。

[15] 忘在几：忘了自己还靠在几边。形容其惊魂未定。

[16] 历奇奥：经历着神奇奥妙的旅程。奥，事物的深处、妙处。

[17] 垂堂理：坐不垂堂的道理。言屋瓦落下可能伤人，借以喻危险的境地。《史记·司马相如传》："故鄙谚曰：家累千金，坐不垂堂。"又《史记·袁盎传》："臣闻千金之子，坐不垂堂。"

✤ 评析

此诗尖新孤峭，噍音促节，乍一读去，不免诘屈聱牙，而细加品味，却描写细致，造语形象，把西陵峡的水势山势，活脱脱地搬进读者的眼帘，可以资卧游，可以供观摩，可以令人神往。

夜　归

落月下山径，草堂人未归[1]。
砌虫泣凉露[2]，篱犬吠残辉。
霜静户逾皎，烟生墟更微。
入秋知几日，邻杵数声稀[3]。

✤ 注释

[1] 草堂：旧时文人避世隐居，多名其所居为草堂，如南齐周颙隐居于钟山，名其居曰草堂，以后如杜甫之浣花草堂、白居易之庐山草堂等。

[2] 砌虫：生活在阶基下的蟋蟀之类。泣凉露：在轻寒薄凉的露水中哀鸣。泣，哀鸣。是竟陵派"幽深孤峭"风格的一种体现，此从李贺的诗歌学来，如《李凭箜篌引》的"芙蓉泣露香兰笑"，《梦天》的"老兔寒蟾泣天色"，《南山田中行》的

“冷红泣露娇啼色”,《感讽五首》之五的“山墨泣清漏”,都用了“泣”字。

[3] 邻杵：邻家夜间舂米和捣衣的声音。杵,舂米、捣衣用的木槌。

✤ 评析

通过归途中的所见所闻,生动地描绘出一幅村落的夜景,那砌虫泣露,篱犬吠影,霜月皎皎,墟烟微微,邻里中传出了疏疏落落的舂米声和捣衣声,幽静到了极点,冷寂到了极点,有着旧时农村生活经验的人,都会唤起已经淡漠了的记忆。

舟晚

舟栖频易处[1],水宿偶依岑[2]。
岸暝江逾远[3],天寒谷自深。
隔墟烟似晓[4],近峡气先阴[5]。
初月难离雾,疏灯稍着林。
渔樵昏后语,山水静中音。
莫数归鸦翼,徒惊倦客心[6]。

✤ 注释

[1] 舟栖：栖居船上。频易处：多次变换地方。

[2] 水宿：在船上过夜。南朝宋谢灵运《游赤石进帆海》诗:“水宿淹晨暮,阴霞屡兴没。”依岑：靠着崖岸。岑,崖岸。

[3] 岸暝：两岸笼罩着夜色。此与孟浩然《宿建德江》的“野旷天低树,江清月近人”,都是写舟中所见的夜景,描写的角度虽然不同,而艺术构思则极其相似,是谓善学古人。

[4] 隔墟：邻近的墟落。烟似晓：炊烟像晓雾一样。

[5] 近峡：接近三峡的时候。气先阴：天气便先行阴沉下来。《水经注 · 江水》:“自三峡七百里中,两岸连山,略无阙处,重岩叠嶂,隐天蔽日,自非停午夜

分，不见曦月。”正可作此语注脚。

[6] 倦客：倦于游览的人，生活漂泊潦倒的人。晋陶渊明《归去来兮辞》“鸟倦飞而知还”，当为此句所本。

✤ 评析

这当是诗人乘舟夜过峡江时所写的长律，语言爽朗，景物逼真，“渔樵昏后语，山水静中音”，非亲历其境，以静观动者，不能道其只字。说明“竟陵派”的诗歌，并非全是“以凄声寒魄为致”的。

送丘长孺赴辽阳[1]

曲突何曾劝徙薪[2]，烽烟桴鼓重边臣[3]。
全辽三五年中事[4]，烂额焦头半楚人[5]。

借箸前筹战守和[6]，较君当局意如何？
岂应但作旁观者[7]，预拟铙歌与挽歌[8]。

✤ 注释

[1] 丘长孺：丘坦，湖北麻城人。善诗工书，乡试武举第一，与袁宏道、钟惺均为至交。辽阳：今辽宁省辽阳市一带，是东北边防重镇。明兵与清兵在此相持甚久。

[2] “曲突”句：意谓从来未曾事先采取措施，预防危险的发生。《汉书·霍光传》：有人装了一个直的烟囱，旁边堆满了柴火。客人劝他把烟囱改成弯的，把柴火搬开，免得发生火灾。这人不听，后来果然失火，多亏邻居们来救，把火扑灭了。于是他摆酒请客，表示感谢，烧得焦头烂额的人都坐了上席，却没有请那劝他“曲突徙薪”的人。当时流行着这么两句话：“曲突徙薪无恩泽，焦头烂额为上客。”

[3] 桴鼓：战鼓。汉刘向《说苑·修文》：“被甲撄胄，立于桴鼓之间，士卒莫不勇者。”重边臣：重视备边御边的大臣。

[4]“全辽”句：万历四十六年(1618)四月，总兵官张承胤帅师援抚顺，败没。以杨镐为兵部左侍郎兼右佥都御史，经略辽东。四十七年二月，经略杨镐誓师于辽阳，总兵官李如柏、杜松、刘綎、马林分道出塞，皆败没。以大理寺丞熊廷弼为兵部右侍郎兼右佥都御史，经略辽东。泰昌元年(1620)十月，以辽东巡抚都御史袁应泰为兵部侍郎，经略辽东，代熊廷弼。天启元年(1621)三月，大清兵取沈阳，总兵官尤世功、贺世贤战死。总兵官陈策、童仲揆、戚金、张名世帅诸将援辽，战于浑河，皆败没。接着大清兵取辽阳，经略袁应泰等死之。于是复以熊廷弼为兵部尚书兼右副都御史，经略辽东。

[5]“烂额”句：言在经略辽东的战争中烧得焦头烂额的大半是楚地的人。此指以熊廷弼为代表的楚籍将领。

[6]借箸前筹：言借你面前的筷子，指出失误的条款。典出《史记·留侯世家》：刘邦接受了郦食其封六国之后的建议，然后再征求张良的意见，张良说：“臣请借前箸为大王筹之。”此指熊廷弼、王化贞屡议战守，以经、抚不和而坐失事机。

[7]旁观者：从旁观看，不投身到火热斗争中去的人。

[8]“预拟”句：言丘长孺赴辽前即已做好了“不成功便成仁”的思想准备。作者自注：“长孺有‘诸君醮笔悬相待，不是铙歌即挽诗’之句。”铙歌：战歌。挽歌：悼念死者的哀歌。

✤ 评析

对国事日非的忧虑，在楮墨间充分表露了出来；对壮士的预拟捐躯报国，给以衷心的歌颂，是思想性和艺术性结合得很好的诗歌。

桃源词[1]

商山海上半秦民[2]，何独桃源是避秦？
满洞仙人一渔子[3]，翻疑渔子是仙人。

✤ 注释

[1]桃源：晋陶渊明在《桃花源记》中虚构了一个与世隔绝、没有剥削的乌托

邦——桃花源。后人附会其地即今湖南省桃源县之桃花源。

[2] 商山：指商山四皓，即东园公、绮里季、夏黄公、甪里先生。见《史记·留侯世家》。海上：指秦末的田横，率领从属五百人逃往海岛。见《汉书·田儋传》。

[3] 仙人：王维《桃源行》有"初因避地去人间，及至成仙遂不还"。第一次把桃源洞中的人说成仙人。韩愈的《桃源图》亦有"神仙有无何渺茫，桃源之说诚荒唐"的话，虽不相信神仙，但却以桃源为神仙的居处。渔子：捕鱼的人。

✤ 评析

自然爽朗，完全没有险字怪韵；议论新颖，完全没有"鬼趣"、"兵象"。贵耳贱目、贵远贱近者，往往喜攻今人之短，而誉古人之长，并以其所长攻其所短，怎会不"再加抑扬，更离真实"呢？

谭元春

谭元春（1586—1637），字友夏，竟陵（今湖北天门）人。天启丁卯（1627）举乡试第一。赴京应试时，卒于旅店。有《岳归堂合集》。他所受到的攻击，较钟惺更为激烈。钱谦益云：“谭之才力薄于钟，其学殖尤浅，谫劣弥甚。以俚率为清真，以僻涩为幽峭，作似了不了之语，以为意表之言，不知求深而弥浅；写可解不解之景，以为物外之象，不知求新而转陈。”张文寺亦云：“友夏别出蹊径，特为雕刻，要其才情不奇，故失之纤；学问不厚，故失之陋；性灵不贵，故失之鬼；风雅不遒，故失之鄙。”其实谭诗亦多巧思，亦多俊语，亦有不同凡响之作，沈德潜将其排斥于《明诗别裁》之外，亦为偏至。

过利西泰墓而吊之[1]

来从绝域老长安[2]，分得城西土一棺[3]。
斫地呼天心自苦[4]，挟山超海事非难[5]。
私将礼乐攻人短[6]，别有聪明用物残[7]。
行尽松楸中国大[8]，不教奇骨任荒寒。

✤ 注释

[1] 利西泰：利玛窦，罗马传教士，万历间至北京，为《万国全图》，言天下有五大洲。与徐光启合译《几何原本》，以传授西方的科学知识，朝廷嘉其远来，

“假馆授粲，给赐优厚，公卿以下重其人，咸与晋接”。徐光启、李之藻等，首好其说，于是耶稣教在国内兴起。万历三十八年(1610)四月，卒于京，赐葬西郭外。见《明史·外国七·意大里亚》。

[2] 绝域：极远的地域。《明史·外国七·意大里亚》：“万历九年，利玛窦始泛海九万里，抵广州之香山澳，其教遂沾染中土。”老长安：死于北京。长安，代指北京。

[3] 城西：指北京阜成门外二里沟南，利玛窦的葬所。

[4] 斫地呼天：形容极为痛苦。言利玛窦等在中国，礼部一再上疏：“乞给赐冠带还国，勿令潜居两京，与中人交往，别生事端。”又说：“乞速为颁赐，遣赴江西诸处，听其深山邃谷，寄迹怡老。”庞迪我等亦上疏言：臣与利玛窦等“焚修学道，尊奉天主，岂有邪谋，敢堕恶业”。并见《明史·外国七·意大里亚》。

[5] 挟山超海：《孟子·梁惠王上》：“挟泰山以超北海，语人曰：‘我不能。’是诚不能也。”此借用其喻，以言利玛窦“涉海九万里”来到中国。

[6] “私将”句：言利玛窦等不懂中国的礼乐，被礼部郎中徐如珂、侍郎沈漼、给事中晏文辉等合疏斥其邪说惑众，夜聚晓散，一如白莲、无为诸教，宜急行驱逐。见《明史·外国七·意大里亚》。

[7] “别有”句：指利玛窦等“大都聪明特达之士，意专行教，不求禄利，其所著书，多华人所未道”。如所携历书，有中国载籍所未及的，“善制炮，视西洋更巨”。见《明史·外国七·意大里亚》。

[8] 松楸：松树与楸树，因我国古代多植于墓地，故以为墓地的代称。

✤ 评析

对利玛窦将科学知识传到中国，给予充分的肯定；对他们在当时封闭的中国，受到种种非议和歧视，表示极大的同情。较之当时那些昏聩糊涂的官员，相去是不可以道里计的。

丁卯仲冬夜拜伯敬墓讫过其五弟居易家[1]

哭罢寻何处，宵投汝弟家。

磬声知世短[2],墨迹引心遐[3]。
墓柏微微树[4],瓶梅渐渐花[5]。
在时频远别,悲只似天涯。

✤ 注释

[1] 丁卯：天启七年(1627)。伯敬：钟惺。时钟已去世三年。

[2] 世短：一生活得很短。钟惺只活了五十岁。世,一生。

[3] 心遐：内心沉浸在遥远的回忆中。遐,遥远。

[4] 微微：很细小。因钟惺死去才三年,墓旁栽的柏树还很小。

[5] 渐渐花：慢慢地开了花。此扣紧题中的“仲冬”季节。

✤ 评析

一片肺腑之言,一腔真挚之情,在朴素浅近的语言中流露出来,并无冷僻苦涩之弊。

江　行

花树空如洗,鸨鹇冻不飞[1]。
逢船试借问[2],半是为冬归。

盛世宽儒士[3],褒衣每自如[4]。
爪牙来大索[5],怒是一床书。

✤ 注释

[1] 鸨鹇：皆鸟名。鸨,又名地鹔,似雁而大。鹇,又名银雉,似山鸡而色白。

[2] “逢船”句：此用唐崔颢《长干曲四首》之一“停舟暂借问”的成句而略加更易。

[3] 盛世：清明的时代。儒士：书生,知识分子。

[4] 褒衣：宽大的衣服，古代的儒生所着。

[5] 爪牙：指那些如虎如狼的吏卒。《史记·王温舒传》："择郡中豪敢任吏十余人，以为爪牙。"大索：大肆搜索，彻底搜查。《史记·秦始皇本纪》："乃令天下大索十日。"

✤ 评析

写江行中的见闻。第一首反映我国的社会风俗，"半是为冬归"，那些熙来攘往的船客，多半是为了赶回老家过年。于叙述中略带讽意。第二首反映当时的政治黑暗，豺虎横行，管理水上交通的衙署，乘机纵使其爪牙向船客大肆搜索，连着褒衣博带的儒生也不肯放过。"怒是一床书"，将那些鹰犬们的神态、心理，刻画得入木三分。

得蜀中故人书

蜀川兵定人静[1]，老友天寒信来。
莫怪草堂深闭[2]，小桥边有门开。

✤ 注释

[1] "蜀川"句：据《明史·熹宗纪》载，天启二年（1622）正月，四川总兵官杨愈懋讨永宁贼，永宁贼将罗乾象约降，与官军共击贼，成都围解。三年四月，四川官军败贼于永宁，奢崇明走红崖。"蜀川兵定"当指此。

[2] 草堂：隐士的居处。

✤ 评析

率真自然，纯是一片天机。末二句，尤耐人玩味。

陈子龙

陈子龙（1608—1647），字人中，更字卧子，号轶符，又号大樽，华亭（今上海松江）人。崇祯丁丑（1637）进士，除惠州推官，丁忧解职，服除，补绍兴。举廉卓天下第一，升南京吏部主事，迁兵科给事中。见朝政腐败，辞职还乡，与夏允彝等组织“几社”，以与“复社”遥相呼应。清兵攻占南京后，在故乡松江起兵抗清，失败后，又暗中联络太湖义军，继续高举抗清的义旗。鲁王立，授兵部侍郎兼侍读学士。顺治四年（1647）五月，在苏州被捕，乘间投水死。乾隆中，赐谥忠裕，有《陈忠裕公全集》。

他的诗有齐梁之艳丽，盛唐之格调，是明诗当之无愧的殿军。钱瞻百云：“大樽当诗学榛芜之余，力辟正始，一时宗尚，遂使群才蔚起，与弘正比隆，摧廓振兴之功，斯为极矣。”沈德潜亦说：“陈大樽垦辟榛芜，上窥正始，可云枇杷晚翠。”叶矫然亦说：“明人诗正大和平，折衷风雅，无如陈卧子先生。”都对他的摧廓振兴之功，作出了很高的评价。朱云子更对他的各体诗作了全面的论述，他说：“卧子五古，初尚汉魏，中学三谢……七古直兼高、岑、李颀之风轨，视《长安》、《帝京》更进一格；五律清婉，七律格清气老，秀亮淡逸；绝句雄丽，由其才大，靡所不有，宽然有余。”从这些评论中，可以看到他诗歌的全面成就，不是一般作者所能企及的。

小车行

小车班班黄尘晚[1]，夫为推，妇为挽。出门何所之？青青者榆疗吾饥[2]，愿得乐土共哺糜[3]。风吹黄蒿，望见墙宇，中有主人当饲汝。叩门无人室无釜，踯躅空巷泪如雨[4]。

✤ 注释

[1] 班班：车行的声音，又车行不绝于道的样子。杜甫《忆昔》："齐纨鲁缟车班班，男耕女桑不相失。"

[2] 榆：木名，其嫩叶嫩果可食。《新唐书·阳城传》："岁饥，屏迹不过邻里，屑榆为粥，讲论不辍。"是以榆屑作粥的实例。疗饥：可以止饥饿。《诗·陈风·衡门》："泌之洋洋，可以乐饥。"《列女传》引作"疗饥"，言可以医治饥渴。

[3] 乐土：安乐的地方。《诗·魏风·硕鼠》："逝将去女（汝），适彼乐土。"共哺糜：一起喝稀饭。汉乐府《东门行》："他家但愿富贵，贱妾与君共哺糜。"

[4] 踯躅：徘徊，踏步不前。

✤ 评析

写人民在饥荒的年月里流离失所的情景，极为形象，极为逼真。好不容易看到一座黄蒿丛生的"墙宇"，以为那里的主人可以给点吃的，哪里知道那"墙宇"中的"主人"也早已被饥饿赶走了。写法进了一层，感人的艺术魅力也加深了一层。

交　河[1]

乌啼征马动[2]，曙色散滹沱[3]。
海气通三岛[4]，天风静九河[5]。
沙平边草断，日淡塞云多。
百里无烟火[6]，空林枉自过[7]。

✤ 注释

[1] 交河：旧县名，在河北省东南部，以滹沱、高河两水交流而得名。

[2] 征马：远行的马，跑长途的马。

[3] 曙色：破晓的天色。唐祖咏《望蓟门》："三边曙色动危旌。"滹沱：河名，在今河北省西部。

[4] 三岛：三神山，秦汉的方士所说的蓬莱、方丈和瀛洲。

[5] 九河：古代黄河自孟津而北，分为九道，即徒骇、太史、马颊、覆釜、胡苏、简、絜、钩盘、鬲津。见《尔雅·释水》。今九河古道，湮废已久，当在山东德州以北、天津以南地区。

[6] "百里"句：极言其人烟稀少。亦曹植《送应氏诗二首》之一"中野何萧条，千里无人烟"之意。

[7] 空林：深林。枉：徒然，白白地。

✤ 评析

写交河城乡的荒凉破败景象，极悲愤，极沉郁，具有"刺讽之诗微以显"的艺术特点。

庐　居[1]

行遁山河改[2]，归来松菊荒[3]。
尚余三亩宅[4]，无复万家旁[5]。
祈死烦宗祝[6]，偷生愧国殇[7]。
但依亲陇在[8]，含笑此高冈。

✤ 注释

[1] 庐居：古人遇父母之丧，就墓旁筑小屋居住，叫庐居。

[2] 行遁：犹言避世。《尚书·微子》："自靖，人自献于先王，我不顾行遁。"《正义》说："不肯遁以求生，言将与纣俱死也。"

[3] "归来"句：晋陶渊明《归去来兮辞》："三径就荒，松菊犹存。"

[4] 三亩宅：言其很穷。《孟子·梁惠王上》："五亩之宅，树之以桑，五十者可以衣帛矣。"此则不足五亩。《礼记·儒行》："儒有一亩之宫，环堵之室。"此言

穷之至者。

[5]“无复”句：此用《史记·淮阴侯传赞》：“淮阴人为余言，韩信虽为布衣时，其志与众异。其母死，贫无以葬，然乃行营高敞地，令其旁可置万家。余视其母冢，良然。”

[6]宗祝：家庙中司祭礼的人，以言语祝告，祈求福佑。

[7]国殇：为国牺牲的人。南朝宋鲍照《代出自蓟北门行》：“投躯报明主，身死为国殇。”

[8]依亲陇：傍着双亲的坟墓。陇，通垅、垄，坟墓。《战国策·齐四》：“有敢去柳下季垄五十步而樵采者，死不赦。”

✤ 评析

此诗作于诗人因丁忧辞惠州推官回乡的时候，家忧国难，纷至沓来。一腔忠孝的热血，喷薄于腕底笔端。悲歌激烈，可泣鬼神。“祈死烦宗祝，偷生愧国殇”一联，至今读之，犹觉掷地有声。

扬　州

淮海名都极望遥[1]，江天隐见隔南朝[2]。
青山半映瓜洲树[3]，芳草斜连扬子桥[4]。
隋苑楼台迷晓雾[5]，吴宫花月送春潮[6]。
汴河尽是新栽柳[7]，依旧东风恨未消。

✤ 注释

[1]淮海名都：指扬州。明初改扬州路为淮海府，治所在今江苏扬州。宋姜夔《扬州慢》：“淮左名都，竹西佳处，解鞍少驻初程。”

[2]南朝：南北朝时，建都于南京的宋、齐、梁、陈，称为南朝。此代指南京市。

[3]瓜洲：又称瓜埠洲。在今江苏省扬州市邗江区南，大运河入长江处，与镇江市隔江相对。以淤积而成的沙洲，形如瓜字而得名。亦作“瓜州”，历代诗词中

咏者甚多。如唐白居易《长相思》的“汴水流，泗水流，流到瓜州古渡头，吴山点点愁”；唐张祜《题金陵渡》的“潮落夜江斜月里，两三星火是瓜州”；北宋王安石《船泊瓜州》的“京口瓜州一水间，钟山只隔数重山”；南宋陆游《书愤》的“楼船夜雪瓜州渡，铁马秋风大散关”。说明瓜州既是游览胜地，又是江防重镇。

[4] 扬子桥：在今江苏省扬州市江都区南，历来为江防要地。

[5] 隋苑：园名，即上林苑，又名西苑，隋炀帝建，故址在今江苏扬州西北。唐杜牧《寄题甘露寺北轩》诗：“天接海门秋水色，烟笼隋苑暮钟声。”

[6] 吴宫：吴国的宫殿。春秋时吴国的都城在今江苏苏州。李白《登金陵凤凰台》：“吴宫花草埋幽径，晋代衣冠成古丘。”

[7] 汴河：亦称汴渠。隋炀帝游幸江都时，引黄河经安徽入淮河。这两句概括了唐白居易《隋堤柳》的“大业年中炀天子，种柳成行夹流水。西自黄河东至淮，绿影一千三百里”，李商隐《隋宫》的“于今腐草无萤火，终古垂杨有暮鸦”，韦庄《台城》的“无情最是台城柳，依旧烟笼十里堤”等诗的意境，因而特别显得深厚。

✤ 评析

既沉壮，又神明，格清气遒，流畅明秀，颇似李太白、王右丞的韵致，是明末七言律诗的翘楚。

重游弇园[1]

放艇春寒岛屿深，弇山花木正萧森[2]。
左徒旧宅犹兰圃[3]，中散荒园尚竹林[4]。
十二敦槃谁狎主[5]？三千宾客半知音[6]。
风流摇落无人继[7]，独立苍茫异代心[8]。

✤ 注释

[1] 弇园：俗称王家山，尚书王世贞所筑，广七十余亩，中矗三峰，曰东弇、中弇、西弇，极亭池花卉之胜。在江苏太仓隆福寺之西。见《嘉庆一统志 · 太仓州

古迹》。

[2] 萧森：错落耸立的样子。南朝宋谢灵运《山居赋》："（其竹）既修竦而便娟，亦萧森而蓊蔚。"

[3] 左徒：屈原曾为楚怀王左徒，因以左徒代指屈原。兰圃：种有兰蕙的园圃。屈原《离骚》："余既滋兰之九畹兮，又树蕙之百亩。"

[4] 中散：嵇康曾任中散大夫，因以中散代指嵇康。竹林：三国魏末的嵇康、阮籍、山涛、向秀、阮咸、王戎、刘伶相与友善，常宴集于竹林之下，时人号为"竹林七贤"。见《世说新语·任诞》。以上是以屈原、嵇康喻王世贞。

[5] 十二敦槃：古代天子与诸侯会盟时所用的礼器。《周礼·天官·玉府》："若合诸侯，则共（供）珠槃、玉敦。"郑玄注："古者以槃盛血，以敦盛食。"敦、槃皆木制，以玉为饰。此以比喻王世贞主盟文坛。《明史·文苑三》："世贞始与李攀龙狎主文盟，攀龙殁，独操柄二十年。"

[6] 三千宾客：魏公子无忌"为人仁而下士……士以此方数千里争往归之，致食客三千人"。楚"春申君客三千余人，其上客皆蹑珠履"。分别见《史记》的《魏公子列传》和《春申君列传》。此以喻王世贞的"声华意气，笼盖海内。一时士大夫及山人、词客、衲子、羽流，莫不奔走门下"。其所与游者，又有所谓"前五子"、"后五子"、"广五子"、"续五子"、"末五子"之流。见《明史·文苑传》三。

[7] 风流摇落：遗风凋丧殆尽。此从杜甫《咏怀古迹》之二"摇落深知宋玉悲，风流儒雅亦吾师"中化用而来，既赞誉王世贞的风流儒雅，又感叹他的遗风凋零。

[8] 苍茫：旷远无边的样子。李白《关山月》："明月出天山，苍茫云海间。"异代心：不同时代的人的心理状态。

✤ 评析

诗人论诗，主张"哀悼之诗怆以深"。这是一首吊古伤怀之作，对王世贞当时的才气与声华，致以由衷的敬意；对他的"风流摇落无人继"，则表示无限的感叹。沈德潜评此诗说："今弇园一带，废为民居矣，读此不胜时代之感。"说明它的"怆以深"是足以感人、动人的。尤其值得一提的，是中间两联的"珠联璧合之体，援古证今之法"，运用得极其自然贴切。所以王士祯在《渔洋诗话》中认为"左徒旧宅犹兰圃"一联是"警句"，"不愧古作者"。

晚秋杂兴

江关海峤接天流[1]，玉露商飙万里愁[2]。
九月星河人出塞[3]，一城砧杵客登楼[4]。
荒原返照黄云暮，绝壁回风锦树秋[5]。
极望苍茫寒色远，数声清角满神州[6]。

✤ 注释

[1] 江关：瞿塘关。战国时，巴、楚相争而设置。海峤：海边的高山。

[2] 玉露：白露。杜甫《秋兴八首》之一："玉露凋伤枫树林，巫山巫峡气萧森。"商飙：秋风。晋陆机《园葵》："时逝柔风戢，岁暮商飙飞。"

[3] 星河：银河。杜甫《阁夜》："五更鼓角声悲壮，三峡星河影动摇。"

[4] 砧杵：捣衣石与棒槌。《乐府诗集·子夜四时歌·秋歌》："佳人理寒服，万结砧杵劳。"

[5] 绝壁：陡峭的崖石。回风：旋风。《古诗十九首》之十二："回风动地起，秋草萋已绿。"锦树：颜色美丽的树。

[6] 清角：凄清的号角声。

✤ 评析

触景生情，融情入景，情景相生，妙合无垠，有笼罩宇宙、俯仰古今的气概。"九月星河人出塞，一城砧杵客登楼"，苍茫雄浑，沉郁顿挫，颇似老杜风韵。

夏完淳

夏完淳(1631—1647),字存古,华亭(今上海松江)人。吏部主事夏允彝之子。十四岁随其父及其师陈子龙参加吴志葵军,抵抗清兵。吴志葵兵败,夏允彝自沉于水。完淳又与陈子龙联络太湖义军起兵抗清,鲁王遥授他为中书舍人。兵败被执,洪承畴欲宽释之,谬曰:“童子何知,岂能称兵叛逆?误堕贼中耳。”完淳面斥其非,跃起奋骂,不屈而死,时年才十七耳。乾隆中赐谥节愍,有《夏节愍公集》及《南冠草》行世。

完淳十二岁,便已“博极群书,为文千言立就,如风发泉涌。谈军国事,凿凿奇中”。见王宏《夏孝子传》。钟广汉亦说:“大樽选明诗,存古年才十余尔,而宋辕文援其论诗以作序,此时已许其作后进领袖矣。迨十五从军,十七授命,磨盾草檄,不异老生宿儒,言异禀也。”(见《明诗综》)朱彝尊还说:“存古南阳知二,江夏无双,束发从军,死为毅魄。其《大哀》一赋,足敌兰成(指庾信《哀江南赋》)。昔终童未闻善赋,汪踦不见能文。方之古人,殆难其匹。”(见《静志居诗话》)对他的异禀奇节,莫不由衷赞赏。今观其诗,慷慨悲歌,格高调雅,读之令人悲歌起舞,的确是不世出的奇才。沈德潜说他的诗“高古罕匹”,非虚誉也。

别云间[1]

三年羁旅客[2],今日又南冠[3]。

无限河山泪，谁言天地宽[4]？
已知泉路近[5]，欲别故乡难。
毅魄归来日[6]，灵旗空际看[7]。

✣ 注释

[1] 云间：地名，诗人的故乡松江的古称。

[2] 羁旅客：漂泊在外的人。此言其十五从军以后的三年军旅生活。

[3] 南冠：楚人所戴的帽子。《左传·成公九年》："晋侯观于军府，见钟仪，问之曰：'南冠而絷者，谁也？'有司对曰：'郑人所献楚囚也。'"后因以"南冠"为囚犯的代称。此时诗人已被捕，并将解往南京。

[4] "谁言"句：此用孟郊"出门即有碍，谁谓天地宽"的成句，但孟言世路的艰险，此言国步的迍邅。

[5] 泉路：地下，阴间。杜甫《送郑十八虔贬台州司户》："便与先生应永诀，九重泉路尽交期。"

[6] 毅魄：刚毅的魂魄，英雄的灵魂。屈原《九歌·国殇》："身既死兮神以灵，魂魄毅兮为鬼雄。"

[7] 灵旗：指军旗、战旗。空际：天边。

✣ 评析

此为诗人被捕时告别故乡所作，慷慨激昂，淋漓尽致，既抒发了对故乡的依恋之情，又表达了对国家的忠贞之志。

哭吴都督[1]

知己功名尽，伤心叩九阍[2]。
余光留日月，遗恨满乾坤。
湖海门生谊[3]，荆榛国士恩[4]。
滔滔江水阔[5]，万里独招魂[6]。

✤ 注释

[1] 吴都督：吴志葵，字升阶，官游击将军，以防御功拜左军都督佥事，充总兵官，镇守吴淞。顺治二年(1645)八月，清兵南下，战败被杀。见《金山县志》。

[2] 九阍：九天之门，上帝宫殿的门。唐李商隐《哭刘蕡》："上帝深宫闭九阍，巫咸不下问衔冤。"

[3] 湖海：浪迹江湖，不与朝政。许汜与刘备同为刘表的座上客，表与备一起评论天下的人才，许汜插嘴说："陈元龙(陈登的字)湖海之士，豪气不除。"见《三国志·魏书·陈登传》。门生谊：师徒的情谊。吴志葵是夏允彝的门生，夏允彝父子又参加吴志葵的部队，共同抗清。彼此的情谊深厚。

[4] 荆榛：喻纷乱。国士恩：《史记·刺客列传》："智伯国士遇我，我故国士报之。"国士：超出全国的有杰出才能的人，国中独一无二的人才。

[5] 滔滔：大水奔流的样子。《诗·小雅·四月》："滔滔江汉，南国之纪。"

[6] 招魂：招回死者之魂。《楚辞》有《招魂》一篇，或云屈原所作，以招客死秦国的怀王之魂；或云宋玉所作，以招自沉汨罗的屈原之魂。

✤ 评析

前半段对吴志葵的兵败就义，表示无限的悲愤，给予很高的评价。后半段历叙彼此的关系和哀悼的情怀，一片真情，一腔浩气，具有动人心扉的艺术魅力。

春兴八首同钱大作[1]（选一）

上苑东风试早莺[2]，故宫依旧百花明[3]。
江帆入镜移瓜步[4]，胡马如云走石城[5]。
金鼓平陵怜翟义[6]，旌旗沧海葬田横[7]。
伤心中夜看牛斗[8]，醉把吴钩万里行[9]。

✤ 注释

[1] 同：和。钱大：钱熙，字漱广，浙江嘉善人。钱栴的长子，诗人的内兄。

[2] 上苑：帝王的园囿。试早莺：试一试雏莺的歌喉。白居易《钱塘湖春行》："几处早莺争暖树，谁家新燕啄春泥。"

[3] 故宫：指南京的明故宫。诗人另有《故宫行》一首，将故宫的今昔作了鲜明的对比，不胜哀惋感慨之至。诗中有"故宫烟雨动新愁，华屋参差成古邱。当时罗绮三千户，何处莺花十二楼"，"一朝景物如反掌，富贵风流竟长往。玄武池边暮雨来，朱雀门前春草长。美女琵琶塞上行，绮构云连空复情。行人夜雨乌衣巷，归雁秋风白下城"。可为此句参考。

[4] "江帆"句：指郑鸿逵败退镇江事。鸿逵，字羽公，郑芝龙的异母弟，崇祯十三年武进士，累官至登州副总兵。弘光立，加鸿逵总兵官，挂镇海将军印，驻守镇江。是时清兵已破扬州，由老鹳河渡江，鸿逵乃引兵南下，拥唐王入闽。见《南疆逸史·郑鸿逵传》。江帆，指清军渡江的战船。瓜步：古镇名，在江苏省南京市六合区东南。

[5] "胡马"句：指清军于顺治二年(1645)攻陷南京，明文武官员出降的事。《明史·福王传》："大清兵以是年五月己丑渡江，辛卯夜，由崧走太平。……癸巳，由崧至芜湖。丙申，大兵至南京城北，文武官出降。丙午，执由崧至南京。九月甲寅，以归京师。"胡马，指清兵。石城，即石头城，南京的别称。

[6] "金鼓"句：此为哀悼太湖义军首领吴易。诗人为悼念吴易作《吴江夜哭》："平陵一曲声杳然，灵旗惨淡归荒烟"，为悼念陈子龙作《细林夜哭》："去岁平陵鼓声死，与公同渡吴江水"。两诗均谈到"平陵"，《平陵东》为乐府古题。《乐府诗集》引崔豹《古今注》："《平陵东》，汉翟义门人所作也。"又引《乐府解题》云："义，丞相方进之少子，字文仲，为东郡太守。以王莽方篡汉，举兵诛之，不克，见害。门人作歌以怨之也。"此以翟义比吴易。

[7] "旌旗"句：此指吴志葵所部的抗清义军。诗人《六哀·吴都督》："义士五百人，同死田横岛。"田横：战国时齐国田氏的后代，秦末与其兄田儋起兵反秦；汉初，率领五百人逃往海岛，以羞为汉臣，自杀。其徒属五百人，闻横死，亦皆自杀。见《史记·田儋列传》。此以田横的徒属比吴志葵所部义军。

[8] 中夜：夜半。牛斗：牛宿和斗宿。此言半夜起来仰看牛斗二星之间的气象。庾信《思旧铭》："剑没丰城，气存牛斗。"盖以宝剑代指武器。

[9] 吴钩：锋利的兵器，相传为吴王阖闾时所造。宋辛弃疾《水龙吟·登建康赏心亭》："把吴钩看了，栏干拍遍，无人会，登临意。"

✤ 评析

用典如此恰切，属对如此精巧，而又气势雄浑，音调铿锵，把自己的满腔浩然正气，抒发得如此淋漓尽致，明诗中盖不多见。

忆侯几道云俱兄弟[1]

春城烟雾晓阴阴[2]，俯仰斜阳吊古今。
万里河山犹故国，九京风雨自同心[3]。
欲知真主观司隶[4]，未见孤儿属羽林[5]。
鹤唳华亭人没后[6]，河桥一阙泪沾襟[7]。

✤ 注释

[1] 侯几道，名玄演；云俱，名玄洁，上海嘉定人，都是侯峒曾的儿子，诗人姐夫的从兄弟。顺治二年（1645），清兵掠嘉定，邑人推峒曾为主，据城坚守，弹尽援绝，大雨城坏，峒曾乃拜辞家庙，携二子玄演、玄洁俱沉水自尽。见《明史·侯峒曾传》。

[2] 春城：充满春意的城市。唐韩翃《寒食》："春城无处不飞花，寒食东风御柳斜。"此以"春城"形容长安，诗人则以"春城"代指南京。

[3] 九京：九原，即墓地。《礼记·檀弓下》："是全要领以从先大夫于九京也。"郑玄注："晋卿大夫之墓地在九原，京盖字之误，当为原。"后世因称墓地为"九京"或"九原"。此句意为生死同心。

[4] "欲知"句：此以汉光武比唐王。真主，真命天子。《后汉书·王常传》："今刘氏复兴，即真主也。"司隶：官名，光武帝在更始时曾为司隶校尉。《后汉书·光武纪》："（三辅吏士）见司隶僚属，皆欢喜不自胜。老吏或垂涕曰：'不图今日复见汉官威仪。'由是识者皆属心焉。"

[5] "未见"句：此指崇祯太子慈烺被马士英下中城兵马司狱的事。《明季南略》：吴三桂拥太子离永平，至榆河，阴逸之民间，使人导入皇姑寺。太监高起潜奔西山，太子诣之，同至天津，浮海而南。八月，抵淮上，高梦箕密奏并启于士英，于是遣内竖李继周持御札召之，入城居兴善寺。三月初三日，阮大铖驰书士

英，士英密奏，请以太子下中城兵马司狱。太子入狱，长号饮泣，满狱凄然。五月，弘光出奔，南都士民千数，擒王铎，殴之，共立太子为帝。诗中的孤儿，即指崇祯太子慈烺；羽林，本为皇帝的近卫军，此以代指中城兵马司狱。

[6] 鹤唳华亭：陆机以后将军、河北大都督督师二十万人与长沙王司马乂战于河桥，大败。被卢志、孟玖所谗，言机有异志，与其弟陆云同时被杀，临刑叹曰："欲闻华亭鹤唳，可复得乎？"见《世说新语 · 尤悔》及《晋书 · 陆机传》。此以陆机、陆云兄弟比侯玄演、玄洁兄弟。

[7] 河桥：地名。陆机"列军自朝歌至于河桥，鼓声闻数百里，汉魏以来，出师之盛，未尝有也。长沙王乂奉天子与机战于鹿苑，机军大败，赴七里涧而死者如积焉，水为之不流"。见《晋书 · 陆机传》。

✤ 评析

诗中以极其悲愤的感情，回忆侯几道兄弟随父壮烈殉国的往事，眼见南明王朝争权夺利、钩心斗角的丑闻，心痛如焚，血热欲沸，眷顾君国之情溢于言表，可与顾炎武的《义士行》一同作为诗史来读。

鱼　服[1]

投笔新从定远侯[2]，登坛誓饮月支头[3]。
莲花剑淬胡霜重[4]，柳叶衣轻汉月秋[5]。
励志鸡鸣思击楫[6]，惊心鱼服愧同舟[7]。
一身湖海茫茫恨，缟素秦庭矢报仇[8]。

✤ 注释

[1] 鱼服：即白龙鱼服，喻微服外出，险象环生。《说苑 · 正谏》："昔白龙下清泠之渊，化为鱼。渔者豫且射中其目。"此以喻明亡后王室遗臣逃亡在外所遇到的艰难险阻。

[2] "投笔"句：言自己跟着班超投笔从戎。《后汉书 · 班超传》："班超，字仲升……家贫，常为官佣书以供养。久劳苦，尝辍业投笔叹曰：'大丈夫无它志略，

犹当效傅介子、张骞立功异域，以取封侯，安能久事笔研间乎？’左右皆笑之。”后来超败匈奴、破鄯善、降龟兹、击莎车、服焉耆，被封为定远侯。此以定远侯比陈子龙。

[3] 月支头：月支，亦作“月氏”，古西域国名。原来聚居在敦煌、祁连间，后为匈奴所败，乃徙居妫水北，随畜移徙，与匈奴同俗。控弦者可一二十万。颇强盛，轻匈奴，及冒顿立，攻破月氏，至匈奴老上单于，杀月氏王，以其头为饮器。见《史记·大宛列传》。此以月氏比清兵，表示自己歼敌的决心。

[4] 莲花剑：宝剑。《吴越春秋》载：薛烛善相剑，曾赞美欧冶子所铸的宝剑“沉沉如芙蓉始生于湖”。《越绝书》载：越王取纯钩，薛烛望之，其花捽如芙蓉。芙蓉，即莲花。北周庾信《周车骑大将军贺娄公神道碑》：“角端在手，必无齐鲁之侵；莲花插腰，甚得蛟龙之气。”此以言义军的战斗力强，不怕清兵众多。胡霜重：喻清兵多。

[5] 柳叶衣：轻便的戎衣，言其如柳叶之轻柔细薄。

[6] “励志”句：言当如祖逖之闻鸡起舞、击楫起誓，以恢复中原为己任。《晋书·祖逖传》：“与司空刘琨俱为司州主簿，情好绸缪，共被同寝，中夜闻荒鸡鸣，蹴琨觉曰：‘此非恶声也。’因起舞。”又“帝乃以逖为奋威将军、豫州刺史，给千人廪，布三千匹，不给铠仗，使自招募。仍将本流徙部曲百余家渡江，中流击楫而誓曰：‘祖逖不能清中原而复济者，有如大江。’辞色壮烈，众皆慨叹。”此以祖逖比陈子龙。

[7] “惊心”句：言感受极深的是陈子龙对待艰难险阻的态度，使自己这个风雨同舟的人自愧弗如。惊心：感受极深，震动心扉。同舟：比喻在困难的环境中，齐心协力，共渡难关。《孙子·九地》：“夫吴人与越人相恶也，当其同舟而济，遇风，其相救也，如左右手。”

[8] 缟素：白色的丧服。屈原《九章·惜往日》：“思久故之亲身兮，因缟素而哭之。”秦庭：秦国的宫庭。申包胥与伍员友好，员以父兄被杀，逃奔吴国，谓包胥曰：“我必复(覆)楚国。”包胥曰：“子能复之，我必能兴之。”后员以吴军攻楚，破郢都，包胥向秦国请求出兵援助，哭于秦庭七日夜，秦终出兵救楚，大败吴军。事见《左传》定公四年、五年。此以表示复明抗清的决心。

✤ 评析

爱国思想，民族气节，洋溢在字里行间，足抵一篇《正气歌》，“虽与日月争光可也”。

寒食杂作同钱二不识赋[1]（四首选二）

朔风广漠敝裘寒[2]，客子飘零行路难[3]。
北首可怜秦郡县[4]，南来无复汉衣冠[5]。
昭关去后难亡楚[6]，仓海归时未报韩[7]。
袖里吴钩愁独倚，霜锋夜夜月中看[8]。

亲朋乱后几人存[9]，湖海交情酒后论[10]。
今古文章多薄命[11]，江关词赋半招魂[12]。
王孙一饭谁知己[13]，漂母千金敢报恩。
曾作信陵珠履客[14]，几回恸哭大梁门[15]。

✤ 注释

[1] 钱二不识：钱默，字不识，排行第二，钱栴的儿子，崇祯十六年(1643)进士，知嘉定县。及父殉难，削发入黄山，号霜华道人。有《吹箫草》。

[2] 广漠：也作“广莫”。辽阔空旷的样子。《庄子·逍遥游》：“何不树之于无何有之乡，广莫之野。”汉王褒《九怀·思忠》：“历广漠兮驰骛，览中国兮冥冥。”“莫”、“漠”古通。敝裘：破烂的皮衣，喻飘零不得志。战国时苏秦，第一次游说秦王，不听，苏秦貂裘之衣弊，黄金尽，落魄而归。此用其事。

[3] 行路难：乐府杂曲歌辞篇名。《乐府解题》云：“《行路难》，备言世路艰难及离别悲伤之意。”诗人另有《春雪怀不识》诗：“重裘不知温，无乃衣裳单；重帏不知暖，无乃行路难。”可以供此句参考。

[4] 北首：北向。秦郡县：秦国的郡县。言北方的郡县，已不是秦国的了。此以秦国喻明朝。

[5] 汉衣冠：汉代的礼教风俗，汉代的达官贵族。李白《登金陵凤凰台》：“吴宫花草埋幽径，晋代衣冠成古丘。”此以汉代喻明朝，言南方也不是明朝的礼教风俗了。

[6] 昭关：地名。在今安徽省含山县北。伍子胥的父兄被杀，子胥逃到吴国，“到昭关，昭关欲执之，伍胥遂与胜（太子建之子）独身步走，几不得脱。追者在后。至江，江上有一渔父乘船，知伍胥之急，乃渡伍胥”。见《史记·伍子胥列传》。难亡楚：亡通“忘”，难以忘记报楚的杀父之仇。诗人的父亲夏允彝亦为国殉难，故以伍胥自喻。

[7] “仓海”句：《史记·留侯世家》：秦灭韩，张良以祖与父曾相韩，决计为韩报仇，乃“东见仓海君，得力士，为铁椎重百二十斤。秦皇帝东游，良与客狙击秦皇帝博浪沙中，误中副车”。此以张良自比。

[8] 霜锋：犹言“霜刃”，锋利而洁白的剑。唐贾岛《剑客》：“十年磨一剑，霜刃未曾试。”

[9] “亲朋”句：此用杜甫《九日五首》之一“他时一笑后，今日几人存”和《白帝》“千家今有百家存”的句意。

[10] 湖海交情：意气相投的交情。

[11] “今古”句：此化用杜甫《天末怀李白》“文章憎命达”和《旅夜书怀》“名岂文章著”的句意。

[12] “江关”句：言动人的词赋，多是悼念友人之作。江关，乡关。杜甫《咏怀古迹五首》之一：“庾信生平最萧瑟，暮年诗赋动江关。”

[13] 王孙一饭：韩信少时，家贫无以为食。钓于淮阴城下，有一漂母见信饥，尝与之食。信对漂母说：“吾必有以重报母。”母怒曰：“吾哀王孙而进食，岂望报乎？”后来韩信被封为楚王，至国后，便以千金报漂母。见《史记·淮阴侯列传》。

[14] “曾作”句：战国时，魏信陵君、楚春申君，皆有客三千人，其上客皆蹑珠履。见《史记》的《魏公子列传》和《春申君列传》。此言自己早年是钱家的座上客。

[15] 大梁：魏国的都城。言因感谢魏公子，每过大梁而痛哭。此以魏公子代钱澉广。

✤ 评析

格高调雅，句琢字炼，极富沉郁顿挫之致。沈德潜称其“诗格亦高古罕匹”，诚然！诚然！

瞿式耜

瞿式耜(1590—1650),字起田,号稼轩,江苏常熟人。万历丙辰(1616)进士,授永丰知县,擢户科给事中,好直谏,为权相所讦,罢归,筑室于虞山之下曰东皋,极游观之胜。酷嗜石田翁画,购得数百卷,为耕石轩藏之。未几,里中儿蜚文诬染,被逮下狱。福王时,起应天府丞,以右佥都御史巡抚广西。唐王立,擢兵部右侍郎,不赴。永明王立,进吏部右侍郎、东阁大学士,留守桂林。进文渊阁大学士,兼兵部尚书,封临桂伯。永历四年(1650),桂林陷落,与总督张同敞(故相国张居正的曾孙)同时被俘,两人在狱中从容唱和,相期同死。瞿云:“愿作须臾阶下鬼,何妨慷慨殿中狂。”张和云:“腰膝尚存堪作鬼,死生有数肯呼天!”张备受拷掠,臂折睛出,瞿有诗云:“文山当日犹长揖,堪笑狂生礼太疏。”张和以诗云:“臂先头断生堪贱,身为城亡计岂疏?”两人真可谓从容就义、杀身成仁的了。后瞿公之孙昌文将其倡和之诗,刻之吴中,题为《浩气吟》。乾隆中,赐谥忠宣,有《瞿忠宣公集》。

朱彝尊《静志居诗话》:“瞿公生长华门,屏游闲之习;自临八桂,尽瘁行间;既系狱中,与江陵张公同敞悲歌酬和……所谓鼎镬甘如饴者。”

狱　中[1]

年逾六十复奚求?多难频经浑不愁[2]。

劫运千年弹指到[3]，纲常万古一身留[4]。
欲坚道力凭魔力[5]，何事俘囚学楚囚[6]！
了却人间生死业[7]，黄冠莫拟故乡游[8]。

✤ 注释

[1] 狱中：永历四年(1650)十一月六日，清兵攻陷桂林，诗人被俘，系狱一月，备受刑辱，至闰十一月十七日，慷慨赴义。

[2] 频经：经历过多次。浑：全。

[3] 弹指：顷刻间，极言时间之短。唐司空图《偶书》之四："平生多少事，弹指一时休。"实为"一弹指"之省。宋苏轼《过永乐文长老已卒》："三过门间老病死，一弹指顷去来今。"

[4] 纲常：封建社会的伦理道德观念，所谓"三纲五常"的缩语。三纲：君为臣纲，父为子纲，夫为妻纲。五常：仁、义、礼、智、信。《宋史·叶味道传》："必坚志气以守所学，谨几微以验所学，正纲常以励所学，用忠言以充所学。"

[5] 道力：宗教徒修炼的功力。魔力：佛家所讲的天魔之力。《指月录》："(四祖)行化至摩突罗国，得度者甚众。由是魔宫震动，波旬愁怖，遂竭其魔力，以害正法。"

[6] 楚囚：本指被俘的楚国人，此借指处境窘迫、忧愁悲伤的人。《世说新语·言语》："周侯(顗)中坐而叹曰：'风景不殊，正自有山河之异！'皆相视流泪。唯王丞相(导)愀然变色曰：'当共戮力王室，克复神州，何至作楚囚相对！'"此言不学新亭对泣的楚囚。

[7] 生死业：佛教谓生死轮回，是由"业"决定的。业分为身业(行动)、口业(语言)和意业(思想)。业有善恶，一般指恶业。

[8] 黄冠：道士所戴的帽子，因以为道士的别称。《宋史·文天祥传》："国亡，吾分一死矣。倘缘宽假，得以黄冠归故乡，他日，以方外备顾问，可也。"瞿公处处以文天祥为榜样，独此不抱"以黄冠归故乡"的幻想，而决心以死报国。

✤ 评析

纯是一片浩然正气，从内心深处喷薄而出，可以悬日月，可以泣鬼神。"劫运千年弹指到，纲常万古一身留。"及今读之，犹可以想见诗人的须眉如画、肝胆似铁。

张煌言

张煌言（1620—1664），字玄箸，号苍水，鄞县（今浙江省宁波市鄞州区）人。崇祯壬午（1642）举人。著名的义军抗清首领。鲁王监国，授行人，赐进士，加翰林院编修，擢右佥都御史，进兵部右侍郎。桂王立，加兵部左侍郎，兼翰林院学士，进兵部尚书。他在浙东沿海一带坚持抗清斗争十九年，“三度闽关，四入长江，两遭覆没”，而始终不渝。康熙三年（1664），滇南平定，他见大势已去，乃遣散部曲，隐居悬澳岛，入普陀为僧。不久，被叛徒出卖，慷慨就义于杭州。有《张苍水集》。

他的诗具有忧国爱民的思想、坚韧不拔的英雄气概，表现出高尚的民族气节和爱国热情。徐孚远说他的诗“其气昌明而宏伟，其辞赡博而英多，盖明堂之圭璧、清庙之贲镛也”。全祖望说他的诗“才笔横溢，藻采缤纷”，“古来亡国之大夫，其音必凄楚郁结，独尚书之著述，噌吰博大，含钟应吕，俨然承平庙堂巨手，一洗亡国之音。岂天地间伟人，固不容以常例论耶”。这些评论，我认为是切中肯綮的。

生　还（四首选一）

落魄须眉在[1]，招魂部曲稀[2]。
生还非众望[3]，死战有谁归[4]。
蹈险身谋拙[5]，包羞心事违[6]。

江东父老见[7]，一一问重围。

✤ 注释

[1] 落魄：穷困失意。与落拓、落薄同义。须眉：大丈夫的气概，男子汉的丰采。古人以为男子之美在须眉，故以“须眉”代指男子的丰采与精神。

[2] 部曲：部队，军队。古代军队的编制，大将军营有部，部下有曲，曲设军侯一人。见《续汉书·百官志》。

[3] “生还”句：此合用杜甫《喜达行在所》“生还今日事，间道暂时人”与《羌村三首》之一“妻孥怪我在，惊定还拭泪。世乱遭飘荡，生还偶然遂”的句意。

[4] “死战”句：此化用唐王翰《凉州词》“醉卧沙场君莫笑，古来征战几人回”的句意。

[5] 蹈险：陷入危险的境地。

[6] 包羞：承受羞辱。唐杜牧《题乌江亭》：“胜败兵家事不期，包羞忍耻是男儿。”

[7] 江东父老：故乡的父老兄弟。《史记·项羽本纪》：“项王笑曰：‘天之亡我，我何渡为？且籍与江东子弟八千人渡江而西，今无一人还。纵江东父兄怜而王我，我何面目见之？’”此用其字面。

✤ 评析

深厚的生活经验，真挚的爱国感情，虽直抒胸臆，无意于工，而情之所至，自有一种感人的艺术力量。

师次观音门[1]

楼船十万石头城[2]，钟阜依然拱旧京[3]。
弓剑秋藏云五色[4]，旌旗夜渡月三更。
中原父老还扶杖[5]，绝塞山河自寝兵[6]。
不信封侯皆上将[7]，前茅独让弃繻生[8]。

✤ 注释

[1] 观音门：在南京燕子矶附近。清顺治十六年(1659)六月，诗人与郑成功会师北伐，郑氏率主力出镇江，诗人率偏师从水道直薄观音门，大江南北，纷纷响应，给清廷造成极大的压力，后以郑氏大军受阻溃退，诗人孤军深入，外无援军，几尽覆灭。见《光绪鄞县志》。

[2] 楼船：高大的战船。唐刘禹锡《西塞山怀古》："王浚楼船下益州，金陵王气黯然收。"宋陆游《书愤》："楼船夜雪瓜洲渡，铁马秋风大散关。"石头城：南京市的别称。

[3] 钟阜：钟山。旧京：指南京，因明太祖曾建都于北，崇祯亡后，福王弘光的小朝廷也建都在这里，故称之为旧京。

[4] "弓剑"句：言潜伏在地下的武装有着很强的战斗力。云五色：剑气的光芒在空中形成祥瑞的五色云彩。此用晋张华"丰城剑气"的典故。

[5] "中原"句：言中原的父老还扶着筇杖前来慰问义师。此与宋陆游《观长安城图》"三秦父老应惆怅，不见王师出散关"、范成大《州桥》"州桥南北是天街，父老年年等驾回"同一艺术构思。

[6] 绝塞：极远的边塞。寝兵：停止战争。《管子·立政》："寝兵之说胜，则险阻不守；兼爱之说胜，则士卒不战。"

[7] "不信"句：此诗人自谦之辞，言自己虽非上将之才，也可以建大功立大业。《史记·李将军列传》："(李)蔡为人在下中，名声出(李)广下甚远，然广不得爵邑，官不过九卿，而蔡为列侯，位至三公。"此暗用其事。

[8] 前茅：军中的前哨斥候。古代行军时，用茅为旌，持旌先行，如遇敌人，则举旌以警戒后续的部队。弃繻生：不要出入关隘凭证的人。《汉书·终军传》：终军入关，关吏授之繻，以为出入之凭证。终军弃繻而去，后终军以使者身份持节出关，关吏识之，曰："此使者乃前弃繻生也。"

✤ 评析

诗人以必胜的信心、决死的精神，写出这首气壮山河的出师誓言，事虽未成，而其恢复中原、立功绝域的豪气，犹足以立懦廉顽，为神州留此浩然之气。

追　往（八首选一）

长驱胡骑几曾经[1]，草木江南半带腥[2]。
肝脑总应涂旧阙[3]，须眉谁复叹新亭[4]？
椎飞博浪沙先起[5]，弩注钱塘潮亦停[6]。
回首河山空血战，只留风雨响青萍[7]。

✤ 注释

[1] 长驱胡骑：指清兵长驱直入，历史上是没有过的。长驱：赶着马长途追奔。魏曹操《劳徐晃令》："吾用兵三十余年，及所闻古之善用兵者，未有长驱径入敌围者也。"

[2] "草木"句：此从杜甫《垂老别》的"积尸草木腥，流血川原丹"中脱化出来。

[3] "肝脑"句：表示要竭尽忠诚，不惜牺牲，报答旧主的恩德。语出《汉书·苏武传》："常愿肝脑涂地。今得杀身自效，虽蒙斧钺汤镬，诚甘乐之。"旧阙：原先的朝廷，此指明朝。

[4] "须眉"句：男子汉怎么对泣新亭呢？《世说新语·言语》：晋末战乱频仍，逃到江南的那些名士，一有闲暇，便到新亭（在今南京市南）去聚会，周顗忽然发出感叹道："风景不殊，正自有山河之异。"于是相对流起泪来。只有王导悲愤地说："当共戮力王室，克复神州，何至作楚囚相对！"

[5] "椎飞"句：《史记·留侯世家》：张良欲为韩报仇，找到一个力士，做了重百二十斤的铁椎，击秦始皇于博浪沙（在今河南省原阳县东南）中，误中副车，始皇大怒，大索天下。良乃更姓名，亡匿下邳。

[6] "弩注"句：宋孙光宪《北梦琐言》：相传吴越王钱镠筑捍海塘，怒潮汹涌，版筑不成。镠于是造竹箭三千，在叠雪楼命水犀军架强弩五百以射潮，迫使潮头趋向西陵，遂奠基而成塘。

[7] 青萍：剑名。《抱朴子·博喻》："青萍、豪曹，剡锋之精绝也。操者非羽、越，则有自伤之患焉。"

✤ 评析

深厚的生活，真挚的感情，英雄的气概，斗争的精神，发而为诗，故能不求工而自工，不求感人，而富有感人的力量。

被擒时作

海甸纵横二十年[1]，孤臣心事竟茫然[2]。
桐江空系严光钓[3]，震泽难回范蠡船[4]。
生比鸿毛犹负国[5]，死留碧血欲支天[6]。
忠贞自是孤臣事，敢望千秋青史传[7]。

✤ 注释

[1]“海甸”句：诗人在浙江舟山群岛一带坚持抗清斗争十九年，知事无可为，乃遣散部曲，入普陀为僧，后被叛徒出卖，就擒时，赋此诗以明志。题为编者所加。亦有题作《将入武林》者，但首二句与此异。

[2] 孤臣：孤立无援之臣。唐柳宗元《入黄溪闻猿》诗：“孤臣泪已尽，虚作断肠声。”

[3]“桐江”句：东汉严光，字子陵，少与光武同学，后光武称帝，光乃变姓名，隐居于浙江富春山，披着羊裘，垂钓桐江。见《后汉书·严光传》。桐江：水名。在今浙江省桐庐县北，即钱塘江中游自建德市梅城镇至桐庐县一段的别称。

[4]“震泽”句：范蠡仕越为大夫，辅佐越王勾践卧薪尝胆，奋发图强，卒灭吴国。蠡以勾践为人可与共患难，不可与共安乐，乃携西施泛舟游于五湖。见《史记·越王勾践世家》及《货殖列传》。震泽，湖名，即今江苏太湖。

[5] 生比鸿毛：言活着毫无价值。司马迁《报任少卿书》：“人固有一死，或重于泰山，或轻于鸿毛。”负国：对不起国家。

[6] 碧血：为正义而流的血。《庄子·外物》：“苌弘死于蜀，藏其血，三年而化为碧。”苌弘，周大夫，孔子曾经向他问过乐。晋大夫内讧，弘助大夫范吉射、中行寅，晋卿赵鞅因以责周，周为之杀苌弘。见《国语·周语》下。支天：支持朝廷。

[7] 青史：历史。古以竹简记事，故以史籍为青史。

✤ 评析

以慷慨之词，写悲愤之情，字字带血，语语含泪，读之令人油然生爱国之思。

将入武林[1]

匡亡家破欲何之？西子湖头有我师[2]。
日月双悬于氏墓[3]，乾坤半壁岳家祠[4]。
惭将赤手分三席[5]，敢为丹心借一枝[6]。
他日素车东浙路[7]，怒潮岂必属鸱夷[8]！

✤ 注释

[1] 武林：浙江杭州的别名。这是诗人被清兵俘获后，押往杭州时所作。

[2] 西子湖：西湖。宋苏轼《饮湖上初晴后雨》："欲把西湖比西子，淡妆浓抹总相宜。"后因以"西子湖"为西湖的别称。有我师：有我的榜样。指岳飞和于谦。

[3] "日月"句：言于谦的光辉可以与日月同光。《史记·屈原贾生列传》："推此志也，虽与日月争光可也。"李白《江上吟》："屈平词赋悬日月，楚王台榭空山丘。"此以屈原比于谦。说"双悬"者，以其兼指岳飞。

[4] "乾坤"句：言曾经保住南宋半壁江山的岳飞，也在此建立了祠宇。乾坤半壁：半壁江山，指在敌人大举侵略下所残存的国土。半壁，半边。

[5] "惭将"句：言我手无寸功，却要与岳飞、于谦三分西湖的名胜。赤手，空手。三席，三个席位。

[6] "敢为"句：言岂敢因为我有一颗红心，便要在这里借一枝来安息吗？丹心，赤诚的心。宋文天祥《过零丁洋》："人生自古谁无死，留取丹心照汗青。"一枝，小小的栖身之所。语出《庄子·逍遥游》："鹪鹩巢于深林，不过一枝。"《唐诗纪事·李义府〈咏乌〉诗》："上林如许树，不借一枝栖。"

[7] 素车：丧车，涂以白土之车。据《录异记》载：吴王夫差听信伯嚭的谗言，迫使伍子胥自杀，并将他的尸体盛入鸱夷之器，投之江中，子胥的魂大怒，常“乘素车白马，在潮头之中”。东浙路：《宋史·河渠志》七：“惟是浙江，东接海门，胥涛澎湃。”胥涛，即浙江潮，传说是伍子胥化为涛神时所兴的波涛。

[8] 怒涛：汹涌的波涛。《吴越春秋》：吴王乃以子胥之尸，盛以鸱夷之器，投之江海，子胥因扬波成涛激岸，随潮往来。

✤ 评析

这是一首脍炙人口的言志诗，中间两联，用事恰切，属对工巧，以浩然的正气，对待生死的大事，寓诙谐幽默于激昂慷慨之中，足见诗人的胸襟豁达，豪气纵横。结语尤有奇气，一种愤慨不平的情感，洋溢于语言之中，他要像伍子胥扬波作诗，来往于钱塘江的潮头，表示自己的抗议。

黄周星

黄周星(1611—1680)，字九烟，又字景虞，号而庵，上元(今南京)人，育于湘潭周氏，名周星，崇祯庚辰(1640)进士，除户部主事，疏请复姓。明亡，隐居湖州(今浙江吴兴)，高蹈不仕。晚变名曰黄人，字曰略似，表明自己为黄帝子孙，不肯臣清。又号圃庵、汰沃主人、笑苍道人等。性孤介，寡言笑，布衣素冠，寒暑不易，尝赋诗云："高山流水诗千轴，明月清风酒一船。借问阿谁堪作伴？美人才子与神仙。"可以想见其志趣与风节。年七十，忽感怆于怀，作《解脱吟》十二章，与妻孥诀别，自沉于秦淮。著有《九烟先生遗集》和《刍狗斋集》。

他的诗词曲均甚工。长歌真气喷薄，近体傲兀不凡，鼎革以后所作，颇近于《骚》。

秋日与杜子过高座寺登雨花台[1]

被发何时下大荒[2]，河山举目共凄凉。
客来古寺谈秋雨，天为幽人驻夕阳[3]。
去国屈原终婞直[4]，无家李白只佯狂[5]。
百年多少凭高泪，每到西风洒几行。

✤ 注释

[1] 杜子：指杜浚，字于皇，号茶村，湖北黄冈人，明崇祯太学生，明亡，隐居

不仕。高座寺：又名甘露寺、永宁寺，在今南京市雨花台区，建于东晋咸康年间。

[2] 被发：披发。《史记·屈原贾生列传》："屈原至于江滨，被发行吟泽畔。"大荒：辽阔的原野。《山海经·大荒西经》："大荒之中，有山名曰大荒之山，日月所入。……是谓大荒之野。"宋苏轼《潮州韩文公庙碑》："公不少留我涕滂，翩然被发下大荒。"

[3] 幽人：隐居山林的人。

[4]"去国"句：言屈原因为耿直终于被迫离开朝廷。去国，离开朝廷或故乡。婞直，耿直，非常刚直。屈原《离骚》："鲧婞直以亡身兮，终然夭乎羽之野。"

[5]"无家"句：言李白浪迹天下，以诗酒自适，佯狂自恣。范传正《唐左拾遗翰林学士李公新墓碑》："（李白）偶乘扁舟，一日千里；或遇胜境，终岁不移。时长江远山，一泉一石，无往而不自得也。"可作为"无家"的注脚。佯狂，装疯。杜甫《不见》诗："不见李生久，佯狂真可哀。"

✤ 评析

开篇即以被发行吟、河山变色，表示诗人家破国亡的伤感；接着以"谈秋雨"、"驻夕阳"表示国事已不可言、国运已无可挽的痛苦心情；然后以屈原的婞直、李白的佯狂自况，表现自己的高风亮节。句句含悲愤之情，语语有哀感之致，具有深沉的感人力量。

观凌歊台故址[1]

霸业文明总寂寥，夕阳荒草吊凌歊。
若教顽石能言语[2]，便与从头话六朝[3]。

✤ 注释

[1] 凌歊台：台名，故址在安徽省当涂县。南朝宋刘裕所筑。凌歊：消除暑气的意思。唐许浑《凌歊台》："宋祖凌歊乐未回，三千歌舞宿层台。"

[2] 顽石：坚硬的石头。相传道生法师入虎丘山，聚石为徒，讲授《涅槃经》，每至精微处，群石皆为点头。见晋阙名《莲社高贤传·道生法师》。

[3] 六朝：南六朝，指吴、东晋、宋、齐、梁、陈，皆建都于南京。北六朝，指魏、晋、后魏、北齐、北周、隋，皆建都于北方。六朝在历史上曾经创建辉煌的文明，如六朝建筑、六朝雕刻、六朝文学、六朝书法、六朝宗教等，但他们享国的年限都不长，而且割据争雄，战祸不断，使人民陷入水深火热之中。

✤ 评析

这是借古佚今，言六朝所建立的霸业、所创造的文明，都已经埋没在夕阳荒草之中，成为历史的陈迹。而其所以兴、所以亡的历史经验，是值得后人总结的。然而“四海同风，托迹无所”，能与谁去总结呢？此诗人所以有“若教顽石能言语，便与从头话六朝”的感叹！言近旨远，语淡情浓，有沉郁顿挫之致。

方以智

方以智（1611—1671），字密之，号曼公，安徽桐城人。巡抚方孔炤之子，少与冒襄、陈贞慧、侯方域并称“明末四公子”，是“复社”的中坚。诗文词曲、声歌书画，以及优俳平话之技，无不极其精妙。又是一位思想家、科学家，于天文、物理、生物、医药，均有极深的造诣。崇祯庚辰（1640）进士，授翰林院检讨。鼎革后，出家为僧，名弘智，字愚者，一字无可，别号药地。有《浮山全集》。

他的诗风格沉郁，表现强烈的民族气节。陈子龙说他的诗“皆忧愀感慨之作也。然其情怨而不怒，其词整浑而达，其气激壮而沉实”。徐世溥说他的“乐府深厚雄杰，出奇不穷；古风渊雅，无复浮声”。朱彝尊说他的“乐府古诗，磊落嵚崎；五律亦无浮响，卓然名家”。这些评价，都是符合诗人的实际的。

看　月

一片钟山月[1]，那从岭外看。
昔尝临北阙[2]，今独照南冠[3]。
万里天难问[4]，三更影易寒[5]。
梦中儿女路，莫忆旧长安[6]。

✣ 注释

[1] 钟山：紫金山，在今南京市东，明孝陵所在。

[2] 北阙：宫廷北面的门楼，代指朝廷。唐孟浩然《岁暮归南山》："北阙休上书，南山归敝庐。"

[3] 南冠：囚犯的代称。《左传·成公九年》："晋侯观于军府，见钟仪，问之曰：'南冠而縶者谁也？'有司对曰：'郑人所献楚囚也。'"此用其事。

[4] 天难问：屈原有《天问》，汉王逸序曰："屈原放逐，忧心愁悴，彷徨山泽……因书其壁，呵而问之，以渫愤懑，舒泻愁思。"南宋杨冠卿《卜算子·秋晚集杜句吊贾傅》："长使英雄泪满襟，天意高难问。"张元干《贺新郎·送胡邦衡待制》："天意从来高难问，况人情老易悲如许！"

[5] 三更：半夜。影易寒：孤独的身影容易感到寒意。杜甫《月夜》："香雾云鬟湿，清辉玉臂寒。"

[6] "梦中"二句：此反用杜甫《月夜》"遥怜小儿女，未解忆长安"的句意。长安：代指南京。

✤ 评析

悲而不弱，愤而不怒，高凉苍郁，饶有唐风。大有"孤臣危心，孽子堕泪"之感。

哭卧子[1]

共指西湖灵隐松[2]，挥毫刻石记相逢。
文章自小夸司马[3]，名字当今比卧龙[4]。
一死泰山于汝毕[5]，再生苗地为人佣[6]。
悲歌奠酒沅江水[7]，与泪东流到九峰[8]。

✤ 注释

[1] 卧子：陈子龙。见本书作者小传。

[2] 灵隐：山名，在浙江杭州西。灵隐最高处为北高峰，松柏葱茏，风光秀丽。

[3] 司马：指西汉的司马相如，著名的辞赋家。言陈子龙自小以文章著称。

[4] 卧龙：指三国时期的诸葛亮。著名的政治家和军事家。言陈子龙领导的

抗清斗争，在当时造成极大的影响。

[5]“一死”句：言陈子龙的死，有重于泰山，可以盖棺论定，了却自己的心事了。

[6]“再生”句：言陈子龙再次转生在异族的统治之下，仍当举起抗清的义旗。苗地，代指满人统治之下的地域。人佣，此用《史记·陈涉世家》“陈涉少时，尝与人佣耕。辍耕之垄上，怅恨久之，曰：‘苟富贵，无相忘’”的典故。

[7]“悲歌”句：屈原《九歌·湘夫人》：“沅有芷兮澧有兰，思公子兮未敢言。”王逸注：“言沅水之中，有盛茂之芷；澧水之内，有芬芳之兰。”此言将以芬芳的兰芷去祭奠英灵。沅江，水名，湖南四大水系之一，源出贵州省都匀市云雾山，流经沅陵、桃源至汉寿，注入洞庭湖。

[8]九峰：九嶷山，亦作九疑，以其山有九峰，峰峰相似，游者疑焉，故称九疑。见《水经注·湘水》。此因上文引用屈原《九歌·湘夫人》“沅有芷兮澧有兰”而联想出来的。

✤ 评析

死生之义，兴亡之感，一齐奔向腕底，不知何者是泪，何者是血。是哭卧子，也是哭自己；是赞美卧子的死重于泰山，也是对自己的表白与要求。

吴应箕

吴应箕（1594—1645），字次尾，贵池（今安徽池州）人。崇祯壬午（1642）副榜。善古文，阮大铖以附珰削籍，侨居南京，应箕与复社诸君子作《留都防乱公揭》以讨之。及阮大铖得志，捕应箕，夜亡去。唐王立，除池州推官，监纪军事。南京失守，与同邑征士刘城，募集果烈有胆识者四五万人，与清兵鏖战大楼山，杀伤相当，终以寡不敌众，兵败被执，引颈受刃，神色自若。有《楼山堂集》。

次尾博极群书，胸罗九经二十一史，故其诗深厚苍老，绝无浮响。其论诗云："诗本性情，述志意，心口相传，宜无他假者，而以谐声传韵，裁取成章，已不能不在离合间，况复资之掇拾，专尚华丽哉！其失也伪，是谓无诗。吾生平不为拟古，强笑不欢，非中怀所达故也。"其诗歌创作大致如其所论。苏桓《武子集》说："次尾为诗，精于辨体，不袭古人，不趋时尚，真朴淡老，惟自见其志，与有益于闻者而止。"可谓深知诗人了。

述　怀

举世急干禄[1]，小儒矜词章。
烂然丽云锦[2]，谁知大道亡[3]。
绝学耻非圣[4]，况以骛荒唐。

所贵炳星日[5]，析义讫精茫[6]。
董生蔽灾异[7]，王何缪老庄[8]。
微言苟未绝[9]，歧路慎铕张[10]。

✤ 注释

[1] 举世：全世界。干禄：求官。禄，官吏的俸禄。《论语·为政》："子张学干禄。"

[2] 烂然：华美的样子。云锦：织有云纹图案的丝织品，喻华美的文章。

[3] 大道：指合于儒家经典的大道理。《史记·滑稽列传》："善为笑言，然合于大道。"

[4] 绝学：此指抛弃的学业。《道德经》："绝学无忧。"非圣：诋毁圣人。《汉书·金日磾传》："非圣诬法，大乱之殃。"

[5] 炳星日：像日星一样的光彩焕发。

[6] 析义：辨析义理。精茫：至精至微的地方。

[7] 董生：指董仲舒，西汉的思想家、文学家，推尊儒术，抑黜百家，开两千多年封建社会以儒学为正统的局面，著有《春秋繁露》，书中杂采阴阳五行之说，宣扬天人感应之论。汉武帝时，以贤良对策称旨见重，拜江都相。后因言灾异事下狱，不久被赦。见《史记·董仲舒传》。

[8] 王何：指王弼和何晏。王弼，字辅嗣，三国魏山阳人。年十余，即笃好老庄，曾注《周易》和《老子》。何晏：字平叔，三国魏宛人。喜爱老庄的学说，与王弼、夏侯玄等倡导玄学，是三国时著名的玄学家。

[9] 微言：精妙的言论。汉刘歆《移书让太常博士》："及夫子没而微言绝，七十子卒而大义乖。"

[10] 歧路：岔路。铕张：嚣张。《后汉书·董皇后纪》："汝今铕张，怙汝兄耶？"

✤ 评析

这首《述怀》诗反映了诗人的治学主张。他反对专尚词章，忽视大道；反对蔽于所好，而不去辨析其是非真伪，虽不免为儒家思想所桎梏，但对当时的文学和学术，是起到了针砭的作用的。

苏州行[1]

专诸要离死已久[2]，墓旁宿草兼衰柳。
斯民三代直道行[3]，肯使端人畀虎口[4]。
诸生大哭军门前，百姓呼号奋徒手[5]。
须臾缇骑鸟兽奔，天子之诏吾何有[6]？
尔时官长汗浃背[7]，缧臣夜半单舸走[8]。
民间讹言屠一城[9]，圣人悯乱歼渠首[10]。
呜呼天下几苏州，藁葬五人名不朽[11]。

✤ **注释**

[1] 苏州行：天启六年(1626)，权阉魏忠贤派缇骑到苏州逮捕东林党人、吏部员外郎周顺昌，激起苏州市民的大暴动，以颜佩韦、杨念如、马杰、沈扬、周文元为首的五义士，慷慨就义。后魏忠贤败，周顺昌及五义士得到昭雪。五人被葬于虎丘前大堤上。明张溥写了《五人墓碑记》、李玉写了传奇《清忠谱》，详细而生动地描写了此事的始末，至为感人。

[2] 专诸：春秋时吴人，吴公子光(阖闾)阴谋刺杀吴王僚而自立，光具酒请僚，专诸置匕首于鱼腹中，刺死吴王僚，专诸亦当场为吴王僚的左右所杀。事见《史记》的《吴太伯世家》及《刺客列传》。要离：春秋时刺客。吴公子光既已刺杀吴王僚，又欲谋杀王子庆忌。要离向公子光献计，先让公子光断其右手，再杀其妻子，然后诈称负罪出奔，投奔庆忌于卫。庆忌喜，与之商量夺权的计划，在渡江时，要离于中流刺中庆忌要害。庆忌没有杀他，让他回吴国去，到了江陵，要离亦伏剑自杀。见《吴越春秋·阖闾内传》。此以专诸、要离比五义士。

[3] “斯民”句：语出《论语·卫灵公》：“斯民也，三代之所以直道而行也。”斯民，这些老百姓，指五义士。三代，指夏、商、周。

[4] 端人：正直的人，指周顺昌。畀虎口：送到虎口里去。此反用《诗·小雅·巷伯》“取彼谮人，投畀豺虎”的句意。

[5]“诸生”二句:《明史·周顺昌传》:“及闻逮者至,众咸愤怒,号冤者塞道。至开读日,不期而集者数万人,咸执香为周吏部乞命。诸生文震亨、杨廷枢、王节、刘羽翰等前谒一鹭及巡按御史徐吉,请以民情上闻。”

[6]“须臾”二句:《明史·周顺昌传》:“旗尉厉声骂曰:‘东厂逮人,鼠辈敢尔!’大呼:‘囚安在?’手掷锒铛于地,声琅然。众益愤,曰:‘始吾以为天子命,乃东厂耶!’蜂拥大呼,势如山崩。旗尉东西窜,众纵横殴击,毙一人,余负重伤,逾垣走。”东厂:明代的特务组织,永乐十八年(1420)设立,由亲信宦官掌握,以监视官员、镇压人民为职志。缇骑:着红色服装的马队,原为汉代帝王的卫队,后为逮捕犯人的衙役的代称。

[7]“尔时”句:当群众愤起殴打缇骑时,毛一鹭、徐吉吓得不敢吭声,汗流浃背。见《明史纪事本末·魏忠贤乱政》。官长:指阉党大员毛一鹭和徐吉。

[8]缧臣:罪臣,被绳索拘系起来的囚犯,指周顺昌。《明史·周顺昌传》:“顺昌乃自诣吏。又三日北行。”《明史纪事本末·魏忠贤乱政》:顺昌决意赴都城,“诉高皇帝,速殛元凶,以清君侧之恶”。

[9]“民间”句:《周忠介公烬余集·附录·开读本末》:“时诇事之在吴者,从间道星驰至长安上变,曰:‘江南反矣,且截运道、劫漕运矣。’逆阉大恐。”《明史·周顺昌传》:“东厂刺事者言吴人尽反,谋断水道、劫漕舟,忠贤大惧。”讹言,谣言。

[10]圣人:指崇祯皇帝。他即位后,即放逐魏忠贤,严惩阉党,魏畏罪自缢。渠首:大头目。此指魏忠贤。

[11]藁葬:用草荐裹尸草草埋葬。《明史·周顺昌传附颜佩韦》:“吴人感其(指五义士)义,合葬之虎丘旁,题曰‘五人之墓’。其地即(毛)一鹭所建忠贤普惠祠址也。”

✤ 评析

写“五义士”的刚肠嫉恶、延颈就戮,感人至深;写阉党缇骑的汗流浃背、狼狈逃窜,大快人心。语皆质朴,事皆征实,可与《五人传》、《五人墓碑记》对读。

吴嘉纪

吴嘉纪（1618—1684），字宾贤，号野人，江苏泰州人。明末诸生，入清，退处泰州之东淘，家居安丰之盐场，居贫食苦，地势卑湿，自名其居曰陋轩。有《陋轩诗集》。

他的诗学杜甫，风格沉郁，语言苍劲，多以反映盐民灾民的疾苦为题材，在明代遗民诗人中颇具特色。《四库总目》说他的诗“风骨颇遒，运思亦复劖刻”。《养一斋诗话》说他的诗“字字入人心腑，殆天地元气所结，真陶、杜之衣钵”。

挽船行

疲困驾船人，人船双趑趄[1]。
老姑起把舵[2]，新妇为纤夫。
尚存异乡息[3]，自憎薄命躯。
夏日悬中天[4]，灼死岸旁树[5]。
缠头苦无巾[6]，裹足犹有布。
数罢商人钱，拭泪盼官路[7]。
路长纤绳短，挽船不敢缓。

✣ 注释

[1] 趑趄：且行且却，欲进不前的样子。

[2] 老姑：年老的婆婆。姑：旧时称丈夫的母亲为姑。把舵：掌握船行的方向。舵：设在船尾用以控制方向的东西。

[3] 异乡息：寄存在他乡的小孩。息：子息，孩儿。《战国策·赵策四》："老臣贱息舒祺最少，不肖，而臣衰，窃爱怜之。"

[4] 中天：天空当中。杜甫《宿府》："永夜角声悲自语，中天月色好谁看。"

[5] 灼死：烧死，晒死。灼，烧。言骄阳似火，把岸旁的树都晒死了。

[6] 缠头：用手巾包着头。巾：手巾，头巾。

[7] 拭泪：揩干眼泪。官路：官修的大路。北周王褒《九日从驾》诗："黄山猎地广，青门官路长。"

✤ 评析

本诗讲述一家人不幸的遭遇，疾疫夺走了主要的劳动力，只好由老姑把舵，新妇背纤，在夏日炎炎中，光着脑袋艰难地走着漫长的官路。诗人以无限的同情，描写了船户的悲惨生活。这种民胞物与之怀，只能在张籍、白居易的乐府诗中，窥见其承传的脉络。

过史公墓[1]

才闻战马渡滹沱[2]，南北纷纷尽倒戈[3]。
诸将无心留社稷[4]，一抔遗恨对山河[5]。
秋风暮岭松篁暗，夕照荒城鼓角多。
寂寞夜台谁吊问[6]，蓬蒿满地牧童歌。

✤ 注释

[1] 史公：史可法（1602—1645），字宪之，号道邻，明河南祥符（今开封市）人。崇祯元年进士，官至南京兵部尚书。马士英等专政，史可法临危受命督师扬州，清兵南下，城破，不屈而死，有衣冠冢在梅花岭下。

[2] 战马：指清军的骑兵。滹沱：河名。它分割太行山，东流至河北平原，入天津，会北运河入海。

[3]“南北”句：清兵大至，总兵李栖凤、监军副使高岐凤拔营出降。此镇守南方之明兵。北则以洪承畴、吴三桂为代表，纷纷降清倒戈，掉转枪头向自己的部队进攻。《尚书·武成》：“前徒倒戈，攻于后以北。”

[4]“诸将”句：指总兵刘泽清、高杰、刘良佐、黄得功匹镇兵马，互相摩擦，不受节制，根本不把国家的利益放在心上。

[5] 一抔：一抔之土，指坟墓。

[6] 夜台：坟墓。李白《哭宣城善酿纪叟》：“夜台无李白，沽酒与何人。”

✤ 评析

史可法受命于权臣当国、诸将争权、外有强敌、内无良相的末世，虽有忧国之心，已无回天之力，除了以死殉国之外，是没有别的出路的。“诸将无心留社稷，一抔遗恨对山河”，概括了当时的形势，也揭示了史可法的遗恨。

顾炎武

顾炎武（1613—1682），初名绛，字宁人，号亭林，自署蒋山佣，江苏昆山人。“复社”成员，明亡，参与苏州、昆山一带的抗清斗争，失败后，游历山东、河北、山西等地，考察形势，志在恢复。尝云：“有体国经野之心，而后可以登山临水；有济世安民之略，而后可以考古论今。”他是一位杰出的学者、伟大的诗人，“九经诸子，略能背诵”，音韵训诂，无不精研。少与同里归庄齐名，有“归奇顾怪”之目。著述甚多，诗文有《顾亭林集》。

他的诗沉郁悲壮，慷慨苍凉，颇有老杜的风格，开有清一代的诗风。诚如林昌彝《论诗》诗云“当代风骚谁领袖，开山独让顾亭林”，是极有见地的。《静志居诗话》云：“宁人诗无长语，事必精当，词必古雅，抒山长老所云‘清景当中，天地秋色’，庶几似之。”《明诗别裁》云：“宁人肆力于学，穷极根柢，韵语其余事。然词必己出，风霜之气，松柏之质，就诗品论，亦不肯作第二流人。”《明三十家诗选》云：“亭林诗，凭吊沧桑，语多激楚，茹芝采蕨之志，黍离麦秀之悲，渊深朴茂，直合靖节（陶渊明）、浣花（杜甫）为一手。”我认为这些评论，都是切中肯綮的。

精　卫[1]

万事有不平，尔何空自苦？长将一寸身，衔木到终古[2]。

我愿平东海，身沉心不改。大海无平期，我心无绝时。呜呼！君不见西山衔木众鸟多，鹊来燕去自成窠[3]。

✤ 注释

[1] 精卫：神话中的鸟名。相传炎帝少女，溺死于东海，化为精卫，常衔小木小石，欲将东海填平。见《山海经·北山经》。晋陶渊明《读山海经》之十："精卫衔微木，将以填沧海。"

[2] 终古：久远，从古到今。屈原《九歌·礼魂》："春兰兮秋菊，长无绝兮终古。"

[3] 鹊来燕去：言燕鹊衔木，在于自营其窠，并无填海之志。

✤ 评析

此诗作于南明永历四年(1650)，作者以精卫自况，表示东海不平，此心不改，以抒发其抗清复明的决心，对于那些只知自营其巢的"众鸟"，给予了应有的鄙视和蔑视。

酬王处士九日见怀之作[1]

是日惊秋老，相望各一涯。
离怀销浊酒，愁眼见黄花[2]。
天地存肝胆，江山阅鬓华[3]。
多蒙千里讯[4]，逐客已无家[5]。

✤ 注释

[1] 王处士：王炜，字雄右，安徽歙县人。炜有《秋日怀宁人道长先生》诗，这首诗就是酬答王炜此诗的。

[2] "离怀"二句：此针对王炜见怀之作的"满眼黄花无限酒，不知元亮可销忧"而发。黄花，菊花。因菊花开于秋天，秋令在金，故以黄色为正，称为黄花。

李白《九日龙山歌》:“九日龙山饮,黄花笑逐臣。”

[3] 鬓华:鬓边白发。

[4] 讯:问候。

[5]“逐客”句:此言诗人在清兵入关后,尽鬻其产,寄居章丘,别治田舍,久为土人攘夺,乃又迁于山西,故曰“无家”。见朱彝尊《静志居诗话》。逐客,被斥逐的人。此诗人自指。杜甫《梦李白》之一:“江南瘴疠地,逐客无消息。”

✤ 评析

此诗作于南明永历十年(1656),笔既渊茂,语亦激楚。松柏之质,黍离之悲,时见于楮墨之间。“天地存肝胆,江山阅鬓华”,何等气宇,何等胸襟!非服膺于“天下兴亡,匹夫有责”的,不能道其只字。

京口即事[1]

白羽出扬州[2],黄旗下石头[3]。
六双归雁落[4],千里射蛟浮[5]。
河上三军合[6],神京一战收[7]。
祖生多意气,击楫正中流[8]。

✤ 注释

[1] 京口:今江苏省镇江市。即事:面对眼前所见的事物。此言诗人应杨永言之荐,前往南京任兵部司务,至京口,恰值史可法出镇扬州,喜而作此。

[2] 白羽:饰以白色羽毛的箭。汉司马相如《上林赋》:“弯繁弱,满白羽,射游枭。”《文选》注云:“以白羽羽箭,故云白羽也。”此言史可法所部的武器精良。

[3] 黄旗:谓帝王应运而生的气象。《宋书·符瑞志》:“汉世术士言,黄旗紫盖见于斗牛之间,江东有天子气。”石头:南京市的别称。此言明福王弘光称帝于南京。

[4] 六双:《史记·楚世家》:“楚人有好以弱弓微缴加归雁之上者,顷襄王闻,召而问之。对曰:‘小臣之好射鶀雁、罗鸗,小矢之发也,何足为大王道也。

且称楚之大，因大王之贤，所弋非直此也。昔者三王以弋道德，五霸以弋战国。故秦、魏、燕、赵者，鶀雁也；齐、鲁、韩、卫者，青首（小凫）也；驺、费、郯、邳者，罗鸗（野鸟）也。外其余则不足射者。见鸟六双（指上文所言的秦、魏、燕、赵等十二国），以王何取？王何不以圣人为弓，以勇士为缴，时张而射之？此六双者，可得而囊载也。'"此句是希望弘光帝能任用贤良，收复中原。

[5]"千里"句：汉武帝元封五年冬，"自寻阳浮江，亲射蛟江中，获之"。见《汉书·武帝纪》。此句是希望弘光帝能亲自誓师北伐，多所斩获。

[6]"河上"句：此言刘泽清、高杰、刘良佐、黄得功四镇的兵力尚强，联合作战，胜利有望。《明史·史可法传》："东平伯刘泽清辖淮、海，驻淮北，经理山东一路。总兵官高杰辖徐、泗，驻泗水，经理开、归一路。总兵官刘良佐辖凤、寿，驻临淮，经理陈、杞一路。靖南伯黄得功辖滁、和，驻庐州，经理光、固一路。"可见当时的兵力部署，还是有可为的。

[7]神京：帝都。此指明的都城北京。《乐府诗集》八南朝宋谢庄《世祖孝武皇帝歌》："刷定四海，肇构神京。"

[8]"祖生"二句：《晋书·祖逖传》：祖逖任豫州刺史，渡江北伐苻秦，中流击楫而誓曰："祖逖不能清中原而复济者，有如大江。"此以比喻史可法收复中原的壮烈气概。

✤ 评析

这首诗作于明福王弘光元年（1645），诗中对弘光帝寄予了殷切的期望，对史可法表示了由衷的赞美，同时也表达了自己抗清必胜、复明必成的壮志和信心。"事必精当，词必古雅"，是此诗的艺术特点。

赠朱监纪四辅[1]

十载江南事已非[2]，与君辛苦各生归。
愁看京口三军溃[3]，痛说扬州七日围[4]。
碧血未消今战垒[5]，白头相见旧征衣。
东京朱祜年犹少[6]，莫向尊前叹式微[7]。

✤ 注释

[1] 朱监纪四辅：朱四辅，字监师，江苏宝应人，明诸生，曾入平南王尚可喜幕。明亡后，游四方，著有《铁轮集》。见《宝应县志》。监纪：官名。明有监纪推官、监纪提刑等，均为县一级的属官。

[2] "十载"句：此诗作于永历七年(1653)，即清顺治十年，距明亡已十载。江南事已非，指福王、唐王在江南所建立的小朝廷。

[3] "愁看"句：崇祯十七年(1644)，清兵下邳、宿，诸镇逡巡无进师意，且数相攻。明年，即顺治二年，郑鸿逵从镇江败退，高杰进兵归、徐，至睢州，为许定国所杀，部下兵大乱，可法流涕顿足叹曰："中原不可为矣。"接着盱眙守将降清，泗州援将侯方岩全军覆没。接着总兵李栖凤、监军副使高岐凤拔营出降，扬州兵势更加单薄，史可法知事不可为，乃遗书寄其母与妻，曰："死葬我高皇帝陵侧。"见《明史·史可法传》。

[4] "痛说"句：指扬州失守，清军屠城。清王秀楚《扬州十日记》："乙酉(1645)夏四月十四日，督镇史可法从白洋河失守，踉跄奔扬州，闭城御敌。至廿四日未破城前，禁门之内，各有兵守。"次早，守城丁纷纷下窜，敌兵操弧先登。进城后，杀戮惨酷。所谓"扬州十日，嘉定三屠"，是人们谈虎色变的大屠杀。

[5] "碧血"句：《庄子·外物》："苌弘死于蜀，藏其血，三年而化为碧。"后因以"碧血"为死难者的血。

[6] 朱祐：字仲先，东汉南阳人，为人质直，崇尚儒学，曾任光武的护军，以克定城邑为本，不存首级之功。见《后汉书·朱祐传》。此以朱祐比朱四辅。

[7] 式微：衰落，衰微。语出《诗·邶风·式微》："式微式微，胡不归?"此以勉励朱四辅不要在衰落时悲观失望。

✤ 评析

经历国亡家破的巨变，虽然能够活着回来，但所历的艰险，所睹的惨象，犹然历历在目，白头相见，百感交集，诗中的悲愤之情，都是从肺腑中流出，因而真切动人。

又酬傅处士次韵[1]

愁听关塞遍吹笳[2]，不见中原有战车[3]。

三户已亡熊绎国[4]，一成犹启少康家[5]。
苍龙日暮还行雨[6]，老树春深更着花[7]。
待得汉廷明诏近[8]，五湖同觅钓鱼槎[9]。

✤ **注释**

[1] 傅处士：傅山(1607—1684)，字青主，山西阳曲人。明亡，着道士装，以医为业，不受清廷的征召，博通经史诸子，擅长诗文书画，是诗人的挚友和同志，著有《霜红龛集》。

[2] "愁听"句：言听到遍地的关塞都吹着清朝的号角，就引起自己的愁思。关塞，山河的险要关卡。吹笳，吹起胡笳。笳，流行于西域少数民族的乐器，因以代指清代的军号。

[3] "不见"句：看不到广大的中原地区还有抗清的军队。战车，古代作战用的车辆，每辆战车配有一定数量的将士。《战国策·秦策一》："战车万乘，奋击百万。"

[4] "三户"句：言只要民心不死，弱小的力量仍然可以打败强大的敌人。《史记·项羽本纪》："自怀王入秦不反，楚人怜之至今，故楚南公曰：'楚虽三户，亡秦必楚。'"裴骃集解臣瓒曰："楚人怨秦，虽三户犹足以亡秦也。"熊绎，楚国的始祖，因以代指楚国。

[5] "一成"句：言地狭人少，势单力薄，只要有群众拥护，仍然有中兴的希望。《史记·吴太伯世家》：夏少康"有田一成，有众一旅"，能够收集夏朝的民众，终于灭了有过氏，恢复夏禹的业绩。古时以方圆十里为一成，五百人为一旅。

[6] 苍龙：古代认为龙是可以兴云作雨的神异动物，它并不因为日暮而停止作雨。以喻自己虽近暮年，但仍可肩起抗清的大业。

[7] 老树着花：喻重新焕发青春，恢复生机。《三国志·魏·刘廙传》："起烟于寒灰之上，生华于已枯之木。"

[8] 汉廷明诏：代指明朝政府恢复了统治的权力。明诏：修明的政令，此指明朝复国的文告。

[9] 五湖觅槎：此用春秋时范蠡辅佐越王勾践复兴以后，泛舟于五湖的典故，表示自己要像范蠡一样功成身退。

✤ 评析

这首诗作于清康熙二年(1663),时诗人已年过半百,而抗清复明的壮志未衰,之死靡他,遁世无悔,成为明末之完人。读其诗,真可以使贪夫廉、懦夫立,其于发扬民族正气、扶持社会风教,有着极大的贡献,岂可以敲韵裁句、含英咀华去评论其诗呢?

白　下[1]

白下西风落叶侵,重来此地一登临。
清笳皓月秋依垒[2],野烧寒星夜出林[3]。
万古河山应有主,频年戈甲苦相寻[4]。
从教一掬新亭泪[5],江水平添十丈深。

✤ 注释

[1] 白下:南京的别称。

[2] 清笳:凄清的胡笳声。南齐谢朓《从戎曲》:"嘹唳清笳转,萧条边马烦。"依垒:傍着军营。

[3] 野烧:野火。出林:从树林深处亮了出来。

[4] 戈甲:代指战争。相寻:接连不断。

[5] 新亭泪:忧国伤时之泪。

✤ 评析

这首诗作于南明永历十四年(1660)。明亡后,诗人五谒孝陵,四谒攒宫(帝王暂殡之所),此当为谒孝陵时所作。见到的是"西风落叶"、"清笳皓月"、"野烧寒星"等一片凄凉景象,因而泪洒新亭、平添江水,一种沧桑之感、黍离之悲,充溢纸上,催人泪下,具有强烈的感人的艺术力量。

赋得秋柳

昔日金枝间白花，只今摇落向天涯。
条空不系长征马[1]，叶少难藏觅宿鸦[2]。
垂老桓公重出塞[3]，罢官陶令乍归家[4]。
先皇玉座灵和殿[5]，泪洒西风向日斜。

✤ 注 释

[1]“条空”句：言秋柳叶落枝疏，系不住长征的马了。王维《少年行》：“系马高楼垂柳边。”

[2]“叶少”句：言枝叶稀疏，已经藏不住鸦了。南朝梁简文帝《金乐歌》诗：“槐花欲覆井，杨柳正藏鸦。”

[3]“垂老”句：《世说新语·言语二》：“桓公(温)北征，经金城，见前为琅邪时种柳，皆已十围，慨然曰：‘木犹如此，人何以堪！’攀枝执条，泫然流泪。”此用其事。

[4]“罢官”句：晋陶渊明不愿为五斗米折腰，辞去彭泽令，赋《归去来兮辞》，尝为《五柳先生传》，说五柳先生好读书，不求甚解；性嗜酒，每饮必醉；不慕荣利，忘怀得失；环堵萧然，箪瓢屡空，晏如也。其实这个“不知何许人，亦不详其姓字”的五柳先生，就是陶渊明自己。

[5]“先皇”句：齐武帝萧赜将蜀柳数株植于灵和殿前，常赏玩咨嗟曰：“此杨柳风流可爱，似张绪当年时。”见《南史·张绪传》。

✤ 评 析

句句是写秋柳，句句又是写诗人的迟暮之感。借景抒情，借物言志，不粘不脱，亦物亦人，原是咏物诗常见的艺术手法。仨求形似，而没有寄托，虽至工至似，亦不过匠工之画而已，既谈不上深沉，更谈不上韵味。沈德潜评此诗说：“小小题，俱有关系，此杜陵咏物体。”真可谓见道之语。

与江南诸子别

绝塞飘零苦著书[1]，朅来行李问何如[2]。
云生岱北天多雨[3]，水决淮壖地上鱼[4]。
浊酒不忘千载上，荒鸡犹唱二更余[5]。
诸公莫效王尼叹，随处容身足草庐[6]。

✤ 注释

[1]“绝塞”句：李光地《榕村集》说，诗人“骑驴走天下，所至荒山颓阻，有碑版遗迹，必披蓁菅，拭斑藓读之，手录其要以归”。潘耒《遂初堂集》亦说，诗人“足迹半天下，所至交其贤豪长者，考其山川风俗，疾苦利病，如指诸掌。精力绝人，无他嗜好，自少至老，未尝一日废书。出必载书数簏自随，旅店少休，披寻搜讨。有一疑义，反复参考，必归于至当；有一独见，援古证今，必畅其说而后止”。可为此句注脚。绝塞，最边远的地方。

[2]朅来行李：来来往往的使者。朅来，犹去来、往来，常常作偏义词使用。李白《送王屋山人魏万还王屋》：“朅来游嵩峰，羽客何双双。”行李，使者。《左传·僖公三十年》：“若舍郑以为东道主，行李之往来，共其乏困，君亦无所害。”

[3]云生岱北：《公羊传·僖公三十一年》：“触石而出，肤寸而合，不崇朝而遍雨乎天下者，惟泰山尔。”泰山：亦名岱山、岱宗。杜甫《望岳》：“岱宗夫如何？齐鲁青未了。”

[4]“水决”句：言淮水溃决，遍地是鱼。《史记·秦始皇本纪》：八年，“河鱼大上，轻车重马东就食”。《索隐》：“言河鱼大上，秦人皆轻车重马，并就食于东。言往河旁食鱼也。”淮壖：淮水边。

[5]荒鸡：古人以半夜前鸡叫为荒鸡，并附会为兵灾之象。宋苏轼《召还至都门先寄子由》：“荒鸡号月未三更，客梦还家得俄顷。”

[6]“诸公”二句：王尼，晋城阳人。早年丧妇，有一子，无居宅，唯畜露车，有牛一头，每行辄使子御之，暮则共宿车上。尝叹曰：“沧海横流，处处不安也。”见《晋书·王尼传》。此用其事。王尼叹，即叹“沧海横流”，以喻政治混乱、社会动荡不安。

✤ 评析

这首诗作于南明永历十三年(1659)。诗人在明亡后,出江淮,游齐鲁,登泰岱,以考察形势,联络抗清的力量。此诗就其途中所见,云生岱北,水决淮壖,社会动荡不安的现象,触目皆是。诗人以笔端常带感情的语言,告诉江南的朋友,勉励他们不要感叹"沧海横流",而要有安贫乐道的精神。情多真率,语多悲凉,颇能感人心扉。

旧沧州[1]

落日空城内,停骖问路歧[2]。
曾经看百战[3],唯有一狻猊[4]。

✤ 注释

[1] 沧州:今河北省沧州市。此地历来为兵家必争之地。

[2] 停骖:勒住马头,停止前进。李白《北上行》:"叹此北上苦,停骖为之伤。"路歧:歧路,岔路。

[3] 百战:无数次的战争。言沧州自秦、汉以来,饱经战争的创伤。

[4] 狻猊:狮子。沧州城内开元寺有一铁狮子,高一丈七尺,长六尺,腹内可容十数人,相传乃周世宗时所铸。

✤ 评析

不写沧州屡遭战争的破坏,而说"唯有一狻猊"可以作战争的历史见证,则人民之死于兵燹、流离道路,概可想见。这是深入一层的写法。

塞下曲[1]

赵信城边雪化尘[2],纥干山下雀呼春[3]。
即今三月莺花满[4],长作江南梦里人[5]。

✤ 注释

[1] 塞下曲：乐府曲名，多写塞外风光及边境战争。

[2] 赵信城：故址在今蒙古国境内。赵信，汉武帝时人，本为匈奴的小头目，降汉后，被封为翕侯。后领兵击匈奴，战败投降，匈奴为筑城以居之。见《史记·匈奴列传》。

[3] 纥干山：山名，又名纥真山，在今山西省大同市东。山上终年积雪，鸟雀往往冻死。故人语曰："纥真山头冻死雀，何不飞去生处乐。"

[4] 莺花：莺啼花开，常用以代指春天的景物。唐卢仝《楼上女儿曲》："莺花烂漫君不来，及至君来花已老。"

[5] "长作"句：诗人《先妣王硕人行状》："亡国之人，长望恢复，而至于绝望，长作江南梦里人，悲怆极矣。"此从陈陶《陇西行》"可怜无定河边骨，犹是春闺梦里人"及岑参《春梦》"枕上片时春梦中，行尽江南数千里"等句意中脱化出来。

✤ 评析

情多独至，意多独到，语多激楚，音多凄惋，故国之思，恢复之望，充溢尺幅之中，令人不忍卒读。

黄宗羲

黄宗羲（1610—1695），字太冲，号南雷，学者称梨洲先生，浙江余姚人。父黄尊素，为东林名士，官御史，遭到魏忠贤的陷害。宗羲十九岁入都讼冤，以铁锥击伤仇人。后又领导复社成员，反对阮大铖等权贵，几遭杀害。清兵南下，从孙嘉绩起兵抗清，招募义兵，创建世忠营。鲁王时任左副都御史。明亡后，隐居不仕，毕力著述，于天文、数学、乐律，无所不精，是明末清初最著名的学者之一。著有《明儒学案》、《宋元学案》、《明夷待访录》及《南雷文定》等。

山居杂咏

锋镝牢囚取次过[1]，依然不废我弦歌[2]。
死犹未肯输心去[3]，贫亦其能奈我何！
廿两棉花装破被，三根松木煮空锅。
一冬也是堂堂地[4]，岂信人间胜着多[5]。

✤ 注释

[1] 锋镝：泛指兵器。锋，兵刃；镝，箭镞。《史记·秦楚之际月表》："堕坏名城，销锋镝，钼豪杰，维万世之安。"取次：随便，轻易。杜甫《送元二适江左》："经过自爱惜，取次莫论兵。"此言诗人在反抗权贵、反抗清兵的过程中，几遭杀害。

[2] 弦歌：代指礼乐文教。《论语·阳货》："子之武城，闻弦歌之声。"《吕氏春秋·慎人》："杀夫子者无罪，藉夫子者不禁，夫子弦歌鼓舞，未尝绝音。"此诗

人自言其能够顶住压力,从事著述。

[3] 输心:献纳忠心,表示待以真心。杜甫《莫相疑行》:"晚将末契托年少,当面输心背面笑。"言绝不向清朝献忠心。

[4] 堂堂地:公然地。唐薛能《春日使府寓怀》:"青春背我堂堂去,白发欺人故故生。"宋王安石《次韵东厅韩侍郎斋居晚兴》诗:"壮节易摧行踽踽,华年相忠去堂堂。"

[5] 胜着:高招,高明的办法。

✣ 评析

句句叙事,句句抒情,把情、理、事融为一体,层层递进,逐步把爱国热情推向高潮,故能不期工而自工。

九日出北门沿惜字庵至范文清东篱

两两三三郭外阡[1],僧房篱落共连延[2]。
高林初带冰霜气[3],风景俄成惨淡天[4]。
如此江山残照下[5],奈何心事菊花边[6]。
不须更觅登高地,只恐登高便泫然[7]。

✣ 注释

[1] 郭外阡:郊外的东西走向的田间小路。郭外,城外,近郊。阡,东西走向的田间小路。

[2] 篱落:篱笆。刘禹锡《龙阳县歌》:"鹧鸪惊鸣绕篱落。"柳宗元《田家》:"篱落隔烟火。"连延:接连不断地扩展。

[3] 冰霜气:凉意,寒冷之气。多以喻处境危险。柳宗元《送崔群序》:"御攘冰霜,以贯岁寒。"

[4] 俄:俄顷,片刻。惨淡天:凄凉的天色。汉董仲舒《春秋繁露·治水五行》:"金用事,其气惨淡而白。"《世说新语·言语》:"壹公曰:'风霜固所不论,乃先集其惨淡,郊邑正自飘瞥,林岫便已皓然。'"皆以形容秋天或下雪的天气。白

居易《南湖晚秋》:“惨淡老容颜,冷落秋怀抱。”

[5] 残照:落日的余晖。李白《忆秦娥》:“西风残照,汉家陵阙。”

[6] 奈何心事:无可奈何的心事。《史记·周本纪》:“太史伯阳曰:‘祸成矣,无可奈何!’”宋晏殊《浣溪沙》:“无可奈何花落去,似曾相识燕归来。”

[7] 泫然:流泪的样子。宋陆游《沈园二首》之二:“此身行作稽山土,犹吊遗踪一泫然。”

✤ 评析

深沉哀惋,含蓄蕴藉,中间两联,有悲愤,有悔恨,有无可奈何之感,但诗人并不说破,让这种复杂的感情,在语言之外表现出来,从而增加了诗的含蓄美。

喜邹文江至得沈眉生消息[1]

二十四年相隔绝[2],风霜吹老别时身。
君从樵猎埋名姓[3],吾夺头颅向剑唇[4]。
落月梦中曾痛哭[5],山岚类处自逡巡[6]。
骤闻消息反垂泪,两地犹然未死人。

✤ 注释

[1] 沈眉生:沈寿民,安徽宣城人。县学生,举贤良方正,疏劾总督杨嗣昌夺情起兵部尚书。有《剩庵诗稿》。

[2] “二十四年”句:诗人有《得沈眉生书》:“结发心期更莫如,廿年始得一封书。”又四年,诗人通过邹文江得到沈的消息,知其犹在人间,悲喜交集,而赋是诗。

[3] “君从”句:诗人有《得苏子美哭师鲁诗,次其韵哭沈眉生》,自注云:“以《南都防乱揭》,阮大铖必欲杀眉生与余,眉生寄食诸门人,无常住处,惟邹文江知之。”朱彝尊《静志居诗话》:“阮大铖既得志,将出缇骑逮征君,乃变姓名携家匿金华山中。”可为此句注脚。

[4]“吾夺”句：我从奸臣的剑锋上夺回自己的头颅。剑唇：剑锋，刀口。

[5]“落月”句：此概括杜甫《梦李白二首》之一“死别已吞声，生别常恻恻”，“落月满屋梁，犹疑照颜色”的句意而成。后因以“落月屋梁”表示对朋友的怀念。

[6]山岚：山中的云气。逡巡：徘徊。

✤ 评析

对朋友的深沉怀念，往事的痛苦回忆，偶活的无限庆幸，浓缩在四韵八句中。情极悲愤，语极沉郁，感情的波涛千回百折，低回婉转，具有极为感人的艺术力量。

王夫之

王夫之(1619—1692),字而农,号姜斋,又号夕堂,学者称船山先生。自署双髻外史、一瓢道人,湖南衡阳人。崇祯壬午(1642)举人。南明永历建号,起兵抗清。失败后,南走桂林,以瞿式耜的推荐,授行人司行人。崎岖楚、粤、滇、黔间,备历艰辛。常匿瑶峒,变姓名为瑶人。后筑土室于石船山,名曰观生居、败叶庐、湘西草堂,终身未剃发,晨夕杜门著书,沧桑黍离之感,至死不忘。他与顾炎武、黄宗羲并为明末清初的三大思想家。

他的诗歌主张见于《姜斋诗话》及《古诗评选》、《唐诗评选》、《明诗评选》中。《沅湘耆旧集》说他“诗其余事,词旨深复,气韵沉郁,读之如观夏鼎商彝,如闻哀猿唳鹤,使人穆然神肃,翛然意远”。《明诗纪事》说他“学问深邃,才力宏富。古体时与魏晋、盛唐合辙,七律七绝,音调洪亮,词旨沉着,可与遗山、山谷分席。又其遭时多难,嚣音瘏口之作,往往与杜陵之野老吞声,皋羽之西台痛哭,同合于变雅、离骚之旨,即专论诗,亦明季一作家也”。这些评论,都是极为公允、极为中肯的。

杂诗四首(选一)

悲风动中夜[1],边马嘶且惊[2]。
壮士匣中刀,犹作风雨鸣[3]。

飞将不见期[4]，萧条阻北征[5]。
关河空杳霭[6]，烟草转纵横。
披衣视良夜[7]，河汉已西倾[8]。
国忧今未释[9]，何用慰平生。

✤ 注释

[1] 悲风：凄厉的寒风。李白《古风》之三二："天寒悲风生，夜久众星没。"中夜：半夜。

[2] 边马：戍守边境的战马。嘶：马鸣声。

[3] "壮士"二句：言藏在匣中的宝刀，常常在风雨中发出悲鸣。以喻壮士未能施展其才华。唐韦庄《冬日长安感志寄献虢州崔郎中》："未知匣剑何时跃，但恐铅刀不再铦。"

[4] 飞将：西汉名将李广。他镇守右北平，"匈奴闻之，号曰'汉之飞将军'。避之数岁，不敢入右北平"。见《史记·李将军传》。此代指英勇善战的将军。唐王昌龄《出塞》："但使龙城飞将在，不教胡马度阴山。"不见期：不见得一定有。期，必，一定。

[5] 萧条：寂寥。屈原《九章·远游》："山萧条而无兽兮，野寂漠其无人。"北征：北伐。此指北上抗清的大业。

[6] 杳霭：深远的状态。唐韦应物《往云门郊居途经回流作》："明灭泛孤景，杳霭含夕虚。"

[7] 良夜：深夜，美好的夜晚。

[8] 河汉：银河。西倾：向西倾斜。

[9] 国忧：国家的忧患，国家的患难。未释：尚未解除。

✤ 评析

此为组诗之四。据诗人《五十自定稿》，组诗作于南明永历三年(1649)，当时桂王永历政权风雨飘摇，随时有覆亡的危险。诗的前四句，抒发了诗人渴望抗清复明的爱国热情；中四句写爱国志士请缨无路、北征无望的感慨；末四句写诗人忧国伤时、彻夜难眠的焦灼情怀。一气呵成，首尾贯注，随着诗人感情的变化而转换其笔锋，起伏关合，脉络分明，是一首上乘的抒情言志的作品。

盛夏奉寄章峨山先生湘阴军中[1]

戎车六月正闲闲[2]，救日朱弓向月弯[3]。
铜马已闻心匪石[4]，巴蛇敢恃骨成山[5]。
中原冠带壶浆待[6]，闽海丝纶棨戟颁[7]。
师克在和公自省[8]，丹忱专在念时艰[9]。

✤ 注释

[1] 章峨山：章旷，字于野，松江华亭人，崇祯十年进士，官至兵部尚书。丙戌夏，章受唐王命，以佥都御史巡抚江北，驻湘阴抗清。此诗即作于此时。

[2] 戎车：兵车，战车。闲闲：强大自信的样子。《诗·大雅·皇矣》："临冲闲闲。"清王引之《经义述闻》六"临冲闲闲"，谓为"车强盛貌"。此形容章旷所部的战斗力强，充满必胜的信念。

[3] 朱弓：彤弓，朱红色的弓。古代帝王用以赐有功的大臣或诸侯。《尚书·文侯之命》："彤弓一，彤矢百。"《孔传》："诸侯有大功，赐弓矢，然后专征伐。"此言本来用以救日的朱弓，却向着月亮弯起来了。救日：指挽救垂亡的南明小朝廷。向月弯：指左良玉举兵犯阙及何腾蛟与堵胤锡及新来归的李自成余部之间的矛盾。

[4] "铜马"句：李自成的余部刘体仁、郝摇旗、李锦、高必正等，接受何腾蛟的招抚，拥众数十万，何的声威大震。高氏又对李锦说："既以身许国，当爱民，受主将节制，有死无二，吾所愿也。"自此李锦无二志。（见《明史·何腾蛟传》）铜马：西汉末年的一支农民起义军，后为光武帝所破。此以代指李自成领导的起义军余部。匪石：比喻意志坚定。《诗·邶风·柏舟》："我心匪石，不可转也。"孔颖达疏："言我心非如石然，石虽坚尚可转，我心坚，不可转也。"此以喻新招抚的农民军抗清的意志很坚定。

[5] "巴蛇"句：《明史·流贼传》：崇祯十七年，张献忠自称大西国王，改元大顺，以蜀王府为宫，名成都曰西京。献忠性嗜杀，一日不杀人，辄悒悒不乐。"诡

开科取士,集于青羊宫,尽杀之,笔墨成丘冢。坑成都民于中园。杀各卫籍军九十八万。又遣四将军分屠各府县,名草杀。"此用其事。巴蛇:神话中的大蛇。《山海经·海内南经》:"巴蛇食象,三岁而出其骨。"此以"巴蛇"代指称王西蜀的张献忠。

[6] 中原冠带:中原地区的士族、官吏。汉张衡《西京赋》:"冠带交错。"《文选》注:"冠带,犹缙绅,谓吏人也。"壶浆待:准备茶饭来欢迎抗清的义军。语出《孟子·梁惠王》下:"箪食壶浆以迎王师。"

[7] "闽海"句:言即位于福州的唐王就要颁布对你的重要任命。丝纶:指帝王的诏书。语出《礼记·缁衣》:"王言如丝,其出如纶。"棨戟:官吏出行时的前导仪仗队。唐制,官吏三品以上,得门列棨戟。

[8] 师克在和:军队要打胜仗在于内部的团结。语出《左传·桓公十一年》:"师克在和不在众。"自省:自己非常了解。

[9] 丹忱:赤诚的心。亦作"丹诚"。时艰:时局的艰难。

✤ **评析**

纯用议论,而笔端带有浓厚的感情色彩,不是板起面孔说大道理,而是具体地分析敌我力量的对比、人心的向背。只要大家体念时艰、消除矛盾,抗清事业还是有前途的。融情于理,以情动人,具有极大的说服力。

春　兴(三首选二)

嬉春迟暮老廉夫[1],长卧归休旧酒徒[2]。
不分传家三传在[3],从来亡国一身孤。
玉钱月影窥双鬓[4],碧海云波认五湖[5]。
一尽龙钟供世笑[6],苍天还识老狂无[7]?

楼空山远湿烟蒸,返景长天暝色仍[8]。
千里湘皋归雁雨[9],九江春水钓鱼灯[10]。

马殷冢在生新草[11]，陆逊营荒挂古藤[12]。
梦里白蘋洲上月[13]，遥遥北渚接黄陵[14]。

✤ 注释

[1] 嬉春：游春，玩春。廉夫：高洁正直的人。

[2] 归休：大归，死去。晋陶渊明《游斜川》："开岁倏五十，吾生行归休。"酒徒：贪杯好饮的人。《史记·郦生传》："郦生瞋目按剑叱使者曰：'走！复入言沛公，吾高阳酒徒也，非儒人也。'"

[3] 不分：不料。唐骆宾王《秋晨同淄川毛司马秋九咏》："不分君恩绝，纨扇曲中秋。"三传：指《左氏传》、《公羊传》、《穀梁传》。此以代表儒家的经典。

[4] 玉钱月影：圆圆的月影。《拾遗记》：晋时因墀国献"玉钱千缗，其形如环"。因以"玉钱"形容圆。

[5] 认五湖：过归隐的生活。此用越范蠡泛舟游于五湖的故事。

[6] 龙钟：老态。王维《夏日过青龙寺谒操禅师》："龙钟一老翁，徐步谒禅宫。"

[7] 老狂：老而且狂。宋陆游《将至金陵先寄献刘留守》："归来要了浯溪颂，莫笑狂生老更狂。"

[8] 返景：回照，返照。王维《鹿柴》："返景入深林，复照青苔上。"暝色：夜色，昏暗的颜色。南朝宋谢灵运《石壁精舍还湖中作》："林壑敛暝色，云霞收夕霏。"此指在清政府的统治下仍然是一片黑暗。

[9] 湘皋：湘水两岸。

[10] 九江：此指流入洞庭湖的沅、渐、元、辰、叙、酉、澧、资、湘九条江河。见宋蔡沈《书经集传》。

[11] 马殷冢：马殷的坟墓。殷字霸图，五代鄢陵（今属河南）人。少为木工，后应募从军，累官至中书令，封楚王，总制二十余州，拥有湖南全境及广西东部之地。建立楚国，自署官吏，不供征赋，遂致富盛。七十八岁卒，谥曰武穆。（见《旧五代史·世袭列传·马殷》）此言应该学习马殷，以湖南为根据地，建立独立的王国。

[12] 陆逊：字伯言，三国吴吴郡人。率兵屯陆口（今湖北省嘉鱼县西南陆水入长江处之陆溪口），协助吕蒙打败关羽，占领荆州。后又用火攻，大破刘备亲帅的大军四十余营。

[13] 白蘋洲：长满白蘋的小洲。唐温庭筠《望江南》："过尽千帆皆不是，斜晖

脉脉水悠悠,肠断白蘋洲。”

[14] 北渚：北边的小块陆地。屈原《九歌·湘夫人》:“帝子降兮北渚。”黄陵：山名。在湖南省湘阴县北,洞庭湖边。传说舜的二妃墓在其上,有黄陵亭、黄陵庙。

✤ 评析

这两首诗作于诗人晚年隐居石船山时。前一首主要抒发了诗人的黍离之悲、迟暮之感和归隐之志;后一首主要抒发了诗人对何腾蛟、章旷在湘阴组织抗清斗争的回忆,惜其未能像马殷一样建立自己的国家,像陆逊一样战胜强大的敌人。表现了诗人崇高的民族气节、不屈的抗清精神。至于构思的严密,用事的贴切,属对的精巧,吐词的雅驯,特其余事耳。

归　庄

归庄（1613—1673），字玄恭，号恒轩。崇祯中，自请改名为祚明，自是以后，名字屡更，或称归妹，或称归乎来，或称元功、园公、悬弓，又号普明头陀、鏖鏊钜山人。归有光的曾孙。江苏昆山人。明末诸生，复社成员。他好奇，世目为狂生，与顾炎武同里同学，有“归奇顾怪”之称。善行草，工绘画，又擅长词曲，所著《万古愁》，瑰环恣肆，于古之圣贤君相，无不诋诃，盖《离骚》、《天问》一种手笔。清世祖见之，大加称赏，命乐工歌以侑食，惜已失传。清兵南下，与顾炎武一同组织昆山的抗清斗争，失败后，义不仕清，以书淫墨癖，佯狂终身。有《恒轩集》、《山游诗》，今人将其合辑为《归庄集》。

落　花

枝上黄莺渐露身，飞英历乱堕红尘[1]。
将随薜荔依山鬼[2]，难共蘼芜待美人[3]。
河北名园贪结子[4]，武陵归棹欲迷津[5]。
香车宝马缘都尽[6]，天与幽人一锦茵[7]。

注释

[1] 飞英：飞花，落花。历乱：烂漫。南朝梁简文帝《采桑》诗：“细萍重叠长，新花历乱开。”

[2] 薜荔：香草，缘木而生。屈原《九歌·山鬼》："若有人兮山之阿，被薜荔兮带女萝。"后因以薜荔代指隐士的服装。山鬼：山神。

[3] 蘼芜：香草名，又名江蓠。古诗有《上山采蘼芜》，历叙一个弃妇"上山采蘼芜，下山逢故夫"，内容是关于"故人"和"新妇"互相比较的对话。此以"弃妇"喻明之遗民。

[4] "河北"句：喻抗清义军急于想取得胜利，扩大声势。此从唐王建《宫词》"自是桃花贪结子，错教人恨五更风"的句意中脱化出来。

[5] "武陵"句：喻归隐也不容易。此用陶渊明《桃花源记》武陵的渔人"得其船"，沿着来时的路回去后，"寻向所志，遂迷不复得路"的故事。

[6] 香车宝马：装饰华美的车马。王维《十五夜游有怀静者季》诗："香车宝马共喧阗，个里多情侠少年。"宋李清照《永遇乐》："来相召，香车宝马，谢他酒朋诗侣。"缘都尽：这样的缘分都已完了。

[7] 幽人：隐居不仕的人。锦茵：锦制的坐垫。此指满地的落花，铺得像锦制的坐垫一样。

✤ 评 析

这是诗人借景抒情，所写的一组"落花"诗（共十二首），是诗人的代表作。全诗以"落花"喻明末的遗民，幽惋凄恻，感喟遥深。清吴梅村评这组诗说："流丽深雅，得寄托之旨，备体物之致。玄恭之诗，超诣无前，骎骎乎度越骅骝矣。"所谓"寄托"，即以"落花"寄寓明末遗民的不屈精神；所谓"体物"，即形象而生动地描写了"落花"的形和神，外美和内美。

己丑元日[1]

四年绝域度新正[2]，此夕空将两目瞠。
天下兴亡凭揲策[3]，一身进退类悬旌[4]。
商君法令牛毛细[5]，王莽征徭鱼尾赪[6]。
不信江南百万户，锄耰只向垅头耕[7]。

✤ 注释

[1] 己丑元日：南明永历三年(1649)元旦，即清顺治六年的新正初一日。

[2] “四年”句：顺治二年(1645)清兵渡江，诗人参加昆山的抗清斗争，后又反对剃发留辫，率众杀死县丞闫茂才，斗争失败后，逃亡在边远的地方。绝域：极远的地方。

[3] 天下兴亡：顾炎武《日知录》：“保天下者，匹夫之贱，与有责焉耳矣。”后人据以概括为“天下兴亡，匹夫有责”。意思是举凡关系国家兴亡的大事，每个人都有责任。揲(shé)策：用蓍草来占吉凶。这里指南明王朝的重大决策，往往根据占卜来决定。

[4] “一身”句：言一个人是出仕还是退隐也飘忽游移，捉摸不定。进退：出仕和退隐。悬旌：悬挂着的旗帜。

[5] 商君：商鞅，战国时卫人，姓公孙，名鞅，以封于商，故称商君，相秦十九年，辅助秦孝公变法，废井田，开阡陌，奖励耕战，使秦国富强。杜甫《述古三首》之二：“秦时任商鞅，法令如牛毛。”

[6] 王莽：字巨君，以元帝皇后之侄，委以国政，号安国公。平帝死，立孺子婴为帝，莽自称摄皇帝，三年后篡位，改国号新，法令苛细，征役频繁，以致民不聊生，各地农民纷纷起义。新市、平林、赤眉、下江等农民军攻入长安，杀莽于渐台。(见《汉书·王莽传》)鱼尾赪：鱼尾变成赤色。《诗·周南·汝坟》：“鲂鱼赪尾，王室如燬。”《毛传》：“赪：赤色，鱼劳则尾赤。”后来用以喻人民困于虐政。此以王莽建立的政权比清政权。

[7] “锄耰”句：言农民不会在垅头耕种到死，总有一天要拿起锄头起来造反的。贾谊《过秦论》上：“锄耰棘矜，非铦于钩戟长铩也。”锄耰：农具。垅头：田垅之上。《史记·陈涉世家》：陈涉少时，尝与人佣耕，辍耕之垄上，叹息道：“苟富贵，毋相忘！”佣者都讥笑他，他说：“燕雀安知鸿鹄之志哉？”此用其事。

✤ 评析

这首诗气势雄伟，笔力挺拔，绝无“亡国之音哀以思”的气息。它既对南明小王朝的腐败无能，表示不满和绝望；更对清初的横征暴敛，给予了无情的鞭挞；最后把希望寄托在揭竿而起的农民起义军身上。诗中洋溢着对清统治者的强烈愤懑和对江南人民抗清力量的坚定信心，它像一条红线，贯串着诗的始终，具有维系民心、凝聚民力的力量，说它是战斗的号角，是讨清的檄文，绝非溢美之词。

屈大均

屈大均(1630—1696),初名绍隆,字介子,广东番禺人。明末诸生。顺治四年(1647),即明永历元年,清兵陷广州,他参加了陈邦彦和张家玉领导的抗清斗争,不久,斗争失败,乃谒永历帝于肇庆,又与同里诗人组织“西园诗社”,以诗来激发抗清的爱国思想。顺治七年,清军再陷广州,乃削发为僧,名今种,字一灵。中年还俗,改名大均,字翁山。继续抗清活动,北游关中,南走江浙,与顾炎武等密谋策划,至死不懈。著有《道援堂集》。

他与陈恭尹、梁佩兰并称“岭南三大家”。顾炎武赞誉他“弱冠诗名动九州,纫兰餐菊旧风流”。把他说成是直接继承屈原的。朱彝尊《静志居诗话》亦说他的诗“原本三闾大夫”。周炳曾在《道援堂诗集》序中说:“然其诗虽冤家仇人欲投诸溷,使灭没不传,岂可得哉?”清代统治者认为他的诗多眷怀故国、揭露清军暴行之作,把它列为禁书,但它却铭刻在人民的心中,流传在广大的社会各阶层,这是不以人们的意志为转移的。他的诗,在严整的格律中,保持着飞腾之势。慷慨悲歌,而不失之叫嚣;深沉蕴藉,而不失之晦涩;想象奇特,而不失之怪僻;吐词雅驯,而不失之艰深;不愧是明代诗坛的殿军。

大同感叹[1]

杀气满天地[2],日月难为光。

嗟尔苦寒子[3]，结发在战场[4]。
为谁饥与渴，葛屦践严霜[5]。
朝辞大同城，暮宿青磷旁[6]。
花门多暴虐[7]，人命如牛羊。
膏血溢槽中，马饮毛生光。
鞍上一红颜，琵琶声惨伤[8]。
肌肉苦无多，何以充军粮？
踟蹰赴刀俎[9]，自惜凝脂香[10]。

✤ 注释

[1] 大同感叹：诗人于清康熙七年(1668)携妻子至山西大同，目睹青年男子被逼充当炮灰、红颜少女被掳惨遭奸辱，感叹愤激，写下了这首诗。

[2] 杀气：战争杀伐的气氛。唐高适《燕歌行》："杀气三时作阵云，寒声一夜传刁斗。"

[3] 苦寒子：贫寒的子弟。

[4] 结发：束发。古代的男子自成童开始束发，因以"结发"代童年或青年。《史记·李将军列传》："且臣结发而与匈奴战，今乃一得当单于。"

[5] "葛屦"句：《诗·魏风·葛屦》："纠纠葛屦，可以履霜。"此反用其句意。

[6] 青磷旁：战骨堆积的旁边。青磷：忽隐忽现的青色火焰，俗称"鬼火"。

[7] 花门：山名，在今甘肃省张掖市居延海之北三百里处，其地为回纥所占领，因以"花门"代指回纥，此以代指清军的营帐。杜甫《留花门》诗，言回纥为患，自古皆然，而今"胡尘逾太行，杂种抵京室"，"田家最恐惧，麦倒桑枝折"。故云"多暴虐"。

[8] "琵琶"句：传说汉王昭君戎装骏马，手弹琵琶，远嫁匈奴。杜甫《咏怀古迹五首》之三："千载琵琶作胡语，分明怨恨曲中论。"此承"鞍上一红颜"的句意，言其手弹琵琶，无限悲怆，不知自己的死所。

[9] 踟蹰：此处作"接连"讲，汉王延寿《鲁灵光殿赋》："西厢踟蹰以闲宴，东序重深而奥秘。"其中的"踟蹰"即"相连"的意思。赴刀俎：走到被屠宰的场所去。刀俎：剁肉的刀子和砧板。《史记·项羽本纪》："如今人方为刀俎，我为鱼肉。"

[10] 凝脂：凝结的油脂。喻细腻光泽的皮肤。《诗・卫风・硕人》："手如柔荑，肤如凝脂。"白居易《长恨歌》："春寒赐浴华清池，温泉水滑洗凝脂。"

✤ 评析

以目睹耳闻之实，写杀人如草之惨，揭露深刻，取材典型，气体颇似老杜。

鲁连台[1]

一笑无秦帝[2]，飘然归澥东[3]。
谁能排大难，不屑计奇功[4]？
古庙千秋月，荒台万木风。
从来天下士[5]，只在布衣中[6]。

✤ 注释

[1] 鲁连台：在今山东省聊城市茌平区。鲁连，即鲁仲连，战国时齐人，高蹈不仕，好为人排难解纷。（见《史记・鲁仲连传》、《战国策・赵策》）

[2] "一笑"句：鲁仲连以大义折服辛垣衍，使之不敢复言尊秦为帝的事。（见《史记・鲁仲连传》）

[3] 归澥东：归隐于渤海之东。澥：渤澥，即渤海。鲁仲连说服燕将，放弃聊城。齐人欲爵之，鲁连逃隐于海上，曰："吾与富贵而诎于人，宁贫贱而轻世肆志焉。"

[4] "谁能"二句：平原君欲封鲁连，连不肯受；又欲以千金为寿，鲁连笑曰："所贵于天下之士者，为人排患、释难、解纷乱而无取也。即有取者，是商贾之事也，而连不忍为也。"（见《战国策・赵策》）

[5] 天下士：德才超过天下的人，以天下为己任的人。《史记・鲁仲连传》：辛垣衍起再拜谢曰："始以先生为庸人，吾乃今日知先生为天下之士也。"

[6] 布衣：庶人的服装，因以代称庶人、平民。《战国策・赵策二》："天下之卿相、人臣，乃至布衣之士，莫不高贤大王之行义。"

✤ 评析

隽妙圆转，一气呵成，有明珠走盘之妙。“谁能排大难，不屑计奇功”一联，既切鲁连的高风亮节，又叹鲁连以后，无人继响，用“流水对”的形式表现出来，的确能使读者有回肠荡气的快感。诗人自谓“五律可比太白，而气体亦多似杜”。（见《广东诗粹》）从这首诗来看，绝非率意之谈。

秣　陵[1]

牛首开天阙[2]，龙冈抱帝宫[3]。
六朝春草里[4]，万井落花中[5]。
访旧乌衣少[6]，听歌玉树空[7]。
如何亡国恨，尽在大江东[8]。

✤ 注释

[1] 秣陵：南京的别称。楚威王灭越后，在此建金陵邑，故南京又称金陵；秦始皇改置秣陵县，故南京又称秣陵，汉末改名建业，故南京又称建业。

[2] 牛首：牛头山，在南京市西南，山有二峰，东西对峙，像皇宫前两侧的门楼，故曰天阙。

[3] 龙冈：钟山。据张勃《吴录》载，诸葛亮曾说：“钟山龙盘，石城虎踞，帝王之宅也。”

[4]“六朝”句：指先后在此建都的东吴、东晋、宋、齐、梁、陈六朝，早已埋没在春草之中，成了历史的陈迹。

[5]“万井”句：言秣陵的人口众多，如今也已像落花似的飘零了。万井：犹言十万户，古制八家为井。

[6] 乌衣：乌衣巷，在今南京市东南、秦淮河南岸。东吴时，在这里设有兵营，军士都着黑衣，故被称为“乌衣巷”。东晋时，王导、谢安等豪族聚居于此，其子弟被称为乌衣郎。

[7] 玉树：指陈后主所作的《玉树后庭花》。歌词绮艳，男女唱和，其音甚哀。唐刘禹锡《台城》：“万户千门成野草，只缘一曲后庭花。”

[8]“如何”二句：指六朝及晚明王朝，均建都于大江以东，都在这里做了亡国奴。

✤ 评析

明吊六朝，实伤晚明。借六朝之衣冠，伤古宫之禾黍；睹万井之落花，哀旧都之凋残，其情弥深，其痛愈烈，亦谢翱为楚歌以招魂之意，非直为吊古而发也。

塞上曲

亭障三边接[1]，风沙万古愁。
可怜辽海月[2]，不作汉时秋。
白草连天尽，黄河倒日流[3]。
受降城上望[4]，空忆冠军侯[5]。

✤ 注释

[1] 亭障：古代边塞的防御设施，如堡砦、营垒之类。《史记·张仪列传》：“守亭障者不下十万。”三边：指榆林、宁夏、甘肃三地，为明代防卫京师的重镇。

[2] 辽海：渤海，也指辽东滨海之地。杜甫《后出塞》之四：“云帆转辽海，粳稻来东吴。”此二句当从唐沈佺期《杂诗三首》之三“可怜闺里月，长在汉家营”脱化出来，而境更阔，义更丰，旨更深。

[3]“黄河”句：言黄河的流向与太阳的运行恰好相反。黄河自西向东流，太阳自东向西转。

[4] 受降城：故城在今内蒙古自治区乌拉特中旗东阴山北。汉武帝派将军公孙敖所筑。《史记·匈奴列传》：“汉使贰师将军广利西伐大宛，而令因杅将军敖筑受降城。”

[5] 冠军侯：霍去病，西汉名将，曾六次出击匈奴，以功封冠军侯。（见《史记·卫将军骠骑列传》）

✤ 评析

边多烽警，时无英雄，诗人忧时伤国之情，一寓于悲秋叹月之中，语虽豪宕，意实凄楚。“可怜辽海月，不作汉时秋”一联，蕴藉之至，深沉之至，不愧为千古俊语、千古名句。

白门秋望[1]

龙盘虎踞是钟山[2]，鸣镝谁教入汉关[3]。
岂为深宫歌玉树[4]，遂令高庙失金环[5]。
台城日落栖乌怨[6]，淮水风高战马闲[7]。
愁见卢龙秋草外[8]，名王千里射雕还[9]。

✤ 注释

[1] 白门：南京。白门，本为南朝宋都城建康的西门。因为西方属金，而金气白，故称白门。后遂成为南京的代称。李白《金陵酒肆留别》诗：“白门柳花满店香，吴姬压酒唤客尝。”

[2] 龙盘虎踞：形容钟山雄伟险峻的形势。古有“钟山龙盘，石城虎踞”之誉。李白《永王东巡歌》：“龙盘虎踞帝王州，帝子金陵访古丘。”

[3] 鸣镝：响箭。相传为匈奴冒顿单于所制（见《史记 · 匈奴列传》）。入汉关：攻入汉家的关塞。此言清兵攻陷南京。

[4] 玉树：陈后主所作的《玉树后庭花》。此代指马士英、阮大铖怂恿弘光帝朱由崧“饮醇酒，选淑女”，及时行乐。

[5] 高庙：本指汉高祖刘邦的祠，此代指明太祖朱元璋的孝陵。金环：高庙中的礼器。《汉书 · 张释之传》：“其后人有盗高庙座前玉环。”此以“失金环”喻明代的灭亡。

[6] 台城：又名苑城，本战国吴的后苑城。晋、宋间谓朝廷的禁省为台，故又称为台城。故址在今南京市玄武湖畔。

[7] 淮水：此指秦淮河。句意是清兵攻下南京，晚明王朝已经覆亡，境内已没有战争了。

[8] 卢龙：原注"城北有卢龙山"，可知它并非河北之卢龙塞。

[9] 名王：诸王中之著名者。《汉书·宣帝纪》：神爵二年，"单于遣名王奉献"。颜师古注："名王者，谓有大名以别于诸小王也。"南宋张孝祥《六州歌头》："看名王宵猎，骑火一川明。笳鼓悲鸣，遣人惊。"此指清朝的新贵。

✤ 评析

从"白门秋望"中，触发了诗人无限的故国之思。诸如日落乌怨、风高马闲、秋草卢龙、射雕名王，无一非牵愁惹恨的客观景象，便自然而然地引起诗人的历史反思。以如此龙盘虎踞之雄伟江山，是谁教"鸣镝入汉关"的？难道不是弘光帝尽情享乐，才使"高庙失金环"吗？此诗人所以呵天而问、斫地而叹、悲愤填膺、感慨无端也。清陈田在《明诗纪事》中说诗人的七律"雄宕豪迈"，实则以雄宕之笔，写凄楚之怀，语似豪迈，情实悲凉，故有沉郁之致，深至之言。

壬戌清明作[1]

朝作轻寒暮作阴，愁中不觉已春深。
落花有泪因风雨，啼鸟无情自古今[2]。
故国江山徒梦寐[3]，中华人物又销沉[4]。
龙蛇四海归无所[5]，寒食年年怆客心[6]。

✤ 注释

[1] 壬戌：清康熙二十一年(1682)，时抗清义军已次第被消灭，清政权已日趋巩固和完善。

[2] "落花"二句：当从杜甫《春望》之"感时花溅泪，恨别鸟惊心"脱胎出来。

[3] "故国"句：言故国的江山，只有在梦寐中得以神游了。

[4] "中华"句：言反清志士亦已次第被消灭。康熙十六年(1677)，尚可喜之子尚之信降清，十九年赐死于广州；十七年吴三桂称帝于衡州，同年病死，其孙吴

世播继立,次年败死;二十一年耿精忠被清廷处死,于是“三藩”的势力全部被镇压下去。郑成功之子郑经亦于二十年病死台湾,这就是“中华人物又销沉”的具体史实。

[5] 龙蛇: 指潜伏在内地的抗清志士。语出《易·系辞》:“龙蛇之蛰,以存身也。”《汉书·扬雄传》:“君子得时则大行,不得时则龙蛇。”

[6] 寒食: 节令名,清明的前一天。相传为了纪念春秋时的介之推,人们在这一天禁止烟火,故称寒食。

✤ 评析

爱国思想,民族气节,洋溢在诗的每一个字句中。“落花”、“故国”二联,是景语,更是情语;是伤心语,更是至性语;是哀惋语,更是悲愤语。是泪是血,是怨是恨,令人饮泣,令人扼腕,其艺术魅力是足以引起读者的共鸣的。

寒　食

烟雨催寒食,江南又暮春[1]。
可怜三月草[2],看尽六朝人。

✤ 注释

[1]“江南”句: 南朝梁丘迟《与陈伯之书》:“暮春三月,江南草长。杂花生树,群莺乱飞。”此从这里生化出来。

[2] 三月草　形容江南“草长莺飞”的春天景象。

✤ 评析

古人以“六朝僧”、“六朝松”作为历史的见证,此以“三月草”作为六朝兴亡历史的见证,构思更加新颖,感慨更加深沉。与上一首《壬戌清明作》对照来读,一则具体细致,感喟遥深;一则概括力强,义蕴的内涵与外延,极其深邃丰富,耐人咀嚼,韵味无穷,所谓“尺幅千里”也。

陈恭尹

陈恭尹(1631—1700),字元孝,号半峰,晚号独漉子,广东顺德人。其父陈邦彦侍郎以抗清失败,全家遇难,时恭尹年甫十七,幸免于祸。南明永历帝驻肇庆,恭尹上疏陈诉其父殉难情状,授锦衣卫指挥佥事。顺治十六年,欲入滇从事反清活动,道路阻塞,乃北走衡湘,入彭蠡,寓芜湖,值郑成功、张煌言谋攻金陵,因共策划。兵败,遂北游汴梁。迨永历覆灭,各抗清据点亦陆续失陷,深知恢复无望,乃隐居广州,自称罗浮布衣。有《独漉堂集》。

他的诗,虽多作于清初,然每抒其兴亡之感、黍离之悲,正如朱彝尊《静志居诗话》所云:“元孝降志辱身,终当进之逸民之列。”他的诗,既多“唐贤佳句”,亦得“宋诗三昧”,清迥绝俗,各体皆佳。张维屏《听松斋诗话》云:“诗以沉为极诣。沉不在貌,其骨重,其味厚,其气苍,其韵长,乃谓之沉。梅村、独漉之诗皆沉,梅村沉丽,独漉沉挚。”陈田《明诗纪事》云:“元孝诗温雅有则,身际沧桑,多感愤之言,而音调仍归和平,则泽古者深也。”这些评论,是深知诗人的诗品与人品的。

邺中怀古[1]

山河百战鼎终分[2],叹息漳南日暮云[3]。

乱世奸雄空复尔[4],一家词赋最怜君[5]。

铜台未散吹笙伎[6]，石马先传出水文[7]。
七十二坟秋草遍[8]，更无人表汉将军[9]。

✤ 注释

[1] 邺中：三国时魏的都城，故城在今河北省临漳县西。

[2] “山河”句：言汉末群雄割据，战祸连年，最后形成魏、蜀、吴三国鼎立的局面。鼎有三足，故以“三足鼎立”，喻“三分天下”。

[3] 漳南：漳水以南，即曹操建都的临漳县西部地区。

[4] “乱世”句：《三国志·魏书·武帝纪》注引《异同杂语》：曹操尝问许劭：“我何如人？”许劭说：“子治世之能臣，乱世之奸雄。”故“乱世奸雄”是指曹操的。空复尔：徒然如此而已。

[5] “一家”句：曹操及其儿子曹丕、曹植，都是建安时代的大诗人、大文学家，是邺下文人集团的领袖。最怜君：最喜欢你。怜：爱，喜欢，钦佩。

[6] “铜台”句：铜台，即铜雀台，曹操筑于建安十五年，故址在今河北省临漳县西南。吹笙伎：弹奏弦管乐器的歌伎。曹操《遗令》：“吾婢妾与伎人皆勤苦，使著铜雀台，善待之。于台堂上安六尺床，施穗帐，朝晡上脯糒之属。月旦十五日，自朝至午，辄向帐中作伎乐。汝等时时登铜雀台，望吾西陵墓田。”此用其事。

[7] “石马”句：《三国志·魏书·明帝纪》注引《魏氏春秋》载：张掖郡删丹县金山玄川溢，涌出石马等物，上刻“大讨曹”的文字。又引《搜神记》：初，汉元、成之世，先识之士有言曰：魏年有和，当有开石于西三千余里，系五马，文曰“大讨曹”。又引《汉晋春秋》云：氐池县大柳谷口夜激波涌溢，其声如雷，晓而有苍石立水中，上画十三马、一牛、一鸟等物，亦有“大讨曹”之文。盖言铜台歌伎犹在，而“讨曹”之文已不见。

[8] 七十二坟：曹操为了防止后人掘他的墓而造的七十二疑冢。陶宗仪《南村辍耕录·疑冢》条：“曹操疑冢七十二，在漳河上。宋俞应符有诗题之曰：‘生前欺天绝汉统，死后欺人设疑冢。人生用智死即休，何有余机到丘垄？人言疑冢我不疑，我有一法君未知。直须尽发疑冢七十二，必有一冢藏君尸。’此亦诗之斧钺也。”

[9] “更无人”句：曹操《让县自明本志令》：“后征为都尉，迁典军校尉，意遂更欲为国家讨贼立功，欲望封侯作征西将军，然后题墓道言‘汉故征西将军曹侯之墓’，此其志也。”此讥曹操篡汉自立，谁还会表其墓为“汉将军”呢？

✤ 评析

像一团讽刺的烈火，烧尽"乱世奸雄"曹操的一切伪装，而含蓄蕴藉，不为叫嚣怒张之语，正如沈德潜在《明诗别裁》中评此诗说："表扬才华，褫夺奸魄，最为定论。"张维屏在《听松斋诗话》中评此诗亦说："议论含蓄，镕铸自然，七律到此地步，所谓代无数人，人无数篇者也。"说明诗人的七律，已经达到了炉火纯青的艺术境界。

燕　台[1]

燕南燕北战争余，白草漫漫雪色初。
河渡坚冰通下博[2]，关门沙路走居胥[3]。
死求马骨言终验[4]，生摄秦胸计已疏[5]。
犹有兴亡数行泪，夜来弹与乐君书[6]。

✤ 注释

[1] 燕台：燕昭王所筑的黄金台，故址在今河北省易县东南。

[2] 下博：地名，位于博水下游，在今河北省深州市。

[3] 居胥：亦称狼居胥山。西汉名将霍去病北击匈奴，封狼居胥而还。（见《史记 · 卫将军骠骑列传》）又《宋书 · 王玄谟传》：南朝宋文帝刘义隆"闻玄谟陈说，使人有封狼居胥意"。辛弃疾《永遇乐 · 京口北固亭怀古》："元嘉草草，封狼居胥，赢得仓皇北顾。"

[4] "死求马骨"句：燕昭王即位后，立志欲招致天下贤者，以富国强兵，报仇雪耻，问计于郭隗。郭说："古之君人，有以千金求千里马者，涓人求千里马，马已死，乃以五百金买其马骨。君曰：'所求者生马，安事死马而捐五百金？'涓人曰：'死马且买之五百金，况生马乎？天下必以王能市马，马今至矣。'果不期年而千里马之至者三。今王真欲得贤士，请先从隗始。"昭王遂为郭隗筑黄金台，而以师事之。于是"乐毅自魏往，邹衍自齐往，剧辛自赵往，士争凑燕"。（见《战国策 · 燕策》及《史记 · 燕召公世家》）辛弃疾《贺新郎 · 同父见和再用韵答之》："汗血盐车无人顾，千里空收骏骨。"后燕昭王以乐毅为上将军，下齐七十余城，故曰"言终验"。

[5]“生揕”句：燕太子丹欲报秦仇，使荆轲持樊於期之头与燕督亢之地图，献给始皇，秦王发图，图穷而匕首见，荆轲“因左手把秦王之袖，而右手持匕首揕之”。袖绝，荆轲“逐秦王，秦王环柱而走”。秦王以剑击荆轲，断其左股。荆轲知事不就，倚柱而笑，箕踞而骂曰：“事所以不成者，以欲生劫之，必得约契以报太子也。”于是秦王的左右上前杀了荆轲。燕国亦随之而被灭，故云“计已疏”。（见《史记·刺客列传》）

[6]乐君书：指乐毅《报燕惠王书》。燕昭王死，燕惠王立，中齐反间之计，以骑劫代乐毅为将，齐因大破燕军，尽复其失地。时乐毅已出奔赵国，惠王悔，致书乐毅，劝其回燕，乐毅复信，婉言拒绝了惠王的邀请。（见《战国策·燕策》及《史记·乐毅列传》）

✣ 评析

沉郁感愤，清雅绝俗，融抒情于议论之中，寓讽谕于言语之外，掘之弥深，味之愈永，是明人七律的上乘之作。“死求马骨言终验”以下四句，乃诗人愤于当局空有好贤重才之语，而无养士托国之心，面对兴亡的往事，引起历史的反思，不禁悲从中来，所以读“乐君书”而挥泪也。

蜀　中[1]

子规啼罢客天涯[2]，蜀道如天古所嗟[3]。
诸葛威灵存八阵[4]，汉朝终始在三巴[5]。
通牛峡路连云栈[6]，如马瞿塘走浪花[7]。
拟酹昔贤鱼水地[8]，海棠开遍野人家。

✣ 注释

[1]蜀中：蜀郡和汉中一带。公元221年，刘备称帝于蜀，建都成都，国号汉，自称继承汉的正统。史称“蜀汉”。

[2]子规啼罢：子规，鸟名，又名杜鹃、杜宇、鶗鴂、催归。因为子规的叫声，有些像“不如归去”，所以诗文中常用为思归或催归之词。宋梅尧臣《杜鹃》诗：

“不如归去语，亦自古来传。”范仲淹《越上闻子规》诗：“春山无限好，犹道不如归。”元曾瑞《南吕 · 骂玉郎过感皇恩采茶歌 · 闺中闻杜鹃》：“我几曾离这绣罗帏，没来由劝我道‘不如归’。狂客江南正着迷，这声儿好去对俺那人啼。”此句既切时令，言子规正在催归，而自己反客天涯；又切地点，言子规为蜀王杜宇所化，暮春哀鸣，啼血不止。见晋常璩《华阳国志 · 蜀志》。

[3] 蜀道如天：李白《蜀道难》：“噫吁嚱，危乎高哉！蜀道之难难于上青天。”此用其句意。

[4] 诸葛：诸葛亮，字孔明，蜀汉大政治家，曾佐刘备定三分之业。八阵：八阵图。《三国志 · 蜀书 · 诸葛亮传》：“推演兵法，作八阵图。”据说是由天、地、风、云、龙、虎、鸟、蛇八种阵势所组成的军事操练和作战部署的阵图。孔明所布的八阵图，遗址传说不一，一般认为在重庆市奉节县的长江滩头。见《水经注 · 江水》。杜甫《八阵图》诗：“功盖三分国，名成八阵图。”

[5]“汉朝”句：《史记 · 高祖本纪》：项羽“负约，更立沛公为汉王，王巴、蜀、汉中，都南郑”。又《史记 · 六国年表序》：“周之王也以丰镐伐殷，秦之帝用雍州兴，汉之兴自蜀汉。”此汉始兴于蜀汉之证。《三国志 · 蜀书 · 后主传》：魏兴师伐蜀，征西将军邓艾破卫将军诸葛瞻于绵竹，后主用光禄大夫谯周策，奉降书于艾曰：“敢不革面，顺以从命！辄敕群帅投戈释甲，官府帑藏一无所毁。百姓布野，余粮栖亩，以俟后来之惠，全元元之命。”此汉终亡于蜀汉之证。三巴：指巴郡、巴东、巴西。

[6] 通牛峡路：《三国志 · 蜀书 · 诸葛亮传》：“九年(231)，亮复出祁山，以木牛运，粮尽退军，与魏将张郃交战，射杀郃。”连云栈：栈道名。在陕西汉中地区，为古时川陕的通道，全长四百七十里，自凤县东北草凉驿入栈，至褒城之开山驿出栈。此言诸葛亮出祁山，以木牛运军粮和军备。一说“通牛峡”指黄牛峡，峡在湖北省宜昌市西，南岸重岩叠起，高崖间有石，如人负刀牵牛，人黑牛黄，江流迂回，故有“朝发黄牛，暮宿黄牛。三朝三暮，黄牛如故”的民谣。

[7] 如马瞿塘：瞿塘峡名，在重庆市奉节县东，为长江三峡之首。两崖峻峭对峙，中贯一江。滟滪堆正当其口，于江心突兀而出。民谣有“滟滪大如马，瞿塘不可下”的话。

[8] 鱼水地：刘备三顾茅庐，请诸葛亮出山，问以恢复汉业的大计，诸葛亮在著名的《隆中对》中，告以“霸业可成，汉室可兴”之道，刘备大悦，与亮情好日密，关羽、张飞不悦，刘备向他们解释说：“孤之有孔明，犹鱼之有水也，愿诸君勿复言。”此用其事。

✤ **评析**

借吊古之情，抒伤今之感，立论新颖，寓意深远。熔铸自然，声气流转，故用事多而不板，属对琢而不纤。沈德潜评此诗说："高祖以蜀王，后主以蜀亡，明眼人可与论古。""论古"之难，在于立意，意新则有灵气，意深则有厚味。蜀道如天，栈道连云，峡路通牛，瞿塘如马，形势之险峻，亘古如斯，而高祖因之以兴，后主席之而亡，难道不值得深思吗？

隋宫怀古[1]

毂洛通淮日夜流[2]，渚荷宫树不曾秋[3]。
十年士女河边骨[4]，一笑君王镜里头[5]。
月下虹霓生水殿[6]，天中丝管在迷楼[7]。
繁华往事邗沟外[8]，风起杨花无那愁[9]。

✤ **注释**

[1] 隋宫：隋炀帝杨广所建的宫殿。他曾大兴土木，筑西苑，造迷宫，建离宫四十余所，沉湎酒色，尽情享乐，卒被禁军将领宇文化及等缢杀于宫中。

[2] 毂洛通淮：隋炀帝大业元年（605），开通济渠，自西苑引毂水、洛水入黄河；自板渚引黄河入汴水，经泗水达淮河；又开邗沟，自山阳至扬子入长江。渠广四十步，旁筑御道，并植杨柳，后人谓之隋堤。白居易《隋堤柳》所谓"西自黄河东至淮，绿阴一千三百里"是也。毂水：水名，又名砀水，在今安徽省砀山县南，是睢水的支流。洛水：水名。源出陕西省洛南县西北部，东入河南，经卢氏、洛宁、宜阳、洛阳，至偃师纳伊河后，称伊洛河，到巩县的洛口，流入黄河。

[3] "渚荷宫树"句：《通鉴纪事本末·炀帝亡隋》："宫树秋冬凋落，则剪彩为花叶，缀于枝条，色渝则易以新者，常如阳春。沼内亦剪彩为荷芰菱芡，乘舆游幸，则去冰而布之。"故曰"不曾秋"。

[4] "十年"句：言炀帝开渠筑堤，制造龙舟，征用大量劳役，许多人不堪冻累，死在淮河边上。《通鉴纪事本末·炀帝亡隋》："遣黄门侍郎王弘等往江南造龙舟及杂船数万艘，东京官吏督役严急，役丁死者什四五。"又"帝自江都行幸涿

郡,御龙舟,渡河入永济渠……其受选者三千余人,或徒步随船三千余里,不得处分,冻馁疲顿,因而致死者什一二"。故曰"十年士女河边骨"。此从唐陈陶《陇西行》"可怜无定河边骨,犹是春闺梦里人"的句意化用而来。

[5]"一笑"句:《通鉴纪事本末·炀帝亡隋》:"又尝引镜自照,顾谓萧后曰:'好头颈,谁当斫之?'后惊问故,帝笑曰:'贵贱苦乐,更迭为之,亦复何伤!'"

[6]"月下"句:炀帝好以月夜从宫女数千骑游西苑,作《清夜游曲》,于马上奏之。又自乘龙舟,后乘翔螭舟,皆四重,饰以金玉。别有浮景九艘,三重,皆水殿也。(见《通鉴纪事本末·炀帝亡隋》)此言各种彩带被月光照耀在水殿之上,像天上的虹霓似的。虹霓:出现在天空的彩晕,色鲜盛者为虹,色暗淡者为霓。虹为雄,霓为雌。(见《尔雅·释天》疏)

[7]迷楼:楼名,隋炀帝所建。相传浙人项昇进新宫图,帝令扬州依图起造,经年始成。回环四合,上下金碧,工巧宏丽,自古无有,费用金玉,帑库为之一空。人误入者,虽终日不能出。帝顾左右曰:"使真仙游其中,亦当自迷也,可目之曰迷楼。"(见《说郛·缺名·迷楼记》)今扬州蜀冈上有迷楼遗址。

[8]邗沟:水名,亦名邗江,即江苏境内自扬州市西北至淮安市北入淮的运河。

[9]无那:无奈。王昌龄《从军行》:"更吹羌笛关山月,无那金闺万里愁。"

✤ 评析

历来诗人咏隋宫者甚多,像这么用笔之灵妙、命意之深婉,既感慨淋漓,又含蓄蕴藉,没有能出李商隐《隋宫》("紫泉宫殿锁烟霞")之右者。只有诗人这首《隋宫怀古》,差可与之前后媲美。其中"十年士女河边骨,一笑君王镜里头"一联,不愧为千古名句。

秋日西郊宴集[1]

(时屈子归自塞上)

黍苗无际雁高飞[2],对酒心知此日稀。
珠海寺边游子合[3],玉门关外故人归[4]。

半生岁月看流水[5]，百战山河见落晖[6]。
欲洒新亭数行泪[7]，南朝风景已全非[8]。

✤ 注释

[1] 秋日西郊宴集：一本题后有“同岑梵则、张穆之、陈乔生、王说作、高望公、庞祖如、梁药亭、梁颙若、屈泰士、屈翁山。时翁山归自塞上”。清康熙八年(1669)八月，屈大均夫妇自山西雁门回乡，友朋于珠海寺为之设宴洗尘。同：和的意思。岑梵则：待考。张穆之：号铁桥，广东东莞人，工诗善画。陈乔生：陈子升，字乔生，号中洲，广东南海人，有《中洲草堂遗集》。王说作：名邦畿，广东番禺人，能诗，有《耳鸣集》。高望公：名俨，字望公，广东新会人，能诗、工书、善画，有《独善堂集》。庞祖如：名嘉耋，南海人。梁药亭：梁佩兰。梁颙若：梁观，南海人，有《虚斋集》。屈泰士：番禺人。屈翁山：屈大均。

[2] 黍苗无际：一望无边的黍苗。《诗·王风·黍离·序》：“《黍离》，闵宗周也。周大夫行役至于宗周，过故宗庙宫室，尽为禾黍。闵周室之颠覆，彷徨不忍去而作是诗也。”此句用意双关，既切时令，又伤故国。

[3] 珠海寺：珠海慈度寺，在珠江之中的小岛上。十人为屈大均洗尘设宴于此，故曰“游子合”。

[4] “玉门”句：此指屈大均自山西雁门归来。玉门关，在今甘肃省敦煌市西北，此代指山西雁门关。

[5] “半生”句：言半生来所从事的复明活动，已经如东流逝水，一去不复返了。

[6] “百战”句：言经过屡败屡战的挫折以后，万里山河只留下一片“西风残照”了。

[7] 新亭泪：忧国忧时的眼泪。西晋末年，过江避难的中原士大夫，每于暇日，相邀至新亭饮宴。周顗饮至半酣时，忽然叹息说：“风景不殊，举目有河山之异。”于是大家相对流涕。(见《世说新语·言语》)

[8] 南朝：代指南明。时南明已亡，故曰“风景全非”。

✤ 评析

沧桑之感、黍离之悲，贯串全诗，读“半生岁月看流水，百战山河见落晖”一联，不禁为之神伤。

明妃怨[1]

生死归殊俗[2]，君王命妾来。
莫令青冢草[3]，生近李陵台[4]。

✣ 注 释

[1] 明妃：王昭君，名嫱，西汉南郡秭归（今属湖北）人，以与匈奴和亲，远嫁呼韩邪单于。晋人避司马昭讳，改称“明君”，后人称为“明妃”。

[2] 殊俗：异方的风俗。《后汉书·南匈奴传》：“昭君字嫱，南郡人也。初，元帝时，以良家子选入掖庭。时呼韩邪来朝，帝敕以宫女五人赐之。昭君入宫数岁，不得见御，积悲怨，乃请掖庭令求行。……遂与匈奴，生二子。及呼韩邪死，其前阏氏子代立，欲妻之，昭君上书求归，成帝敕令从胡俗，遂复为后单于阏氏焉。”此当指此事。

[3] 青冢：昭君墓，在今内蒙古自治区呼和浩特市南十八里大黑河南岸。相传塞草皆白，其冢独青，故号“青冢”。

[4] 李陵台：在今山西省大同市燕然山。李陵，西汉名将李广之孙，北击匈奴，弹尽援绝，遂降。《史记》、《汉书》均有传。

✣ 评 析

以立意为宗，以议论为主，用文学的语言、史论的笔法，使逻辑思维与形象思维有机地结合起来，别有寄托，借题发挥，把自己的爱国之情，在抨击不顾民族气节的古人中曲折地表现出来，用意至为深婉。沈德潜评此诗说：“韵语中明是非，定赏罚，居然史笔。”我以为只说对了一半，因为诗的目的，不在于评骘古人的是非，而在于抒发自己的爱国热情，抨击当时丧失民族气节的投降派。

读《秦纪》[1]

谤声易弭怨难除[2]，秦法虽严亦甚疏[3]。

夜半桥边呼孺子[4]，人间犹有未烧书。

✤ 注释

[1]《秦纪》：指《史记·秦始皇本纪》。

[2] 谤声易弭：毁谤的声音容易止息。弭：止息。

[3]“秦法”句：《秦纪》云：“天下敢有藏《诗》、《书》、百家语者，悉诣守、尉杂烧之。有敢偶语《诗》、《书》者弃市。以古非今者族。吏见知不举者与同罪。令下三十日不烧，黥为城旦。”故曰“秦法严”。

[4]“夜半”句：张良步游下邳圯上，有一老父，故意将其履掉于圯下，然后对张良说：“孺子，下取履！”张良取了履来，又命令说：“给我穿上！”然后笑着说：“孺子可教矣！”于是与良约，五日后天一亮，来此见他，张良每次去，老父已先良而至。最后，张良夜未半便往，老人出一编书，曰：“读此可以为王者师矣，后十年兴，十三年孺子见我济北，穀城山下黄石即我矣。”张良拿着书回来一看，原来是一部《太公兵法》。（见《史记·留侯世家》）

✤ 评析

对秦始皇的焚书坑儒，历代诗人多给以无情的揶揄和嘲弄，你要“焚诗书、愚黥首”吗？唐章碣说“坑灰未冷山东乱，刘项原来不读书”（《焚书坑》）；你要将“《诗》、《书》、百家语杂烧之”，只留下“卜筮、种树之书”吗？袁宏道说“枉把六经灰火底，桥边犹有未烧书”（《经下邳》）；你要把“偶语《诗》、《书》者弃市”吗？清陆次云说“尚有陆生坑不尽，留他马上说诗书”（《咏史》）；你说“令下三十日不烧，黥为城旦”吗？清丁尧臣说“诗书焚后今犹在，到底阿房不耐烧”（《阿房》）。这些嘲弄与揶揄，都是淋漓尽致、大快人心的。陈恭尹的《读〈秦纪〉》，形式上虽与这类诗歌难以轩轾，但清兵入关，残酷杀戮，镇压汉族人民，“扬州十日”，“嘉定三屠”，在被统治的汉族人民心理上，蒙上一层不可磨灭的大仇深恨的阴影，在这个时候抨击秦始皇的暴政，就更具有深刻的现实意义了。